La Grèce au Ve siècle

de Clisthène à Socrate

Du même auteur

Athènes devant la défaite de 404
École française d'Athènes, 1976

La Femme dans les sociétés antiques
Université de Strasbourg, 1983

Le Système palatial en Orient,
en Grèce et à Rome
Leyde, Brill, 1987

La Codification des lois
dans l'Antiquité
De Boccard, 2000

Sparte. Histoire politique et sociale
jusqu'à la conquête romaine
Seuil, « Points Histoire » n° 329, 2003

Edmond Lévy

Nouvelle histoire
de l'Antiquité

2

La Grèce
au Ve siècle

de Clisthène à Socrate

Éditions du Seuil

ISBN 978-2-02-013128-5

Introduction

Replacé dans l'histoire du monde grec, le Ve siècle n'apparaît pas comme une époque où ce monde s'étende considérablement. Si les régions voisines des établissements grecs d'Italie, de Sicile, de Macédoine ou d'Asie Mineure continuent à s'helléniser, on n'assiste ni à un grand essaimage autour de la Méditerranée et de la mer Noire comme lors de la colonisation, du VIIIe au VIe siècle, ni à de grandes conquêtes comme sous Alexandre. Cependant, si la Grèce a failli perdre son indépendance, les victoires de Salamine (480) et de Platées (479) comme celle d'Himère en Sicile (480) écartent tout danger perse ou carthaginois et permettent aux Grecs de se livrer tranquillement à leurs combats fratricides.

De fait, le Ve siècle est une période de grandes guerres, marquée par la lutte contre les Perses, qui, au moins pour la seconde guerre médique, est aussi une lutte entre Grecs, et par la guerre du Péloponnèse, qui, de 431 à 404, embrase la majeure partie du monde grec, Sicile comprise.

Mais c'est aussi le grand siècle d'Athènes : celle-ci n'hésite pas à se présenter comme le modèle de la démocratie et, grâce notamment à son théâtre et à ses constructions prestigieuses, apparaît comme le centre culturel de la Grèce, qu'elle domine par la richesse et la puissance navale que lui ont procurées d'abord ses mines d'argent, puis la constitution de la ligue de Délos, et elle menace même d'imposer son autorité ou son influence à l'ensemble du monde grec. Sans doute est-il de bon ton aujourd'hui de réagir contre l'athénocentrisme, qui incitait trop à reconstruire une Grèce à l'image de sa cité la plus développée. Mais, même si le statut de la femme n'est pas semblable en Crète ou à Sparte et à Athènes et si les territoires d'Athènes ou de Sparte en font des cités anormalement étendues, la nature de nos sources nous oblige à nous concentrer sur Athènes [1], ce qui, pour l'époque, est tout à fait justifié : qu'on admire ou qu'on critique sa démocratie impérialiste, c'est par rapport à elle que se détermine l'ensemble du monde grec.

Cependant, même Athènes ne nous est pas suffisamment connue. *La Constitution d'Athènes*, qu'avait fait rédiger Aristote, est notre meilleure source sur les institutions, mais le tableau synchronique qu'elle en présente dans sa seconde partie décrit les institutions du IVe siècle. Aussi, faute de pouvoir assurer que telle institution existait déjà au Ve siècle, ai-je laissé à Pierre Carlier, dans son ouvrage sur le IVe siècle, dans la même collection, le soin de décrire en détail les institutions athéniennes, me contentant, pour ma part, d'évoquer l'évolution politique d'Athènes. J'ai, de même, négligé la Grande-Grèce et la Sicile, qui seront étudiées plus à fond dans le livre de Pierre Carlier.

Inversement, je ne me suis pas limité aux années 499-400, qui ne marquent pas une véritable coupure dans l'histoire de la Grèce et dans celle d'Athènes. Pour la Grèce, c'est 404 qui, faisant passer l'hégémonie d'Athènes à Sparte, marque la coupure. Pour l'évolution politique d'Athènes, c'est la chute de la tyrannie, en 510, suivie par les réformes de Clisthène, qui ouvre une période qui s'achève avec le rétablissement de la démocratie en 403, suivi quatre ans plus tard par le procès et la mort de Socrate. Aussi ai-je souhaité, en hommage à Victor Ehrenberg [2], intituler ce livre : *De Clisthène à Socrate*.

1. La *Cambridge Ancient History (CAH)* a beau, dans sa seconde édition, avoir changé le titre de son tome V, en remplaçant *Athens* par *The Fifth Century B.C.*, l'essentiel du livre est toujours consacré à Athènes.

2. Cf. son beau livre, *From Solon to Socrates* [2], Londres, Methuen, 1967.

1

Grecs et Perses

Les relations entre les Grecs et les Perses ont joué un grand rôle au Ve siècle. En effet, les deux peuples se sont affrontés, par intermittence, depuis la révolte ionienne, en 499, jusqu'à la paix de Callias, en 449. Et, n'ayant jamais totalement renoncé à rétablir leur autorité sur l'Asie Mineure, les Perses continuent à interférer dans les affaires grecques en facilitant les révoltes contre Athènes et en donnant finalement à Sparte les moyens de gagner la guerre du Péloponnèse.

La lutte contre les Perses a permis d'orchestrer les thèmes de l'unité grecque en face du monde barbare et de la liberté en face du despotisme : il suffit, à cet égard, de comparer à la seconde partie des *Histoires* d'Hérodote, consacrée aux guerres médiques elles-mêmes, la première partie, ethnographique, si relativiste et si ouverte aux autres civilisations que Plutarque a pu accuser l'historien d'être l'ami des Barbares (*philobarbaros*)[1]. De fait, la lutte contre les Perses n'est pas la lutte de la civilisation contre la « barbarie », car, si les Perses usent de châtiments corporels et, notamment, de mutilations qui révoltent les Grecs, pour le reste, ils ont hérité des grandes civilisations de Mésopotamie et d'Égypte et, à la fin du VIe siècle, ils seraient plutôt plus avancés que les Grecs de Grèce propre. En effet, lors de la révolte ionienne, les Spartiates ignorent encore les cartes de géographie et, à l'époque de Périclès, les Athéniens interdisent d'enseigner des doctrines sur les phénomènes célestes ; bien plus, Hérodote, qui fait l'éloge de la religion perse, n'hésite pas à se moquer de l'anthropomorphisme naïf de la religion grecque,

1. Cf. E. Lévy, « Hérodote *philobarbaros* ou la vision du Barbare chez Hérodote », *in* R. Lonis, *L'Étranger dans le monde grec*, PU de Nancy, 1992, II, p. 193-244.

qui a permis de faire passer pour Athéna elle-même la femme déguisée qui avait ramené Pisistrate à Athènes [2].

L'opposition fondamentale, qui se fait jour progressivement, est plutôt celle de deux conceptions politiques. D'un côté, les Achéménides, qui, dans leur titulature, sont qualifiés, entre autres, de rois de l'univers et de rois des quatre directions (de l'espace), entendent exercer un empire universel. Comme ils représentent la rectitude (*arta*), quiconque s'oppose à eux est dans le mensonge et tout ennemi est, par définition, un rebelle ; demander à de nouveaux peuples « la terre et l'eau », symboles de la soumission, n'est donc pas faire preuve d'impérialisme, mais réclamer son dû. Pour le reste, à condition qu'on ne se révolte pas, leur domination, sauf peut-être pour l'Égypte sous Cambyse, est assez douce : pourvu qu'on verse le tribut et, quand c'est nécessaire, qu'on fournisse des contingents militaires, on est libre de garder ses coutumes et de se gouverner comme on l'entend. Mais, en face, la cité grecque se développe, en tant qu'entité essentiellement politique, aspirant à être souveraine, et donc moins prête que, par exemple, les cités de Phénicie ou de Mésopotamie à se soumettre à un empire, quels que soient les avantages matériels de la soumission.

Les relations belliqueuses entre les Grecs et les Perses se déroulent en trois phases : la révolte ionienne et la première guerre médique ; la deuxième guerre médique ou la Grèce menacée ; enfin, la reconquête ou la Grèce menaçante.

RÉVOLTE IONIENNE ET PREMIÈRE GUERRE MÉDIQUE (499-490)

L'expansion perse

Les Grecs d'Asie Mineure, Éoliens au nord, Ioniens au centre et Doriens au sud, sont volontiers qualifiés d'Ioniens,

2. Cf. Hér. I, 60, 10-16, où il faut se référer au texte du manuscrit C, car l'autre famille de manuscrits et la plupart des éditeurs modernes, reculant devant une telle audace, ont préféré faire dire le contraire à Hérodote.

car, avec notamment Milet, Phocée, Samos et le sanctuaire du Panionion, les Ioniens jouent un rôle prédominant dans la région, et les Perses donnent même le nom d'Ioniens à l'ensemble des Grecs. Soumis aux Lydiens depuis la conquête de Crésus, vers 560, ces Grecs sont passés sous la domination des Perses, vers 546, après la victoire de Cyrus sur Crésus, seule Milet benéficiant du statut privilégié d'alliée.

Le règne de l'usurpateur Darius, qui a accédé au pouvoir en 522, est marqué par une expansion générale de l'Empire dans toutes les directions : vers l'est, où il s'étend dans la haute vallée de l'Indus ; vers le sud, où les Perses soumettent la Libye ; vers le nord, où, malgré l'échec partiel de l'expédition contre les Scythes, ils soumettent les Gètes, les Thraces et, au moins nominalement, les Macédoniens, tandis qu'ils s'emparent de Lemnos et d'Imbros, encore peuplées de Barbares [3] ; vers l'ouest, où Samos est conquise, tandis que Lesbos et Chios acceptent la suzeraineté perse. Même Athènes sollicite, vers 508, l'alliance perse, mais les envoyés, qui avaient accepté de donner « la terre et l'eau » sont désavoués à leur retour (Hér. V, 73) ; c'est peut-être en vertu de cette alliance que les Athéniens protestent à Sardes contre les activités d'Hippias, tandis qu'Artaphernès, considérant que les Athéniens avaient fait leur soumission, leur intime l'ordre de recevoir Hippias (Hér. V, 96). Cependant, vers 500, les Perses échouent devant Naxos et leur expansion sera interrompue pendant cinq ans du fait de la révolte ionienne.

Les causes de la révolte ionienne

Les Ioniens, vers 513, étaient restés fidèles à Darius, alors que, gardant le pont des navires sur l'Istros, aujourd'hui le Danube, il leur aurait été facile, en écoutant les suggestions des Scythes et de Miltiade, de transformer en désastre la retraite des Perses, et alors que les cités grecques de l'Hellespont avaient, pour leur part, fait défection. Or, quatorze ans plus tard, ce sont eux qui se révoltent.

Le changement tient en partie à l'action de deux person-

3. Le terme signifie seulement non-Grecs.

nages. Histiée, le « tyran [4] » de Milet, qui, personnalité dominante parmi les « tyrans » ioniens de l'expédition scythe, les avait incités à rester fidèles au Roi, se retrouve à Suse, comme conseiller de Darius. Cet exil doré lui pèse et il souhaite que, des troubles éclatant en Ionie, le Roi soit obligé de faire appel à lui, ce qui sera effectivement le cas (cf. Hér. V, 106-107) ; mais l'envoi d'un esclave au crâne rasé, dont les cheveux repoussés dissimulaient le tatouage invitant à la révolte (Hér. V, 35), relève plus du folklore que de la vraisemblance historique. Cependant, Histiée avait laissé le gouvernement de Milet à son gendre Aristagoras. Celui-ci, soucieux de complaire aux Perses et, sans doute, d'être nommé gouverneur des Cyclades, avait proposé de faire, en partie à ses frais, une expédition à Naxos pour y rétablir les « gros », bannis à la suite d'un soulèvement populaire. Darius lui-même ayant donné son aval, une expédition de 200 navires s'attaque à l'île. Mais les Naxiens, prévenus, se sont mis en état de défense, Aristagoras se querelle avec Mégabate, le chef perse, pour savoir qui assure le commandement, et le siège de Naxos échoue. C'est pour échapper aux conséquences de cet échec que, malgré les conseils de prudence d'Hécatée, Aristagoras déclenche la révolte.

Mais, si ces questions personnelles, sur lesquelles insiste Hérodote, expliquent pourquoi la révolte, déclenchée par en haut, éclate à ce moment, ne montrant pas en quoi elle répondait aux aspirations de la population, elles n'expliquent pas son extension ni ses progrès rapides.

On a mis en avant des causes financières ou économiques. Le tribut, qui s'élève à 400 talents [5] pour l'Ionie, y compris Éolide et Carie, et à 360 talents pour « ceux de la mer », c'est-à-dire l'Hellespont et la Phrygie, et qui a peut-être été augmenté depuis peu, est plus lourd que celui que lèveront les Athéniens, mais, à condition qu'il soit bien réparti, il est tout à fait supportable. On a aussi évoqué un mécontentement qui aurait été provoqué par un certain déclin économique, entraîné par la destruction, en 510, de Sybaris,

4. Le terme, sans doute originaire de Lydie, n'a pas, à cette époque, en Asie le sens défavorable qu'on lui connaîtra en Grèce propre ; il suggère seulement l'exercice d'un pouvoir personnel.

5. 1 talent = 60 mines = 6 000 drachmes ; une drachme, divisée en 6 oboles, correspond à un bon salaire journalier à Athènes au ve siècle.

étroitement liée à Milet, ou par la concurrence athénienne. Il est plus surprenant de voir une circonstance défavorable dans le contrôle des Détroits et de la Thrace par les Perses, car on ne voit pas en quoi cela aurait pu gêner le commerce de sujets perses comme les Ioniens. D'autre part, les fouilles archéologiques et notamment l'étude des terres cuites architecturales suggèrent au contraire un essor des constructions dans la seconde moitié du VIe siècle, qui confirme la remarque d'Hérodote (V, 28) : « A cette époque, Milet avait atteint son apogée et constituait la parure de l'Ionie. »

Aussi, plutôt que des causes économiques, vaut-il mieux évoquer des causes politiques. Par simple commodité, parce qu'il était bon d'avoir un responsable chargé de lever le tribut, de fournir les contingents demandés et, éventuellement, de les commander et parce que ce régime existait déjà dans beaucoup de cités, les Perses avaient maintenu ou installé au pouvoir des « tyrans ». Or, quelle que fût la personnalité de ces tyrans, qui n'étaient pas nécessairement mal vus, la tyrannie, en tant que régime, était devenue impopulaire, car les citoyens – ou, au moins, certains d'entre eux – aspiraient, sur le modèle de ce qui se faisait dans le reste de la Grèce, à se gouverner eux-mêmes. Cette tendance s'était déjà manifestée, en 522, après la mort de Polycrate de Samos, et elle n'avait pas échappé à Histiée, qui, sur l'Istros, renversa le courant favorable à la défection en rappelant à ses collègues que « c'est grâce à Darius que chacun est actuellement tyran d'une cité, mais, la puissance de Darius abattue,... chacune des cités préférera vivre sous la démocratie plutôt que sous la tyrannie [6] » (Hér. IV, 137). Aussi la révolte commence-t-elle par le renversement des tyrans, qui, remplacés par des stratèges, tandis qu'on proclame l'*isonomie* [7] (Hér. V, 37), sont remis à leurs concitoyens, mais seul se voit lapidé Coès, le tyran de Mytilène. Les autres conservent leur liberté, et peut-être même une partie de leur influence, puisqu'on verra plus tard les Perses essayer d'en tirer parti.

Mais se gouverner soi-même implique aussi qu'on soit indépendant de l'étranger et donc qu'on rejette la domina-

6. C'est vraisemblablement l'absence de leurs tyrans qui avait facilité la révolte des cités de l'Hellespont.

7. C'est-à-dire « l'égale répartition » du pouvoir.

tion perse, d'où une longue guerre de libération, condamnée par Hérodote comme n'apportant que des maux à l'Ionie (V, 28, 30, et VI, 3).

L'extension de la révolte

Au cours de l'hiver 499-498, alors que la révolte reste encore limitée à l'Ionie et à l'Éolide et que les Perses n'ont pas encore eu le temps de lever les troupes nécessaires, Aristagoras se rend en Grèce pour en obtenir des secours. Bien que Sparte ait mené, en Orient, une politique active au VIe siècle, redoutant l'immensité de l'empire perse et ayant peut-être ses propres problèmes à l'intérieur de la ligue du Péloponnèse, elle se refuse désormais à toute intervention. Au contraire, Athènes, qui se veut la métropole des Ioniens, envoie 20 navires, tandis qu'Érétrie en envoie 5.

En 498, après avoir ramené en Thrace les Péoniens, transplantés en Asie par les Perses, les Ioniens, renforcés par les Athéniens et les Érétriens, s'emparent de Sardes, à l'exception de la citadelle. Mais, ayant malencontreusement mis le feu à la ville, ils incendient le temple de Kybèbè, ce qui suscite l'hostilité des Lydiens, irrite le Roi contre Athènes (Hér. V, 105) et justifiera plus tard les représailles exercées sur les sanctuaires grecs. Les Perses s'étant ressaisis, les Ioniens sont vaincus devant Éphèse ; les survivants regagnent leurs cités respectives, Éphèse se soumet, et Athéniens et Érétriens s'en retournent, pour ne plus revenir [8].

Cependant, l'incendie de Sardes ayant fait grande impression, la révolte s'étend considérablement. Caunos et la majeure partie de la Carie font défection ; les Ioniens prennent le contrôle [9] de Byzance et des autres cités de l'Helles-

8. L'inaction athénienne peut s'expliquer par le conflit avec Égine et par l'influence des partisans des tyrans, donc de la Perse, qui les soutient, Hipparque, beau-frère d'Hippias, étant même élu archonte en 496 ; ces divisions se retrouvent en 493, où *La Chute de Milet* de Phrynichos, dont Thémistocle est précisément le chorège, émeut les Athéniens, tandis que l'auteur lui-même est condamné à l'amende et la reprise de la pièce, interdite.

9. L'expression employée par Hérodote (V, 103) : « ils se soumirent Byzance et toutes les autres villes de la région » ne semble pas manifester

pont ; et surtout, grâce notamment à Onésilos, qui, à Salamine, détrône son frère Gorgos, favorable aux Perses, Chypre se rallie aux Ioniens.

La reconquête perse

Les Perses n'ont pas encore la supériorité navale mais, avant même, dans la zone centrale, de reprendre Clazomènes et Kymè, ils profitent de leur supériorité terrestre et des divisions de leurs adversaires pour s'attaquer d'abord aux extrémités de la zone en dissidence. C'est ainsi qu'en 497 ils reprennent assez facilement possession de l'Hellespont[10], puis de la Propontide et de la Troade, et mettent à profit les divisions des Chypriotes. Malgré une victoire navale des Ioniens au large de Chypre, les Perses, déjà débarqués dans l'île, l'emportent sur les Chypriotes dans la plaine de Salamine, grâce notamment à la défection du tyran de Kourion et des chars de guerre de Salamine ; celle-ci se rallie alors à son ancien roi properse, Gorgos, et seule Soloi résistera encore plus de quatre mois.

Cependant, les Cariens causeront plus de difficultés aux Perses. En effet, après deux victoires, ceux-ci se font massacrer dans la région de Pédasa, où une embuscade réussit à détruire une armée et à tuer ses trois généraux.

Mais les Perses ont dû finalement obtenir le ralliement des Cariens, qui seront bien traités lors du règlement final. Aristagoras fuit Milet et se fait tuer en combattant les Thraces. Quant à Histiée, son génie de l'intrigue ne lui permet pas de trouver une solution diplomatique à la révolte ionienne. Du fait de l'opposition d'Artaphernès, il ne réussit qu'à compromettre une partie des Perses de Sardes, sans que les Milésiens acceptent de l'accueillir, et il est finalement réduit à exercer la piraterie dans l'Hellespont.

---

un grand enthousiasme de la part de gens qui, lorsqu'ils s'étaient euxmêmes révoltés, n'avaient pas été soutenus par les Ioniens ; leur attitude s'oppose à celle des Chypriotes, qui, eux, ont rallié les Ioniens « de leur plein gré (*éthélontai*) » (V, 104).

10. Les Perses y reprennent cinq villes en cinq jours (Hér. V, 117)

Le dernier acte se joue sur mer, en 494. Comprenant enfin, comme Hécatée l'avait souligné dès le début, qu'ils ne pouvaient résister sur terre, les Ioniens décident d'affronter les Perses sur mer. Pour ce faire, ils réunissent dans l'île de Ladè, en face de Milet, une flotte de 353 navires, à savoir, les autres cités n'ayant fourni qu'un contingent limité, 100 navires de Chios, 80 de Milet, 70 de Lesbos et 60 de Samos. En face d'eux, les Perses n'ont pas une grande supériorité numérique, le nombre canonique de 600 vaisseaux ne devant pas correspondre à la réalité. De fait, les chefs perses, qui veulent éviter de courir des risques, utilisent les anciens tyrans qui font partie de leur expédition. Ceux-ci envoient des émissaires à leurs concitoyens pour leur transmettre, de la part des Perses, une promesse d'amnistie, s'ils se rallient, et la menace des pires châtiments, s'ils persistent. Ces ouvertures se révélèrent efficaces, au moins auprès des Samiens. Cependant la flotte s'entraîne assidûment sous le commandement de Dionysios de Phocée. Mais, si l'on en croit Hérodote, qui n'aime pas les Ioniens et veut justifier la trahison samienne, au bout d'une semaine, la mollesse prit le dessus, et les équipages se prélassèrent à l'ombre sans accepter de remonter sur les bateaux. En tout cas, lors de la bataille, les Samiens, à l'exception de 11 navires, s'enfuirent de propos délibéré, bientôt imités par les Lesbiens [11] et par la plupart des Ioniens, seuls les gens de Chios continuant à lutter courageusement. Dès lors, les Perses n'ont plus qu'à assiéger Milet par terre et par mer pour mettre pratiquement fin à la révolte ionienne : la ville succombe à l'automne 494, soit vers la fin de la cinquième année de la révolte. Les Perses achèvent alors la pacification de la Carie, tandis que la flotte soumet la côte européenne de l'Hellespont et les cités de Chersonèse. Au printemps 493, les Perses s'emparent encore de Chios, Lesbos et Ténédos, qu'ils « ratissent » systématiquement.

La répression exercée sur ceux qui, jusqu'au dernier moment, avaient refusé de se rallier, fut conforme aux

11. Si, de toute façon, après la défection des Samiens, la bataille était perdue, il importait aux Lesbiens de conserver leur flotte, mais, comme, contrairement aux Samiens, ils n'avaient pas trahi les Ioniens, ils ne seront pas épargnés par les Perses.

menaces : les villes furent incendiées, avec leurs temples, et les généraux perses réduisirent à l'état d'eunuques les plus beaux des adolescents et envoyèrent au Roi les plus belles des jeunes filles. Quant à Milet, centre de la révolte, elle est particulièrement maltraitée : la plupart des hommes sont massacrés[12], les femmes et les enfants, réduits en esclavage, la plaine, occupée par les Perses, et les montagnes, remises aux Cariens, tandis que le sanctuaire des Branchides est, malgré les bonnes relations que les Perses entretiennent habituellement avec Apollon, pillé et incendié.

Mais le Roi, qui aurait même été prêt à accorder son pardon à Histiée[13], ne souhaite pas que l'Ionie reste en ruine. Dès 493, Artaphernès convoqua à Sardes les délégués des cités, parmi lesquels pouvait se trouver Hécatée, qui, si l'on en croit Diodore de Sicile (X, 25, 4), aurait amené Artaphernès à « rendre leurs lois aux cités et à leur imposer des tributs fixés en rapport avec leurs capacités ». Hérodote (VI, 42) précise que le gouverneur perse obligea les Ioniens à conclure des accords judiciaires leur évitant de pratiquer entre eux enlèvements et razzias. Mesurant le territoire de chaque cité, il fixa le tribut de chacune à peu près au même montant qu'auparavant. Mardonios, qui, en 492, remplace Artaphernès, compléta ces réformes, puisque, selon Hérodote (VI, 43), « déposant tous les tyrans des Ioniens, il établit la démocratie dans les cités ». Il est possible qu'il n'ait fait ainsi que généraliser des mesures déjà prises localement par Artaphernès, c'est ce que suggérerait « rendre leurs lois aux cités » dans le texte de Diodore. D'autre part, il semble que certaines cités, comme Chios, Samos ou Lampsaque aient conservé leurs tyrans. Toujours est-il que les Perses n'imposent plus aux cités un régime impopulaire, et cette politique dut être efficace, car, malgré les efforts de Thémistocle, au

12. L'indication, donnée par Hérodote (VI, 19), est sans doute excessive, car l'historien signale lui-même que « les Milésiens pris vivants furent conduits à Suse et que le roi Darius, sans leur faire aucun mal, les établit sur la mer dite Érythrée (*sc.* le golfe Persique) » (VI, 20) et que « ceux des Milésiens qui avaient pu s'échapper » partirent pour la Sicile avec des Samiens (VI, 22).

13. Artaphernès et Harpage, craignant de le voir rentrer en grâce et peut-être critiquer les entraves qu'ils avaient mises à sa politique de pacification, l'avaient empalé et décapité, ce qui leur valut un blâme de la part de Darius.

cours de la deuxième guerre médique, les Ioniens restèrent fidèles au Roi [14].

Cette politique « irénique [15] » à l'égard des Ioniens s'explique peut-être en partie par l'ampleur de cette révolte, qui a demandé cinq ans et de nombreuses armées sur des théâtres d'opérations variés pour en venir à bout. Mais, pour assurer la tranquillité de la région, on peut être tenté de pousser les conquêtes plus loin vers l'ouest, de façon que l'Ionie ne constitue plus l'extrémité de l'Empire et ne soit plus susceptible d'être aidée par les Grecs d'Europe.

La reprise de l'expansion

Dès 492, Mardonios franchit l'Hellespont et obtient sans difficulté la soumission de Thasos et de la Macédoine. Cependant, au mont Athos, une tempête lui fait perdre près de 300 navires et plus de 20 000 hommes, selon la tradition rapportée par Hérodote (VI, 44) [16]. En outre, les Bryges attaquent le camp perse, où ils tuent beaucoup d'hommes et blessent même Mardonios. Mais celui-ci réussit finalement à tous les soumettre. Aussi est-il difficile de suivre Hérodote (VI, 45), lorsqu'il assure que cette expédition n'a été qu'un échec.

Cependant, ce succès limité incite les Perses à renoncer à l'expansion progressive par voie de terre. En 491, tandis qu'ils obligent Thasos à abattre ses murs et à livrer ses vaisseaux, ils préparent une grande flotte, capable, entre autres, de transporter leur cavalerie, et envoient des hérauts demander la terre et l'eau aux cités grecques. Si Athènes, Sparte [17]

14. Dans son discours prononcé en Sicile, en 415, l'Athénien Euphémos est censé justifier l'asservissement des Ioniens à Athènes par l'empressement qu'avaient mis ceux-ci à combattre aux côtés des Perses (Thuc. VI, 82, 4-83, 1).

15. L'expression vient d'Hérodote, VI, 42.

16. Les effectifs et les pertes perses paraissent toujours exagérés par la tradition grecque.

17. Selon Hérodote, VII, 133-137, les Spartiates auraient jeté le héraut perse dans un puits, ce qui aurait entraîné la colère du héros Talthybios ; les Athéniens auraient, pour leur part, jeté le leur dans un gouffre (le *barathron*), mais cet épisode peut avoir été inventé pour faire pièce à l'épisode spartiate.

et Platées s'y refusent, beaucoup des cités du Continent, dont Égine [18], acceptent.

L'expédition, censée comprendre 600 navires, est placée sous le commandement du Mède Datis, assisté par le jeune Artaphernès. Elle doit soumettre les Cyclades et réduire en esclavage les Athéniens et les Érétriens. Elle s'empare d'abord de Naxos, dont la population épouvantée a fui dans les montagnes. Ceux qui sont pris sont réduits en esclavage, tandis que la ville et les temples sont incendiés. Les Perses ont ainsi vengé l'échec d'Aristagoras et de Mégabate. Les Déliens, qui avaient fui à Ténos, sont particulièrement bien traités : Datis les rappelle et offre au sanctuaire une énorme quantité d'encens [19]. Il entend ainsi montrer la différence de traitement, selon qu'on se rallie ou non aux Perses. De fait, les autres Cyclades se rallient et Datis, qui y prend des otages, y lève aussi des troupes : c'est là un moyen de se renforcer progressivement, qui sera généralisé au cours de la deuxième guerre médique. Comme il a aussi avec lui des Ioniens et des Éoliens d'Asie, il peut espérer trouver des appuis en Grèce propre.

Cependant, les gens de Carystos, au sud de l'Eubée, où les Perses ont débarqué, refusent d'abord de donner des otages et de marcher contre Athènes et Érétrie ; ils n'accepteront de le faire qu'après avoir vu leur territoire ravagé et leur ville assiégée. Érétrie, qui se sait menacée, demande l'aide des Athéniens, qui mettent à sa disposition les 4000 clérouques [20] de Chalcis. Mais les Érétriens sont divisés entre la soumission, la fuite ou la résistance et renvoient les Athéniens [21]. Finalement, la ville se laisse assiéger et capitule au

18. L'attitude d'Égine suscite l'intervention du roi de Sparte, Cléomène, auquel s'oppose son collègue Démarate, qui, destitué, se réfugie chez les Perses ; mais les Éginètes seront finalement forcés de fournir des otages à leurs ennemis athéniens.

19. Hér. VI, 97, évoque 300 talents d'encens ; s'il s'agissait de l'unité pondérale de 25 kilos, Datis aurait ainsi offert 7,5 tonnes d'encens.

20. Ce sont des Athéniens établis en groupe à l'étranger, où ils reçoivent un lot de terre (*klèros*), tout en conservant leur citoyenneté athénienne.

21. Selon Hér. VI, 100, l'Érétrien éminent qui avait incité les Athéniens à s'en retourner aurait agi ainsi pour leur éviter de périr en même temps que les Érétriens, mais ne s'agissait-il pas plutôt de diminuer le nombre des partisans de la résistance ?

bout de six jours. Alors les Perses, conformément aux ordres de Darius, pillent et incendient les temples et emmènent la population en captivité.

Le prochain objectif étant Athènes, les Perses débarquent à Marathon, en septembre 490. Le choix de ce lieu, moins propice à l'évolution de la cavalerie que ne le prétend Hérodote (VI, 102) et assez éloigné d'Athènes, peut paraître étrange. Mais, outre le fait que la région est le fief des Pisistratides [22], si les Perses réussissent à y attirer l'armée athénienne, leur flotte pourrait débarquer à Phalère, le port d'Athènes, avant le retour de cette armée et se faire éventuellement livrer Athènes par leurs partisans. Tout paraît se dérouler comme prévu, puisque, conformément au décret proposé par le stratège Miltiade, les Athéniens partent en expédition à Marathon, où les rejoignent 600 Platéens. Quand il apprend que les Perses ont déjà rembarqué leur cavalerie, le polémarque Callimachos, à l'instigation de Miltiade, décide d'engager le combat et, grâce au renforcement des ailes, qui se rabattent sur le centre ennemi, les Grecs sont vainqueurs. N'ayant eu que 192 morts, ils ont tué environ 6 400 ennemis, nombre assuré, car les Athéniens avaient fait vœu de sacrifier à Artémis autant de chèvres qu'ils auraient tué d'ennemis. Cependant, pour les Perses, qui n'avaient perdu que 6 navires, l'essentiel était de prendre Athènes, d'autant plus qu'était apparu sur le Pentélique le signal leur annonçant qu'on était prêt à leur livrer la ville [23]. Mais, retournant à marches forcées, l'infanterie athénienne avait réussi à revenir avant le débarquement des Perses, qui renoncent à s'attaquer à Athènes, d'autant plus que l'armée lacédémonienne est en route. D'après Platon (*Lois*, 698e, et *Ménéxène*, 240c), les premiers contingents seraient même arrivés le lendemain de la bataille. D'une certaine manière, ce sont non les Lacédémoniens qui sont arrivés en retard, mais les Perses qui ne les ont pas attendus, car ils savaient sûrement à quelle date, à l'issue de la fête des Carneia, les Lacédémoniens pourraient partir en expédition. Ils sont sans doute restés le plus long-

22. Le vieil Hippias participe encore à l'expédition.
23. Les soupçons se seraient portés sur les Alcméonides, cf. Hér. VI, 115, mais, en VI, 121-124, l'historien s'efforce longuement de les innocenter.

temps possible avant la date prévue de l'arrivée des Lacédémoniens et c'est le rembarquement des Perses qui a incité les Athéniens à attaquer.

Les conséquences de Marathon sont plus importantes pour Athènes que pour les Perses. En effet, on ne peut dire que l'expédition perse, d'ailleurs marginale, puisque le Roi n'y participait pas et que les forces engagées étaient limitées, ait vraiment échoué. Des trois objectifs visés : les Cyclades, Érétrie et Athènes, elle en a atteint deux ; quant à leur défaite de Marathon, elle tient en partie au fait que la cavalerie avait déjà été embarquée ; il n'empêche que les Perses ont été battus en rase campagne et qu'ils ne peuvent rester sur une telle défaite.

A Athènes, au contraire, l'exaltation de la victoire donne naissance à un véritable « mythe de Marathon ». Les Athéniens se flattent, comme le rappelle Hérodote (V, 112), d'avoir été « les premiers de tous les Grecs à affronter l'ennemi en courant, les premiers à supporter la vue du vêtement mède et des hommes ainsi vêtus, alors que jusque-là les Grecs prenaient peur, rien qu'à entendre le nom des Mèdes » ; cet orgueil, qui ne permet plus, sauf à paraître un traître, de se montrer partisan d'un accord avec les Perses, les incitera à résister vaillamment au cours de la seconde guerre médique et favorisera leurs tendances impérialistes. Le souvenir de la bataille elle-même est pieusement conservé. Non seulement un tumulus recouvre les cendres des morts enterrés sur place, mais la tête d'Athéna qui orne les monnaies athéniennes porte désormais une couronne d'olivier, symbole de victoire, et, dans le champ, une lune décroissante rappelle la date de Marathon. Toute une série de cultes sont aussi associés à la bataille : ceux du héros Marathon, du héros Échetlos, qui aurait tué beaucoup de Barbares avec un soc, de Pan, qui serait apparu au coureur envoyé à Sparte, ou d'Héraclès. En outre, tous les ans 500 [24] chèvres sont offertes à Artémis, en paiement du vœu de Miltiade, le 6 boédromion, proclamé jour de Marathon.

Ainsi Athènes, qui avait déjà dangereusement provoqué les Perses par son intervention lors de la révolte ionienne, va,

24. Elles remplacent les 6 400, qu'on n'avait pas pu réunir en une fois

par sa victoire de Marathon, inciter le Roi, qui se serait peut-être, jusque-là, contenté d'une soumission nominale, à envahir la Grèce pour de bon.

La deuxième guerre médique : la Grèce menacée

Contrairement à la première guerre médique, qui n'était qu'une opération limitée de conquête et de représailles, dont l'importance a été grandement exagérée par la propagande athénienne, la deuxième, menée par le Roi lui-même, est une véritable invasion, méthodiquement préparée par les Perses.

Le renforcement athénien

Miltiade, considéré comme le vainqueur de Marathon, profite de son prestige pour diriger une expédition contre Paros, que ce soit pour exercer une vengeance personnelle, pour punir Paros d'avoir fourni une trière aux Perses ou, plus vraisemblablement, pour faire du butin ou extorquer un tribut (cf. Hér. VI, 132-133). Mais le siège échoue, Miltiade est blessé et, à son retour, il est frappé d'une lourde amende. Outre l'amende et la mort de Miltiade, une série de quatre ostracismes en six ans, qui éliminent d'abord deux partisans des tyrans, donc des Perses, à savoir Hipparchos et Mégaclès, et ensuite Xanthippe et Aristide, clarifie la situation et fait place nette à Thémistocle, qui profite de la découverte, en 483-482, d'un riche filon d'argent dans le Laurion, à Maronée, pour donner à Athènes la plus grande marine de Grèce. En effet, au lieu de distribuer à tous les Athéniens les 100 talents annuels que fournissait ce filon, il les remit aux plus riches à charge pour eux de construire une trière. On réussit ainsi à disposer, en 480, de 200 trières. Cette décision, qui est à la source aussi bien de la victoire de Salamine que de la formation de la ligue de Délos, est un tournant essentiel dans l'histoire d'Athènes. Elle a été facilitée par le conflit, larvé ou ouvert, qui oppose Athènes à Égine de 490 à

481. En face d'une telle flotte, Égine n'est plus de taille à s'opposer, et, en 481, devant la menace perse, le congrès des Grecs décidés à résister, que les historiens qualifieront de « ligue hellénique », invite à mettre fin aux hostilités et aux guerres, notamment au conflit entre Athènes et Égine, qui s'achève alors.

Les préparatifs perses

Si les Grecs exagèrent sans doute l'importance que revêtait pour les Perses le désir d'envahir la Grèce et de venger Marathon, il est vrai que l'expansion vers l'ouest a été retardée par la mort de Darius et la révolte de l'Égypte, en 486, et, plus tard, par une révolte de Babylone.

Xerxès se décide à intervenir, malgré l'opposition du sage Artabane, en partie sous l'influence de son ambitieux cousin et beau-frère, Mardonios, qui souhaite obtenir la satrapie de Grèce. D'autre part, des exilés comme les Aleuades de Thessalie, les Pisistratides ou l'ancien roi de Sparte Démarate ne demandent qu'à se faire rétablir par les Perses. Mais, de toute façon, si l'on en croit Hérodote (VII, 8, 14-19), le Roi a hérité de ses prédécesseurs le désir et même l'obligation de faire des conquêtes : il se doit de ne pas se montrer inférieur à ceux-ci et de ne pas ajouter moins qu'eux à la puissance et à la gloire perses. Or c'est la Grèce qui paraît le mieux se prêter à la conquête : les hérauts de Darius avaient le plus souvent été bien accueillis, et la présence, dans l'expédition, de Grecs d'Asie, désormais soumis, peut faciliter le ralliement de leurs frères de race.

Une fois l'expédition décidée, Xerxès, qui veut en faire le grand succès de son règne, ne lésine pas sur les préparatifs. Non seulement tous les chantiers de l'Empire construisent de nouvelles trières, mais, pour éviter à sa flotte les tempêtes du mont Athos, qui avaient, en 492, éprouvé la flotte de Mardonios, on consacre trois ans à percer un canal au nord de la presqu'île, tandis qu'on lance des ponts sur le Strymon, qu'on établit un port à l'embouchure du fleuve et qu'on constitue d'immenses dépôts de grain et, sans doute, de viande salée, en Thrace et en Macédoine. Enfin, deux ponts de bateaux doivent permettre à l'armée de franchir le Bosphore ; comme ils sont détruits par la tempête, les responsables sont décapités et l'Hellespont lui-même, fouetté. Cependant, le Grec Harpale en reconstruit deux autres, solidement fixés par des câbles, qui permettent au printemps 480 le passage de l'armée en Europe.

Mais le plus important était de réunir une armée et une flotte suffisantes pour que l'expédition parût sans risque. Dans la mesure où le Roi lui-même dirigeait l'expédition, personne ne pouvait s'y soustraire, et Hérodote a, plusieurs fois, souligné le sort cruel imposé à ceux qui avaient osé demander une exemption, mais il n'était pas possible non plus de dégarnir complètement l'ensemble de l'Empire. Les Grecs ont été épouvantés par l'immensité de cette expédition, qui aurait défilé devant Xerxès pendant sept jours et sept nuits (Hér. VII, 56) et qui assèche les fleuves d'importance moyenne, insuffisants pour abreuver hommes et bêtes. Ils se sont encore exagéré cette immensité en proposant, pour les effectifs, des nombres fabuleux. Hérodote dénombre ainsi 170 myriades, au bord de l'Hellespont (VII, 60)[25], et, aux Thermopyles, plus de 264 myriades (VII, 185), que l'inscription en l'honneur des morts grecs arrondit à 300[26], ou même, si l'on tient compte des valets d'armée, plus de 528 (VII, 186). Il n'est pas pensable que plusieurs millions d'envahisseurs aient ainsi déferlé sur la Grèce, et les commentateurs, en considérant que Xerxès n'avait emmené que trois de ses six corps d'armée et qu'il avait pu y avoir des confusions entre les myriades et les corps d'armée ou entre les myriades et les milliers[27], ont supposé que les forces terrestres passées en Europe devaient comprendre environ 200 000 combattants. Il s'y ajoute cependant, outre la grande masse des non-combattants, les troupes levées en

25. Bien qu'il soit rarement crédible, Ctésias, I, 13, se montre déjà plus raisonnable ou plus au courant des effectifs perses, en ramenant à 800 000 les chiffres d'Hérodote ; Diodore de Sicile, XI, 3, 7, a aussi le même nombre, mais il y ajoute, en XI, 5, 2, « un peu moins de 200 000 Grecs ».

26. Hér. VII, 228 : « Ici, contre 300 myriades, combattirent un jour quatre milliers d'hommes du Péloponnèse. »

27. C'est la thèse de C. Hignett, *Xerxes' Invasion of Greece*, Oxford, Clarendon Press, 1963.

Grèce, car, suivant l'habitude des Perses, « tous ceux qu'à chaque fois il rencontrait sur sa route, il (*sc*. Xerxès) les forçait à se joindre à l'expédition » (VII, 108).

Pour la flotte, le nombre de 1 207 vaisseaux, présenté à la fois par Eschyle (*Perses*, 341-343) et par Hérodote (VII, 89) ne paraît pas invraisemblable. En effet, après la terrible tempête du cap Sépias, qui, d'après Hérodote (VII, 190), aurait détruit au moins 400 vaisseaux [28], la flotte perse reste à Salamine nettement supérieure en nombre aux 380 navires grecs. D'autre part, Hérodote fournit le détail des différents contingents (VII, 89-95), qui paraît assez vraisemblable : les Grecs d'Asie, Hellespontins compris, fournissent ainsi 360 navires, alors que, lors de l'expédition d'Aristagoras contre Naxos, ils en avaient réuni 200 et, lors de la bataille de Ladè, 353 ; si l'on admet ces effectifs pour les Grecs d'Asie, il n'est pas anormal que les Phéniciens aient fourni 300 navires et les Égyptiens, 200. Une trière comportant normalement 200 hommes, si l'on ajoute la flotte aux troupes terrestres, on aboutit déjà à des effectifs de quelque 400 000 hommes, qui donnent aux Perses un avantage écrasant.

Le recul grec

On comprend dans ces conditions que l'oracle de Delphes, sans doute bien renseigné et dont le rôle est plus de suggérer une conduite correcte et profitable que de stimuler le patriotisme hellénique, ait eu une attitude prudente, voire défaitiste. Il inquiète les Spartiates en évoquant « un ennemi que ni l'ardeur des taureaux ni celle des lions ne pourraient vaincre, car il a l'ardeur de Zeus » et ajoute qu'« il ne s'arrêtera pas avant d'avoir mis en pièces » soit un roi, soit la cité (Hér. VII, 220 et 239) ; il incite de même les Athéniens à la fuite [29] et Argos, à la neutralité armée (Hér. VII, 148), tandis qu'il décourage les Crétois, qui commettraient une folie en aidant les Grecs (VII, 169). Aussi, beaucoup de Grecs, sou-

28. Pour Diodore de Sicile, XI, 12, 3, les pertes perses se seraient élevées à plus de 300 navires de guerre.

29. Cf. *infra*, p. 27.

cieux avant tout des intérêts de leur cité, sont-ils prêts à pactiser avec l'envahisseur.

A la demande des Thessaliens, avant même que Xerxès soit passé en Europe, les alliés réunis à Corinthe, qui ont accepté de se placer sous le commandement de Sparte, décident d'envoyer par mer environ 10 000 hoplites pour garder les gorges de Tempè. Mais la possibilité qu'avait l'ennemi de tourner leurs positions et les conseils d'Alexandre de Macédoine, qui s'efforçait de se faire bien voir à la fois de son maître Xerxès et des Grecs, incitèrent ces derniers à se replier plus au sud. Dès lors, les Thessaliens, sans alliés pour combattre à leurs côtés, « collaborèrent avec les Mèdes avec ardeur » (Hér. VII, 174).

Tandis qu'une flotte de quelque 280 navires, stationnée à l'Artémision, au nord de l'Eubée, est censée empêcher la flotte perse de progresser vers le sud, une nouvelle ligne de défense, établie aux Thermopyles, doit interdire l'entrée en Grèce centrale. Mais, la fête des *Carneia* retenant le gros des forces lacédémoniennes et les concours olympiques occupant les Grecs [30], les forces disponibles sont encore moins nombreuses qu'en Thessalie : le roi de Sparte Léonidas n'a que 3 100 Péloponnésiens, auxquels s'ajoutent 1 000 Phocidiens, 700 Thespiens, qui mourront héroïquement, 400 Thébains, qui sont peut-être là plus en otages qu'en alliés, et les Locriens opontiens, avec toutes leurs forces, qui, d'après Diodore de Sicile (XI, 4, 6), se montaient à 1 000 hommes. Après une résistance efficace et meurtrière, qui surprend les Perses, le troisième jour les Grecs se font tourner par un sentier de montagne, mal gardé par les Phocidiens, et alors, la lutte étant devenue désespérée et Léonidas ayant renvoyé les autres, ne restent plus aux Thermopyles que les Spartiates, les Thébains et les Thespiens, qui vendront chèrement leur vie. Si les Thermopyles sont une défaite, c'est une défaite héroïque, dont les Grecs et notamment les Spartiates seront fiers, comme le montre le poème que lui consacra Simonide

30. Pour beaucoup d'entre eux, il ne doit s'agir que d'un prétexte, car, évoquant plus tard tous les Péloponnésiens qui n'avaient pas aidé à la fortification de l'Isthme, Hérodote (VIII, 72) se contente de noter qu'ils ne se souciaient aucunement de porter secours à la Grèce, alors que « les fêtes d'Olympie et les Carneia étaient déjà passées » et ajoute (VIII, 73) qu'en se tenant dans la neutralité, ces cités, en fait, « médisaient ».

(Fr 4 Bergk = Diodore XI, 11, 6) : « Ceux qui sont morts aux Thermopyles, glorieux fut leur sort, brillant, leur destin, leur tombe est un autel... » La résistance du dernier carré permit aussi à la flotte de l'Artémision, qui avait déjà remporté quelques succès, de se retirer avant que les Perses ne lui coupent la retraite.

Mais la route de la Grèce centrale est désormais ouverte et, tandis que les Thessaliens, alliés des Perses, en profitent pour s'en prendre aux Phocidiens, leur ennemi traditionnel, à l'exception de Thespies et de Platées, les Béotiens, dont « la majorité est favorable aux Mèdes » (Hér. VIII, 34), se rallient sans difficulté. Delphes est épargnée, soit que les Perses aient considéré que l'oracle ne leur était pas défavorable, soit, comme celui-ci a dû en faire courir le bruit, que le dieu ait lui-même protégé son sanctuaire.

La prochaine étape dans l'invasion, c'est Athènes, où les Perses arrivent trois mois après avoir quitté l'Hellespont. Or, consultant Delphes, les Athéniens en ont reçu un oracle effrayant : « Fuis aux extrémités de la terre... ; il (*sc.* l'ennemi) livrera à l'ardeur du feu bien des temples des dieux, qui dès maintenant ruissellent de sueur et tremblent de peur... » (Hér. VII, 140). Mais, suppliant les dieux, les *théores*[31] athéniens obtiennent une réponse moins décourageante : si, déclare l'oracle, « Pallas ne peut fléchir tout à fait Zeus olympien », une fois le reste d'Athènes conquis, « Zeus au vaste regard accorde à Tritogénie (*sc.* Athéna) un rempart de bois, seul à être inexpugnable, qui t'aidera, toi et tes enfants » ; il incite aussi à ne pas attendre l'infanterie et la cavalerie ennemies et conclut en invoquant Salamine : « Divine Salamine, tu causeras la perte, toi, des enfants des femmes... » (Hér. VII, 141). Ce dernier oracle suscita des discussions à Athènes. Si quelques vieillards voyaient dans le rempart de bois la palissade de l'Acropole, ce qui incita quelques irréductibles à s'y barricader, la plupart y reconnaissaient une allusion à la flotte[32]. Mais les *chresmologues* (diseurs d'oracles) se fondaient sur la fin du texte pour prétendre que, si on livrait bataille à Salamine, on y serait

31. Délégués officiels envoyés dans un sanctuaire ou par un sanctuaire.
32. Claude Vatin me signale que le flanc d'un bateau, le bordé, se disant *toichos*, on a pu le rapprocher du *teichos* (rempart) de l'oracle.

vaincu et qu'il fallait donc abandonner l'Attique pour s'établir ailleurs. Cependant, notant que l'expression « les enfants des femmes » était équivoque et que, s'adressant aux Athéniens, le dieu avait parlé de « divine Salamine » et non d'« infortunée Salamine », Thémistocle assurait que la défaite annoncée était celle des Perses et persuada les Athéniens de se préparer à un combat naval (Hér. VII, 143).

Une inscription du IIIe siècle av. J.-C., trouvée à Trézène, est censée reproduire le décret de Thémistocle (*ML* 23), déjà évoqué par Eschine au milieu du IVe siècle, qui invite les Athéniens à abandonner Athènes et à combattre sur mer. Il faut confier Athènes à Athéna en ne laissant sur l'Acropole que les trésoriers et les prêtresses, et mettre à l'abri, tant parmi les citoyens que parmi les étrangers résidents, femmes et enfants à Trézène, vieillards et bétail (?) à Salamine. Tous les autres Athéniens et étrangers devront embarquer, à raison de 100 rameurs, 10 hoplites et 4 archers par navire, sur les 200 trières, dont 100 iront à l'Artémision, et 100 veilleront sur Salamine et sur l'Attique. Cependant les Athéniens « exilés pour dix ans », entendons les ostracisés, pourront attendre à Salamine que le peuple ait statué sur leur compte.

Le texte a suscité de nombreuses discussions concernant sa fidélité au décret original. Si des proclamations patriotiques comme « combattre les Barbares pour la liberté, la leur et celle des autres Grecs, avec les Lacédémoniens, les Corinthiens, les Éginètes et tous ceux des autres qui désirent participer aux dangers », peuvent avoir été rajoutées après coup, on ne voit pas quel intérêt aurait présenté pour un faussaire la description du processus de mobilisation. Aussi semble-t-il possible de tirer parti des indications du texte. Il apparaît ainsi que l'évacuation d'Athènes, qui a dû prendre du temps, avait été décidée avant la défaite des Thermopyles, ce qui suggère qu'on ne pensait pas que les envahisseurs pourraient y être arrêtés définitivement. De toute façon, les Athéniens, contre lesquels le Roi avait des griefs particuliers et qui devaient se rappeler le traitement subi par les Érétriens en 490, n'avaient pas le choix.

Aussi le mérite principal de Thémistocle n'est-il pas d'avoir obligé les Athéniens à abandonner leur ville, mais d'avoir infléchi la stratégie des alliés. En effet, dès le départ, les Péloponnésiens avaient été tentés de se barricader dans le Péloponnèse en fortifiant l'isthme de Corinthe. Cette stratégie du barrage, déjà envisagée à Tempé, avait été pratiquée aux Thermopyles, avec le succès qu'on sait. Elle était absurde en face d'un adversaire qui avait une supériorité numérique écrasante tant sur mer que sur terre et qui se renforçait à mesure qu'il avançait.

Thémistocle, qui avait déjà commandé le contingent athénien de Tempè et incité la flotte de l'Artémision à rester sur ses positions, avait obtenu que la flotte alliée se repliât à Salamine et non tout de suite dans le Péloponnèse. C'est là que, pour la deuxième fois, il joua un rôle essentiel dans l'histoire du monde égéen. Il s'agit pour lui d'obtenir que la flotte grecque reste à Salamine et que Xerxès ait l'imprudence de l'y attaquer. Les stratèges alliés, réunis à Salamine, sous le commandement du Spartiate Eurybiadès, sont partagés sur les décisions à prendre. La majorité, inquiète de l'avance des Perses, qui, après la prise d'Athènes, où les défenseurs de l'Acropole ont résisté héroïquement, marchent vers le Péloponnèse, souhaite combattre près de l'Isthme, ce qui permettrait, en cas de défaite, d'obtenir du secours [33] (Hér. VIII, 49 et 56). Mais, comme Thémistocle se rend compte, peut-être sur les avertissements de son conseiller Mnésiphilos, que le départ de la flotte amènerait sa dislocation, car chaque contingent regagnerait sa cité (Hér. VIII, 57), il suscite une nouvelle réunion du conseil des stratèges, où il s'oppose au Corinthien Adeimantos. Il souligne l'avantage qu'il y a, pour des forces inférieures en nombre, à combattre dans un détroit [34] et ajoute qu'on évitera ainsi d'attirer l'ennemi dans le Péloponnèse tout en conservant Mégare, Égine et Salamine. Mais l'argument déterminant, qui ressortit presque au chantage, c'est que, si l'on ne l'écoute pas, les Athéniens, qui constituent la majorité de la flotte, abandonneront la lutte pour aller s'établir en Italie (Hér. VIII, 61-62). Il arrache ainsi la décision de rester. Mais les Péloponnésiens, angoissés, s'agitent et finissent par susciter une réunion du conseil des stratèges pour revenir sur la décision.

33. Une telle argumentation condamne déjà le projet aux yeux d'Hérodote, pour qui il est toujours préférable de combattre dos au mur.

34. C'est le principe même de la stratégie des Grecs, qu'ils avaient envisagée à Tempé, mise en pratique aux Thermopyles, comme, sur mer, à l'Artémision, et prévue à l'Isthme.

Il est clair que, si, écoutant les bons conseils d'Artémise, Xerxès avait accepté d'attendre, les craintes de Thémistocle se seraient réalisées et la flotte se serait disloquée. Mais le Roi, se ralliant à l'avis de la majorité et souhaitant assister au spectacle de la victoire, décide d'attaquer les Grecs. C'est dans ces circonstances que Thémistocle, désireux de prévenir le départ de la flotte grecque, avertit secrètement Xerxès[35] que « les Grecs, terrifiés, projettent de fuir » (Hér. VIII, 75, et Eschyle, *Perses*, 355-360). Dès lors, les Perses coupant la retraite de la flotte, il n'est plus possible de gagner le Péloponnèse.

Les trois défaites perses : Salamine, Platées et Mycale

• Salamine.

La défaite de Salamine, le 22 ou le 23 septembre 480, marque le début du reflux perse. Au lieu de se contenter de bloquer les Grecs dans le chenal étroit qui sépare Salamine du Continent, leurs adversaires, désireux de briller devant Xerxès, ont le tort de s'y engager eux-mêmes, de part et d'autre de l'îlot de Psyttalie. Enveloppés par les Grecs et trop nombreux pour l'espace dont ils disposent, les Perses ne peuvent conserver leur ordre de bataille et, malgré l'expérience des Phéniciens, l'ardeur des Ioniens, notamment des Samiens, et les exploits équivoques d'Artémise, ils sont mis en fuite en subissant de lourdes pertes. D'après Diodore de Sicile (XI, 19, 3), alors que les Grecs auraient eu 40 navires détruits, les Perses en auraient perdu plus de 200, sans compter ceux qui avaient été capturés avec leur équipage, tandis qu'Aristide massacre, sur l'îlot de Psyttalie, l'élite des Perses (Eschyle, *Perses*, 441-465, et Hér. VIII, 95), qui y avait été débarquée pour pouvoir massacrer les naufragés grecs.

On conçoit la colère et la douleur de Xerxès, qui avait fait installer son trône sur le rivage pour assister aux prouesses des siens et en prendre bonne note. Son attitude aggrave les

35. Thémistocle souhaite, bien sûr, la victoire des Grecs, mais, si les Perses sont vainqueurs, il aura, par ses bons conseils et ses propos véridiques, acquis la reconnaissance du Roi.

conséquences de la défaite. En effet, même sur mer, les Perses avaient sans doute encore la supériorité et les Grecs redoutaient toujours une nouvelle attaque. Mais le Roi, ayant fait décapiter les chefs phéniciens pour avoir accusé à tort les Ioniens, les Phéniciens abandonnent l'expédition et le Roi lui-même, craignant que les ponts du Bosphore ne soient coupés [36], s'en retourne par voie de terre en Asie en laissant le commandement à Mardonios, tandis que les Grecs reprennent une partie des Cyclades, qu'ils mettent à contribution.

• Mardonios et les Athéniens.

Instigateur de l'invasion, Mardonios veut la mener à bien. Restant en Grèce, il prend ses quartiers d'hiver en Thessalie, ce qui lui permet à la fois de protéger la Béotie et d'avoir de bonnes communications avec l'Asie par la Macédoine et la Thrace, les révoltes de Potidée et d'Olynthe, réprimées par Artabaze, ne gênant pas vraiment les communications. Il a gardé avec lui des troupes d'élite, formant un des trois corps d'armée, qui devait compter non 300 000 hommes, comme l'affirme Hérodote (VIII, 113), mais plutôt 60 000 hommes, voire 30 000, selon certains historiens, auxquels s'ajoutent les Grecs ralliés, qu'avec quelque exagération Hérodote (IX, 32) estime à 50 000 hommes mais qui, en tout état de cause, étaient moins nombreux que les troupes perses. S'il a toujours une supériorité numérique, elle n'est plus écrasante, et Mardonios préfère d'abord faire appel à la diplomatie, en essayant de gagner Athènes, dont la flotte lui assurerait sans risque la domination de la Grèce.

Il envoie ainsi Alexandre, le roi des Macédoniens, à Athènes, où, ayant reçu le titre de *proxène* [37] et d'*évergète* (bienfaiteur), il ne peut qu'être bien accueilli. Celui-ci transmet aux Athéniens des propositions alléchantes, puisque le Roi charge Mardonios de les assurer de son pardon, de leur

36. Selon Hér. VIII, 108-110, Thémistocle aurait d'abord poussé les Grecs à détruire les ponts, mais, ne se faisant pas écouter, il aurait ensuite défendu la thèse inverse, en faisant savoir au Roi que c'était grâce à lui que les Grecs ne poursuivaient pas la flotte perse et ne rompaient pas les ponts.

37. Le *proxène* est celui qui, dans sa propre cité ou son propre État, assiste les citoyens d'une cité qui lui a accordé le titre honorifique de *proxène*.

rendre leur territoire et de leur permettre en outre de s'en choisir un autre, celui qu'ils voudront, en restant indépendants (*autonomoi*), et s'engage à relever leurs sanctuaires incendiés, tout cela à condition qu'ils s'entendent avec les Perses (Hér. VIII, 140)[38] ; et Alexandre lui-même insiste sur le sort privilégié que le Roi accorde ainsi aux Athéniens. Mais les Athéniens, qui ont suffisamment fait traîner les négociations pour que les Lacédémoniens, affolés[39], envoient une ambassade, rejettent, à l'instigation d'Aristide, les propositions perses en mettant en avant la défense de la liberté[40] et celle de la Grèce, ce qui donne à Hérodote (VIII, 144) l'occasion de définir, pour la première fois dans la littérature grecque, ce qu'on peut appeler la grécité (*to hellénikon*) : avoir « même sang et même langue, des sanctuaires et des sacrifices communs et des coutumes analogues ». Ils font même lancer des imprécations contre ceux qui proposeraient de négocier avec les Perses et d'abandonner l'alliance des Grecs[41]. Ils déclinent cependant l'offre qu'ont faite les Spartiates d'entretenir les non-combattants pendant toute la durée de la guerre : ce qu'ils souhaitent, c'est une expédition péloponnésienne en Béotie, qui préserve l'Attique.

Mais les Péloponnésiens, soucieux avant tout de terminer la fortification de l'Isthme, n'interviennent pas et les Athéniens doivent de nouveau abandonner leur territoire, repris par les Perses vers la fin de juin 479. Mardonios envoie alors un nouveau messager aux Athéniens réfugiés à Salamine, en réitérant les mêmes propositions, mais le bouleute (membre du Conseil des Cinq-Cents) qui proposait de les accepter se fait lapider, lui et sa famille. Cependant, les Athéniens ont finalement envoyé leurs navires renforcer la flotte alliée, inactive à Délos, tandis que la flotte perse mouille à Samos. Mais ils ont du mal à obtenir l'aide demandée et peut-être promise. L'am-

38. Plut., *Aristide*, 10, 2, précise ce qui n'était qu'implicite dans le texte d'Hérodote, en ajoutant que le Roi promettait de leur donner beaucoup d'argent et d'en faire les maîtres de la Grèce.

39. Un oracle leur aurait aussi prédit que Perses et Athéniens unis chasseraient les Doriens du Péloponnèse.

40. Le combat pour la liberté (*éleuthéria*) est un des leitmotive de la deuxième guerre médique, cf., entre autres, Eschyle, *Perses*, 402-405.

41. Une telle mesure suggère justement qu'il y a des Athéniens prêts à le faire et, sur le champ de bataille de Platées, Aristide devra réprimer avec prudence un complot antidémocratique, favorable aux Perses.

bassade athénienne, dirigée par Aristide, à laquelle se sont associés Mégariens et Platéens, doit attendre pendant dix jours la réponse des éphores, à chaque fois promise pour le lendemain, ce qui suggère, soit qu'ils attendaient l'achèvement total du mur de l'Isthme pour pouvoir disposer des troupes nécessaires, soit, ce qui n'est pas inconciliable, que, devant une décision aussi importante, leur collège était divisé. En tout cas, à la suite de l'intervention d'un Tégéate, qui leur garantit peut-être la tranquillité de l'Arcadie, ils se décidèrent brutalement. A la satisfaction et à la grande surprise des ambassadeurs, qui ne l'apprirent que le lendemain, les éphores envoyèrent de nuit sans même prévenir leurs alliés [42], sous le commandement du régent Pausanias, 5 000 Spartiates accompagnés de 35 000 hilotes armés à la légère (Hér. IX, 29), bientôt rejoints par 5 000 hoplites périèques. Désespérant désormais de rallier les Athéniens, Mardonios ravage systématiquement Athènes et l'Attique, avant de se replier en territoire ami, en Béotie.

• Platées.

Les forces alliées se réunissent également en Béotie. Un serment collectif, connu sous le nom de serment de Platées [43], est censé accroître leur unité. Si le texte, tel qu'il nous a été transmis par Lycurgue, par Diodore de Sicile et par une inscription athénienne du IVe siècle (Tod 204, 5-20), était déjà critiqué par Théopompe et a des chances d'être, au moins en partie, apocryphe, il n'y a guère de raison de mettre en doute l'existence du serment lui-même.

Hérodote (IX, 28-30) détaille les effectifs alliés, qui s'élèveraient à 38 700 hoplites, dont 10 000 Lacédémoniens, 8 000 Athéniens, 5 000 Corinthiens et 3 000 Mégariens. Il s'y ajoute 69 500 hommes armés à la légère, dont 35 000 hilotes accompagnant les Spartiates, et 1 800 Thespiens, également armés à la légère, soit un effectif global de 110 000 hommes.

42. Les Argiens en avertissent d'urgence Mardonios et s'excusent auprès de lui de n'avoir pu empêcher les Spartiates de partir en expédition (Hér. IX, 12).

43. Lycurgue, *Contre Léocrate*, 80-81, assure que ce serment aurait été prêté à Platées par tous les Grecs, tandis que Diodore de Sicile (XI, 29, 2) rapporte, ce qui n'est pas contradictoire, que la décision de le prêter aurait été prise à l'Isthme.

Les effectifs perses s'élèveraient, selon Hérodote (IX, 32), à 30 myriades, auxquelles s'ajouteraient environ 5 myriades de Grecs. Si ces nombres paraissent exagérés, il paraît cependant vraisemblable que Mardonios n'aurait pas recherché le combat, s'il n'avait été assuré d'une confortable supériorité numérique.

Mardonios, qui, pour avoir un refuge, s'est constitué une enceinte fortifiée en bois (Hér. IX, 15 et 70), se contente d'abord de harceler avec sa cavalerie les Grecs installés au pied du Cithéron et d'intercepter leurs convois, en leur interdisant ainsi tout ravitaillement. Au cours de ces engagements, il a la malchance de perdre Masistios, le prestigieux chef de la cavalerie. Cependant les deux armées restent face à face pendant dix jours sans que se produise le grand affrontement. C'est que les présages leur interdisent à chacun de prendre l'offensive et leur prédisent la victoire s'ils attendent que l'autre camp passe à l'attaque. La chose s'explique aisément : pour attaquer, les Grecs devraient franchir l'Asopos et combattre sur un terrain qui convient à la cavalerie perse ; inversement, si les Perses attaquent, ils sont obligés de quitter un terrain favorable pour une zone accidentée, convenant mal à leur cavalerie.

Finalement, malgré les conseils judicieux d'Artabaze, qui l'invitait à se replier à Thèbes en achetant le ralliement des Grecs, Mardonios décide de passer à l'attaque le lendemain. Alexandre le Macédonien vient prévenir les Grecs de l'attaque imminente et les invite, si Mardonios n'attaque pas, à rester sur place, car les Perses n'ont plus de ravitaillement que pour quelques jours [44]. De fait, Mardonios envoie sa cavalerie attaquer les Grecs et réussit à troubler et à combler la source où s'abreuvait l'armée grecque. Il est alors décidé que la nuit suivante les Grecs lèveront le camp. Le récit des manœuvres, que présente Hérodote, donne le beau rôle aux Athéniens et déprécie tous les autres. Les alliés, qui occupaient le centre du dispositif, prirent la fuite vers Platées au lieu de se rendre là où il leur avait été prescrit. Les Spartiates firent, contrai-

44. Il est possible, si cette intervention a bien eu lieu, que, comme d'habitude, Alexandre ait essayé de se faire bien voir des deux parties : il était peut-être chargé d'inciter les Grecs à ne pas se replier en leur laissant croire que les Perses n'avaient plus de vivres ; mais, pour complaire aux Grecs, il leur aurait aussi dévoilé les plans de Mardonios.

rement à leur habitude, preuve d'indiscipline, puisque le taxiarque Amompharétos refusa d'exécuter un repli tactique, contraire, selon lui, à l'honneur spartiate, et s'obstina, malgré les objurgations de Pausanias. Quant aux Athéniens, sachant que les Lacédémoniens « sont des gens qui pensent une chose et en disent une autre », ils restèrent sagement à leur poste à attendre de voir ce que feraient les Lacédémoniens (Hér. IX, 54). De tels propos trahissent l'origine athénienne des informateurs d'Hérodote, et Peter Green [45] a essayé de trouver une véritable stratégie derrière ce qui paraissait pur désordre. Si les alliés ne se sont pas rendus exactement à l'endroit prévu, ils désorganisent sans doute le système de défense, mais ils peuvent s'être seulement perdus de nuit dans un pays inconnu, et il est excessif de parler de fuite. Surtout, le retard dans le repli des Spartiates et des Athéniens, attribué à l'indiscipline d'Amompharétos, serait une ruse de Pausanias ; il est en effet contraire à toute tactique de battre en retraite de plein jour devant l'ennemi. Aussi Mardonios interprète-t-il ce mouvement comme une fuite et lance-t-il, sans grand ordre, ses troupes à l'assaut. Les Spartiates sont d'abord mal en point et demandent aux Athéniens de se porter à leur secours, ce dont ils sont empêchés par les Thébains. Mais Mardonios se fait tuer, ce qui démoralise et désorganise les Perses, déjà désavantagés par leur armement en face des hoplites. Vaincus, ils se réfugient derrière leur retranchement, que les Athéniens réussissent à forcer, et le combat se termine par un massacre des Perses. Seul le contingent d'Artabaze réussit à fuir et à regagner l'Asie à marches forcées, avant que soit connue la nouvelle de la défaite.

La Grèce est désormais sauvée, et les Grecs en ont conscience, puisque, avec la dîme de l'énorme butin, ils font élever à Delphes un trépied d'or sur une colonne aux serpents, encore préservée, qui porte les noms de la plupart des cités qui avaient combattu à Platées. Bien plus, Platées, qui est indemnisée et qu'on jure de préserver, organise des sacrifices annuels en l'honneur des morts, qui subsistent encore à l'époque de Plutarque, et, tous les quatre ans, des fêtes panhelléniques de la liberté (les *Éleuthéria*).

45. *The Year of Salamis, 480-479 B.C.*, Londres, Weidenfeld and Nicholson, 1970, p. 262-264.

• Mycale.

La victoire de Platées est complétée par la victoire de Mycale, vers la même date : pour Hérodote, les deux auraient été remportées le même jour, Platées, le matin, Mycale, l'après-midi, mais un tel synchronisme, dont les historiens antiques étaient friands, est d'autant plus douteux que les combattants de Mycale, d'après Hérodote lui-même (IX, 100-101), auraient été miraculeusement encouragés par la rumeur des succès obtenus en Béotie.

La flotte alliée, stationnée à Délos, sous les ordres du roi de Sparte Léotychidas, avait reçu des messagers samiens l'invitant à venir libérer l'Ionie, qui était prête à faire défection. La chose paraissait d'autant plus facile que la flotte perse, dont les navires phéniciens venaient d'être détachés, ne comptait plus qu'une centaine de navires. Aussi, ayant conclu une alliance avec les délégués samiens, les Grecs font-ils voile vers Samos. Cependant, les Perses, conscients de leur infériorité navale et redoutant l'arrivée des ennemis, s'étaient réfugiés sur le Continent, au cap Mycale, en face de Samos. Renforcés par les troupes de la région, ils s'enferment eux-mêmes et leurs navires à l'intérieur d'un retranchement et, étant donné leur supériorité numérique, estiment n'avoir rien à craindre.

Mais Léotychidas a l'habileté de faire une proclamation incitant les Ioniens à changer de camp : « Lorsque nous aurons engagé le combat, il faudra avant tout se souvenir de la liberté (*éleuthéria*) et, ensuite, du mot de passe Héra [46] » (Hér. IX, 98). Il accroît ainsi la méfiance des Perses, qui devaient déjà avoir eu vent de l'envoi de messagers samiens à Délos ; aussi ceux-ci désarment-ils les Samiens, tandis qu'ils éloignent les Milésiens. Devant le petit nombre des assaillants, les Perses renoncent à la prudence et sortent à l'assaut. Mais ils sont battus, sans doute en partie à cause de la désertion des Ioniens, avant même qu'arrive le détachement chargé de les attaquer de flanc, et les alliés s'emparent du retranchement, où seuls les Perses eux-mêmes résistent vaillamment. Comme les Milésiens qui gardaient les passes

46. Les manuscrits ont Hèbè, mais Héra (en ionien Hèrè) a l'avantage d'éveiller chez les Samiens le souvenir de leur Héraion.

changent aussi de camp, beaucoup de fuyards se font encore massacrer.

La flotte grecque se rend ensuite à Abydos, sur l'Hellespont, pour y rompre les ponts. Mais, comme ils sont déjà rompus, les Péloponnésiens s'en retournent chez eux, tandis que les Athéniens assiègent et prennent Sestos.

Conclusion

On peut se demander pourquoi, contre toute attente, les Perses ont perdu. Sans doute la phalange hoplitique surclasse-t-elle l'infanterie perse, moins bien armée, et cet avantage explique à la fois la résistance des Thermopyles et la victoire de Mycale. Mais les Perses ont aussi à leur service d'excellents hoplites, comme les Thébains, et l'emportent par la cavalerie et par les archers, et, de toute façon, la supériorité numérique compensait largement l'infériorité de l'armement. S'ils ont perdu, comme le souligne Hérodote, conformément à sa conception de la *némésis* divine punissant la démesure (*hubris*) [47], c'est qu'ils étaient trop sûrs de leur force. A Salamine, Xerxès n'avait qu'à attendre le départ et la dislocation de la flotte ennemie pour obtenir une victoire aisée ; à Platées, Mardonios aurait eu intérêt à écouter les suggestions d'Artabaze, et, à Mycale, les Perses auraient pu refuser le combat. Cette thèse s'applique cependant moins bien à Platées et surtout à Mycale qu'à Salamine. Car refuser le combat pour s'enfermer à Thèbes n'était peut-être pas la meilleure tactique, alors que les Grecs continuaient à recevoir des renforts, que les Perses n'avaient plus la maîtrise des mers et que, si la flotte grecque était victorieuse, elle pourrait gêner les communications ou renforcer encore les troupes de Pausanias. Pour Mycale, rester enfermé dans le retranchement, n'était-ce pas abandonner à l'ennemi une Ionie prête à se soulever ?

Cependant, ce n'est pas la résistance unanime des Grecs

47. Une vision plus favorable aux Perses y verrait moins de l'*hubris* qu'une conception héroïque de la guerre impliquant qu'une victoire sans combat n'est pas une véritable victoire.

qui a vaincu les Perses. Hérodote, qui donne plusieurs fois la longue liste des Grecs ralliés aux Barbares, souligne que « la majorité ne désirait pas se lancer dans la guerre mais *médisait* avec ardeur » (VII, 138, 8-10). La plupart des Grecs font passer l'intérêt de leur cité ou de leur peuple avant celui de la Grèce et préfèrent se rallier avant de supporter les ravages de la guerre, et même les Grecs qui ont choisi la résistance comprennent cette attitude : le seul fait de ne prévoir le châtiment que de ceux des Grecs « qui se sont donnés aux Perses sans y être contraints » (Hér. VII, 132, 6-9) suggère *a contrario* que, lorsque la résistance est impossible, il n'est pas condamnable de se soumettre à l'ennemi. Mais, même quand ils échappent à la contrainte, les Grecs qui ont encore le choix ne se montrent guère désireux de participer à une guerre perdue d'avance, d'où l'échec des ambassades envoyées à Argos, en Sicile ou en Crète, tandis que les Corcyréens tardent volontairement et que Delphes se montre incertaine. Aussi la colonne aux serpents dédiée à Delphes après la victoire (*ML* 27) ne pourra-t-elle énumérer que 31 cités ayant combattu les Perses.

Bien plus, les divisions entre Grecs amènent certains à choisir délibérément le camp perse. Le véritable ennemi est généralement le voisin et Hérodote (VIII, 30, 2-6), au grand scandale de Plutarque, suggère que les Phocidiens se sont engagés dans la résistance parce que leurs ennemis thessaliens s'étaient ralliés aux Perses, mais que, si les Thessaliens avaient résisté, les Phocidiens auraient fait l'inverse. De même, le principal ennemi d'Argos, ce sont non les Perses, dont ils sont théoriquement les alliés, mais Sparte. Si Thèbes avait résisté, il n'est pas sûr que Platées et Thespies auraient été dans le même camp et qu'Athènes se serait si opiniâtrement opposée aux Perses [48]. En outre, les cités elles-mêmes sont divisées et le parti vaincu ou qui aspire au pouvoir n'hésite pas à s'appuyer sur les Perses, qui, Hérodote (IX, 41) n'en doute pas, pourraient assez facilement acheter les dirigeants des cités. Non seulement les Aleuades, les Pisis-

48. C'est ce qu'avait bien vu Mardonios, lorsqu'il proposait implicitement de remplacer Thèbes par Athènes comme cité privilégiée, mais, après l'exaltation suscitée par la victoire de Salamine, il était trop tard pour un renversement complet de la politique athénienne.

tratides ou le roi Démarate se sont réfugiés chez eux, mais tous les combattants athéniens de Platées n'étaient pas à l'abri du soupçon et, si, comme l'affirme Thucydide (I, 128, 3-133), Pausanias finit par se laisser corrompre par les Perses, ceux-ci ont failli regagner par l'intrigue ce qu'ils avaient perdu sur le champ de bataille.

Il y a cependant une cité qui a agi de façon anormale, c'est Athènes. Il était explicable de redouter la vengeance du Roi et d'abandonner la cité. Mais pourquoi, après Salamine, rejeter les propositions particulièrement avantageuses transmises par Alexandre ? Aussi bien Mardonios que les Spartiates s'attendaient à voir les Athéniens accepter. Or, que ce soit sous l'influence d'Aristide ou sous celle de Thémistocle, ils ont refusé en faisant passer, dans un grand élan panhellénique, l'intérêt de la Grèce avant celui de la cité. Même si cette politique ne faisait pas l'unanimité, et le massacre du bouleute qui souhaitait l'accord avec les Perses suggère même un certain terrorisme, elle a sauvé la Grèce et, faisant d'Athènes, dans le prolongement de l'incendie de Sardes et des victoires de Marathon et de Salamine, l'inspiratrice de la résistance aux Barbares, elle portait en germe la reconquête de l'Ionie et la formation de la ligue de Délos.

La reconquête : la Grèce menaçante

La ligue de Délos contre la Perse

Si la résistance à l'invasion s'était faite sous l'égide de la « ligue hellénique », dirigée par Sparte, les luttes ultérieures contre les Perses sont menées par Athènes et par la « ligue de Délos [49] », qu'elle a créée à la suite d'une scission dans la « ligue hellénique » et qui s'efforce de libérer les Grecs d'Asie Mineure.

Le premier grand succès est la victoire de l'Eurymédon, en 467 ou 466, où Cimon réussit à vaincre les Perses à la fois

49. Cf. *infra*, p. 48 *sq*.

sur mer et sur terre, en prenant ou en détruisant près de 200 trières (Thuc. I, 100, 2), auxquelles s'ajoutent peut-être 80 autres, arrivées après la bataille (Plut., *Cimon*, 13, 3) et en faisant, selon Diodore (XI, 62), plus de 20 000 prisonniers. Désormais, la menace perse est entièrement écartée, et Athènes, qui a déjà chassé les Perses de l'Hellespont et de l'Ionie au sens large, peut désormais intégrer dans son alliance les cités de Lycie et de Carie.

Mais, dans son impérialisme, Athènes ne se contente pas de « libérer » les cités grecques d'Asie Mineure, elle s'attaque aussi aux possessions du Roi à Chypre et en Égypte. Si Chypre est en partie grecque et avait participé à la révolte ionienne, en Égypte, il s'agit seulement de profiter des difficultés internes de l'empire perse. Le détail des opérations sera évoqué plus loin [50]. Notons seulement que l'expédition d'Égypte, commencée en 459, se termine en 454, par un désastre. Si, d'après Thucydide (I, 109, 2-3), le Roi avait vainement [51] essayé de persuader Sparte d'envahir l'Attique pour obliger les Athéniens à abandonner l'Égypte, les Perses eurent, notamment après le désastre d'Égypte, plus de succès en Asie Mineure, où ils ont favorisé les tentatives de sécession de Milet et d'Érythrées : un décret athénien (*IG I* ³, 14, l. 26-27) interdit ainsi aux Érythréens d'accueillir « sans l'avis du Conseil et du Peuple athéniens » aucun de « ceux qui se sont enfuis chez les Mèdes ».

Cependant, Cimon, symbole de la lutte antiperse et de l'alliance avec Sparte, revenu à Athènes, dirige, contre Chypre, en 450, une grande expédition, de 200 navires, dont 60 sont détachés en Égypte. Il s'empare de Marion mais ne réussit pas à prendre Kition, où il meurt, et les Athéniens rapatrient leurs troupes de Chypre et de l'Égypte.

Le principal partisan de la guerre avec la Perse étant mort et chacun des deux camps ayant pris conscience de sa vulnérabilité, la Perse, à Chypre et en Égypte, la ligue de Délos, en Ionie, la situation se prêtait à la conclusion d'un accord.

50. *Infra*, p. 57 et 59.

51. On peut cependant se demander si les subsides perses, peut-être apportés par Arthmios de Zélée, n'ont pas favorisé l'expédition péloponnésienne en Grèce centrale qui aboutit à la défaite athénienne de Tanagra.

La paix de Callias (449)

Son authenticité a été discutée. Car elle n'est pas mentionnée expressément avant le IVe siècle, où elle sert fréquemment à critiquer la paix d'Antalcidas. Théopompe (fr. 153 et 154) y aurait vu un faux athénien, écrit en alphabet ionien, qui n'était pas officiellement en usage à Athènes avant 403. Mais, à supposer même que le passage de Théopompe concerne bien la paix de Callias et non son renouvellement sous Darius II, il s'agit non de dénier l'existence d'un accord, mais de critiquer les manipulations auxquelles aurait donné lieu sa transcription sur la pierre.

Il est de toute façon manifeste que les hostilités s'arrêtent : les Athéniens n'interviennent plus militairement ni à Chypre ni en Égypte et, s'ils démantèlent les cités ioniennes, c'est bien qu'on n'a plus à redouter d'attaques perses. C'est aussi ce que suggère un passage de la *Vie de Périclès* (12, 1-3), souvent mal interprété : les adversaires de Périclès lui reprochent d'interdire aux Athéniens d'utiliser désormais « le prétexte le plus honorable » justifiant le transfert du tribut à Athènes, à savoir la crainte des Perses. Or, pourquoi cesser de craindre les Perses, si ce n'est parce que la guerre est finie ? Sans doute Périclès est-il censé avoir répondu que les Athéniens « n'avaient pas à rendre compte de l'argent aux alliés, puisqu'ils les défendaient (*propolémountes*) et tenaient à l'écart les Barbares », mais cela n'implique pas que la guerre continue effectivement. D'autre part, Hérodote (VII, 151) évoque incidemment, à propos d'une ambassade argienne, la présence à Suse de Callias et d'autres envoyés athéniens « pour une autre affaire ». L'expression est bien vague, s'il s'agit de la « paix de Callias », mais cette ambassade devait être assez célèbre pour permettre à l'historien de l'utiliser pour situer dans le temps la mission argienne. D'autre part, si Athènes était en guerre avec la Perse, on ne voit pas ce que pourrait faire son ambassade à Suse, sinon négocier un accord de paix, et, si elle était en paix, c'est qu'un accord avait déjà été conclu.

Le seul problème est de savoir si les deux parties ont conclu solennellement un traité formel ou si elles se sont contentées d'un simple accord verbal. Selon Diodore de Sicile (XII, 4, 4-5) le Roi aurait écrit à ses généraux de

Chypre et à ses satrapes une lettre les autorisant à conclure la paix avec Athènes, tandis que celle-ci envoyait des plénipotentiaires dirigés par Callias, et un accord de paix aurait finalement été conclu. Callisthène, au contraire, conteste l'existence d'un tel traité, mais prétend que c'est la crainte qui tint le Roi à l'écart de la Grèce [52]. Ce qui rend le mieux compte de la documentation, c'est de supposer un accord secret, conforme à l'intérêt d'Athènes, qui ne tenait pas à proclamer ce qui retirait à la ligue sa raison d'être. Cet accord n'aurait été transcrit sur la pierre et, peut-être, alors quelque peu déformé, qu'au moment où le traité d'Antalcidas paraissait dommageable à la Grèce.

Diodore de Sicile (XII, 4, 5) présente les principales clauses du traité. « Toutes les cités grecques d'Asie [53] » doivent être « autonomes », mais le terme est assez élastique : s'il suggère l'indépendance à l'égard de la puissance qui pourrait menacer cette indépendance, en l'occurrence les Perses, il n'impose pas nécessairement la rupture de tout lien et même, comme le prouve l'exemple d'Égine dans la ligue de Délos, n'interdit pas de lever un tribut. Cette « autonomie » est protégée par une démilitarisation unilatérale : les Perses ne doivent pas approcher de la côte à moins de trois jours de marche [54] (ou d'une journée à cheval) et leurs navires de guerre ne doivent pas dépasser Phasélis, au sud, ni les roches Cyanées, à l'entrée du Bosphore thrace, au nord [55]. En contrepartie, les Athéniens s'engagent à ne pas faire d'expédition contre le territoire du Roi.

52. Plut., *Cimon*, 4, qui cite cette opinion, la rattache, à tort ou à raison, à la crainte suscitée par la défaite de l'Eurymédon.

53. Il ne s'agit donc pas seulement de l'Ionie, même au sens large, et une telle clause peut s'appliquer à des cités comme Sinope ou Trébizonte : l'expédition de Périclès dans le Pont-Euxin n'est pas contraire au traité ; il en serait allé autrement, si celui-ci avait écouté ses concitoyens qui voulaient « s'attaquer de nouveau à l'Égypte et soulever les provinces maritimes du Roi » (Plut., *Pér.*, 20, 3).

54. C'est la durée normale d'un raid sans ravitaillement, où l'on emporte de la nourriture pour trois jours.

55. Une limitation du champ d'action de la marine perse est prouvée par un passage de Thucydide : en 411, Alcibiade fait volontairement échouer les négociations avec Tissapherne, en exigeant des Athéniens toute l'Ionie et les îles avoisinantes, ce qu'ils acceptent, et en leur demandant aussi, ce qu'ils refusent, que « le Roi puisse construire des navires et naviguer le long des côtes de sa terre, à son gré, en tout lieu et avec tous les navires qu'il souhaite » (Thuc. VIII, 96, 4-5).

Après la paix de Callias

La paix, qui permet aux deux empires de se consolider, a d'abord été bien respectée. Si les satrapes poursuivent leurs intrigues, malgré les craintes athéniennes, la flotte perse n'intervient pas, en 440, lors de la révolte de Samos. Et le traité est renouvelé en 423, sous Darius II.

Pendant la guerre d'Archidamos, chacun des deux camps essaie vainement d'obtenir l'aide perse. Mais, par la suite, Athènes a le tort de soutenir des rebelles perses : en 413, le satrape révolté de Sardes, Pissouthnès, puis son fils Amorgès. C'est d'autant plus imprudent que l'intervention spartiate et la révolte de l'Ionie ne peuvent qu'inciter les Perses à agir.

C'est avec Sparte que le Roi, en 412 et 411, conclut maintenant trois traités [56], qui abandonnent concrètement l'Ionie au Roi contre une aide d'abord financière, puis financière et navale, qui, au moins pour la flotte, ne sera même pas fournie. Néanmoins, cette aide permettra aux Spartiates de l'emporter finalement sur Athènes [57].

Si, grâce à une union, au moins partielle, les Grecs avaient réussi à repousser les envahisseurs, leurs divisions permettent, au IVe siècle, aux Perses de revenir en force et de faire la loi en Grèce, avant que les Macédoniens ou les Romains prennent leur succession.

56. Thuc. VIII, 18, 37 et 58. E. Lévy, « Les trois traités entre Sparte et le Roi », *BCH* 107 (1983), p. 221-241.
57. *Infra*, p. 116 *sq*.

2

La *pentékontaétie* ou Athènes entre deux guerres

La période qui va de Platées (479) à la guerre du Péloponnèse (432), dont les prodromes apparaissent dès 435, est essentielle pour Athènes. Elle est surtout connue par Thucydide, qui y a consacré un long excursus (I, 89-118), auquel les commentateurs antiques ont donné le nom de *pentékontaétie* (période de 50 ans)[1]. C'est alors que la ligue de Délos se constitue et se transforme en empire athénien ; c'est alors aussi que, après la chute de Cimon, se rompt l'alliance entre Athènes et Sparte. On peut distinguer trois moments : de 479 à 462, en partie sous l'influence de Cimon, Athènes développe sa puissance sans se brouiller avec Sparte ; de 462 à 446, elle pratique un impérialisme belliqueux tous azimuts, qui se révélera assez décevant ; enfin de 446, voire, en partie, dès 451, à 435, elle mène, sous la direction de Périclès, une politique plus prudente à l'extérieur et accroît, non sans mal, son emprise sur l'Empire.

Le développement de la puissance athénienne (479-462)

La victoire de Salamine avait déjà montré la puissance d'Athènes, mais, pour devenir l'égale de Sparte, il lui fallait se constituer une organisation d'alliés et, faute de posséder les forces qui permettaient à Sparte de se dispenser de murs, se construire des fortifications.

1. Cf. Philon, I, 532, et scholie Thuc. I, 97.

Les fortifications

Elles sont nécessaires à la défense d'une cité dont l'infanterie est inférieure à celle de Sparte et n'est pas supérieure à celle de Thèbes. Elles sont aussi suffisantes, car la poliorcétique, encore peu développée, ne permet guère de prendre d'assaut une ville bien fortifiée. Comme il s'agit de fortifier non l'Acropole, mais la ville d'Athènes et son port, qu'on construit au Pirée, et de réunir les deux par de Longs Murs, Athènes s'est lancée dans une œuvre de longue haleine, qui dure trente-cinq ans.

Le plus urgent était de fortifier la ville elle-même, ce qu'on fit dès 478, car, tant qu'Athènes était sans murailles, elle était vulnérable et ne pouvait mener une politique réellement indépendante. Les Péloponnésiens en étaient bien conscients, aussi Sparte et certains de ses alliés, peut-être Corinthe et certainement Égine [2], entendaient-ils en dissuader les Athéniens. Mais de quel droit interdire à un État souverain de se fortifier ? Aussi l'ambassade spartiate doit-elle alléguer un faux prétexte stratégique : il s'agit d'éviter qu'en cas de retour offensif les Perses ne puissent se saisir de villes fortifiées et en faire leurs bases. En fait, l'interdiction se fonde uniquement sur le droit du plus fort, mais, comme on n'ose pas utiliser de menaces trop précises à l'encontre des vainqueurs de Salamine et des compagnons d'armes de Platées, l'ultimatum laisse place à la négociation. Thémistocle en profite pour aller à Sparte tromper ou acheter les Spartiates et les mettre finalement devant le fait accompli.

En effet, en son absence, en utilisant tous les matériaux disponibles, en particulier des stèles ou des blocs de remploi, et toute la main-d'œuvre présente, hommes, femmes et enfants, hommes libres et esclaves, les Athéniens avaient réussi à élever une construction de fortune, dont on a pu reconstituer le tracé. Ces murs, formés d'un socle de pierre supportant une superstructure de brique crue, censée mieux résister au bélier, s'étendent sur près de 6 kilomètres. Thémistocle fait aussi reconstruire le mur nord de l'Acropole, tandis que Cimon reconstruira le mur sud.

2. Plut., *Thémistocle*, 19, 2, mentionne expressément les Éginètes.

Cette fortification d'Athènes lui permet d'accéder au rang de grande puissance : en dépit des nombreuses guerres que connaîtra la cité, il ne sera jamais question de la prendre d'assaut et, même en 404, les Spartiates victorieux attendent que la famine oblige Athènes à capituler.

La deuxième étape est constituée par l'aménagement et la fortification du Pirée.

Le site est particulièrement bien choisi, car, contrairement à la rade sablonneuse de Phalère, où l'on se contentait jusqu'alors de tirer les bateaux à sec, il présente trois baies, formant trois ports naturels de part et d'autre du petit promontoire de l'Aktè. Sous son archontat, en 493-492, Thémistocle avait déjà commencé la construction du Pirée, mais c'est seulement après la fortification d'Athènes qu'il « décida aussi les Athéniens à achever les constructions du Pirée » (Thuc. I, 93, 3). Il s'agissait non seulement d'aménager les ports, mais de les transformer en forteresse en ne laissant libre que l'entrée par voie maritime. On construisit ainsi tout un système de fortification, de 13 kilomètres, très soigné, avec des pierres taillées et ajustées, qui demanda un travail de plusieurs années.

Le port principal, Kantharos, au nord-ouest, contribue, en tant que port de commerce, à faire du Pirée une ville cosmopolite, dont Hippodamos de Milet a établi le plan en damier et où Thémistocle attire les métèques[3]. Zéa, au centre, constitue le principal port de guerre, avec des loges pour 196 vaisseaux, tandis que Mounichie, à l'est, permet d'en abriter 82 et Kantharos, 94. Les constructions ne seront achevées que dans les années 50.

Athènes s'est ainsi créé un ensemble portuaire bien équipé, puissamment fortifié, à la mesure de sa puissance navale, que Thémistocle (Thuc. I, 93, 7) jugeait même « plus utile que la ville haute (*sc.* Athènes) ».

Thucydide rappelle d'ailleurs, dans le même passage, qu'« il conseillait souvent aux Athéniens, si jamais ils étaient malmenés sur terre, de descendre dans ce port et, avec leur flotte, de faire face à tous » ; mais les Athéniens trouvèrent une solution encore meilleure, qui leur évitait d'abandonner

3. D'après Diodore de Sicile, XI, 43, il aurait fait accorder une exemption de taxe aux métèques et aux artisans, entendons aux artisans qui s'installeraient comme métèques.

la ville d'Athènes. Prenant modèle sur les Longs Murs qu'ils avaient déjà construits pour Mégare, ils décidèrent de relier Athènes au Pirée et à Phalère par des Longs murs, respectivement de 7,5 kilomètres et de 6,5 kilomètres, construits entre 458 et 456. Un mur central, construit à l'initiative de Périclès, qui trouvait les deux murs existants trop écartés, s'y ajouta en 446-443.

Désormais, comme le souligne Périclès lui-même (Thuc. I, 143, 5), Athènes est stratégiquement l'équivalent d'une île et est donc invincible, tant qu'elle conserve sa supériorité maritime, fondée en partie sur sa supériorité financière.

La ligue de Délos

• Les débuts.

Or la supériorité maritime et financière d'Athènes est liée à la formation de la ligue de Délos, principal instrument de sa puissance.

Celle-ci est née d'une scission parmi les Grecs qui combattaient les Perses sous commandement spartiate. La scission elle-même a été provoquée par les excès du régent de Sparte, Pausanias, qui, après avoir commandé les forces alliées à Platées et avoir soumis en partie l'île de Chypre, s'est emparé de Byzance. En effet, les Grecs vont se plaindre à Sparte de sa conduite, qui l'apparente à un tyran [4], et finissent par le faire rappeler. Or, en face de lui, les Athéniens sont dirigés par l'aimable Cimon (Plut., *Cimon*, 6, 2) et par Aristide, que sa « douceur et son affabilité » (Plut., *Aristide*, 23, 1) rendent populaire. Il s'y ajoute l'affinité ethnique entre les Ioniens de Chios et de Samos, voire les Éoliens de Lesbos, et les Athéniens, à qui ils se rallieront, tandis que les Péloponnésiens resteront fidèles à Sparte. Mais la raison principale est sans doute la politique différente de Sparte et d'Athènes. La majorité des Spartiates ou de leurs gouvernants, redoutant les expéditions lointaines qui, comme le montrait l'exemple de Pausanias, ne pouvaient que porter atteinte aux mœurs traditionnelles, « désiraient se soustraire

4. Thuc. I, 95, 1 et 3, et Plut., *Aristide*, 23.

à la guerre contre les Mèdes et voyaient dans les Athéniens des gens capables d'assurer le commandement et, à ce moment-là, en bons termes avec eux » (Thuc. I, 95, 7). Entendons qu'ils souhaitaient se limiter au Péloponnèse en gardant de bonnes relations avec Athènes. D'ailleurs, les ambassadeurs mytiléniens, qui, en 428, demandent l'aide des Spartiates, peuvent affirmer devant ceux-ci s'être alliés à Athènes, parce que Sparte s'était retirée de la guerre contre le Mède (Thuc. III, 10, 2).

Au contraire, Athènes était prête à continuer la lutte et elle était bien placée pour prendre la tête d'une expédition maritime, car, non seulement elle était la première puissance navale mais, exaltée par ses victoires, elle était disposée à accroître ses responsabilités en faveur des Ioniens. Elle, qui était déjà intervenue lors de la révolte ionienne, avait fait rejeter le plan des Péloponnésiens, qui, après Mycale, voulaient installer les Ioniens en Grèce propre (Hér. IX, 106), et, malgré Sparte, avait incité à accueillir les Grecs d'Asie dans la ligue hellénique.

Ces raisons expliquent pourquoi, au printemps 477, à l'exception des Péloponnésiens, la plupart des alliés se mirent sous commandement athénien et, à l'arrivée du remplaçant de Pausanias, dans ce qui apparaît comme une rébellion à la fois politique et militaire, refusèrent de lui obéir, sans que Sparte réagisse [5]. Il se constitue ainsi une alliance organique [6], dans laquelle, au nom d'Athènes, Aristide « jure d'avoir mêmes amis et mêmes ennemis qu'eux (*sc.* les Ioniens), serment pour lequel on jeta les blocs de fer dans la mer » (*Const. d'Ath.*, 23, 5, et Plut., *Arist.*, 25, 1), tandis qu'il fixe déjà les premiers « tributs [7] ». Il va de soi que les alliés ont prêté le

5. Cependant, selon Diodore XI, 50, deux ans après cette sécession, sans l'intervention du géronte Hétoimaridas, les Lacédémoniens auraient affronté Athènes pour recouvrer « l'hégémonie sur mer ».

6. Les Grecs n'ont que le mot *summachia* pour désigner à la fois une simple alliance et une organisation durable d'alliés, que les modernes qualifient volontiers de ligue (exemple : ligue de Délos) ou de confédération (exemple : confédération maritime).

7. Cette traduction traditionnelle du grec *phoros* est malheureuse, étant donné les implications de sujétion que suggère le mot tribut, car, si le *phoros* est effectivement devenu un tribut, ce qui incitera la deuxième confédération maritime à éviter le terme, il n'a, en 477, aucune connotation défavorable et il se contente de prendre la suite de la contribution que les alliés fournissaient déjà dans la ligue hellénique.

même serment aux Athéniens. Quant aux blocs de fer, ils garantissent qu'on restera fidèle au serment tant que les blocs ne remonteront pas du fond de la mer, ce qui interdit tout abandon de l'alliance. Si cette disposition sera, plus tard, utilisée par Athènes pour combattre toute tentative de sécession, il s'agit, pour l'instant, plutôt de s'assurer qu'Athènes ne renoncera pas à la lutte, comme elle l'avait fait lors de la révolte ionienne.

On ne connaît pas la liste exacte des alliés qui participent au premier congrès, au printemps 476. Y figurent cependant la plupart des Cyclades, à l'exception de Théra, de Mélos et sans doute d'Andros, l'Eubée, sauf Carystos, les cités de Propontide avec notamment Byzance, Lesbos, Chios, Samos et d'autres îles comme Rhodes, ainsi qu'au nord Thasos et Samothrace, mais on ne sait si des cités côtières d'Ionie y avaient déjà adhéré. En tout cas, dès l'origine, cette alliance, à la fois militaire et politique, tend à faire de la mer Egée un lac athénien.

Dans le domaine militaire, il s'agit d'une alliance défensive et offensive, dirigée principalement [8] contre les Perses. Selon Thucydide (I, 96, 1), « le principe officiel (*proschèma*) était de ravager le territoire du Roi en représailles [9] pour les dommages subis ». L'expression suggère déjà une attitude offensive, mais il ne s'agit pas seulement de faire du butin, car, comme le montre le discours des ambassadeurs mytiléniens à Olympie en 428, les alliés entendaient aussi « libérer les Grecs du Mède » (Thuc. III, 10, 2). Pour mener cette action, on avait besoin à la fois de navires et d'argent. A la flotte athénienne s'ajoutent des contributions en vaisseaux avec équipages fournies par les alliés, l'ensemble restant sous commandement athénien. Pour financer les coûteuses expéditions maritimes, les alliés doivent fournir une contribution (*phoros*), répartie par Aristide à la satisfaction générale. Selon Thucydide (I, 96, 2), celle-ci se serait élevée à l'origine à 460 talents. Ce montant a paru excessif, car, à la

8. Le serment, très général, d'« avoir mêmes amis et mêmes ennemis » permettra cependant aux Athéniens de détourner l'alliance de la lutte contre les Perses pour l'utiliser contre Sparte.

9. Cf. aussi Thuc. VI, 76, 3, où, en 415-414, le chef syracusain Hermocrate, hostile à Athènes, rappelle que les Athéniens avaient reçu l'hégémonie « sous couvert de punir le Mède ».

fin des années 50, alors que le nombre des alliés et notamment le nombre de ceux d'entre eux qui paient le *phoros* s'est considérablement accru, celui-ci ne s'élève qu'à environ 500 talents. Aussi s'est-on demandé si 460 talents ne correspondait pas à la contribution globale des alliés, navires compris, chaque navire étant comptabilisé pour un, voire trois talents. Il est possible aussi qu'il s'agisse de chiffres théoriques, assez optimistes, fondés plus sur ce qu'on espérait des alliés que sur leurs contributions effectives.

L'alliance n'est pas seulement militaire, elle forme aussi un ensemble politique, dont le centre théorique est le sanctuaire ionien de Délos[10], où se tiennent les réunions des alliés et où est déposé le trésor de la ligue. Si Athènes exerce l'hégémonie, c'est-à-dire la direction militaire de l'alliance, les alliés sont « autonomes[11] », et le pouvoir est théoriquement exercé par un collège des alliés, où les Athéniens n'auraient qu'une voix comme les autres. C'est ce qui paraît ressortir des propos des Mytiléniens, qui assurent que les Athéniens justifiaient la répression exercée contre certains alliés en arguant que « les gens qui étaient leurs égaux dans le vote (*isopsèphoi*) n'auraient pas participé, à leur corps défendant, à l'expédition[12], si les peuples contre qui l'on marchait n'étaient pas coupables » (Thuc. III, 11, 3). Mais l'on peut aussi interpréter le même *isopsèphoi* en lui donnant un sens collectif : c'est globalement que le conseil des alliés, dont ne feraient pas partie les Athéniens, serait, dans les votes, à égalité avec Athènes ; entendons que toute décision devrait être adoptée à la fois par le conseil des alliés et par les Athéniens, interprétation qui peut se fonder sur les parallèles à la fois de la ligue du Péloponnèse et de la deuxième confédération maritime.

Quoi qu'il en soit, même si les Athéniens ne votent pas dans le conseil des alliés, ils ont des moyens d'action, car

10. D'où le nom de « ligue de Délos », que lui ont donné les historiens.

11. Le terme, au contenu assez élastique, suggère qu'on se gouverne soi-même et donc qu'on est indépendant de l'État plus puissant qui pourrait imposer son autorité ; cf. M. Ostwald, *Autonomia : its Genesis and Early History*, Scholars Press, 1982, et E. Lévy, « *Autonomia* et *éleuthéria* au ve siècle », *RPh* 57 (1983), p. 249-270.

12. On peut penser, par exemple, à l'expédition contre Samos, à laquelle avaient participé Chios et Mytilène.

l'égalité de vote entre chacun des alliés fait dépendre les décisions des centaines de petites cités [13] qui ne sauraient résister à l'influence athénienne : les Mytiléniens expliquent l'asservissement des alliés par le fait qu'ils étaient « incapables de s'unir à cause de la multiplicité des votants (*polupsèphia*) » (Thuc. III, 10, 5). D'autre part, aucun allié n'est de taille à s'opposer seul à Athènes, surtout soutenue par les autres membres de l'alliance. Or Athènes a des possibilités d'intervention, car c'est elle qui a fixé le premier *phoros* et qui pourrait donc être habilitée à en réviser le montant et l'assiette [14]. Et, surtout, elle est responsable de sa levée, puisque ce sont des magistrats athéniens nouvellement créés, au nom caractéristique d'*hellénotames* (trésoriers des Grecs), qui doivent en assurer l'encaissement. Aussi est-elle habilitée à intervenir ou, au moins, tentée de le faire, si une cité se refuse à fournir son dû. D'autre part, comme l'alliance est censée être perpétuelle, la sécession est interdite, et Athènes, qui exerce le commandement militaire de l'alliance, peut, là aussi, être amenée à intervenir.

Ainsi la ligue de Délos apparaît comme une alliance librement consentie de cités indépendantes, qui, pour lutter contre la Perse, ont souhaité se mettre sous le commandement militaire d'Athènes. Mais le caractère même de l'alliance dépendra de l'attitude d'Athènes qui a les moyens d'en changer la nature.

• Expansion et premières difficultés.

Dans la période qui suit immédiatement, Cimon, dont l'influence est alors prédominante à Athènes, s'efforce d'accroître la puissance d'Athènes, tout en maintenant de bonnes relations avec Sparte : si la ligue s'étend encore, la répres-

13. P. Brulé, *La Cité grecque à l'époque classique*, PU de Rennes, 1994, p. 17, rappelle qu'en 431, sur les 238 cités mentionnées dans les listes du tribut, 207, soit 92 %, versaient moins d'un talent et demi, et même 137 d'entre elles, moins d'un demi talent ; cf. aussi L. Nixon et S. Price, « La dimension et les ressources des cités grecques », *in* O. Murray et S. Price, *La Cité grecque d'Homère à Alexandre*, Paris, La Découverte, 1992, p. 163-200.

14. Pour le montant, il est assez normal que l'*hègémon* apprécie le coût des expéditions à mener ; pour son assiette, qui sera plus tard fixée par Athènes, il n'est pas impossible, malgré Thuc. I, 96, 2, que, dans une première phase, elle ait été soumise au conseil des alliés.

sion des premières révoltes montre que son caractère a déjà changé.

La politique coloniale qu'Athènes mène en Thrace, où après la prise d'Eion sur les Perses, en 475, elle envoie une colonie, qui se fera finalement massacrer par les Thraces en 465-464, ne concerne pas la ligue, sauf dans la mesure où les intérêts d'Athènes s'opposent à ceux de Thasos.

Mais son action à Skyros et à Carystos ne peut qu'inquiéter les alliés. En effet, la Pythie ayant invité les Athéniens à recouvrer les ossements de Thésée et l'amphictionie ayant condamné Skyros pour le « pillage [15] » de navires thessaliens, Cimon a profité de ces prétextes religieux et il s'est emparé de Skyros, qui constituait à la fois un nid de pirates et une base importante pous les communications avec la Thessalie. L'île prise, la population, réduite en esclavage, a été remplacée par des clérouques. Fort de ce succès, qui lui permet aussi de rapporter les ossements de Thésée et d'accroître son prestige, Cimon passe en Eubée, où il contraint Carystos, jusque-là réticente, à adhérer à la ligue de Délos [16].

Cependant, la victoire de l'Eurymédon, antérieure à 465, sans doute de 467 ou 466, écartant tout danger perse, permit le ralliement des cités de Lycie et de Carie : à peu de choses près, la ligue a dès lors atteint son extension maximale.

Mais les difficultés ont déjà commencé, du fait à la fois d'Athènes et des alliés. L'envoi de colons ou de clérouques en Thrace ou à Skyros manifeste un impérialisme inquiétant et surtout l'adhésion forcée de Carystos implique que, dès cette époque, la ligue tend à se tranformer d'association de cités « autonomes » en instrument de domination aux mains d'une grande puissance.

Or, en face d'Athènes, les alliés se trouvent affaiblis. Comme le souligne Thucydide (I, 99, 2-3), « les alliés étaient eux-mêmes responsables de cette situation ; en effet, cette répugnance à faire campagne avait amené la plupart, pour éviter de s'éloigner de chez eux, à se faire assigner en argent

15. Il pourrait s'agir, en fait, de l'exercice normal du droit de représailles, cf. Plut., *Cimon*, 8, 3-4.

16. Pour toute cette période les dates, fondées sur les très brèves indications de Thuc. I, 98, 1-3, sont assez incertaines, cependant le plus vraisemblable paraît de dater la prise de Skyros de 469 et l'adhésion forcée de Carystos de 469 ou 468.

pour une somme représentant les navires à fournir et, tandis qu'Athènes voyait croître sa flotte grâce aux dépenses assumées par les alliés, ceux-ci, en cas de défection, entraient en guerre sans armements ni expérience ». Plutarque (*Cimon*, 11) note, pour sa part, qu'une fois le danger perse écarté – sans doute après la victoire de l'Eurymédon – les alliés ne voulaient plus fournir ni les vaisseaux ni les hommes prévus et que, alors que les autres stratèges traînaient en justice et faisaient punir ceux qui manquaient à leurs obligations, Cimon avait pratiqué une politique différente en leur permettant de fournir, à la place, de l'argent et des navires vides.

La disproportion des forces s'accroissant entre Athènes et ses alliés, celle-ci a les moyens de contraindre les cités qui veulent quitter la ligue. Sans doute dès 468, en tout cas avant même la victoire de l'Eurymédon, la grande île de Naxos avait fait défection avec sa flotte. Assiégée et vaincue, « ce fut la première cité alliée asservie [17] contrairement à la règle » (Thuc. I, 98, 4), entendons contrairement aux usages normaux entre alliés.

Mais, comme le note l'historien, dans le même passage, ce ne fut qu'un début et la chose se reproduisit ensuite avec les autres « quelle que fût la manière dont cela se passa ». De fait, dès 465 éclata la révolte de Thasos (Thuc. I, 99, 2 et 101), en concurrence avec Athènes à cause de ses comptoirs et de ses mines de Thrace. Thasos, qui tirait de très gros revenus de ses mines du Pangée, disposait d'une flotte importante [18] et espérait l'aide de Sparte [19], se croyait capable de résister. De fait, il fallut à Athènes près de deux ans pour en venir à bout. Mais Thasos, une fois vaincue, dut détruire ses murs, livrer sa flotte et abandonner ses possessions de Thrace. Elle dut aussi payer des indemnités de guerre et, si

17. Le terme employé par Thucydide implique seulement la perte de l'indépendance.

18. D'après Plut., *Cimon*, 14, 2, Cimon leur aurait pris, en combat naval, 33 navires, mais nous ignorons combien de navires furent coulés et combien les Thasiens avaient pu en préserver.

19. Selon Thuc. I, 101, 2, Sparte aurait promis d'aider les Thasiens en envahissant l'Attique et allait le faire, quand elle dut subir son grand tremblement de terre suivi de la révolte des hilotes ; mais, si les tractations sont probables, il serait surprenant que Sparte, qui est toujours l'alliée d'Athènes et fera même appel à Cimon et à ses hoplites pendant la révolte des hilotes, ait envisagé d'envahir l'Attique.

son *phoros*, qu'on peut maintenant légitimement appeler tribut, est réduit à trois talents, ce n'est pas par clémence, mais uniquement parce qu'elle a perdu ses principales sources de richesse.

Même si l'Athènes de Cimon affecte encore de se soucier de ses alliés, elle a montré qu'elle avait les moyens et la volonté d'imposer ses vues. Tous les éléments qui permettront de transformer une hégémonie librement acceptée en une domination (*archè*) imposée sont déjà réunis, à savoir des clérouchies (à Skyros), des cités forcées d'adhérer (Carystos) et des cités forcées de rester et plus ou moins réduites à l'état de sujettes (Naxos et Thasos). Il suffira, dans l'étape suivante, de généraliser de tels procédés tout en détournant l'alliance de ses fins initiales, à savoir la lutte contre la Perse, pour qu'elle apparaisse comme une véritable tyrannie.

En tout cas, de 479 à 462, grâce à Thémistocle, Aristide et Cimon, Athènes a réussi à se fortifier et à prendre le contrôle de la mer Égée, sa volonté de puissance est désormais un danger pour la Grèce, d'où des guerres, dans lesquelles Sparte finira par être impliquée.

La démesure athénienne (462-446)

La période, très mouvementée, n'est connue que dans ses grandes lignes, principalement grâce à Thucydide (I, 102-115) ; c'est pourquoi des questions aussi importantes que le rôle politique de Périclès, la date du retour de Cimon ou la durée de la la grande révolte des hilotes suscitent encore des discussions. Il est clair, en tout cas, qu'après la politique impérialiste mais prudente de Cimon, les démocrates ont voulu profiter à la fois des difficultés de Sparte et de celles du Roi pour mener une politique belliqueuse, assez téméraire, qui suscita des réactions dangereuses pour la sécurité d'Athènes et aboutit finalement, à peu de choses près, au maintien du *statu quo*.

Les succès de l'impérialisme belliqueux

Dans *Les Perses*, représentés en 472, Eschyle avait condamné la démesure (*hubris*) de Xerxès, qui ne s'était pas contenté de dominer le continent asiatique mais avait voulu s'attaquer à la mer, domaine de prédilection des Athéniens. Quelque dix ans après la pièce d'Eschyle, les Athéniens font preuve d'une même *hubris* : au lieu de se contenter de la domination des mers et de la lutte contre les Perses, ils se lancent dans une politique d'expansion continentale, qui leur fait rechercher de nouvelles alliances et les oblige à lutter sur plusieurs fronts.

• Nouvelles alliances.

Le renvoi injurieux, en 462, de l'expédition athénienne que les Spartiates avaient eux-mêmes suscitée amène une rupture avec Sparte, tandis que Cimon, le partisan d'une coexistence pacifique entre les deux alliances, se voit ostraciser. Athènes doit donc trouver des alliés pour, lorsque Sparte en aura fini avec la révolte des hilotes, pouvoir la tenir en respect, ce qui serait le rôle d'Argos, ou l'empêcher d'atteindre l'Attique, ce que devrait permettre l'alliance avec Mégare.

Mais, il ne s'agit pas seulement de se prémunir contre Sparte, dans son impérialisme débridé, Athènes s'efforce aussi d'accroître son influence en Achaïe, à Delphes et en Thessalie : tout se passe comme si elle voulait profiter de la faiblesse provisoire de Sparte pour établir son hégémonie sur l'ensemble de la Grèce.

Cependant, les résultats ont été assez décevants. Argos, qui a conservé une grande puissance militaire, est, pour des questions territoriales, l'ennemie traditionnelle de Sparte et, comme son régime est devenu démocratique, elle a aussi toutes raisons de se rapprocher d'Athènes. Mais, si elle reste fidèle à Athènes, elle ne se montre pas très active contre Sparte et, malgré ses bonnes relations avec la Perse, elle ne réussit pas à concilier Athènes et le Roi. Les Thessaliens apparaissent comme des alliés encore moins efficaces, car ils sont divisés et, si le roi de Pharsale conclut un traité avec Athènes, l'aristocratie reste favorable à Sparte et la cavalerie n'est pas sûre.

Au contraire, du fait de sa position stratégique, Mégare, qui, en lutte ouverte avec Corinthe, avait, dès 461, abandonné la ligue du Péloponnèse pour se mettre sous la protection d'Athènes, était une alliée importante. D'une part, elle protège Athènes contre toute invasion péloponnésienne, d'autant plus que son territoire est montagneux et que, dès 460, les Athéniens ont construit des Longs Murs, d'environ 1,3 kilomètre, entre Mégare et son port de Nisaia. D'autre part, l'occupation de Pégai, l'autre port de Mégare, permettait à Athènes de déboucher directement sur le golfe de Corinthe et donnait toute sa valeur à la place de Naupacte, où, à l'issue de la révolte hilotique, ils établissent les Messéniens. Mais, si la protection spartiate était insuffisante, la protection athénienne risquait de paraître pesante et, surtout, l'alliance avec Mégare ne pouvait que susciter l'hostilité de Corinthe : « C'est surtout de là que date la haine violente des Corinthiens contre les Athéniens », note Thucydide (I, 103, 4).

• La guerre sur deux fronts.

Athènes ne s'intéresse pas seulement à la Grèce, elle profite aussi des difficultés perses pour intervenir en Égypte. Le prince Inaros, qui a soulevé l'Égypte contre le Roi, fait, en 459, appel aux Athéniens et, dès l'été 459, au moment où l'insurrection est déjà victorieuse, ceux-ci dépêchent 200 navires. Si, au début, l'expédition paraît sans risque, elle montre une extension dangereuse du domaine d'action des Athéniens, peut-être tentés par les céréales égyptiennes, et elle diminue considérablement les forces disponibles, au moment où éclate la guerre d'Athènes et de Mégare contre Corinthe et Épidaure. Et il semble que, dans cette dernière guerre aussi, l'initiative vienne d'Athènes, car la première opération mentionnée est un débarquement athénien à Halieis, au sud de l'Argolide.

Athènes se sent assez sûre d'elle pour mener ces deux guerres en même temps et le succès répond d'abord à son attente. Après un premier échec à Halieis, les Athéniens sont vainqueurs dans un combat naval à Kekryphaleia. Égine, la rivale traditionnelle, ayant rejoint la coalition antiathénienne, est vaincue, en 458, dans une grande bataille navale, où les Athéniens prennent 70 navires aux Éginètes et à leurs alliés.

Les Corinthiens ont beau faire un coup de main dans les montagnes de Mégaride pour forcer les Athéniens, qui n'ont plus de troupes d'active disponibles, à lever le siège d'Égine, Myronidès réussit, avec les seuls conscrits et vétérans, à battre les envahisseurs. Enfin, en Égypte, les Athéniens s'étaient aisément rendus maîtres du pays, les Perses n'ayant pu se maintenir que dans la partie fortifiée de Memphis.

Athènes a ainsi réussi à faire front de partout, mais ces guerres furent très coûteuses en hommes. La stèle (*ML* 47) consacrée aux membres de la tribu Érechthéis tués « au cours de la même année » (460 ou 459), à Chypre, en Égypte, en Phénicie, à Égine et à Mégare, en énumère 178, dont deux stratèges, quatre archers et un devin, ce qui, rapporté à l'ensemble des dix tribus, laisse supposer des pertes de près de 1 800 hommes. C'est là un nombre énorme pour une cité qui ne devait disposer que de 13 000 hoplites d'active, même si *La Constitution d'Athènes*, 26, 1, exagère quelque peu en affirmant : « Chaque fois ceux qui partaient en expédition périssaient par deux ou trois mille de sorte que, tant dans le peuple que chez les riches, disparaissaient les gens convenables. » C'est en tout cas un effort de guerre qu'Athènes ne pourrait supporter plusieurs années de suite et pourtant, sauf avec un petit contingent à Égine, Sparte, l'adversaire le plus dangereux, n'est pas encore intervenue.

Athènes menacée

Au contraire, à partir de 457, comme, à l'intervention spartiate, vont s'ajouter le désastre d'Égypte, le renouveau béotien et une coalition générale contre Athènes, la cité se trouve souvent dans une situation difficile.

Si les Spartiates peuvent intervenir, c'est sans doute que la révolte des hilotes est totalement, ou, au moins en grande partie, terminée. Le prétexte leur est fourni par la défense de leur métropole, la Doride, en Grèce centrale, qui est attaquée par les Phocidiens. Mais ils envoient une expédition dont l'ampleur paraît disproportionnée pour un simple conflit local, à savoir 1 500 hoplites lacédémoniens et 10 000 alliés. Les Athéniens, pour couper la retraite aux Péloponnésiens, pénètrent alors en Béotie avec 14 000 hommes, dont 1 000 Argiens, auxquels s'ajoute la cavalerie thessalienne. Mais, du fait, en partie, de la défection des Thessaliens, ils sont vaincus à la bataille de Tanagra et les Lacédémoniens s'ouvrent la route du Péloponnèse.

Cependant, les Athéniens ne se laissent pas décourager et, deux mois seulement après Tanagra, ils sont victorieux des Béotiens à Oinophyta, ce qui leur permet de contrôler à la fois la Béotie, sauf Thèbes, et la Phocide. D'autre part, Égine succombe dès l'hiver 457-456, qui voit aussi l'achèvement des Longs Murs. Enfin, les Athéniens lancent des expéditions autour du Péloponnèse : Tolmidès incendie les cales de Gythion et fait adhérer à la ligue Zacynthe et Céphallénie, tandis que Périclès, qui, malgré sa victoire, ne réussit pas à prendre Sicyone, obtient l'adhésion de l'Achaïe. Finalement, Corinthe, épuisée, et Sparte ne pouvant guère intervenir contre Athènes, Cimon réussit à faire conclure, en 451, une paix de cinq ans entre Athènes et Sparte.

Si, en Grèce, tout s'était finalement bien terminé, les Athéniens avaient, entre-temps, subi un très grave désastre en Égypte. En effet, ils avaient eu l'imprudence de rappeler la plus grande partie de leur flotte avant que ne soit tombée la citadelle de Memphis : ils n'avaient laissé que 40 navires sur 200, et les 50 navires envoyés en renfort, arrivés trop tard, n'avaient pu qu'être aussi, en grande partie, détruits par les Perses. Or le Roi avait envoyé, dès 456, une armée nombreuse et une flotte, qui, selon Diodore (XI, 77, 1) et Ctésias (14, 37), aurait atteint 300 navires. Victorieux des Égyptiens et de leurs alliés, les Perses bloquèrent les Grecs dans l'île de Prosopitis, qu'ils assiégèrent pendant un an et demi ; « ainsi, après six ans de guerre, les Grecs avaient tout perdu » (Thuc. I, 110, 1). De fait, si l'on néglige la minorité qui avait réussi à s'échapper, la perte de 90 trières implique la disparition de 18 000 hommes[20], ce qui est un nombre très élevé, même pour l'ensemble de l'empire athénien, et qui ne sera dépassé que par le désastre de Sicile, en 413.

D'autre part, la perte, au moins provisoire, de la supériorité maritime sur les Perses rendait les Cyclades d'autant moins

20. Selon Ctésias (14, 7), plus de 6 000 Grecs se seraient finalement rendus aux Perses.

sûres que la population, par exemple à Naxos, ne préférait pas nécessairement les Athéniens aux Perses. C'est pourquoi, dès 454, les Athéniens transférèrent le trésor de la ligue pour le mettre en sécurité sur l'Acropole.

Athènes va aussi connaître des difficultés en Béotie. En effet, Thèbes, restée invaincue, rétablit chez elle l'oligarchie et, dès l'été 447, favorise des soulèvements oligarchiques antiathéniens en Béotie. Tolmidès, qui, malgré les réserves de Périclès, y est parti avec 1 000 hoplites athéniens et des contingents alliés, après une première victoire, se fait écraser et tuer à Coronée. Pour recouvrer ses prisonniers, Athènes doit alors évacuer la Béotie, où seule Platées lui reste fidèle, tandis que Thèbes réorganise à son profit la ligue (*koinon*) béotienne.

Or cette défaite de Coronée redonne courage aux ennemis d'Athènes et, en 446, où une coalition générale se noue contre elle, la cité se trouve dans une situation encore plus périlleuse. En effet, elle affronte à la fois la révolte de l'Eubée, sauf Carystos, tenu par les clérouques, et celle de Mégare, aidée par Corinthe, Sicyone et Épidaure, tandis qu'une armée péloponnésienne pénètre en Attique jusqu'à Éleusis. Périclès doit alors abandonner l'Eubée pour faire sa jonction avec l'armée athénienne de Mégaride revenue en Attique. Heureusement, les Péloponnésiens se retirent, sans doute après s'être laissé corrompre à prix d'argent par Périclès (Plut., *Périclès*, 22, 2-4).

Ainsi, Athènes a été sauvée, mais, en 446 comme en 457, c'est surtout parce que Sparte n'a pas insisté : 457, 454 et 447-446 ont été des périodes difficiles pour la cité, qui a couru de grands risques et a pris conscience des difficultés que suscitait un impérialisme continental.

Retour au *statu quo*

Toutes ces guerres coûteuses en hommes et en argent n'ont abouti qu'à des résultats limités. Aussi les Athéniens, qui, en 449, ont déjà fait la paix avec le Roi [21], s'efforcent-ils, en 446, de conclure, avec Sparte, une paix plus durable que la paix

21. Cf. *supra*, p. 41 *sq*.

de cinq ans. Mais, pour conclure la paix de trente ans, ils doivent renoncer à leurs conquêtes : « Ils rendirent Nisaia, Pégai, Trézène et l'Achaïe ; c'étaient en effet les territoires appartenant aux Péloponnésiens qu'occupaient les Athéniens » (Thuc. I, 115) ; ils conservent néanmoins, en dehors du Péloponnèse, Égine, qu'ils doivent laisser « autonome », et Naupacte. D'autre part, comme le rappellent, en 435, les Corcyréens, le texte du traité prévoit que « toute cité grecque qui n'a d'alliance d'aucun côté a le droit d'adhérer à celui des deux camps qui lui plaira » (Thuc. I, 35, 2), ce que confirment, en I, 40, 2, leurs adversaires corinthiens en évoquant plus précisément « les cités non inscrites » dans le traité. Il apparaît ainsi, *a contrario*, que le traité reconnaissait chacune des deux alliances, avec la liste de leurs membres, et interdisait de débaucher les alliés de l'autre camp. Enfin, pour maintenir la paix, le texte prévoyait, en cas de différends, une procédure d'arbitrage sans saisie de gages territoriaux sur l'autre partie (Thuc. I, 140, 2). Certains commentateurs se sont aussi demandé si le traité imposait une certaine liberté de commerce, puisque l'interdiction faite aux Mégariens de commercer dans les ports de l'Empire sera considérée comme contraire au traité. Mais, plutôt que d'une clause expresse, il s'agit, en l'occurrence, de respect du droit des gens : en temps de paix, on doit pouvoir commercer librement.

Ainsi ces seize ans mouvementés et riches en guerres meurtrières, où Athènes avait cru pouvoir profiter de la faiblesse momentanée des Spartiates et du Roi, ne lui avaient apporté qu'un gain territorial limité : Naupacte et Égine, auxquelles s'ajoutent quelques cités d'Asie Mineure. Mais elle avait obtenu la reconnaissance de la ligue de Délos, qui pouvait déboucher sur la coexistence pacifique des deux ligues, qu'avait autrefois favorisée Cimon. Enfin, elle avait pris conscience de la difficulté de lutter à la fois contre la Perse, contre Sparte et contre les autres Grecs et compris que la guerre sur terre n'était pas son domaine privilégié : la leçon ne sera pas perdue pour Périclès.

PANHELLÉNISME ET IMPÉRIALISME

L'échec du panhellénisme

Les Athéniens n'ont pas attendu 446 pour pratiquer une nouvelle politique fondée sur le panhellénisme et sur le renforcement de l'Empire. Si une telle politique ne pouvait que convenir à Cimon, rentré à Athènes au plus tard en 451, celui-ci meurt en 450 en laissant le champ libre à Périclès, qui est désormais le véritable maître d'Athènes [22].

Ce dernier, assuré de la supériorité culturelle d'Athènes [23], entend faire reconnaître pacifiquement la prééminence de celle-ci. Mais, comme les cités sont jalouses de leur indépendance et que l'empire athénien s'est déjà trop développé et de façon trop autoritaire pour qu'on ne redoute pas Athènes, ses deux tentatives échouent.

Dans sa *Vie de Périclès,* 17, Plutarque fait gloire à Périclès d'un projet de congrès panhellénique. Un décret proposé par l'homme d'État lui-même invite toutes les cités grecques, grandes et petites, d'Europe et d'Asie, à envoyer des députés à Athènes « pour délibérer sur les temples grecs incendiés par les Barbares, sur les sacrifices dus aux dieux en accomplissement des vœux qu'on avait faits pour la Grèce au temps de la lutte contre les Barbares, et sur la mer, afin d'assurer à tous la sécurité de la navigation et la paix ». Mais, conclut Plutarque, « rien ne se fit », en particulier, « à ce qu'on dit, parce que les Lacédémoniens s'y opposèrent sourdement ».

S'il n'y a aucune raison de mettre en doute les indications de Plutarque [24], l'auteur ne donne pas la date du décret. Certaines indications permettent cependant de la préciser. La mention des temples incendiés, que les Grecs avaient fait

22. C'est précisément en 451 que Périclès propose le premier décret que lui attribue *La Constitution d'Athènes* (26, 4) et qu'il devient le « chef de la tendance populaire » (*ibid,* 27, 1).

23. Cf. ses propos de l'*Oraison funèbre*, Thuc. II, 41, 1 : « En résumé, j'affirme que la cité dans son ensemble est l'éducatrice (mot à mot l'éducation) de la Grèce. »

24. Cf. cependant J. Walsh, *Chiron* 11 (1981), p. 31-63.

vœu de ne pas reconstruire, suggère une date antérieure à la construction du Parthénon, qui commence en 447 ; d'autre part, la nécessité de maintenir vivant le souvenir des déprédations perses ne s'imposait plus après la paix de Callias, de 449 ; de même, la possibilité d'assurer la sûreté et la paix sur mer suppose qu'elles ne sont plus menacées par les Perses. Enfin, le fait que « les Lacédémoniens s'y opposèrent sourdement » suggère une période de paix, où les relations entre Athènes et Sparte restent médiocres, ce qui correspond bien à la période 451-446, où, sans être en guerre, les deux cités s'opposent, par exemple à Delphes. Toutes ces indications convergent pour placer la réunion prévue du congrès après la paix de 449 et avant 447, donc vraisemblablement en 449 ou 448.

L'intérêt de ce projet, destiné à justifier la reconstruction des temples athéniens, tient surtout au rappel des guerres médiques, époque où la Grèce était censée s'être unie contre les Perses ; maintenant que la guerre est finie, Athènes suggère de s'unir dans la paix comme on l'avait fait dans la guerre. Mais le choix du lieu de réunion et l'importance attachée aux questions navales ne pouvaient que suggérer la prépondérance d'Athènes au détriment de Sparte. Aussi Sparte et ses alliés s'opposèrent-ils à ce congrès, ce qui lui retirait son caractère panhellénique et, donc, sa raison d'être. Quant au décret (*ML* 73 = *IG* I^3 78) qui invite les cités grecques à envoyer à Éleusis les prémices de leurs récoltes, il est plus tardif, probablement de 423-422 ou de 422-421.

La deuxième tentative, qui se veut ou se prétend panhellénique, est la fondation de Thourioi, en 444-443. Dès 446, les anciens Sybarites avaient souhaité revenir sur l'ancien emplacement de leur cité, détruite en 509 par Crotone. Leur appel à Sparte étant resté sans résultat, ils s'adressent à Athènes, qui envoie 10 navires, avec, entre autres, le devin Lampon. Mais, des luttes intestines ayant amené le triomphe des nouveaux colons sur les anciens Sybarites, qui se voulaient privilégiés, les vainqueurs demandent à Athènes d'envoyer de nouveaux colons et c'est alors, en 444-443, que Périclès, aidé du devin Lampon, fait décider l'envoi d'une expédition panhellénique dans la ville, qui prend le nom de Thourioi. Les nouveaux colons proviennent d'Athènes et de son empire (Eubée, Cyclades et Ionie), et aussi du Péloponnèse et de Grèce centrale, mais il s'agit dans ce cas, naturellement, de proathéniens.

Athènes entendait faire de Thourioi une ville modèle, qui serait, en quelque sorte, sa vitrine dans la Grèce occidentale. Sa constitution, conformément au schéma athénien, est fondée sur 10 tribus ; son plan orthogonal est dû à Hippodamos de Milet, ses nouvelles lois, à Protagoras, tandis qu'Hérodote s'y installe et qu'Empédocle y donne des conférences et Tisias de Syracuse des cours de rhétorique, qui forment, entre autres, le futur orateur Lysias. Comme, en outre, la fertilité des terres et l'activité commerciale apportent à la ville nouvelle une grande richesse, tout serait parfait, si la cité ne se déchirait dans des luttes entre les différentes tribus, qui ont été constituées initialement sur une base ethnique. On dut ainsi, dès 434-433, consulter l'oracle de Delphes pour savoir si le fondateur (*oikiste*) était athénien ou péloponnésien, et le dieu eut la sagesse de répondre qu'« il fallait le considérer lui-même comme le fondateur » (Diodore XII, 35, 3). En tout cas, pendant la guerre du Péloponnèse, la cité accueillit les mécontents de l'empire athénien et en vint, après le désastre de Sicile, à participer à la lutte contre Athènes.

Ainsi Athènes n'a su ni développer un mouvement panhellénique ni susciter le loyalisme. Vu l'échec de cette politique, toute sa puissance reposera sur l'Empire.

La mainmise sur l'Empire

L'épigraphie permet de compléter les brèves indications de Thucydide et de repérer une partie des troubles qui ont agité l'Empire. On a notamment utilisé des « listes de tributs[25] », attestées depuis 453, c'est-à-dire du soixantième de chaque tribut qui, depuis cette date, était versé à Athéna comme droit de garde : l'absence de certaines cités pourrait correspondre à une sécession, et la réduction importante du tribut,

25. Cf. B.D. Meritt *et al.*, *The Athenian Tribute Lists*, I-IV, Cambridge (Mass.), Harvard UP, 1949-1953 (cités *ATL*), à compléter par *IG I*³ 259-290.

loin d'indiquer de bonnes relations avec Athènes, suggérerait une répression assez sévère pour avoir diminué les capacités contributives de la cité en question. Ainsi, l'absence d'Érythrées dans les quatre premières listes suppose une défection ou, au moins, un refus de payer de 453 à 450, qui a pu inciter Athènes à y installer un régime démocratique sous le contrôle d'inspecteurs et d'un chef de garnison athéniens, évoqué en *IG* I ^{3} 14. On a aussi, à propos de Milet, combiné l'épigraphie avec un passage du pseudo-Xénophon (*Rép. des Ath.* 3, 11), qui note que, lorsque Athènes soutient les classes supérieures, elles se révoltent tout de suite et renversent la démocratie ; on a pu ainsi conclure qu'après une première révolte, à la fin des années 50, Athènes avait encore toléré un régime oligarchique, mais qu'après une seconde révolte, dans les années 40, elle avait imposé un régime démocratique et réduit le tribut [26].

L'épigraphie a surtout montré la crise déclenchée par la paix avec la Perse. En effet, pourquoi payer une contribution militaire, quand il n'y a plus de guerre ? De fait, il semble bien qu'il n'y ait pas eu de paiement en 448 et qu'en 447 les efforts pour percevoir le tribut aient été mal accueillis, notamment dans l'Hellespont. Les critiques sont d'autant plus vives qu'Athènes tend de plus en plus à intégrer les fonds communs dans ses ressources propres. En effet, d'après une scholie mutilée à Démosthène (*ATL* II, D13), dont les restitutions restent incertaines, les Athéniens auraient décidé, en 450-449, sur proposition de Périclès, d'utiliser pour les constructions les 5 000 talents de réserve de la ligue (le terme *phoros* est restitué), et l'épigraphie (*ML* 56 = *IG* I ^{3} 363) paraît confirmer la mainmise des trésoriers d'Athéna sur ces fonds, puisque ce sont eux qui, en 440, doivent financer la guerre de Samos.

Cette réorganisation financière n'aurait pas été grave, si les Athéniens avaient toujours dépensé cet argent dans l'intérêt de la ligue et non pour financer leurs grands programmes de construction. Plutarque (*Pér.,* 12) rappelle les discussions qu'une telle politique avait suscitées à Athènes même. Si l'historien tend à confondre le transfert du trésor à Athènes et l'utilisation qu'en font les Athéniens, il montre bien les reproches adressés à Périclès, qui aurait déshonoré Athènes,

26. Cf. P.J. Rhodes, *CAH* V ^{2}, p. 58-59.

car « la Grèce se considère comme victime d'une terrible violence (*hubris*) et d'une tyrannie manifeste, quand elle voit qu'avec les contributions qu'elle est obligée de verser pour la guerre, nous dorons et embellissons la ville comme une mijaurée en l'entourant de pierres de prix, de statues et de temples de 1 000 talents », entendons avec des monuments comme le Parthénon, l'Athéna chryséléphantine ou les Propylées. La réponse que Périclès est censé avoir donnée à ses détracteurs montre bien la transformation de l'alliance en protectorat : les Athéniens « n'ont pas à rendre compte de l'argent aux alliés, puisqu'ils font la guerre [27] pour eux et refoulent les Barbares et qu'eux, sans fournir ni cavaliers, ni navires, ni hoplites [28], versent seulement de l'argent, qui n'appartient pas à ceux qui le versent mais à ceux qui le reçoivent, s'ils fournissent ce pour quoi ils le reçoivent ». C'est la thèse de Périclès qui triomphe, puisque son adversaire Thucydide, qui défendait les alliés, se voit ostracisé en 443.

Étant donné l'usage qu'elle peut en faire, Athènes est d'autant plus soucieuse de bien faire rentrer le tribut. Le décret de Cleinias (*ML* 46 = *IG* I [3] 34), qu'on a tendance aujourd'hui à dater de 447, réorganise sa levée sous la responsabilité des autorités athéniennes : le Conseil, les magistrats athéniens résidant dans les cités de l'Empire et les inspecteurs qu'Athènes y envoie. Le texte s'efforce surtout, par tout un luxe de précautions, d'empêcher les convoyeurs de détourner les fonds. A côté des *hellénotames*, mentionnés dans l'inscription et chargés de recevoir et de débourser l'argent du tribut, Athènes dispose de *taktai*, chargés d'en fixer l'assiette, et un fragment d'Antiphon (fr. 52 Thalheim) montre que, dans les différentes cités, le tribut était réuni par des collecteurs (*eklogeis*), des gens du pays, très riches, dont les biens pouvaient servir de garantie. Pour faciliter sa gestion, l'Empire a aussi été divisé en quatre districts : l'Ionie, les îles, la Thrace et l'Hellespont, auxquels le décret de Cleinias paraît faire allusion ; il s'y ajoutera pendant quelques années un cinquième district, celui de Carie.

Le décret de Cléarque imposant l'usage de la monnaie, des

27. Puisqu'on est en paix avec les Perses, il ne s'agit même plus de faire la guerre : les détracteurs de Périclès, faisant allusion à la paix de Callias, suggère qu'on ne peut même plus alléguer ce prétexte.

28. Ces propos seraient à nuancer, notamment pour les quelques alliés qui fournissent encore des navires.

poids et des mesures d'Athènes dans tout l'Empire (*ML* 45) a aussi été daté de la même époque que le décret de Cleinias, mais, la datation étant encore loin d'être établie, il vaut mieux ne pas en tenir compte.

Au contraire, l'envoi de clérouques semble assuré. Plutarque (*Pér.*, 11, 5) évoque, dans une période qu'il paraît placer après l'ostracisme de Thucydide, l'envoi, à l'initiative de Périclès, de 1 000 clérouques en Chersonèse, de 500 à Naxos, de 250 à Andros, et de 1 000 en Thrace, sans compter les colons envoyés à Thourioi.

L'attitude des alliés

En face d'une telle transformation de la ligue de Délos, les alliés ont le choix entre la révolte et la soumission, loyale ou forcée.

Deux grandes révoltes marquent la période, celle de l'Eubée, en 446, et celle de Samos, en 440.

La révolte de l'Eubée, qui avait déclenché une coalition générale contre Athènes, a déjà été évoquée plus haut. Notons seulement la rigueur de la répression. Athènes, qui traite séparément avec chaque ville, confisque notamment les terres des aristocrates. Les gens d'Histiée, qui avaient massacré l'équipage d'un navire athénien, sont chassés de leur cité et leur territoire est donné à des clérouques, ce qui permet à Athènes de contrôler le chenal au nord de l'Eubée. Si les Athéniens jurent de ne pas traiter les Chalcidiens de la même façon, c'est sous la réserve expresse qu'ils « obéissent au peuple athénien » (*ML* 52), et, les Hippobotes ayant été expulsés, ils ont dû abandonner leurs meilleures terres et remettre des otages. La répression, beaucoup plus dure que celle de Thasos, a frappé les contemporains, puisque Aristophane plaisante une Eubée « allongée (sur la table de torture) » (*Nuées*, 211-213) et que Xénophon (*Hell.* II, 2, 3) note qu'Athènes vaincue craint, en 404, de subir le même sort qu'Histiée.

La seconde grande révolte qui ébranla l'empire athénien fut celle de Samos [29], en 440, révolte d'autant plus grave que

29. Cf. surtout Thuc. I, 115,2-117, et Plut., *Pér.*, 24, 1-2, et 25-28.

Samos, un des membres fondateurs de la ligue, a gardé une flotte importante (plus de 70 navires) et reste un des alliés les plus puissants. *La Constitution d'Athènes* (24, 2) précise qu'Athènes tenait Chios, Lesbos et Samos pour « les gardiens de l'Empire » et leur avait en conséquence laissé leur régime propre – entendons, ne leur avait pas imposé la démocratie – ainsi que la domination de leurs possessions – entendons, essentiellement leurs possessions sur le Continent (*pérée*). D'autre part, vu sa situation, Samos peut être aidée par les Perses : malgré la paix de Callias, les satrapes n'ont jamais renoncé à essayer d'accroître leur influence dans la région.

Le conflit est né d'une rivalité entre Samos et Milet pour la possession de Priène. Milet, qui a le dessous, fait appel à Athènes. Celle-ci, qui souhaite éviter les guerres ouvertes à l'intérieur de l'Empire, entend imposer sa médiation[30]. Devant le refus de Samos, Périclès intervient militairement avec 40 navires, renverse le gouvernement oligarchique, prend des otages et laisse une petite garnison. Mais, aidés par le satrape Pissouthnès, les oligarques reviennent en force, arrêtent les démocrates, libèrent leurs otages et livrent les Athéniens aux Perses. Byzance s'associe à la défection, tandis que Samos espère l'intervention de la flotte phénicienne et, éventuellement, l'appui des Péloponnésiens.

La situation est très grave : si les Perses ou les Spartiates avaient su profiter de la situation, c'en était fait de l'empire athénien : en 411, pour souligner l'importance de Samos, Thucydide (VIII, 76, 4) rappelle qu'elle avait failli de très peu enlever à Athènes la domination de la mer. Il fallut huit mois pour venir à bout de Samos : on dut engager au total 200 navires et dépenser, en plus du tribut, 1 404 talents sur les réserves d'Athènes.

De fait, après une victoire navale remportée sur des forces supérieures en nombre, Périclès assiégea Samos ; mais, une fois celui-ci parti avec près de la moitié de la flotte pour surveiller l'arrivée éventuelle d'une escadre phénicienne, la flotte samienne l'emporta sur les Athéniens, et les Samiens

30. Si, ce qui n'est pas assuré, Milet avait alors un régime démocratique, Athènes aurait pu aussi préférer les démocrates milésiens aux oligarques samiens ; les adversaires de Périclès ont, bien sûr, souligné qu'il avait pris le parti de la cité d'Aspasie, cf. Plut., *Pér.*, 24, 2, et 25, 1.

« s'assurèrent la maîtrise de la mer dans leur région pendant quatorze jours » (Thuc. I, 117, 1), ce qui leur permit, entre autres, de se ravitailler suffisamment pour pouvoir soutenir un long siège.

Les Samiens, obligés finalement de capituler, durent abattre leurs fortifications, fournir des otages, livrer leur flotte et payer une indemnité de guerre de 200 talents (cf. Diodore XII, 28, 3), auxquels s'ajoutent 1 200 talents, payables à raison de 50 talents par an. Les Athéniens ont également confisqué une partie des terres, mais il ne semble pas qu'ils aient de nouveau imposé un régime démocratique. Douris de Samos (*in* Plut., *Pér.*, 28, 2-3) évoque, pour sa part, le sort cruel infligé par Périclès à des triérarques et des soldats de marine (*épibates*) samiens, attachés pendant dix jours à des planches sur la place publique de Milet, achevés à coups de massue et privés de sépulture. Si Plutarque rejette pieusement une telle accusation, le fait que les Athéniens aient imprimé une samienne (navire samien) au front de leurs prisonniers et, en représailles, les Samiens, une chouette, au front des prisonniers athéniens, suggère la violence des haines qui s'étaient manifestées dans cette guerre.

Une telle révolte avait montré que l'Empire était vulnérable. Si la majorité de la ligue du Péloponnèse avait, à l'instigation de Corinthe, refusé d'aider Samos [31] (Thuc. I, 40, 5, et 41, 2), le simple fait qu'on ait mis la proposition aux voix ne pouvait qu'envenimer les relations avec Sparte : le souvenir de la guerre de Samos est encore vivace, quand, en 433, les Corcyréens viendront proposer leur alliance. D'autre part, si la flotte phénicienne ne s'était finalement pas manifestée, on avait pu redouter son intervention, et les cités de Carie en avaient profité pour faire défection.

Cependant, Athènes avait montré sa force et ses adversaires virtuels, leur indécision, aussi l'Empire ne connaîtra-t-il plus de révoltes jusqu'à la veille de la guerre du Péloponnèse, tandis qu'Athènes étend encore son influence tant en Thrace que dans le Pont-Euxin.

C'est en 437-436 qu'est fondée Amphipolis dans une boucle du Strymon, qu'on barre par une fortification. La cité,

31. Une intervention militaire sans invasion de l'Attique n'entraînait pas nécessairement une guerre générale.

qui se développe rapidement, permet de surveiller les alliés de Chalcidique, comme Potidée, dont la fidélité est douteuse, et de contrôler une région qui, du fait de ses mines d'or et de sa richesse en bois de construction, avait toujours suscité les convoitises athéniennes, comme le montrent les deux tentatives malheureuses de colonisation en 476 et en 465.

Le Pont-Euxin est essentiel pour le ravitaillement en blé d'Athènes. Périclès y fit une démonstration de puissance, qui l'amena jusqu'au Bosphore cimmérien et lui permit, entre autres, de faire passer sous contrôle athénien la cité de Sinope, où 600 Athéniens se partagèrent les maisons et les terres des tyrans (Plut., *Pér.*, 20, 1-2). Les Athéniens s'établirent aussi, à ce moment ou un peu plus tard, à Amisos, à Nymphaion (à côté de Panticapée) et à Astacos, en Propontide.

C'est peut-être aussi au début des années 30 qu'Athènes s'allie aux Acarnaniens en intervenant à leurs côtés contre Ambracie, colonie de Corinthe. Si l'on ajoute encore les traités qui lient Athènes aux cités siciliennes de Ségeste, Rhégion et Léontinoi, les deux derniers ayant été renouvelés en 433-432, on voit l'importance des zones sous influence athénienne.

Mais encore faudrait-il être sûr de la fidélité de l'Empire. Selon Thucydide (II, 63, 1-2), Périclès aurait au début de la guerre insisté sur la haine suscitée par l'Empire et déclaré aux Athéniens : « Cet Empire, vous ne pouvez plus y renoncer..., car, d'ores et déjà, il constitue entre vos mains une tyrannie, dont l'acquisition semble injuste, mais l'abandon, dangereux. » Entendons qu'il était injuste non de constituer la ligue de Délos, mais de la transformer en empire, et, surtout, que les alliés, transformés en sujets, s'ils cessent d'être soumis à Athènes, ne resteront pas neutres mais passeront à l'ennemi, ce qui sera effectivement le cas de l'Ionie lors de la dernière phase de la guerre du Péloponnèse. Ainsi l'Empire fait à la fois la force et la faiblesse d'Athènes et l'oblige à être toujours la plus forte. La politique de Cimon et de Périclès, qui a transformé l'hégémonie en empire, représente donc à terme un danger pour Athènes.

Mais une autre politique était-elle possible ? Pouvait-on se fonder sur le loyalisme des alliés ? Sans doute Athènes n'est-elle pas aussi impopulaire que le suppose Périclès : elle a des partisans dans chaque cité [32]. C'étaient déjà des démocrates samiens qui avaient, en 440, suscité la première intervention athénienne. En 424, lors de l'expédition du Spartiate Brasidas en Thrace, il apparaît bien que les citoyens se répartissent en trois groupes : les démocrates convaincus ou compromis, dont le sort est lié à Athènes, les oligarques prêts à livrer leur cité à Sparte, et la majorité, qui souhaite à la fois la démocratie, ce qui la rapproche d'Athènes, et l'indépendance, ce qui l'oppose à Athènes. De même, l'intervention spartiate de 412 en Ionie n'est pas partout accueillie avec enthousiasme. Mais, pour susciter un patriotisme impérial, l'envoi d'offrandes aux Panathénées ou à Éleusis et la participation aux Grandes Dionysies, où le tribut était solennellement apporté, ne suffisaient pas, il aurait fallu une autre politique : après que, aux lendemains d'Aigos-potamoi, les Samiens eurent reçu la citoyenneté athénienne, ils restèrent fidèles à Athènes dans le malheur. Mais, avant cette date, Athènes, qui s'était, au contraire, refermée avec la loi sur la citoyenneté de 451, n'aurait jamais accepté de créer une citoyenneté commune, et la politique panhellénique avait fait long feu. Aussi Athènes ne réussit-elle que pendant un nombre restreint d'années, de 439, capitulation de Samos, à 432, révolte de Potidée, à échapper à la spirale de révoltes et de répressions.

32. C'est ce que Platon (ou l'auteur de la *Lettre VII*) souligne en 332c : les Athéniens « conservèrent leur empire (*archè*) pendant soixante-dix ans, parce qu'ils possédaient des amis (*philous*) dans toutes les cités ».

3

La guerre du Péloponnèse

De 431 à 404, les Lacédémoniens et leurs alliés s'opposent aux Athéniens et à leurs alliés en deux guerres successives, bien connues grâce à Thucydide, dont *Les Helléniques* de Xénophon prennent la suite à partir de 411. Mais, dans la mesure où la paix précaire, qui dura théoriquement de 421 à 414, n'empêcha ni les actions diplomatiques ni même les opérations militaires, Thucydide, suivi en cela par la postérité, n'a voulu y voir qu'une seule et même guerre. On y distingue néanmoins trois phases : la guerre d'Archidamos, de 431 à 421, une paix mal respectée, qui aboutit en 413 au désastre de Sicile, enfin les efforts désespérés d'Athènes, de 413 à 404.

Les causes de la guerre

Thucydide insiste beaucoup sur les causes de la guerre, tant profondes, c'est-à-dire pourquoi la guerre ?, qu'occasionnelles, c'est-à-dire pourquoi la guerre à ce moment précis ? Il présente ainsi, au livre I, les discours tenus à Sparte en 432 : les deux discours des Corinthiens (68-71 et 120-124), mis en valeur par leur place au début et à la fin de cet ensemble, le discours des Athéniens (73-78) et celui des Spartiates, Archidamos, le roi (80-85), et Sthénélaïdas, l'éphore (86) ; il y fait aussi le récit détaillé des incidents de Corcyre et de Potidée (24-66) et évoque brièvement [1] les dernières négociations (126, 1-2, 128, 1-2, et 139, 1-3).

1. Pour équilibrer un peu ses différents chapitres, Thucydide insère dans le passage consacré aux négociations de longues digressions sur Cylon et sur Pausanias.

L'historien voit dans l'impérialisme athénien et ses succès la cause unique dont dépendent toutes les autres : « Le motif le plus réel mais, en apparence, le moins visible, c'est, à mon avis, que les Athéniens en s'étendant (mot à mot en devenant grands) et en faisant peur aux Lacédémoniens les ont contraints à la guerre » (I, 23, 6) ; et pour expliquer pourquoi les Spartiates ont voté la guerre, il précise que c'était surtout « par peur que les Athéniens n'accrussent leur puissance, car ils voyaient la majeure partie de la Grèce déjà entre leurs mains » (I, 88).

Ces phrases, qui autorisent Thucydide à faire le récit de la *Pentékontaétie* pour montrer les progrès de la puissance athénienne, ont été fréquemment commentées. L'on insiste le plus souvent sur l'extension de l'empire athénien, mais, si l'on prend une vue cavalière de l'histoire de la ligue de Délos, c'est surtout sous Aristide et Cimon qu'elle a crû rapidement et cela, sans se brouiller avec Sparte. Au contraire, étant donné l'échec de l'impérialisme continental et la prudence de Périclès, sa croissance paraît désormais ralentie, sauf peut-être dans la période qui précède immédiatement la guerre, où l'alliance avec Corcyre, qui complète celle qui avait déjà été conclue avec l'Acarnanie, ne peut qu'inquiéter les Péloponnésiens. Mais, en dehors de ce cas précis, ce qui change, c'est la nature de la ligue, de plus en plus soumise à l'autorité d'Athènes, bien davantage que son extension.

De toute façon, il s'agit beaucoup moins de la réalité de la ligue que du sentiment qu'elle inspire aux Spartiates : la peur (*phobos*) mentionnée dans les deux phrases déjà citées, était déjà présentée comme un fait avéré dans le discours des Corcyréens de 433 : « Les Lacédémoniens désirent la guerre, parce qu'ils ont peur (*phobos*) de vous » (I, 33, 3). Cependant, ceux-ci ne risquent aucunement d'être assujettis par Athènes : ce qui est en cause, c'est leur rôle international. Le principal ciment de la ligue du Péloponnèse, c'est l'opposition à Athènes : si Sparte fait mine de céder, la ligue se désagrège. C'est ce que les Corinthiens, qui jouent un rôle prédominant dans l'alliance et sont un des grands responsables de la guerre, laissent entendre, lorsqu'ils invitent les Spartiates à envahir l'Attique « pour éviter que, par découragement, nous ne nous tournions vers une autre alliance » (I, 71, 4), passage où le scholiaste a vu une allusion à Argos ;

et les vicissitudes de la ligue au moment de la paix de Nicias montrent bien que le danger était réel.

Finalement, la véritable cause de la guerre serait la menace qu'Athènes fait peser sur les alliés de Sparte. Les Corinthiens insistent beaucoup sur la menace politique, en orchestrant le thème de l'asservissement, c'est-à-dire de la perte de l'indépendance (I, 68, 3-69, 1, et 122, 2-3). Cependant, la seule cité de la ligue qui risque d'être assujettie à Athènes, c'est Mégare, et Athènes ne peut envahir la Mégaride sans déclencher une guerre générale.

Aussi utilise-t-elle l'arme économique en interdisant aux Mégariens « les ports de l'Empire et le marché de l'Attique » (Thuc. I, 67, 4, 139, 1, et 144, 2). Selon Thucydide, qui évoque le moins possible le problème mégarien, les Athéniens auraient pris un tel décret parce que les Mégariens exploitaient indûment la terre sacrée et indivise, et accueillaient les esclaves fugitifs (I, 139, 2). Mais, si l'on rapproche ces indications succinctes d'un passage des *Acharniens* (515-539), il semble bien qu'il y ait eu deux mesures successives : d'abord, sans doute pour des griefs religieux, confiscation de toute marchandise mégarienne arrivant en Attique, ensuite, à cause de l'accueil d'esclaves athéniens, une mesure plus rigoureuse interdisant aussi aux Mégariens les ports de l'Empire. Quant au décret de Charinos, mentionné par Plutarque (*Pér.*, 30, 3), qui, à la suite du meurtre d'un héraut, condamne à mort tout Mégarien qui pénétrerait en Attique et fait jurer aux stratèges d'envahir deux fois par an la Mégaride, il ne peut s'agir que d'un décret postérieur, puisqu'il implique l'état de guerre.

De toute façon, le deuxième décret, qui date sans doute de 433 ou 432[2], entraînait l'asphyxie économique de Mégare : Aristophane (*Ach.*, 535-537) évoque les Mégariens qui « à la longue souffraient de la faim ». Il apparaît ainsi comme une cause occasionnelle de la guerre : les ambassades spartiates montrent clairement, comme Périclès lui-même le reconnaît (Thuc. I, 140, 4), que c'est le véritable *casus belli*. Car

2. D'après Plutarque, *Pér.*, 29, 4, les Mégariens ne seraient venus se plaindre à Sparte qu'après la bataille de Sybota, quand les Corinthiens viennent eux-mêmes se plaindre ; de toute façon, Mégare aurait eu du mal à supporter longtemps le blocus athénien.

Mégare ne peut plus attendre : ou la guerre éclate ou Mégare cède, et les Athéniens sont victorieux sans guerre. Mais ce décret attire aussi l'attention sur une cause plus générale. Les Corinthiens peuvent en effet souligner les menaces que la puissance économique et navale de l'empire athénien fait peser sur l'ensemble de la Grèce : « Tous ceux d'entre nous qui ont déjà été en relation avec Athènes n'ont pas besoin qu'on leur fasse la leçon pour être sur leurs gardes ; quant à ceux qui sont établis à l'intérieur, en dehors des voies maritimes, ils doivent savoir que, s'ils ne défendent pas les gens de la côte, ils auront plus de mal à écouler leurs produits saisonniers et, inversement, à se procurer en échange ce que la mer fournit au Continent » (Thuc. I, 120, 2). Le pamphlet oligarchique du pseudo-Xénophon (*Rép. des Ath.* II, 4) fait écho à ces propos en rappelant qu'« il n'y a aucune cité qui n'ait besoin d'importer ou d'exporter ; or cela ne lui sera pas possible, si elle n'est une sujette des maîtres de la mer ».

Ce sont les cités de l'Isthme qui se sentent à cet égard les plus menacées : pour que Corinthe ait pris la défense de son ennemie traditionnelle, Mégare, il faut bien qu'elle ait senti le danger. D'autre part, l'intérêt qu'Athènes montre aussi pour l'Occident, domaine traditionnel de l'influence corinthienne, en s'alliant à l'Acarnanie, à des cités siciliennes et surtout à Corcyre, ne pouvait qu'accroître ses craintes.

D'où l'importance de l'alliance corcyréenne, qui, sans doute antérieure au deuxième décret mégarien, constitue le moment critique, qui a rendu la guerre inéluctable.

Corcyre, colonie de Corinthe, brouillée avec sa métropole, n'appartient à aucune alliance, mais possède, avec 120 navires, la deuxième flotte de Grèce. En 435, sa colonie d'Épidamne fait appel à elle, car les oligarques, chassés de la ville, se sont alliés aux Barbares du voisinage pour pratiquer un brigandage insupportable. Les oligarques corcyréens, pour des raisons à la fois politiques et commerciales, refusent d'intervenir, et les démocrates d'Épidamne se tournent alors vers Corinthe, métropole de leur métropole, qui leur envoie des colons et des troupes. Les Corcyréens assiègent Épidamne et, la guerre ayant éclaté avec Corinthe, ils réussissent à la fois à vaincre en combat naval la flotte de Corinthe et de ses alliés, et à faire capituler Épidamne. Corinthe prépare alors sa revanche et, devant le danger, les Corcyréens font, en 433, appel à

Athènes. Les deux discours antithétiques que Thucydide fait prononcer aux Corcyréens et aux Corinthiens, en 433, devant l'assemblée d'Athènes (I, 32-43) montrent bien l'importance de la décision à prendre. Non contents d'insister sur le bien-fondé de leur cause, les Corcyréens soulignent que Sparte, poussée par Corinthe, souhaite la guerre avec Athènes et que, Corcyre et Corinthe ayant, avec Athènes, les meilleures flottes de Grèce, il vaut mieux qu'Athènes dispose de la flotte de Corcyre plutôt que de la voir aux mains des Corinthiens ; de toute façon, une telle alliance n'est pas contraire à la paix de trente ans. Les Corinthiens, qui justifient aussi leur action, invitent au contraire les Athéniens à montrer de la reconnaissance à Corinthe, qui leur a autrefois, lors de la guerre contre Égine, fourni des navires et a, plus récemment, lors de la guerre de Samos, empêché la ligue du Péloponnèse d'intervenir, et ils soulignent que l'alliance avec Corcyre implique la guerre avec eux et la rupture de la paix de trente ans.

Le moment est crucial : si les Athéniens se rallient à la thèse des Corinthiens, la menace de guerre est écartée, mais, si Corinthe est victorieuse, la supériorité navale d'Athènes est ébranlée et il n'est pas sûr que Corinthe nourrira toujours des sentiments pacifiques à l'égard d'Athènes. D'autre part, l'occasion paraît trop belle : si l'on peut profiter de la flotte corcyréenne et de la position stratégique de l'île, on aura le sentiment d'être invincible. Aussi les Athéniens hésitent-ils ; la première assemblée se montre favorable aux Corinthiens, mais la deuxième, qui se tient le lendemain, vote au contraire l'alliance avec Corcyre. Cependant, cette alliance est uniquement défensive : non une *summachia*, mais une *épimachia*. Athènes n'envoie d'abord que 10 vaisseaux, qui seront rejoints par 20 autres, avec pour instruction de n'intervenir que pour empêcher un débarquement à Corcyre ou dans les territoires qui en dépendent. C'est peut-être dans un même esprit de compromis et pour donner l'assurance qu'on s'en tiendra à cette mission que la première escadre est placée sous les ordres, entre autres, de Lacédémonios, le fils de Cimon.

Un combat naval très violent se déroule aux îles Sybota entre les 110 navires corcyréens et les 150 navires des Corinthiens et de leurs alliés. Malgré des succès locaux des Corcyréens, les Corinthiens sont vainqueurs, et les 10 navires athéniens sont amenés à intervenir dans le combat. Les

Corinthiens ne poursuivent pas leur avantage, car l'approche de la deuxième escadre athénienne les amène à se retirer. Cependant, assurant aux Corinthiens que le traité n'est pas rompu, les Athéniens ne les empêchent aucunement de rejoindre leurs bases.

La politique menée par Athènes était absurde, puisqu'elle s'est brouillée définitivement avec Corinthe, ce qui rend la guerre inévitable, cela sans profiter de la situation pour détruire la flotte corinthienne. C'est sans doute le résultat d'un compromis, qui suggère que la politique belliciste de Périclès [3] ne faisait pas l'unanimité. Les Athéniens, même dans des circonstances aussi favorables que lors des discussions avec les Corcyréens, ne paraissaient pas prêts à voter la rupture de la paix avec Sparte, et on peut se demander si le décret mégarien ne fut pas un moyen de forcer les Spartiates à rompre eux-mêmes les traités.

De toute façon, les Corinthiens allaient, eux aussi, s'employer à pousser à la rupture, comme on le voit déjà dans l'affaire de Potidée (Thuc. I, 56-66).

Les cités de Chalcidique, à l'instigation du roi des Macédoniens, Perdiccas, menacent de faire défection. En leur nombre se trouve Potidée, ancienne colonie corinthienne, qui, bien que membre, comme les autres, de la ligue de Délos, reçoit ses magistrats (*épidèmiourgoi*) de Corinthe. Aussi, dès l'automne 433, Athènes, redoutant une réaction des Corinthiens, adresse-t-elle un ultimatum à Potidée, qui doit raser ses murs et livrer des otages ainsi qu'expulser les magistrats corinthiens et ne plus en recevoir.

Les Potidéates envoient à Athènes une ambassade, qui s'efforce, sans succès, d'éviter une intervention militaire, ainsi qu'une ambassade secrète à Sparte, où, accompagnés par les Corinthiens, ils auraient obtenu des autorités lacédémoniennes la promesse d'une invasion de l'Attique, si les Athéniens attaquent Potidée. C'était là une décision grave, puisqu'elle impliquait la guerre avec Athènes, et il n'est pas sûr, comme le montreront les débats à Sparte quelques mois

3. Cf. Thuc. I, 127, 3 (à propos des négociations de 432) : Périclès, « qui était l'homme le plus puissant de son époque et inspirait la politique de la cité, s'opposait en tout aux Lacédémoniens, interdisait de leur céder et poussait les Athéniens à la guerre ».

plus tard, que tous les Spartiates, ne serait-ce que par scrupule de violer les serments, auraient été d'accord. Mais la diplomatie secrète est menée par les éphores, ici mentionnés comme « les autorités (*télè*) lacédémoniennes » ; et l'on aimerait savoir quel rôle précis joua parmi eux l'éphore Sthénélaïdas.

En tout cas, réconfortés par cette promesse, les Potidéates font défection, suivis par les Chalcidiens, qui, à l'instigation de Perdiccas, abandonnent leurs cités pour se réunir à Olynthe, et par les Bottiens. Les Corinthiens envoient 2 000 hommes, volontaires corinthiens ou mercenaires levés dans le Péloponnèse, tandis qu'Athènes dépêche, avec 70 navires, 3 000 hoplites, auxquels s'ajoutent de nombreux hoplites alliés et 600 cavaliers macédoniens. Un affrontement a lieu ; les Potidéates et leurs alliés péloponnésiens, vaincus, doivent se refugier derrière les murs de Potidée, assiégée par Athènes.

Même si Corinthe n'a pas envoyé ses troupes régulières, cela fait la deuxième fois qu'Athéniens et Corinthiens s'affrontent et, à Potidée, en violation flagrante du traité, qui interdisait de débaucher les membres de l'autre ligue.

La guerre est donc déjà en partie commencée. Néanmoins, avant qu'éclate le conflit général, il y a encore place pour des débats à Sparte, l'envoi d'ambassades à Athènes et un coup de main thébain à Platées.

Il y a deux séries de débats à Sparte, qui se déroulent, les premiers, en juillet 432, à l'assemblée, les seconds, en août, au congrès des alliés.

A l'assemblée spartiate, les alliés sont déjà conviés à présenter leurs griefs. Si Thucydide évoque les plaintes des Mégariens, il présente surtout un long discours des Corinthiens, qui, reprochant aux Spartiates leur lenteur et leur inaction devant une Athènes qui est déjà passée à l'action, les invitent à envahir l'Attique, s'ils ne veulent pas que les Corinthiens soient obligés de chercher une autre alliance. Une ambassade athénienne, qui se trouvait à Sparte, est invitée à répondre aux griefs des alliés, ce qui lui permet de justifier à la fois la naissance de la ligue de Délos et son évolution autoritaire, qui respecte néanmoins les procédures judiciaires. De toute façon, s'il y a des différends entre Athènes et Sparte, le traité prévoit une procédure d'arbitrage.

Thucydide prête ensuite un long discours au roi Archidamos et un bref discours à l'éphore Sthénélaïdas. Le roi pousse à la paix par prudence, car la guerre risque de durer, et la richesse d'Athènes lui donne l'avantage. La seule attitude raisonnable est de se préparer, de façon à pouvoir soit faire la guerre dans de bonnes conditions, soit négocier à égalité, et, pendant ce temps, envoyer des ambassades à Athènes. Au contraire, l'éphore Sthénélaïdas invite à voter immédiatement la guerre contre Athènes et conclut en déclarant : « Ne laissez pas les Athéniens s'agrandir et ne trahissons pas les alliés, mais, avec l'aide des dieux, marchons contre les agresseurs » (I, 86, 5). Faisant alors voter par cris, comme il est habituel à Sparte, Sthénélaïdas « déclara ne pas distinguer de quel côté les cris étaient les plus forts » et invita les Lacédémoniens à voter en se rangeant dans deux parties différentes de l'assemblée. On s'est interrogé sur le sens de cette procédure exceptionnelle. En effet, avant même les discours des deux Spartiates, Thucydide soulignait que « les avis de la majorité convergeaient : les Athéniens étaient d'ores et déjà les agresseurs (mot à mot les coupables) et il fallait faire la guerre au plus vite » (I, 79, 2). S'il en était toujours ainsi, il ne s'agirait que de montrer plus clairement et d'accroître encore la prédominance des partisans de la guerre immédiate. Mais il n'est pas impossible que le discours et le prestige d'Archidamos aient ébranlé certains Spartiates, notamment les plus âgés, et que le premier vote ait réellement été partagé. Aussi la formule proposée par l'éphore est-elle assez prudente pour rallier les hésitants et être votée à une forte majorité : il ne s'agit pas de rompre les traités, ce qui rendrait les Spartiates parjures, mais seulement de constater que « les traités se trouvent rompus [4] et que les Athéniens sont coupables ». Bien plus, la guerre ne sera décidée qu'après consultation de Delphes et vote du congrès des alliés.

L'oracle répondit que « s'ils combattaient avec force, ils auraient la victoire [5] » (I, 118, 3, et II, 54, 4), parole qui parut

4. On rapprochera cependant Diodore XV, 29, 7, où, en 377, les Athéniens « décrétèrent que les traités avaient été rompus par les Lacédémoniens », ce qui suggère que la formule était, ou était devenue, normale.

5. La formule était particulièrement adaptée à Sparte, car elle reprenait les derniers termes de la grande *rhètra* (*nikè* et *kratos*).

encourageante, non parce qu'elle promettait la victoire, ce qui aurait été bien imprudent, mais parce qu'elle en évoquait la possibilité. Le dieu ajoutant qu'il les aiderait[6], sollicité ou non, il laissait aussi peut-être entrevoir la possibilité d'emprunter une partie des grandes richesses de Delphes.

La décision des alliés n'allait pas plus de soi que celle de Sparte, aussi les Corinthiens, soucieux de voir la guerre commencer avant la chute de Potidée, durent-ils insister individuellement auprès de chacun d'entre eux pour qu'il votât la guerre. Au congrès des alliés, Thucydide ne présente que le discours des Corinthiens, qui, renonçant désormais à adresser des reproches aux Spartiates, assurent que la supériorité des Athéniens ne repose que sur l'argent. Il suffit donc que les Péloponnésiens en trouvent, en mettant les cités à contribution ou en faisant appel aux sanctuaires de Delphes et d'Olympie, pour qu'ils obtiennent l'avantage. De toute façon, la guerre s'impose (*anankè*) pour échapper à l'asservissement. La majorité des alliés vota donc la guerre, en août 432.

Mais les hostilités n'éclatèrent pas tout de suite, car les Péloponnésiens n'étaient pas encore prêts, ce qui laissait place pour des négociations. Le problème qui se pose à propos des nombreuses ambassades envoyées à Athènes est de savoir s'il s'agit seulement de manœuvres de propagande, pour se donner le beau rôle, ou bien si, en cas de concessions, la paix est encore possible. La première thèse est celle de Périclès et de Thucydide, qui considèrent que la guerre est inéluctable. Elle a aussi été adoptée par la plupart des historiens modernes. Mais il faut peut-être distinguer suivant les ambassades.

La première ambassade, concernant les souillures, est une pure opération de propagande. En effet, lorsque les Lacédémoniens demandent aux Athéniens d'éloigner la souillure contractée envers Athéna, près de deux siècles plus tôt, lors de la tentative de Cylon, il s'agit seulement de rappeler le rôle joué dans ce sacrilège par les Alcméonides, dont Péri-

6. Les paroles favorables de l'oracle permettent aussi de lever les scrupules des Spartiates qui hésitent à se parjurer en violant la paix de trente ans, cf. le deuxième discours des Corinthiens : « Vous n'aurez pas l'initiative d'une rupture des traités, que le dieu, en vous incitant à la guerre, tient pour violés. »

clès descend par sa mère. Et les Athéniens ont vite fait de trouver deux sacrilèges comparables dans l'histoire de Sparte.

Thucydide, qui insiste sur ces souillures, en rapportant en détail les épisodes concernés, passe au contraire très vite sur les ambassades qui auraient pu déboucher sur une véritable négociation. Sans même mentionner le nombre de celles-ci, il se contente de noter que « plus tard, revenant plusieurs fois chez les Athéniens, ils les invitèrent à évacuer Potidée et à laisser Égine "autonome" et, avant tout, ils déclaraient de la façon la plus claire qu'il n'y aurait pas de guerre, s'ils abrogeaient le décret sur les Mégariens » (I, 139, 1). Le fait qu'il y ait eu toute une série de démarches et que, comme le reconnaît Périclès lui-même (I, 140, 4), tout tourne finalement autour du décret mégarien, montre que les propositions étaient sérieuses.

Il en va différemment de la dernière ambassade, qui embellit son ultimatum, en se contentant de déclarer : « Les Lacédémoniens désirent la paix : elle subsisterait, si vous laissiez les Grecs indépendants (*autonomoi*). » C'est une simple manœuvre de propagande, qui entend rendre les Athéniens responsables de la guerre et faire des Spartiates les défenseurs de l'« autonomie » des cités en face d'adversaires qui se présentent en hérauts de la démocratie.

Cependant, le fait qu'au cours de ces ambassades il était encore possible d'empêcher ou, au moins, de retarder la guerre, apparaît bien dans le discours de Périclès, censé répondre aux demandes spartiates. Partisan convaincu de la guerre, celui-ci invite à ne pas céder, car, sinon, les Spartiates se montreront plus exigeants, ce qui prouve bien que les demandes étaient acceptables. De toute façon, Athènes l'emporte par sa richesse, sa flotte et son ensemble de fortifications qui l'a transformée en île. Quant aux demandes spartiates, il invite à les rejeter en suggérant que les Spartiates violent tout autant le droit des gens : on abrogera le décret mégarien, si Sparte renonce à expulser (*xénélasie*) les Athéniens et leurs alliés [7] ; on laissera les cités « autonomes », si elles l'étaient au moment où a été conclue la paix de trente

7. Il y a, bien sûr, un parallélisme étroit entre ne pas laisser entrer et obliger de sortir.

ans et si Sparte laisse ses alliés réellement « autonomes [8] ». Enfin, les Athéniens auront le droit de leur côté, puisqu'ils sont prêts à se soumettre à un jugement, conformément au traité, et ne prendront pas l'initiative de la guerre (I, 144, 2).

L'ultimatum spartiate ayant été rejeté, la guerre est virtuellement déclarée, mais elle ne l'est pas encore officiellement : il y avait encore des relations entre les deux camps sans qu'on ait besoin de faire appel à un héraut (I, 146).

Elle ne commence vraiment qu'au printemps 431, à la suite du coup de main des Thébains sur Platées, leur ennemie traditionnelle, située sur la route qui relie Thèbes à ses alliées de l'Isthme et du Péloponnèse. Les Thébains, appelés par les oligarques platéens, s'emparent de la cité. Mais, vu le petit nombre des envahisseurs (300 ou 400), le peuple réagit et, au cours de la nuit, ceux-ci sont pourchassés et finalement massacrés ou faits prisonniers. Le gros des forces thébaines envahit alors le territoire platéen, mais se retire sous la promesse que les 180 prisonniers auront la vie sauve. Ils seront, en fait, massacrés, malgré les Athéniens, qui auraient voulu les épargner. Les Athéniens installent une garnison à Platées, tandis que les Péloponnésiens partent en expédition contre Athènes, qui se refuse désormais à recevoir une ambassade ou même un héraut péloponnésien, tant que l'expédition ne sera pas repartie.

Si, depuis les premiers affrontements locaux de 433, la guerre a mis si longtemps à éclater, c'est que les futurs belligérants ont hésité devant l'ampleur de cette guerre « mondiale ». Périclès souhaite ou, au moins, accepte la guerre, mais il veut que Sparte soit l'agresseur ; quant à Archidamos, il s'efforce d'éviter une guerre immédiate, dans laquelle il décèle un piège athénien. Car, si la guerre était inéluctable, c'est parce que certains l'ont crue ou l'ont dite inéluctable. On le voit bien au moment des deux assemblées contradictoires consacrées à l'alliance avec Corcyre : ce qui entraîne la guerre, c'est la peur de la guerre, c'est-à-dire l'idée que, puisque la guerre va arriver, il faut prendre des gages avant qu'elle n'éclate. En fait, Athènes est assez puissante pour ne pas avoir peur. Aussi, quelles que soient les responsabilités

8. On notera que Périclès ne fait même pas allusion à Potidée, affaire interne de la ligue de Délos, qui ne prête pas à discussion.

des Corinthiens ou de l'éphore Sthénélaïdas, le principal responsable de la guerre est-il bien Périclès. Sûr de la puissance d'Athènes, celui-ci veut continuer à l'accroître en détruisant les forces qui lui résistent encore : son plan, qui lui paraît sans danger, aurait peut-être permis le succès de cette politique, s'il n'avait lui-même été emporté par la « "peste" » dès 429.

La guerre d'Archidamos (431-421)

Cette guerre, qui se déroule sur divers théâtres d'opérations, non seulement en Grèce, mais aussi en Thrace et, secondairement, en Sicile, présente des caractères différents selon les périodes. Elle commence, de 431 à 426, par une guerre d'usure, où Athènes est désavantagée par la « "peste" ». Elle connaît ensuite une période cruciale, marquée par la victoire athénienne de Sphactérie, en 425, et les succès du Spartiate Brasidas, en Thrace, à partir de 424 ; enfin, à partir de 423, les belligérants, las de la guerre, commencent à s'acheminer vers la paix, conclue en 421.

La guerre d'usure

• Le plan de Périclès.

C'est une guerre d'usure qu'avait prévue Périclès et redoutée Archidamos. Le plan de Périclès repose sur une analyse lucide de la situation, à savoir l'affrontement de deux alliances très puissantes, dont l'une domine sur terre [9] et l'autre, sur mer [10]. Athènes sait qu'elle ne peut affronter l'in-

9. Les Lacédémoniens et leurs alliés forment un bloc continu réunissant le Péloponnèse, sauf Argos et l'Achaïe, l'Isthme (Corinthe et Mégare) et, en Grèce centrale, la Béotie, sauf Platées, la Phocide et la Locride ; il s'y ajoute Leucade et Ambracie et, au moins au début de la guerre, la Macédoine.

10. Avec la ligue de Délos et ses autres alliés, Athènes est maîtresse des îles et des côtes de la mer Égée, notamment de l'Eubée, des îles adja-

fanterie adverse, qui, si l'on en croit Plutarque (*Pér.*, 33, 5), aurait aligné 60 000 hoplites péloponnésiens ou béotiens au cours de la première invasion de l'Attique, ce qui ne constitue peut-être même que les deux tiers de leurs forces mobilisables (cf. Thuc. II, 10, 2 ; 47, 2 et III, 15, 1) ; elle le peut d'autant moins que l'entraînement des hoplites lacédémoniens leur donne l'avantage sur les autres. Inversement, Athènes a, incontestablement, la supériorité sur mer, avec ses 300 trières[11], auxquelles pourraient s'ajouter de 150 à 200 trières de Chios, Lesbos et Corcyre.

Cette supériorité navale est assurée par la prédominance financière d'Athènes : Périclès, qui avait déjà insisté sur la faiblesse financière des Péloponnésiens (Thuc. I, 141, 5, et 142, 1), encouragea, en 431, les Athéniens en soulignant qu'« il leur rentrait, d'une manière générale, 600 talents comme contribution (*phoros*) des alliés, cela sans compter les autres revenus, et qu'il leur restait encore sur l'Acropole 6 000 talents d'argent monnayé (le maximum ayant été de 9 700 talents, sur lesquels on avait pris pour les Propylées de l'Acropole, pour les autres constructions et pour Potidée) » (Thuc. II, 13, 3). Le passage a suscité de nombreuses discussions, car les 600 talents sont très supérieurs aux sommes indiquées dans les listes du tribut, qui sont par exemple de 390 talents en 432, mais il peut s'agir de l'ensemble des ressources financières provenant des alliés, qu'elles prennent ou non la forme précise du *phoros*. Les revenus de l'Empire sont complétés par les revenus propres d'Athènes, l'ensemble amenant Xénophon (*Anabase*, VII, 1, 27) à estimer le revenu annuel d'Athènes, lors de l'entrée en guerre, à « pas moins de 1 000 talents[12] ». Si les réserves ont considérablement diminué depuis le maximum, sans doute atteint en 447, il s'y ajoute le métal précieux des diverses offrandes et

---

centes à l'Asie Mineure et de presque toutes les Cyclades, sauf Théra et Mélos ; il s'y ajoute, dans la mer ionienne, Zacynthe, Céphallénie et Corcyre, ainsi que, sur le golfe de Corinthe, Naupacte, et, en Béotie, Platées ; elle a aussi des alliances avec l'Acarnanie, la Thessalie et les Thraces.

11. Sans compter les 100 trières de réserve, cf. Thuc. II, 24, 2, et Andocide, III, 7, qui expliquent le nombre de 400 triérarques fourni par le pseudo-Xénophon, *Rép. des Ath.* III, 4.

12. Ces chiffres permettent à Gomme, en commentaire à Thuc. II, 13, 3, de noter que l'effort fiscal consenti pour la défense commune est plus important à Athènes que chez chacune de ses alliées.

même l'or de la statue chryséléphantine, l'ensemble pouvant se monter à 900 talents.

D'ailleurs, même si les Péloponnésiens trouvaient les ressources leur permettant de construire une grande flotte, il leur manquerait l'entraînement et l'expérience, longue à acquérir dans le combat naval (cf. Thuc. I, 142, 6-7), et, grâce à leur habitude de la manœuvre et à leur maîtrise de la tactique, les Athéniens se montreront capables de l'emporter même sur des flottes plus nombreuses.

Dans une telle lutte, entre la terre et la mer, il est vain d'espérer obtenir rapidement une victoire totale : on doit se contenter, dans une guerre d'usure, de faire le plus de mal possible à l'adversaire, en prenant le moins de risques. Aussi le plan de Périclès est-il simple : il faut qu'Athènes se transforme en une sorte d'île (cf. Thuc. I, 143, 5), en regroupant, pendant les invasions, sa population dans l'ensemble fortifié constitué par Athènes, les Longs Murs et le Pirée, et en abandonnant la campagne aux Spartiates, la flotte ravitaillant Athènes sans difficulté. Cette même flotte permettra aussi d'exercer des représailles en ravageant le Péloponnèse et, éventuellement, bien que Périclès ne le précise pas, de couper les communications entre le Péloponnèse et la Grèce d'Occident. Le plan est bien conçu, mais il faudra toute l'autorité de Périclès pour obliger les Athéniens à quitter la campagne où ils avaient toujours vécu : « Ce n'était rien d'autre que sa cité que chacun quittait ainsi » (Thuc. II, 16, 2). Et cette autorité sera tout aussi indispensable pour résister à tous ceux, notamment chez les Acharniens, qui voulaient affronter les Péloponnésiens plutôt que laisser ravager leurs terres sans réagir (cf. Thuc. I, 20-21, et Aristophane, *Acharniens*, *passim*).

• Attique et régions voisines.

La stratégie spartiate consiste à envahir tous les ans l'Attique en détruisant les récoltes, les vignes et les oliviers pour obliger Athènes à céder. Ces invasions, qui appauvrissent les paysans, doivent aussi démoraliser les Athéniens, qui assistent sans réagir à ces destructions. Mais il ne faudrait pas en exagérer l'importance, car elles ne sont pas très longues, elles épargnent le voisinage immédiat de la ville, étant donné que la cavalerie athénienne empêche l'infanterie légère d'approcher, et, finalement, elles n'ont pas eu lieu tous les ans. En 431, Archidamos, qui souhaite provoquer les Athéniens et conserver des gages pour l'avenir, avance lentement et ne se livre pas à de nombreuses destructions. 430 connaît l'invasion la plus longue, qui dure environ quarante jours. En 429, il n'y a pas d'invasion, par peur de la « peste ». Les invasions recommencent en 428, où il faillit y avoir une deuxième invasion ; en 427, ce fut l'invasion la pire – qui ravage même la région de Marathon – avec celle de 430. En 426, un tremblement de terre ayant constitué un mauvais présage, l'expédition fait demi-tour avant d'avoir atteint l'Attique. Enfin, l'invasion de 425, la plus courte de toutes, n'a duré que quinze jours, car, commencée tôt, elle a souffert du manque de vivres et du froid, et surtout les troupes ont été rappelées à cause de l'occupation athénienne de Pylos. Par la suite, les Athéniens ayant menacé, en cas d'invasion, de tuer les prisonniers de Sphactérie, il n'y eut plus d'invasion de l'Attique pendant la guerre d'Archidamos.

Ainsi, sur les dix ans de guerre, il n'y eut que cinq invasions de l'Attique, toutes au cours des sept premières années, et qui ont duré de quinze à quarante jours. Aussi, malgré les destructions, l'Attique est-elle toujours cultivée.

Mais il y a plus grave que les invasions. Il s'est produit une catastrophe imprévue : au cours de l'été 430, un navire égyptien apporte au Pirée les germes de ce qu'on a appelé traditionnellement la peste et qui paraît être une variété de typhus. Toujours est-il que l'entassement de la population réfugiée derrière les murs de la ville et le manque d'hygiène que cela suscite permettent un progrès rapide de l'épidémie. Thucydide, qui a lui-même souffert de la maladie, en a décrit les symptômes et les conséquences (II, 47, 3-54). Sévissant en 430 et 429 et, après une rémission, recommençant au cours de l'hiver 427-426 [13] pour durer encore une année, elle a eu de très graves conséquences, tant démographiques que morales et politiques : « pour les Athéniens rien ne fut plus accablant et ne mit plus à mal leur puissance » (Thuc. III, 87, 2).

En effet, les pertes en hommes furent immenses. Sur les 4 000 hoplites qui assiégeaient Potidée, il en périt 1 050, soit

13. Selon Diodore de Sicile XII, 58, le regain de la maladie serait dû aux mauvaises conditions climatiques.

plus du quart, en quarante jours (Thuc. II, 58, 2-3), et, finalement, Athènes aurait perdu 4 400 hoplites d'active sur probablement 13 000 [14] et 300 cavaliers sur 1 000 (Thuc. III, 87, 3) [15] : quel plus grand désastre aurait pu connaître une cité en guerre que de perdre de maladie un tiers de ses forces armées ? Quant au reste de la population, il est difficile de dire si la proportion des morts y a été plus ou moins grande que dans l'armée de terre. Gomme suppose qu'elle a été encore plus élevée, car il s'agit, pour une large part, d'êtres plus fragiles (femmes et enfants) et, surtout pour les esclaves, moins bien nourris. Mais on peut, inversement, souligner que, dans l'armée, la promiscuité et, donc, la contagion devaient être plus grandes.

A ce désastre démographique s'ajoutent un bouleversement de la société et un renversement des valeurs établies, dont Thucydide (II, 52-53) a présenté un tableau saisissant. Dans le domaine politique, les Athéniens sont tellement désemparés qu'ils essaient vainement de traiter avec Sparte et qu'ils destituent quelque temps Périclès, qui est même frappé d'une amende. Bien plus, l'homme d'État, affaibli par la maladie (Plut., *Pér.*, 38, 1), disparaît en 429. Athènes perd ainsi celui qui avait conçu toute la stratégie de la guerre et qui aurait pu empêcher des actions imprudentes : la politique de la cité risque désormais de perdre sa cohérence.

Pour le reste, on doit signaler, dans le voisinage de l'Attique, l'invasion bisannuelle de la Mégaride par les Athéniens et l'action des Péloponnésiens contre Platées, assiégée de 429 à 427. Malgré l'ingéniosité des défenseurs, ceux qui n'avaient pu s'enfuir durent se rendre en 427 sur promesse d'obtenir un jugement régulier. Mais, en butte à la haine des Thébains, les Platéens, au nombre de plus de 200, furent massacrés après un simulacre de procès et leur ville fut rasée. La guerre se fait ainsi plus impitoyable, comme le

14. Ou 16 000 à 17 000, si l'on tient compte des hoplites conscrits et vétérans, qui gardaient notamment les murs d'Athènes, mais l'expression employée par Thucydide (*ek tôn taxeôn*) incite plutôt à se limiter aux hoplites d'active, donc aux 13 000.

15. Diodore de Sicile XII, 58, 2, donne, pour les victimes, les nombres voisins de « plus de 4 000 soldats, 400 cavaliers (en comptant sans doute les archers montés) et, dans le reste de la population, plus de 10 000 (c'est-à-dire un nombre incalculable) hommes libres ou esclaves ».

montre aussi, la même année, la guerre civile de Corcyre ou le traitement qu'Athènes avait d'abord envisagé pour les Mytiléniens révoltés.

• Théâtres d'opérations plus éloignés.

Les Athéniens avaient deux priorités : en finir avec la révolte de Potidée et de ses voisins, et ravager le Péloponnèse. Dès l'hiver 430-429 Potidée se rend, à des conditions assez favorables pour susciter des critiques contre les stratèges à leur retour à Athènes (Thuc. II, 70), mais les Athéniens n'étaient pas encore maîtres de la région, puisque, au cours de l'été 429, leurs hoplites se font battre par l'infanterie légère de Spartolos, assistée par la cavalerie chalcidienne (Thuc. II, 79). Cependant, dès 429, les Éginètes, dont les plaintes à Sparte avaient contribué au déclenchement de la guerre, sont expulsés et remplacés par des clérouques, ce qui permet de protéger les abords du Pirée.

C'est en 431 et en 430 qu'eurent lieu les plus importantes expéditions autour du Péloponnèse, la première ayant disposé de 100 navires athéniens et de 50 navires corcyréens, la seconde, de 100 navires athéniens et d'un nombre non précisé de navires de Chios et de Lesbos. L'expédition de 431 ravagea l'Élide et s'empara de Céphallénie, ce qui permit aux Athéniens de contrôler la sortie du golfe de Corinthe. Celle de 430, placée sous le commandement de Périclès, ravagea la partie orientale de l'Argolide (Épidaure,Trézène, Hermionè, Halieis) sans réussir à s'emparer d'Épidaure et s'en prit même à la côte laconienne. Mais, du fait de la « peste », il n'y eut pas d'expédition en 429, et celle qui était prévue en 428 et qui fut, en fait, détournée vers Mytilène, ne comptait plus que 40 navires : si les Athéniens réussissent quand même à faire une démonstration le long de l'Isthme et des descentes dans le Péloponnèse, avec 100 navires, c'est en y embarquant, exceptionnellement, les *zeugites*[16] à côté des *thètes* et des métèques (cf. Thuc. III, 16, 1). Mais, en 426, une fois maîtres de Mytilène, ils envoient 30 navires

16. La classification censitaire attribuée à Solon distingue les *pentacosiomédimnes*, censés récolter au moins 500 médimnes de céréale, le médimne athénien s'élevant à 52 litres, les *hippeis* récoltant au moins 300 médimnes, les *zeugites*, au moins 200 médimnes, et les *thètes*, moins de 200 médimnes.

autour du Péloponnèse et 60, à Mélos, puis en Locride. Déjà, en 427, ils avaient, à la demande de leurs alliés, envoyé en Sicile une petite expédition, qui intervint surtout dans les îles éoliennes et à Messène, mais eut, les années suivantes, à affronter un retour en force de Syracuse.

Cependant, profitant de l'affaiblissement dû à la « peste », dès 429, les Péloponnésiens prennent l'offensive également sur mer. Ils prévoient une action combinée, terrestre et navale, pour s'attaquer à l'Acarnanie, à Zacynthe et à Céphallénie, ce qui isolerait Corcyre, fermerait le golfe de Corinthe à la flotte athénienne et amènerait, à terme, la chute de Naupacte. Malgré le manque de coordination, qui fait échouer l'opération, les Péloponnésiens ont toujours l'avantage du nombre sur le stratège Phormion, qui, commandant la flotte athénienne de Naupacte, ne dispose que de 20 navires, ce qui ne l'empêche pas, au large de Patrai, de s'attaquer aux 47 navires des Corinthiens et de leurs alliés. Ceux-ci s'étant formés en cercle pour pouvoir mieux se défendre, Phormion eut l'idée de faire tourner ses vaisseaux en spirale autour des navires ennemis pour les enfermer dans un espace de plus en plus étroit et attendit que le vent se levât pour attaquer la flotte ennemie en plein désordre. Il réussit ainsi, avec ses 20 navires, à en couler un grand nombre et à en prendre 12 (Thuc. II, 83-85, 2). Le combat naval de Naupacte est plus périlleux pour Phormion, qui n'a pas réussi à obtenir de renforts en temps utile, car il a en face de lui 77 (ou 57 [17]) navires, qui cherchent l'affrontement. De fait, Phormion est d'abord battu, l'ennemi s'emparant de 11 navires, tandis que les 9 autres doivent se réfugier à Naupacte. Mais la poursuite désordonnée menée par les Péloponnésiens permettant aux Athéniens de retourner la situation, ils coulent un navire et s'emparent de 6 autres, tandis que, le « conseiller naval » spartiate s'étant suicidé, ils mettent en fuite la flotte péloponnésienne et reprennent leurs propres navires. Ces deux succès ne pouvaient qu'accroître

17. C'est le chiffre que donne le manuscrit C en Thuc. II, 86, 4, mais 77, présenté par les autres manuscrits, paraît préférable, car on s'expliquerait mal l'effroi des Athéniens devant la disproportion des forces (cf. Thuc. II, 88-89, 1), si le nombre des vaisseaux ennemis était seulement passé de 47 à 57.

la réputation d'invincibilité de la flotte athénienne et démoraliser les Péloponnésiens, d'où, peut-être, la timidité d'un Alcidas, en 427. Cependant, pour compenser ces échecs, on prépare un coup de main sur le Pirée, que les Athéniens, trop sûrs d'eux, ne protègent pas : cette opération, qui utilise 40 navires mégariens et les équipages du golfe de Corinthe revenus par voie de terre, aurait pu réussir sans un vent défavorable, mais les Péloponnésiens durent se contenter de s'attaquer à Salamine, et les Athéniens, qui avaient été épouvantés par cette attaque surprise, mirent désormais le Pirée en état de défense.

Mais, ce qui les éprouva surtout, ce fut, en 428, la révolte de Mytilène. En effet, préparant sa défection depuis longtemps, Mytilène s'efforçait à la fois d'unifier à son profit l'île de Lesbos, malgré Méthymna, restée fidèle à Athènes, et d'accroître ses moyens de défense. Les Athéniens, prévenus, envoient une ambassade, qui n'obtient aucun succès, et, tandis qu'ils se saisissent des 10 navires lesbiens qui se trouvent à Athènes, ils décident d'attaquer Mytilène à l'improviste avec la flotte de 40 navires qui devait partir pour le Péloponnèse. Mais les Mytiléniens, prévenus, s'étaient mis en état de défense. Aussi purent-ils conclure un armistice, qui leur permit d'envoyer une ambassade à Athènes et une autre, secrètement, à Sparte. Cette dernière, accueillie à Olympie, où se réunit la ligue du Péloponnèse, demande l'envoi d'une flotte ainsi qu'une deuxième invasion de l'Attique et fait admettre les Mytiléniens dans la ligue. Les Athéniens, qui ne sont pas sûrs de leurs autres alliés, notamment de Chios, sont aux abois. Pour impressionner les Péloponnésiens, ils réussissent néanmoins à envoyer autour du Péloponnèse une flotte de fortune de 100 navires [18] sans toucher à leur flotte de Lesbos. Mais le siège de Mytilène était difficile et, en 427, les Athéniens durent, pour la première fois, verser une contribution extraordinaire (*eisphora*) de 200 talents [19], tandis que l'expédition chargée de lever le tribut en Carie s'y

18. Cf. *supra*, p. 89.
19. Ce qui est nouveau, c'est non de verser une *eisphora*, mais d'en verser une d'un tel montant ; l'interprétation traditionnelle, selon laquelle il s'agit de verser pour la première fois une *eisphora*, n'est conforme ni à la réalité historique ni à la syntaxe du passage (Thuc. III, 19).

faisait décimer. La flotte de secours envoyée par les Péloponnésiens, sous le commandement d'Alcidas, tardant, les Mytiléniens sont amenés à distribuer un armement hoplitique aux gens du peuple, mais, ceux-ci réclamant une plus juste répartition du ravitaillement, les oligarques préfèrent capituler, en fait une semaine avant l'arrivée d'Alcidas, qui, sans tenter aucune opération, est trop heureux de pouvoir revenir sans dommages...

Les Athéniens, qui avaient eu très peur, se montrèrent très rigoureux : ils avaient d'abord voté, à l'instigation de Cléon, la mise à mort de tous les Mytiléniens adultes et l'asservissement de leurs femmes et de leurs enfants ; dans une deuxième assemblée, ils se ravisèrent et se contentèrent de mettre à mort les responsables de la révolte, un peu plus de mille, selon les manuscrits de Thucydide [20] (III, 50, 1), et Mytilène dut abattre ses murs et livrer sa flotte ; puis les Athéniens « au lieu d'imposer un tribut à Lesbos, en divisèrent le territoire, sauf celui de Méthymna, en 3 000 lots (*klèros*) » (III, 50, 2), 300 pour les dieux et 2 700 pour des clérouques athéniens, qui recevraient chacun 200 drachmes par an des cultivateurs lesbiens.

Si les Péloponnésiens ont ainsi tenté leur chance sur la mer, les Athéniens se sont, pour leur part, lancés dans des opérations terrestres. En 426, après une intervention malheureuse en Étolie, où les hoplites athéniens se font massacrer par des troupes armées à la légère, le stratège Démosthène, qui n'ose rentrer à Athènes, réussit à défendre Naupacte et à prendre sa revanche en Acarnanie, où il triomphe des Péloponnésiens et de leurs alliés ambraciotes. Bien plus, il discrédite les Péloponnésiens, qui se retirent après un accord secret avec les Athéniens, sans prévenir leurs alliés, qui se font massacrer en grand nombre.

Les Lacédémoniens, démoralisés par cette défaite sur terre et par leur insuccès sur mer, seraient peut-être même prêts à négocier, c'est du moins ce qu'on a pu conclure de la *parabase* des *Acharniens* (652-654), représentés au début de 425, où il est dit que « les Lacédémoniens vous proposent la paix en réclamant Égine » ; ces tentatives, auxquelles Thucydide

20. Malgré la facilité paléographique de la correction, il ne paraît pas justifié de corriger 1 000 en 30.

ne juge même pas utile de faire allusion, auraient pu être facilitées par l'absence d'invasion péloponnésienne en 426. En tout cas, elles suggèrent un découragement lacédémonien, qui apparaîtra encore plus nettement en 425.

La période décisive : 425-424

La victoire athénienne de Sphactérie, en 425, et l'expédition de Brasidas, en 424, allaient changer la face de la guerre.

La tempête ayant obligé la flotte athénienne qui se rendait à Corcyre et en Sicile à faire relâche à Pylos, où elle a le temps de construire des fortifications, Démosthène, conformément à ses souhaits, est autorisé à y rester avec cinq trières, renforcées ensuite par deux trières de Naupacte. Le lieu est bien choisi, car il possède un port aux accès faciles à défendre, et les Messéniens de Naupacte, qui ont suggéré cette installation à Démosthène, se font fort de susciter des troubles en Messénie. La situation paraît assez grave aux Spartiates pour qu'ils rappellent leur armée et leur flotte. Attaquant Pylos sans succès, ils occupent l'îlot de Sphactérie, qui commande l'entrée du port. Mais, comme Corcyre n'est plus menacée par la flotte péloponnésienne, qui a été rappelée, le gros de la flotte athénienne revient pour secourir Pylos, et ce sont maintenant les Lacédémoniens, au nombre de 420, sans compter leurs serviteurs, qui se trouvent bloqués à Sphactérie.

Devant une telle situation, les Spartiates demandent une trêve, qui leur est accordée à des conditions draconiennes, puisque, pour être autorisés à ravitailler les gens bloqués dans l'île, ils sont obligés, pendant la durée des négociations, de livrer à Athènes leur flotte de 60 navires. Leur ambassade, qui doit négocier avec Athènes paix, alliance et amitié, se montre d'autant plus conciliante que, parmi les hoplites de Sphactérie, près de la moitié sont des Spartiates, dont une bonne part appartient aux grandes familles de la cité, et qu'on redoute des révoltes en Messénie ; d'autre part, les tentatives de négociation de 426 montrent que les Spartiates sont las de cette guerre, qu'ils n'imaginaient pas si longue.

Malgré les propositions avantageuses des négociateurs, prêts à conclure paix et alliance sur la base du *statu quo post bellum*, à l'exception, bien sûr, de Pylos, Cléon fait échouer les discussions en réclamant les ports de Mégare, Trézène et l'Achaïe, ce qu'il est difficile aux Spartiates d'accepter, mais qu'ils ne repoussent pas absolument à condition d'en discuter en secret, car ils ne peuvent trahir leurs alliés sans des assurances précises. Mais Cléon fait rejeter une telle procédure. Dès lors, les négociations ne peuvent qu'échouer, encore que les Athéniens aient beaucoup hésité à se rallier aux positions extrémistes de Cléon : selon Philochore (*FGH* 328 F 128), on dut voter trois fois avant d'arriver à une décision.

La trêve est alors rompue et, avec beaucoup de mauvaise foi, Athènes refuse de rendre leur flotte aux Péloponnésiens. Mais encore faut-il s'emparer des hommes de Sphactérie. Car des nageurs ou de petites embarcations permettent de ravitailler l'îlot et la mauvaise saison approche, qui rendra le blocus naval inopérant. Cléon, critiqué pour avoir fait échouer les négociations, retourne les critiques contre les stratèges et, Nicias lui ayant, par défi, proposé de le remplacer comme stratège, il se trouve pris au piège et promet la victoire avant vingt jours. Contre toute attente et grâce à la compétence de Démosthène, il tient cependant son pari : un double débarquement et une utilisation massive de l'infanterie légère permettent d'occuper tout l'îlot et de prendre à revers les Lacédémoniens, qui capitulent après une défense héroïque et avec l'autorisation implicite des autorités. Aux 128 hoplites tués s'ajoutent 292 prisonniers, dont près de 120 Spartiates.

Les conséquences de la victoire de Sphactérie sont très importantes. Dans le domaine militaire, le moral des Spartiates et leur prestige à l'extérieur sont ébranlés : non seulement des Spartiates peuvent être vaincus dans un combat terrestre, mais ils préfèrent la reddition à la mort[21]. En outre, le maintien d'un poste athénien à Pylos met en danger la Messénie, ce qui leur interdit de dégarnir la région, d'autant plus qu'en 424 la prise de Cythère par Athènes fait courir les mêmes risques à la Laconie, et, comme les Athéniens ont

21. C'est manifestement cette crise de confiance qui les incite à massacrer 2 000 hilotes, cf. *infra*, p. 173.

menacé de mettre à mort les prisonniers de Sphactérie, si l'Attique était envahie, les Spartiates doivent renoncer à leurs invasions annuelles. D'autre part, la victoire de Sphactérie accroît le prestige de Cléon, qui devient le vrai maître d'Athènes. L'unité de direction se trouvant alors rétablie, il en profite pour augmenter le tribut à près de 1 500 talents et porter l'indemnité des héliastes de deux à trois oboles.

Thucydide, qui juge après coup, se montre très critique à l'égard de Cléon et de son rejet des propositions spartiates. Athènes n'a pas su profiter de sa chance pour traiter en position de vainqueur, car la victoire de Sphactérie est due à la chance et non à un changement dans le rapport des forces. Or la chance peut tourner, comme le montreront bientôt les défaites de Thrace.

L'année 424 est une année néfaste pour Athènes, car la Sicile s'unit contre l'intervention étrangère, les Athéniens ne réussissent pas à s'emparer de Mégare, qui est secourue par Brasidas et où les oligarques prennent le pouvoir (Thuc. IV, 74), et subissent, en Béotie, la défaite de Délion, où ils perdent près de 1 000 hoplites. Mais le plus grave est la reprise de la guerre en Thrace. Le roi des Macédoniens, Perdiccas, changeant encore de camp, fait appel à Sparte, qui lui envoie Brasidas. Celui-ci, qui a été éphore en 431-430, est un chef valeureux et ambitieux, partisan de la guerre à outrance contre Athènes. Il prend donc la tête d'une petite expédition de 1 000 hoplites levés dans le Péloponnèse et de 700 hilotes affranchis et réussit, grâce à sa rapidité et à l'aide des Thessaliens, à traverser toute la Grèce par voie de terre, ce qui paraissait impossible au pseudo-Xénophon[22]. Son habileté diplomatique lui permet de gagner la faveur des cités de Thrace, auxquelles il laisse leur « autonomie » et le gouvernement de leur choix, et la plupart lui ouvrent leurs portes, notamment Acanthos, qui craint pour ses vignes, Stagire, Amphipolis, où l'élément athénien est très minoritaire, et Toronè.

C'est là un grave échec pour Athènes, car, outre les mines de métaux précieux, les cités de la côte thrace, très riches,

22. Cf. *Rép des Ath.* II, 5 : « ceux qui exercent une domination continentale ne peuvent s'éloigner de leur territoire de beaucoup de journées de marche », phrase qui montre bien que le texte est antérieur à 424.

fournissent des contributions importantes et sont une grande source de bois pour les constructions navales. D'autre part, le succès de la défection constitue un exemple redoutable pour les autres alliés, comme Chios, qui, au début de 424, a été obligée d'abattre son nouveau mur. Aussi les Athéniens se montrent-ils plus accommodants et, comme les milieux dirigeants spartiates sont jaloux de Brasidas et souhaitent un accord qui leur rendrait les prisonniers de Sphactérie, on conclut en 423 un armistice d'un an, qui doit permettre de discuter les conditions de la paix.

Mais, en Thrace, de nouvelles cités, dont Skionè et Mendè, font défection et, Brasidas ne respectant pas l'armistice, les hostilités continuent, tandis qu'au nord de l'Attique la place de Panakton est livrée par trahison aux Béotiens. Il faut attendre l'automne 422 pour que Cléon et Brasidas trouvent tous deux la mort devant Amphipolis et qu'on puisse enfin s'engager dans la voie de la paix.

La paix de Nicias

Elle s'explique par la lassitude des deux camps, qui se sont rendu compte que la victoire était impossible, les Spartiates dès 426, les Athéniens après leurs défaites de Délion et de Thrace. D'autre part, chaque camp possède des gages que l'autre souhaite recouvrer, à savoir les Athéniens, les prisonniers de Sphactérie, Pylos et Cythère, et leurs adversaires, les cités de Thrace et la place de Panakton. Enfin, le moment convient, car les deux adversaires de la paix, les « pilons » qui mettaient la Grèce en capilotade (Aristophane, *Paix*, 269-270 et 281-284), viennent de mourir et il est souhaitable pour Sparte de se rapprocher d'Athènes avant qu'expire la paix de trente ans, qui, depuis 451, lui épargne un conflit ouvert avec Argos.

Les négociations, qui avaient duré tout l'hiver, aboutirent, en avril 421, à la conclusion de la paix, dite de Nicias, dont Thucydide (V, 18-19) a reproduit le texte. Cette paix, conclue pour cinquante ans, est fondée sur le *statu quo ante bellum* et présente une liste des territoires à restituer : les Athéniens doivent recouvrer les cités de Thrace, notamment Amphipolis, ainsi que Panakton, tandis qu'eux-mêmes rendront, entre autres, Pylos et Cythère. On notera cependant que le texte ne mentionne ni Platées ni Nisaia (aux mains des Athéniens), car, s'étant rendues, elles sont censées s'être librement données aux Béotiens ou aux Athéniens. Potidée et Égine, qui ne sont pas mentionnées, sont aussi, tacitement, laissées à Athènes. Le texte prévoit également la restitution des prisonniers, donc notamment ceux de Sphactérie, et le libre accès aux sanctuaires panhelléniques, tout en garantissant l'indépendance de Delphes. Enfin, le traité pourra être modifié « comme il semblera bon aux deux parties, Athéniens et Lacédémoniens », clause négligeant les alliés, qui participent pourtant à l'accord.

Le tirage au sort oblige Sparte à s'exécuter la première : elle restitue donc les prisonniers, mais ses chefs militaires ne veulent pas contraindre Amphipolis à la reddition. Dès lors, les Athéniens ne rendent ni Pylos ni les prisonniers de Sphactérie ; ils accepteront cependant de rendre ces derniers, quand, peu après, Sparte conclut avec eux une alliance défensive, qui prévoit même une aide athénienne en cas de soulèvement des hilotes. Cette alliance laisse présager une double hégémonie sur la Grèce, qui ne peut que susciter l'hostilité de ceux qui avaient théoriquement combattu pour défendre l'« autonomie » des cités.

Finalement, même si la paix de Nicias est moins favorable qu'aurait pu l'être une paix conclue en 425, Athènes apparaît toujours comme le vainqueur, puisque Sparte s'était lancée dans la guerre pour défendre l'« autonomie » des cités et arrêter l'impérialisme athénien. Or, non seulement l'Empire subsiste, mais les Spartiates reconnaissent aux Athéniens, en des termes diplomatiques qui ne trompent personne, le droit d'y agir comme ils l'entendent : « Pour Skionè, Toronè, Sermylion et toute autre cité possédée par les Athéniens, que les Athéniens prennent à leur sujet toute décision qui leur semblera bonne » (Thuc. V, 18, 8). Quant aux clauses censées protéger les cités de Chalcidique que Sparte rend à Athènes, elles sont particulièrement hypocrites : ces cités seront « autonomes » et Athènes ne leur fera pas la guerre, pourvu qu'elles paient le tribut de l'époque d'Aristide ; elles ne seront l'allié de personne, mais les Athéniens pourront les persuader de devenir leurs alliés (Thuc. V, 18, 5).

Une paix mal respectée

La paix de Nicias n'a pas apporté la tranquillité espérée, mais, après avoir failli faire éclater la ligue du Péloponnèse, elle a permis aux Athéniens d'envoyer en Sicile une expédition démesurée.

Les problèmes péloponnésiens

Le mécontentement des alliés de Sparte, les ambitions d'Argos et les intrigues d'Alcibiade ont porté atteinte à la cohésion de la ligue du Péloponnèse.

Les principaux alliés de Sparte, à savoir Corinthe, Élis, Mégare et Thèbes, ont refusé de jurer la paix de Nicias. Corinthe veut en effet recouvrer deux cités d'Acarnanie et Mégare, reprendre son port de Nisaia ; quant à Thèbes, elle s'est contentée de conclure avec Athènes un armistice renouvelable tous les dix jours. Enfin Élis, dépossédée de Lépréon, et Mantinée ont des griefs propres à l'égard de Sparte. Dès lors, poussée par Corinthe, qui redoute l'alliance entre Athènes et Sparte, Argos s'allie à Mantinée, à Corinthe et aux Chalcidiens. Mais cette première tentative échoue, car Tégée, qui est hostile à Mantinée, et Béotiens et Mégariens, qui n'apprécient pas le régime démocratique d'Argos, refusent de rejoindre l'alliance. D'autre part, Sparte intervient militairement en détachant Parrhasia de Mantinée et en installant une garnison à Lépréon. Il apparaît ainsi que cette ligue d'Argos est insuffisante et a besoin de l'aide athénienne.

De fait, les relations entre Athènes et Sparte se sont distendues : Athènes n'a toujours pas recouvré Amphipolis, et les Thébains ont rasé Panakton avant de le lui rendre ; les éphores spartiates, nouvellement élus, sont hostiles au rapprochement avec Athènes et ont amené Sparte, en contradiction avec les clauses de l'alliance athénienne, à conclure une alliance avec Thèbes. Dès lors, Alcibiade, âgé à cette date d'environ trente ans, peut donner libre cours à ses talents diplomatiques. Appartenant à une des familles les plus prestigieuses d'Athènes, puisque, neveu et pupille de Périclès, il descend de Clisthène par sa mère, il a fréquenté Socrate, mais joue plus au « dandy » qu'au philosophe ; d'une ambition effrénée, il a été déçu de ne pas avoir été associé aux négociations de paix. Il apparaît à ce moment comme un des chefs de la tendance « démocratique » opposée à Sparte et à Nicias. Il incite ainsi Argos, prête, par crainte, à négocier avec Sparte, ainsi qu'Élis et Mantinée à proposer une alliance à Athènes. Il fait échouer l'ambassade lacédémonienne qui s'oppose à cette alliance ; et, comme l'ambassade que Nicias a néanmoins réussi à faire envoyer à Sparte ne parvient pas à faire renoncer les Spartiates à l'alliance thébaine, se conclut, en 420, une quadruple alliance défensive et parfaitement égalitaire, prévue pour cent ans, entre Athènes, Argos, Élis et Mantinée et leurs alliés respectifs (Thuc. V, 47), tandis que Corinthe, voyant avec satisfaction Athènes et Sparte de nouveau brouillées, est, pour sa part, revenue dans le camp spartiate. Cette alliance, qui désagrège la ligue du Péloponnèse, constitue le chef-d'œuvre diplomatique d'Alcibiade, mais elle ne serait viable que si Athènes s'engageait à fond.

Or elle n'interviendra militairement qu'avec des moyens très limités. Après quelques incidents, en 420, où les Éléens excluent les Lacédémoniens des concours olympiques et où Corinthe et Sicyone empêchent Patrai de construire les Longs Murs suggérés par Alcibiade, le premier conflit éclate en 419. Argos attaque Épidaure, et Athènes envoie Alcibiade avec 1 000 hoplites, tandis que les Spartiates, qui ont fait parvenir 300 hommes à Épidaure, hésitent à envahir le territoire d'Argos[23]. Les Athéniens réintroduisent, à la demande des Argiens, des hilotes et des Messéniens à Pylos, pour piller la région, tandis qu'Alcibiade fait ajouter sur la stèle de la paix de Nicias que « les Lacédémoniens n'ont pas respecté leur serment » (Thuc. V, 56, 3).

Au cours de l'été suivant, les Spartiates se décident à réagir et Agis envahit Argos à la tête d'une très grande armée, puisque, outre l'effectif maximum (*pandèmei*) des

23. Il faut se rappeler qu'on n'est en guerre avec un État que lorsqu'on envahit son territoire : tant qu'on combat chez un tiers, la paix n'est pas rompue.

forces lacédémoniennes, il y avait 11 000 Béotiens et 2 000 hoplites corinthiens. Mais, à la grande indignation des autorités, tant spartiates qu'argiennes, les deux chefs concluent un armistice de quatre mois. Cependant, à l'arrivée d'une troupe de 1 000 hoplites et de 300 cavaliers athéniens, Alcibiade incite les alliés à reprendre le combat. Mais, comme les opérations se déroulent en Arcadie, les Éléens retirent leurs 3 000 hommes et les Spartiates remportent une grande victoire à Mantinée, en août 418.

Les conséquences en sont très importantes. Sparte restaure son prestige militaire, qui avait été mis à mal par la défaite de Sphactérie, et noue, en 417, une alliance avec Argos, où les oligarques prennent le pouvoir, alliance qui devrait lui permettre de rétablir l'ordre spartiate dans le Péloponnèse. Mais Argos se déchire ensuite dans des luttes civiles, où chacune des deux factions est soutenue par Athènes ou par Sparte.

A Athènes, la défaite accroît la discorde entre Alcibiade et Nicias, mais, le démagogue Hyperbolos ayant souhaité que l'un des deux fût ostracisé, il suscite leur coalition provisoire et se fait lui-même ostraciser. D'autre part, l'humiliation de l'échec favorise les excès. Ainsi, au printemps 416, une expédition est envoyée contre la petite île dorienne de Mélos, dont le seul tort est de refuser d'adhérer à l'empire athénien. Après un siège de près d'un an, les hommes sont tués et femmes et enfants, réduits en esclavage, tandis que la terre est partagée entre 500 clérouques. Un tel excès, en période de paix, montre l'amoralisme de l'entreprise impériale, bien souligné par Thucydide dans le « dialogue mélien » (V, 85-113).

L'expédition de Sicile

Mais l'excès le plus funeste entraîné par l'humiliation de Mantinée est sans doute la grande expédition de Sicile [24], qui porte, elle aussi, la marque d'Alcibiade.

24. Cf. Terry Eugene Wick, *Athens and the West in the Fifth Century*, (diss.), Indiana Univ.,1971, et S. Cataldi (éd.), *Plous es Sikelian. Ricerche sulla seconda spedizione ateniese in Sicilia*, Alexandrie, Ed. del'Orso, 1992.

La Sicile au Ve *siècle*

Avant d'évoquer l'expédition de Sicile, Thucydide (VI, 1-6) décrit l'île et ses habitants, tandis que les discours antagonistes de Nicias et d'Alcibiade présentent la situation politique qui y règne. A en croire ce dernier (VI, 17), les Siciliens ne sont pas très attachés à leur cité, car « ce sont des masses mélangées, qui donnent une population nombreuse aux cités, où s'opèrent facilement des transferts ou de nouvelles admissions de citoyens [25] ».

• La période des tyrans.

Du fait notamment des tyrans de Géla et de Syracuse, la Sicile avait effectivement connu, au début du Ve siècle, de nombreux transferts de population. Géla avait été soumise, dès 505 environ [26], à la tyrannie de Cléandros, assassiné en 498, auquel succéda son frère Hippocratès. Celui-ci se montra particulièrement expansionniste en se soumettant ses voisins sicèles [27] et en s'emparant des cités chalcidiennes [28] de Léontinoi, de Catane, de Naxos et de Zancle, et en obtenant Camarine de Syracuse, qu'il avait battue. Il se constitua ainsi l'amorce d'un empire, dans le sud-est de la Sicile de part et d'autre de Syracuse, qu'il prend en écharpe. Gélon, le commandant de la cavalerie, qui, à la mort d'Hippocratès, en 491, s'empare du pouvoir en fondant la dynastie des Deinoménides (491-466), se constitue, lui, un véritable empire en annexant en 485 Syracuse, dont il fait sa capitale et qu'il développe en y installant de force les citoyens de Camarine, les classes supérieures de Mégara Hyblaea et d'Euboia ainsi

25. Cf. Shlomo Berger, *Revolution and Society in Greek Sicily and Southern Italy, Historia Einzelschriften* 71, Stuttgart, 1992.

26. Les dates, fondées en général sur les indications de Diodore de Sicile, qui utilise des calendriers ne commençant pas à la même période de l'année, restent un peu imprécises, à un ou deux ans près.

27. Derniers envahisseurs avant les Grecs, les Sicèles (ou Sicules) avaient refoulé vers l'ouest leurs prédécesseurs sicanes et élymes.

28. En Sicile s'opposent volontiers les cités ioniennes fondées par les Eubéens ou par des colonies eubéennes, comme Naxos, Léontinoi, Catane, Zancle et sa colonie d'Himère, et les fondations doriennes, comme Syracuse, Mégara Hyblaea avec sa colonie de Sélinonte, et Géla avec sa colonie d'Agrigente.

que la majorité des citoyens de Géla. Son frère Hiéron, qui lui succède en 478-477, poursuit la même politique de transfert de population en obligeant les habitants de Naxos et de Catane, détruites par une éruption volcanique, à émigrer à Léontinoi, tandis que Catane est, sous le nom d'Aetna, repeuplée par 5 000 Péloponnésiens et 5 000 Syracusains. A la même époque, le tyran d'Agrigente, Théron, repeuple Himère « en y inscrivant comme citoyens les Doriens et ceux des autres qui le désiraient » (Diodore de Sicile XI, 49). D'autre part, la population des différentes cités siciliennes est d'autant plus mélangée que les tyrans ont accordé la citoyenneté à bon nombre de leurs mercenaires.

Cependant, l'époque des Deinoménides et des tyrans en général est aussi, grâce à la grande victoire que Gélon remporta sur les Carthaginois à Himère en 480, une des périodes les plus glorieuses de l'histoire de la Sicile. Sans doute, malgré la propagande ultérieure, qui associe Himère à Salamine[29] ou à Platées, n'y a-t-il rien de panhellénique dans cette victoire des Syracusains, qui étaient prêts à se rallier aux Perses, si ceux-ci l'emportaient sur les Grecs. De fait, les Carthaginois, qui dominaient la partie occidentale de l'île avec leurs colonies de Solos, Panormos, Drépanon, Motyè et Lilybée, étaient seulement intervenus dans les luttes entre Grecs, qui n'avaient le choix qu'entre les tyrans prosyracusains du bloc Syracuse-Agrigente et les tyrans procarthaginois de Sélinonte, d'Himère et de Rhégion : c'est Térillos, le tyran d'Himère, chassé par Agrigente, qui avait fait appel à la fois au Carthaginois Hamilcar et à Anaxilas, le tyran de Rhégion, auquel la possession de Zancle, rebaptisée Messène, permettait de contrôler les détroits. Toujours est-il que cette victoire conforte la position de Gélon, acclamé, si l'on en croit Diodore (XI, 25), comme « bienfaiteur, sauveur et roi », et le rôle hégémonique de Syracuse, surtout lorsque

29. Les historiens antiques étant amateurs de synchronismes, Hérodote (VII, 166) date les deux batailles du même jour, tandis que, dans son patriotisme sicilien, Diodore (XI, 23-24) va jusqu'à placer Himère le même jour que « la défaite très glorieuse » des Thermopyles, ce qui lui permet d'y voir la victoire qui aurait redonné courage aux Grecs ; cf. aussi Ph. Gauthier, « Le parallèle Himère-Salamine au Ve et au IVe s. av. J.-C. », *REA* 68 (1966), p. 5- 32.

la concorde règne entre les Deinoménides et les Emménides d'Agrigente, qui se sont unis par diverses alliances matrimoniales [30]. Comme les Carthaginois cessent pendant soixante-dix ans de s'intéresser à la Sicile et que les Étrusques sont battus sur mer à Cumes en 474 par Hiéron, jusqu'aux expéditions athéniennes de 427 et de 415, la Sicile n'est plus menacée de l'extérieur.

D'autre part, l'île déjà prospère du fait de ses productions agricoles et arbustives [31] et de ses activités commerciales, qui bénéficient entre autres des deux ports de Syracuse, est encore enrichie par la victoire sur les Carthaginois. En effet, d'après Diodore (XI, 26), ceux ci devaient verser à Syracuse une énorme indemnité de guerre, de 2000 talents, et y construire deux temples, où seraient conservées des copies du traité de paix, tandis que Démarétè, qui avait facilité les négociations, recevait une couronne d'or de cent talents, entendons d'une valeur de 100 talents, qui aurait incité à frapper des décadrachmes surnommés des « démaréteion ». Il s'y ajoute l'important butin qu'ont pu faire les Syracusains et leurs alliés et, notamment, les prisonniers réduits en esclavage, qui auraient permis aux Agrigentins de construire à peu de frais des temples et même un lac artificiel (Diodore XI, 25). Aussi les Grecs de Sicile, qui, à la fin du VIe siècle, édifiaient déjà des temples plus grands et plus nombreux que ceux de leurs métropoles, continuent-ils à se distinguer par leurs constructions prestigieuses [32]. Entre 490 et 470, les Sélinontins élèvent deux nouveaux temples et achèvent l'énorme temple d'Apollon, de plus de 110 mètres [33], tandis que les Syracusains dédient un temple à Athéna et élèvent un temple de la Victoire à Himère et que les Agrigentins, qui, vers 510, avaient déjà dédié un temple à Héraclès, dédient un temple à Héra et entreprennent la construction de l'Olympieion, qui avec ses 110 mètres de

30. Théron, qui a donné sa fille Démarétè à Gélon, épouse lui-même en secondes noces une nièce de Gélon, la fille de Polyzalos.

31. Selon Diodore (XIII, 81), Agrigente alimente entre autres Carthage en huile d'olive.

32. Cf. Th. Van Compernolle, *L'Influence de la politique des Deinoménides et des Emménides sur l'architecture et l'urbanisme siceliotes*, Académie royale de Belgique, classe des lettres 9, Louvain, 1992.

33. Constituant le plus grand temple dorique du monde grec, il n'est dépassé que par l'Héraion de Samos, temple ionique du VIe siècle.

long aurait dû, s'il avait été achevé, rivaliser avec le temple de Sélinonte.

La richesse dont témoignent ces constructions a aussi permis aux tyrans siciliens, notamment à Hiéron, d'avoir une cour brillante, où ils attirent les principaux poètes de l'époque comme Pindare, Eschyle, qui meurt à Géla, Simonide de Céos ou Bacchylide, tandis que Xénophane de Colophon, qui a passé la fin de sa vie à Zancle et à Catane, aurait aussi fréquenté la cour d'Hiéron, et qu'avec Épicharme une première forme de comédie se développe en Sicile.

Cependant, de 471 à 461, les tyrannies disparaissent à Agrigente, à Géla, à Himère, à Syracuse et à Zancle, du fait à la fois de l'incapacité des tyrans, qui n'ont plus les qualités des fondateurs des dynasties, et du désir des citoyens de chaque cité d'être aussi libres que leurs voisins. Ainsi, à la mort de Théron, son fils Thrasydaios, qui s'est laissé battre par Hiéron, est chassé par les citoyens d'Agrigente. Les troubles qui paralysent Agrigente permettent à Géla et à Himère de se libérer. A la mort d'Hiéron, en 467, son frère Thrasybule, qui a éliminé le fils mineur d'Hiéron, se rend impopulaire par ses violences, et les Syracusains révoltés sont aidés par les cités déjà libérées d'Agrigente, de Géla et d'Himère, ainsi que par Sélinonte et par les Sicèles. En 466, Thrasybule, vaincu, doit se retirer à Locres : il n'y a plus de tyrannie syracusaine ni d'empire syracusain, Syracuse ne conservant que les petites cités d'Akrai et de Casménai. Enfin, en 461, Rhégion expulse les fils d'Anaxilas, qui, lui-même, était mort en 476-475.

• La Sicile en crise

Jusqu'en 450 les Siciliens devaient encore connaître de graves difficultés du fait de luttes intestines ou de l'unification des Sicèles par Doukétios.

Le premier problème qu'ont dû affronter les démocraties siciliennes était un héritage des tyrannies renversées : que faire des mercenaires qui avaient reçu la citoyenneté des tyrans et des colons qu'ils avaient envoyés dans les cités où revenaient les anciens habitants ? Ainsi les Syracusains durent-ils lutter contre 7 000 mercenaires, à qui ils ne voulaient accorder que des droits restreints et qui s'étaient révoltés en se retranchant dans l'île d'Ortygie et le quartier d'Achradina, tandis qu'à Géla, à Agrigente et à Himère s'affrontaient anciens et nouveaux citoyens. Finalement, en 461, presque toutes les cités auraient réussi à aboutir à un accord permettant aux mercenaires d'aller s'établir avec leurs biens à Messène, encore aux mains de tyrans, tandis qu'on distribuait la terre entre tous les citoyens (Diodore XI, 76, 6).

Cependant, le problème des mercenaires n'était pas le seul problème à résoudre, car les oppositions sociales restaient très vives. A la chute des tyrans, en 471, la richissime Agrigente s'était donné un régime ploutocratique, qui laissait le pouvoir à une assemblée des 1 000, mais, trois ans plus tard, elle dut, à l'initiative du philosophe Empédocle, élargir la base du régime. Quant à Syracuse, elle a échappé de justesse, en 454, à un renouveau de la tyrannie s'appuyant sur les pauvres et a établi, pendant quelques années, à l'imitation de l'ostracisme athénien, le *pétalisme* [34], qui permet d'éloigner pendant cinq ans toute personne menaçant les institutions démocratiques. Quant à la restitution de leurs biens aux citoyens dépouillés par les tyrans, elle suscitait dans toute la Sicile d'innombrables procès, ce qui amena la naissance de l'art oratoire avec Corax et Teisias, les premiers auteurs de traités de rhétorique, suivis par Gorgias de Léontinoi, qui aurait été l'élève d'Empédocle.

D'autre part, l'écroulement des hégémonies régionales (*épikrateia*) et les luttes civiles qui avaient amené à faire appel aux indigènes sicèles allaient inciter ces populations déjà largement hellénisées à créer leur propre État à l'initiative de Doukétios, un de leurs aristocrates. Celui-ci est présenté par Diodore comme l'*hègémon* des Sicèles (XI, 76, 3), leur roi (XI, 78, 5), leur *leader* (*aphègouménos*) (XI, 88, 6), leur *dunastès* (XII, 8) ou l'ancien *hègémon* des cités sicèles (XII, 29). Il s'était attaqué en 461 aux nouveaux habitants de Catane-Aetna, qui, envoyés par Hiéron, avaient confisqué des territoires sicèles. Ses forces unies (ou subordonnées ?) à celles des Syracusains sont victorieuses et, tandis que les colons d'Hiéron vont s'établir à Inessa, qu'ils rebaptisent Aetna, les anciens habitants de Catane se réinstallent, et les Sicèles reprennent leurs terres. On le voit ensuite agir à

34. Le terme est formé sur *pétalon* (feuille), car le nom de la personne à éloigner était inscrit sur une feuille d'olivier, cf. Diodore XI, 87.

l'imitation des Grecs. En effet, en 459, il fonde la cité de Ménainon en distribuant la terre entre les citoyens, tandis qu'il s'empare de la cité sicèle de Morgantina. En 453, il réussit à constituer un *koinon* des Sicèles en réunissant en une seule et même fédération (*suntéleia*) toutes les cités sicèles sauf une, et en lui donnant pour capitale l'importante cité de Palikè, qu'il fonde et fortifie à proximité du sanctuaire des Palikoi. La fédération sicèle, qui frappe monnaie et dispose d'une armée fédérale, peut alors affronter les plus grands États de Sicile. En effet, après avoir obligé Inessa-Aetna à se soumettre, Doukétios s'attaque à Motyon, un établissement sicane protégé par une garnison agrigentine. Agrigente et Syracuse, ne pouvant tolérer un grand État sicèle qu'ils ne contrôleraient pas, envoient des troupes qui se font battre. Mais Syracuse, consciente du danger, fait l'effort nécessaire et, après avoir condamné à mort le stratège accusé de tractations avec Doukétios, elle envoie de nouvelles troupes, qui écrasent Doukétios au cours de l'été 450. Tandis qu'Agrigente reprend Motyon, Doukétios se réfugie à Syracuse, qui l'exile à Corinthe en lui assurant une pension. Mais, en 446, avec l'accord secret de Syracuse, Doukétios revient en Sicile où, avec des Sicèles et des Grecs de Grèce propre, il fonde la cité de Kalè Aktè. Les Agrigentins, furieux, déclarent la guerre à Syracuse, mais sont battus. Cependant, Doukétios meurt en 440 et Syracuse impose sa domination aux Sicèles.

Cet épisode montre que les Sicèles sont assez hellénisés pour s'organiser comme les Grecs et pour cohabiter avec eux, par exemple à Kalè Aktè ; il montre aussi les fluctuations politiques des Syracusains, qui hésitent entre collaborer avec les Sicèles contre d'autres Grecs, de Catane ou d'Agrigente, ou s'unir aux autres Grecs contre le danger sicèle. En tout cas, les Sicèles, qui avaient ainsi connu une période d'indépendance, auront tendance à accueillir les étrangers, athéniens ou carthaginois, comme des libérateurs.

• Le regain syracusain.

Syracuse, qui a vaincu Agrigente, la seule cité qui pouvait encore rivaliser avec elle, et soumis les Sicèles à son influence, est en passe de retrouver la position hégémonique que lui avaient assurée ses tyrans. Elle la doit d'abord à sa population, qui permet à Pindare, dès le premier mot de la deuxième *Pythique*, de la qualifier de *mégalopolis*[35], tandis que Thucydide (VII, 28, 3) assure qu'elle n'est pas plus petite qu'Athènes ; D. Asheri (*CAH* V 2 p. 167) a pu estimer sa population à quelque 250 000 habitants, au nombre desquels 20 000 citoyens. De plus, contrairement à Athènes, Syracuse n'a pas besoin d'aller chercher au loin les céréales indispensables. Sa richesse lui permet aussi d'entretenir une centaine de trières tout en accroissant son infanterie et sa cavalerie.

Le renversement des tyrans et la dissolution de leur empire n'a pas fait renoncer les Syracusains à leur politique expansionniste. Non seulement ils ont soumis à leur influence des territoires sicèles, mais ils ont renoué leurs liens avec les autres colonies doriennes de Sicile et entendent soumettre les dernières cités, surtout chalcidiennes, qui leur résistent. Ainsi, dès 427, ils s'attaquent à Léontinoi, avec, à leurs côtés, « toutes les cités doriennes à l'exception de Camarine » (Thuc. III, 86) ainsi que Locres, tandis que Léontinoi est soutenue par les cités chalcidiennes, par Catane et par la chalcidienne Rhégion. On assiste donc, sauf pour le cas de Catane, à un affrontement entre Ioniens et Doriens, d'autant plus net que les Doriens sont théoriquement les alliés des Lacédémoniens et qu'Athènes intervient pour soutenir ses alliés de Léontinoi et de Rhégion. Si ces affrontements « ethniques » affaiblissent la position de Syracuse, qui se voudrait l'unificatrice de la Sicile, au congrès qui réunit à Géla au cours de l'été 424 l'ensemble des belligérants siciliens, le Syracusain Hermocrate incite à faire passer la solidarité sicilienne avant les liens ethniques et réussit à faire décider une paix générale entre les Siciliens et le renvoi de l'expédition athénienne (Thuc. III, 58-65). Même si Syracuse fait quelques concessions territoriales à sa voisine Camarine, sa position hégémonique se trouve renforcée.

Le seul élément de faiblesse serait les luttes intestines entre les démocrates, menés par Athénagoras, et les modérés ou oligarques qui se reconnaissent en Hermocrate. Si, comme nous le verrons, la lutte contre Athènes renforce l'in-

35. Seule Athènes a droit au même qualificatif, au début de la septième *Pythique*.

fluence d'Hermocrate, après la victoire se dessine une réaction démocratique qui amène à remplacer l'élection par le tirage au sort et fait exiler Hermocrate, avant que le danger carthaginois ne permette à Denys de prendre le pouvoir[36].

De fait, si cette cité cosmopolite, qui n'est sans doute dépassée en richesse et en population que par Athènes, connaît des luttes de partis, c'est là un élément normal de la vie civique et, en 415, les Syracusains pourront montrer plus de patriotisme que ne le prévoyait Alcibiade.

En tout cas, cité la plus puissante de Sicile, Syracuse risquait de la dominer entièrement. Or, bien qu'elle fût divisée politiquement entre démocrates, plutôt proathéniens, et oligarques, en tant que colonie corinthienne elle penchait du côté des Péloponnésiens et s'était déjà opposée à Athènes de 427 à 424.

La décision

En 416, Ségeste, attaquée par Sélinonte et Syracuse, fait appel à son alliée Athènes en offrant de payer les frais de l'expédition et abuse, à cet égard, les délégués chargés d'aller vérifier les possibilités de la cité.

Mais les Athéniens sont divisés et chaque parti s'efforce de convaincre les hésitants en utilisant éventuellement devins et oracles. Les partisans de la paix, majoritaires chez les gens âgés, soutiennent Nicias et sont opposés à une expédition en Sicile, tant que la situation n'est pas rétablie en Grèce du Nord. Au contraire, les jeunes, menés par Alcibiade et exaltés par les richesses de l'Occident, poussent à l'expédition. Nicias manœuvre mal et, voulant décourager les Athéniens, ne réussit qu'à accroître l'ampleur de l'expédition. Il se retrouve finalement, avec Alcibiade et Lamachos, à la tête d'une expédition de 134 trières et de près de 27 000 hommes. La flotte, luxueusement équipée, quitte Athènes dans une grande exaltation guerrière, en juillet 415.

36. Je me contente de renvoyer sur ce point à Pierre Carlier dans l'ouvrage suivant de la même collection, *Le IVe Siècle grec jusqu'à la mort d'Alexandre*.

L'échec initial

La première erreur a été d'envoyer trois chefs, avec pleins pouvoirs et ayant chacun une stratégie différente : Nicias, toujours aussi prudent, souhaite une expédition limitée dans le temps, qui se contenterait d'une manifestation de force destinée à réconcilier Ségeste et Sélinonte et s'en reviendrait à Athènes ; Lamachos propose, pour sa part, d'attaquer tout de suite Syracuse, avant qu'elle soit suffisamment fortifiée ; quant à Alcibiade, qui a des ambitions très vastes et envisage la conquête de la Sicile, voire celle de Carthage, il veut d'abord s'assurer des appuis dans les cités siciliennes et chez les Sicèles. Lamachos, se ralliant au plan d'Alcibiade, c'est celui-ci qui est adopté. Ce plan, qui aurait été raisonnable avec une petite expédition, échoue, en grande partie parce que les cités se méfient d'Athènes et d'une expédition si importante, qui suggère plus la conquête que l'aide à des alliés. Seule Naxos se montre favorable, mais les Athéniens s'emparent par surprise de Catane, qui leur servira de base.

Cependant, le plan d'Alcibiade aurait pu réussir, s'il n'avait lui-même été rappelé à Athènes dans des circonstances dramatiques. En effet, compromis dans la parodie des Mystères, qui peut entraîner la peine de mort, il n'a pas obtenu d'être jugé avant son départ. Mais ses ennemis ont profité de son absence pour le faire rappeler. Réussissant à échapper à ses accompagnateurs, Alcibiade se réfugie chez les Spartiates.

L'affaire paraît ainsi mal engagée, puisqu'on a perdu du temps et que l'inspirateur de l'expédition est en fuite.

Le redressement militaire athénien

Dès 415, les Athéniens, en l'absence d'une partie des forces syracusaines, débarquent dans le grand port de Syracuse, mais ils ne profitent pas de leur victoire pour s'y installer et retournent à Catane attendre le printemps. A Syracuse, le stratège Hermocrate organise la résistance en renforçant le commandement par réduction de quinze à trois du nombre des stratèges, en entraînant les troupes et en améliorant les fortifications.

La première moitié de 414 se passe en une lutte de fortifications autour de Syracuse. Les Athéniens, profitant d'un effet de surprise, escaladent le plateau des Épipoles, à l'ouest de Syracuse, rejettent les Syracusains derrière leurs fortifications et construisent pour eux-mêmes un retranchement circulaire, à partir duquel ils mènent une circumvallation autour de Syracuse. Les deux contre-approches perpendiculaires que construisent les Syracusains échouent et, sous le commandement de Nicias, désormais seul chef, car Lamachos est mort au combat, les Athéniens poursuivent la construction d'un double mur continu autour de Syracuse. Comme, en outre, les Sicèles leur sont favorables et qu'ils ont la maîtrise de la mer, ils sont bien ravitaillés. Thucydide (VI, 103, 2) peut même conclure : « tout leur réussissait à souhait », d'autant plus que les Syracusains, désespérant de recevoir une aide du Péloponnèse et, selon polyen (I,43,1), menacés d'une révolte servile, « ne parlaient entre eux ou avec Nicias que d'accords à trouver » (*ibid.*, 103, 3).

Gylippe et la défaite athénienne (août 414-août 413)

Alcibiade, instigateur de l'expédition, fut aussi à l'origine de son échec : condamné à mort par les Athéniens, il persuada l'assemblée spartiate que l'expédition athénienne était dangereuse pour le Péloponnèse et qu'il fallait à la fois envoyer des hommes et un chef en Sicile, et recommencer la guerre en Attique, en y fortifiant Décélie. La paix de Nicias est ainsi rompue, et les Spartiates envoient Gylippe en Sicile.

Arrivant en Italie avec quatre trières et apprenant que Syracuse n'est pas encore tombée, celui-ci recrute des troupes et arrive, par les Épipoles, à rejoindre Syracuse, en août 414. Il réussit en octobre à gagner la bataille des retranchements, la troisième contre-approche ayant réussi, et il enferme les Athéniens dans la rade, où ils sont éprouvés par une forme de paludisme inconnue en Grèce propre [37].

37. Cf. M. Grmek, « Les ruses de guerre biologiques dans l'Antiquité », *REG* 92 (1979), p. 141-163.

Des deux côtés les camps se renforcent : après un appel au secours lancé par Nicias, les Athéniens lui envoient Démosthène et Eurymédon, avec 73 navires, environ 5 000 hoplites et de l'infanterie légère, soit quelque 15 000 hommes, dont 3 000 Athéniens ; les Syracusains reçoivent aussi des renforts et améliorent leur technique navale, notamment en renforçant la proue de leurs navires, selon un procédé déjà utilisé par les Corinthiens (cf. Thuc. VII, 34, 5, et 36, 2-5), ce qui les incite à chercher le choc frontal.

La bataille décisive se joue de nuit sur le plateau des Épipoles, en août 413 : les Athéniens, d'abord victorieux, se font refouler et le combat se termine en désastre. Ainsi, en un an, la situation a été complètement retournée et le problème qui se pose désormais aux Athéniens est d'assurer leur retraite.

Étant donné les forces dont ils disposaient encore, celle-ci aurait été aisée, si Nicias n'avait pas perdu un temps précieux. Redoutant les réactions athéniennes, il se refuse d'abord à revenir ; quand, devant le renforcement des Syracusains, qui ne songent plus à négocier, il s'y décide enfin, une éclipse de lune l'incite à attendre encore trois fois neuf jours. Quand, finalement, les Athéniens s'efforcent de partir, les Syracusains, après un premier combat naval victorieux, réussissent à bloquer l'entrée du port, en emprisonnant ainsi la flotte athénienne. Les Athéniens, pour forcer les barrages, font alors monter tous les hommes qu'ils peuvent sur les 110 navires dont ils disposent mais, dans une lutte générale entre les deux flottes, ils sont vaincus sur mer : vu le champ étroit dont ils disposaient, ils n'ont pu profiter de leurs qualités manœuvrières, tandis que les Syracusains ont bénéficié de leur proue renforcée pour éventrer les navires athéniens ou les prendre à l'abordage. Les pertes ayant été importantes des deux côtés, les Athéniens ont toujours l'avantage du nombre, mais leurs équipages, démoralisés, refusent de prendre la mer.

La retraite doit donc se faire par voie de terre. Mais, là aussi, les Athéniens, mal informés par leurs espions, tardent pendant deux jours, ce qui permet aux Syracusains de les attendre. Leurs 40 000 hommes épuisés sont répartis en deux corps. Démosthène, qui se laisse distancer, se fait encercler et capitule à la condition que personne ne soit tué ou laissé mourir de faim, tandis que les troupes de Nicias subissent un carnage dans l'Assinaros et que Nicias doit finalement se rendre à Gylippe. Nicias et Démosthène sont exécutés, malgré Gylippe, et les hommes qui n'ont pu s'enfuir ou qui ne sont pas devenus les esclaves de ceux qui les avaient capturés sont enfermés dans les Latomies, avant, s'ils survivent, d'être vendus comme esclaves.

Cette grande expédition s'achève ainsi en désastre. On peut se demander qui en est responsable : Alcibiade ou Nicias ? C'est Alcibiade qui avait poussé à l'expédition, mais elle aurait pu réussir : Gylippe croyait arriver après la chute de Syracuse. Si elle a échoué, c'est à cause des conseils d'Alcibiade aux Spartiates. Si elle s'est terminée en catastrophe, c'est à cause de l'impéritie de Nicias, d'ailleurs malade, qui a retardé la retraite. Mais c'est bien le peuple athénien qui a poussé Alcibiade à passer à l'ennemi et a laissé son commandement à un Nicias qui ne demandait qu'à en être relevé.

De toute façon, les conséquences de la défaite sont dramatiques, matériellement et moralement. Athènes a perdu 50 000 hommes, dont 12 000 Athéniens, et plus de 200 navires. L'ampleur d'une défaite, où elle a été battue, même sur mer, incite à l'audace ses ennemis, notamment dans l'Empire, et décide les hésitants, mais son agonie durera, contre toute attente, encore neuf ans.

La chute d'Athènes (413-404)

L'expression est justifiée non seulement par l'issue de la guerre, mais aussi par le déséquilibre des forces en 413.

La supériorité terrestre des Péloponnésiens est encore accrue par les 3 000 hoplites athéniens disparus en Sicile.

La supériorité navale des Athéniens est amoindrie par la perte de la flotte, par l'aide que leurs ennemis attendent des Syracusains et par la conviction qu'ils ne sont plus invincibles.

Leur puissance et leur supériorité navale reposaient sur leur prédominance financière, qui est ébranlée. L'occupation permanente de Décélie par les Spartiates interdit non seulement la culture, mais aussi l'exploitation des mines du Laurion, tandis que 20 000 esclaves, pour la plupart artisans, passent à l'ennemi. Les tributs, rentrant mal, doivent être remplacés par une taxe de un vingtième sur le commerce de l'Empire ; mais cela n'a pas dû marcher très bien, car, dès 410, on décide de revenir au système ancien. La situation est même si difficile que les Athéniens utilisent la réserve suprême de 1 000 talents, que Périclès avait fait constituer au début de la guerre. Il suffira donc que Sparte obtienne des subsides perses, pour que la supériorité financière passe dans l'autre camp.

Enfin l'Empire, qui constituait la force d'Athènes, fait désormais sa faiblesse, car, avec une Athènes aux abois, c'est à qui fera défection le premier pour passer à l'ennemi.

Athènes est donc acculée à la défensive : même si elle est victorieuse, elle ne peut triompher de Sparte et, si elle perd sa supériorité navale, elle sera obligée de capituler.

On peut cependant distinguer trois phases : la révolte de l'Ionie, le redressement militaire de 411 à 407, en partie lié à l'action d'Alcibiade, et la fin d'Athènes.

La révolte de l'Ionie

Cette révolte s'explique par trois facteurs : d'abord, par l'attitude des alliés, qui, dans la mesure où Athènes paraît avoir perdu la maîtrise des mers, n'hésitent pas à faire appel à Sparte, comme l'Eubée ou Lesbos, ou même à la fois à Sparte et aux Perses, comme Érythrées ou Chios ; ensuite, par la politique des Perses, notamment du satrape de Sardes, Tissapherne, et du satrape de Daskyleion, Pharnabaze, qui veulent « libérer » l'Ionie, en collaborant avec les Spartiates, mais à leur profit ; enfin, par le rôle personnel d'Alcibiade, qui pousse les Spartiates à intervenir et, se faisant envoyer avec un petit détachement de 5 navires, réussit à déclencher la révolte.

Au cours de l'été 412, Alcibiade s'empare ainsi de Chios, que lui livrent les oligarques et qui lui fournit 20 navires. Cette défection est suivie de celles d'Érythrées, de Clazomènes, de Milet, de Ténédos et d'Éphèse, tandis que les

Perses, qui ont rompu avec Athènes, concluent leur premier traité avec Sparte [38].

Mais les Athéniens réagissent. Ayant construit une nouvelle flotte grâce aux 1 000 talents de réserve, ils se constituent une base sûre à Samos, où ils établissent un gouvernement démocratique en bannissant les oligarques, et ils réussissent à garder Lesbos. Mais, pour le reste, presque toute l'Asie Mineure est perdue, y compris la riche île de Rhodes.

Comme, en outre, l'Eubée est menacée et même, finalement, perdue, à l'exception d'Oréos, Athènes se trouve, en 411, dans une situation d'autant plus périlleuse qu'elle est elle-même divisée : tandis que la flotte de Samos est restée fidèle à la démocratie, Athènes est aux mains du gouvernement oligarchique des Quatre-Cents, dont une partie est, peut-être, prête à livrer le Pirée aux ennemis [39].

Alcibiade et le redressement d'Athènes

Alcibiade, qui empêche la rupture entre la flotte de Samos et la ville d'Athènes, réussit à redresser la situation militaire, avant de rentrer triomphalement à Athènes.

Fort de son influence, réelle ou supposée, auprès de Tissapherne, il prend la tête de la flotte de Samos : les soldats, réunis en assemblée, « le nommèrent stratège sur le champ... et lui confièrent toutes les affaires » (Thuc. VIII, 82, 1). Il réussit alors, par deux fois, ce qui lui vaut les éloges de Thucydide, à les dissuader d'abandonner Samos à l'ennemi pour revenir rétablir la démocratie à Athènes (Thuc. VIII, 82, 2 et 86, 4-7). De plus, après avoir été l'un des fauteurs de la révolution oligarchique, il favorise l'évolution vers un régime modéré, où les Cinq-Mille remplacent les Quatre-Cents.

Cependant, après s'être emparé de la majeure partie de l'Ionie, les Péloponnésiens s'étaient attaqués à l'Hellespont, où ils espéraient couper Athènes de ses sources de ravitaillement. Mais les trois victoires qu'Athènes remporte dans la région lui redonnent la suprématie navale. Si la victoire de Kynosséma

38. Cf. *supra*, p. 43, n. 56.
39. Cf. *infra*, p. 232.

a été remportée sans Alcibiade, son arrivée permet celle d'Abydos, et l'application de son plan, celle de Cyzique. Dans cette dernière bataille, qui se déroule à la fois sur mer et sur terre, les Athéniens, avec leurs 86 vaisseaux, capturent les 60 navires de la flotte adverse à l'exception des quelques vaisseaux que leur équipage syracusain avait lui-même brûlés. Le message que le secrétaire du navarque Mindaros avait envoyé à Sparte, à la mort de son chef, montre bien le désarroi des Spartiates : « Bâtiments perdus ; Mindaros mort ; les hommes ont faim ; ne savons que faire » (Xén., *Hell.* I, 1, 23).

A la suite de ces défaites, Sparte en vient même à proposer une paix fondée sur le *statu quo post bellum*, avec échange de Décélie contre Pylos ; comme un tel accord obligerait à renoncer à une grande partie de l'Empire, les Athéniens refusent, mais ils vont bientôt perdre leur dernière monnaie d'échange, à savoir Pylos et Nisaia.

Cependant, Alcibiade, victorieux en Propontide, reprend le contrôle des Détroits, ce qui facilite la levée des taxes, tandis que les stratèges syracusains sont rappelés et qu'Athènes obtient l'alliance d'Évagoras de Chypre, ce qui peut améliorer son ravitaillement.

En juin 407, Alcibiade, victorieux, qui, en plus du butin, vient de lever 100 talents en Carie, fait une entrée triomphale à Athènes, où on lui accorde les pleins pouvoirs. Il organise la procession à Éleusis par voie de terre, sous la protection de l'armée, ce qui accroît sa popularité et paraît une belle revanche sur l'accusation d'impiété, mais il s'attarde quatre mois à Athènes avant de repartir pour l'Ionie [40].

Si Alcibiade a ainsi contribué au redressement d'Athènes, lui qui avait su ménager une alliance entre Sparte et la Perse et distendre les liens entre Tissapherne et Sparte, n'avait pas réussi, malgré toutes ses hâbleries, à procurer aux Athéniens l'alliance perse, et cet échec portera un coup fatal à Athènes. D'autre part, Athènes avait placé trop d'espoirs dans Alcibiade. Aussi dès son premier échec, dont il n'est même pas responsable, son lieutenant ayant été, en son absence, battu à Notion, en 407, par le rusé Lysandre, est-il destitué.

40. Il est possible, si l'on en croit le texte d'une inscription (*ML* 91), tel qu'il a été restitué par B.D. Meritt, que ce délai ait été utilisé pour faire construire d'urgence des trières en Macédoine elle-même.

La fin d'Athènes

La nouvelle politique perse donne aux Spartiates un avantage, dont, avec son habileté, Lysandre saura tirer tout le profit.

Si le Roi s'était allié à Sparte, ses satrapes, notamment Tissapherne, menaient parfois une politique incertaine, en marchandant éventuellement leur aide aux Spartiates. Tout change avec l'envoi de son jeune fils Cyrus, qui, avec les satrapies de Lydie, de Grande Phrygie et de Cappadoce, reçoit le commandement de toutes les forces perses de la région. Séduit par Lysandre, qui a été nommé navarque au début de 407, Cyrus promet d'accroître lui-même l'aide de 500 talents qu'il apporte de la part du Roi, de façon à porter la solde des matelots de trois à quatre oboles, ce qui permet de débaucher les équipages ennemis, moins bien payés.

Si, en 406, Callicratidas, le successeur de Lysandre, aux convictions panhellénistes, s'entend moins bien avec Cyrus, il dispose d'une flotte de 170 navires qui lui permet de défaire l'Athénien Conon, qui perd 30 de ses 70 navires et se laisse bloquer à Mytilène. Cela aurait pu être la fin d'Athènes, si, dans un effort désespéré, la cité, en faisant appel aux citoyens de toutes les classes, aux métèques, à qui on offre la citoyenneté, et aux esclaves, à qui on donne liberté et citoyenneté, n'avait constitué une flotte de la dernière chance, réunissant 110 navires, auxquels s'ajoutent les 30 navires mouillés à Samos et 10 navires samiens. Cette flotte réussit aux Arginuses à battre la flotte spartiate, désorientée par la mort de son chef Callicratidas. Mais, si les Athéniens ne perdent que 25 navires, tandis que les pertes spartiates s'élèvent à 70 navires, la tempête et les hésitations du commandement empêchent les Athéniens de recueillir les naufragés et de repêcher les cadavres. Aussi les stratèges revenus à Athènes sont-ils condamnés à mort, en bloc, dans un procès dont Xénophon souligne le caractère anormal [41].

En 405, Lysandre est de nouveau à la tête de la flotte spartiate : comme on ne peut être deux fois navarque, on l'a seu-

41. Cf. *infra*, p. 233 *sq*.

lement nommé secrétaire du navarque, mais c'est lui qui exerce le commandement effectif. Bien que Cyrus lui ait recommandé d'attendre d'avoir, grâce à l'argent perse, une flotte beaucoup plus nombreuse que celle des Athéniens, la ruse lui suffit pour avoir raison des 180 navires athéniens. A la fin de l'été 405, à Aigos-potamoi, où malgré les avertissements d'Alcibiade venu en voisin les mettre en garde, les Athéniens ont eu le tort de s'installer, Lysandre refuse le combat pendant quatre jours et, le cinquième, surgit à l'improviste, alors que les matelots sont dispersés, et s'empare de 160 navires : il n'y a plus de flotte athénienne.

Les Athéniens ayant commis divers crimes de guerre et ayant décrété qu'ils couperaient la main droite (ou, si l'on en croit Théophraste, seulement le pouce droit) de tous les prisonniers, on décida de mettre à mort tous les Athéniens faits prisonniers à Aigos-potamoi, à l'exception du stratège Adeimantos, qui s'était, à l'assemblée, opposé à cette mesure (Xén., *Hell.* II, 1, 32). Mais, dans le reste de l'empire athénien, dont, à l'exception de Samos, Lysandre entreprend la conquête systématique, celui-ci se contente de renvoyer les Athéniens à Athènes, ce qui accroît le nombre de bouches à nourrir.

Cependant, les Athéniens, dans l'angoisse de la défaite, s'efforcent de résister : ils accordent le droit de cité aux Samiens, les seuls alliés qui leur soient restés fidèles, se réconcilient entre eux en oubliant les querelles de 411 et renforcent leurs fortifications. Mais rien n'y fait : bloqués par terre et par mer, ils souffrent rapidement de la famine. Les manœuvres de Théramène, qui reste plus de trois mois auprès de Lysandre, permettent à ses amis modérés de se débarrasser des jusqu'au-boutistes et de l'envoyer à Sparte avec d'autres (sans doute neuf) plénipotentiaires.

La paix de 404

La paix conclue en 404 épargne et soumet Athènes. Elle l'épargne, dans la mesure où les Athéniens redoutaient de « subir le sort qu'ils avaient infligé aux Méliens..., aux gens d'Histiée, de Skionè, de Toronè, d'Égine et à beaucoup d'autres Grecs » (Xén., *Hell.* II, 2, 3), c'est-à-dire de voir la ville détruite et la population massacrée ou réduite en esclavage. C'est précisément ce que souhaitaient beaucoup d'alliés de Sparte, notamment les Corinthiens et les Thébains, qui, au congrès des alliés consacré à la paix, s'opposaient aux Spartiates, en affirmant qu'il ne fallait pas « traiter avec les Athéniens mais les éliminer » (Xén., *Hell.* II, 2, 19). Mais, mettant en avant les souvenirs des guerres médiques, les Spartiates se refusent à des mesures extrêmes, qui auraient surtout l'inconvénient de créer un vide politique au sud de Thèbes ; c'est sans doute la même méfiance à l'égard de Thèbes qui les incite aussi à permettre aux Athéniens de conserver les murs de la ville elle-même.

Il fut donc décidé qu'Athènes « détruirait les Longs Murs et les fortifications du Pirée, livreraient tous ses vaisseaux sauf 12, laisserait revenir les exilés et, ayant les mêmes ennemis et les mêmes amis que les Lacédémoniens, les suivraient sur terre et sur mer partout où ceux-ci les conduiraient » (Xén., *Hell.* II, 2, 20). Il n'est même pas précisé, tellement cela va de soi, qu'Athènes renonce à tout empire.

Ainsi, Athènes a cessé d'être une grande puissance pour ne plus être qu'une alliée de Sparte, placée sous l'hégémonie de celle-ci. Sa défaite a fait la joie de ceux qu'elle opprimait. Comme le note Xénophon (*Hell.* II, 2, 23), à la fin du chapitre qui clôt l'histoire de la guerre du Péloponnèse : « Les exilés revinrent et on démolit les murs, à grande ardeur, au son des joueuses d'*aulos*, car on pensait que ce jour était pour les Grecs le début de la liberté. » Mais, avec son sens du raccourci, Xénophon évoque, dès la phrase suivante, l'installation des Trente et l'oppression spartiate aura vite fait de faire regretter l'empire athénien.

On peut cependant s'interroger sur le paradoxe d'une guerre interminable dans laquelle c'est la plus puissante qui a perdu. Sans doute, sauf lorsque Sparte se rapproche d'Athènes, ses alliés paraissent plus fidèles que ceux d'Athènes, encore qu'il ne soit pas sûr qu'on puisse dire la même chose de ses hilotes, notamment messéniens. De plus, la « peste » a réduit l'avantage dont Athènes disposait au départ. Mais ces facteurs sont insuffisants pour expliquer sa défaite, qui tient peut-être aux excès auxquels incite naturellement un surcroît de puissance, lorsqu'il n'y a plus de Périclès pour imposer la prudence. C'est ainsi que les Athéniens n'ont pas profité de leur victoire de Sphactérie pour conclure un traité avantageux, qu'ils se sont lancés dans l'expédition de Sicile avant d'avoir totalement assuré leur situation en Grèce et qu'ils n'ont pas tiré parti des premières victoires d'Alcibiade pour obtenir un accord supportable. A cet égard, la « surpuissance » d'Athènes a causé sa défaite comme elle avait déjà causé celle des Perses. Mais on peut aussi se demander si la démocratie, qui fait la force d'Athènes et lui a donné, dans le malheur, d'incroyables facultés de résistance, ne fait pas aussi sa faiblesse.

4

Citoyens et non-citoyens

Les citoyens ne constituent qu'une partie, voire une minorité, de la population des cités. De plus, il faut en distinguer deux catégories : d'abord, les citoyens au sens restreint, que, dans *La Politique* (III, 1), Aristote définit comme ceux qui ont part ou peuvent avoir part au pouvoir, c'est-à-dire dans une démocratie comme Athènes uniquement les adultes de sexe masculin. Une telle définition exclut ceux qui ont été frappés d'*atimie*, ainsi que les « citoyens passifs » d'une oligarchie, qu'on trompe en les qualifiant de citoyens (*ibid.*, 1278 a37-40). De fait, il faut les ranger, comme les femmes et les enfants, dans la catégorie des citoyens au sens large, qui, volontiers désignés par le terme *astos* (citoyen de souche), constituent une communauté de sang et de culte. Celle-ci reste primordiale, car la cité est ressentie plus comme une grande famille que comme un cadre juridique : même s'il la rejette, Aristote doit bien reconnaître que la définition traditionnelle de la citoyenneté est fondée sur la naissance (*ibid.*, III, 2). D'où la réticence à accorder un droit de cité effectif : la formule « qu'un tel soit Athénien », employée à Athènes pendant toute la période classique, suggère une transmutation, moins aisée à réaliser que la simple transmission d'un droit. C'est aussi cette notion de citoyenneté qui permet de parler de citoyens dans une tyrannie, chez les Barbares ou à propos de femmes.

A côté des citoyens peuvent être installés dans la cité d'autres hommes libres, venus d'ailleurs et appelés métèques à Athènes et dans beaucoup de cités, qui constituent une part importante de la population, comme à Athènes au Ve siècle, ou, au contraire, restent en nombre très restreint. D'autres cités, comme Sparte ou Élis, ont intégré des hommes libres, installés à la périphérie et qualifiés pour cela de périèques.

Il s'y ajoute des dépendants, généralement qualifiés d'esclaves, qui appartiennent soit à des propriétaires privés, soit à la cité elle-même, et se présentent sous deux formes. Les esclaves proprement dits, ou esclaves-marchandises, peuvent s'acheter à prix d'argent et proviennent de la guerre ou de la piraterie, plus rarement de dettes impayées[1] ; sauf dans ce dernier cas, ces esclaves sont le plus souvent des Barbares. L'autre type de population dépendante, dont l'exemple le plus connu est celui des hilotes spartiates, est formé d'une population locale asservie, généralement attachée à la glèbe ; il s'agit alors de Grecs en Grèce propre et de Barbares dans le monde colonial. Ethniquement et socialement homogènes, ces dépendants de type hilotique peuvent avoir tendance à se révolter.

A titre d'exemples, nous étudierons les citoyens et les non-citoyens à Athènes, cité la moins mal connue et la plus puissante du Ve siècle, à Sparte, sa rivale, dont l'organisation politique et sociale constitue un cas unique en Grèce, à Gortyne, dont l'épigraphie nous a fait connaître un code de lois exceptionnellement bien conservé, enfin en Béotie et en Thessalie, qui présentent des formes originales d'organisation fédérale.

ATHÈNES

Population

Bien qu'Athènes soit la cité la mieux connue, il reste beaucoup d'incertitude sur sa population globale et sur la répartition de celle-ci en citoyens, métèques et esclaves.

On a essayé de préciser le nombre maximal d'habitants en fonction de la superficie et de la consommation de céréales. Si, à en croire Thucydide (II, 14), en 431 la majorité des citoyens habitait encore à la campagne, cela ne concerne ni les métèques ni les esclaves et, indépendamment des 2 500 km^2 du territoire, l'ensemble Athènes-le Pirée peut

1. A Athènes, l'esclavage pour dette a été supprimé par Solon, cf. *Const. d'Ath.*, 6, 1, et 9, 1.

regrouper une portion importante de la population. D'autre part, s'il est vrai que l'Attique ne saurait nourrir une population très abondante, elle ne fournit qu'une faible part des ressources alimentaires d'Athènes : dans le *Contre Leptine* (XX, 31), prononcé en 356, Démosthène présente comme une évidence le fait que « nous sommes de tous les hommes ceux qui importent le plus de blé ». Il faut ajouter, outre les céréales importées des clérouchies de Lemnos, d'Imbros et de Skyros, qui à elles seules fournissent en 329-328 plus de 400 000 médimnes de céréales, celles qui viennent d'Eubée et du Pont-Euxin et sont essentielles pour Athènes. Non seulement le prince du Pont, Leucon, lui envoie près de 400 000 médimnes par an (*ibid.*, 32), mais, en période de disette, il en aurait envoyé 2 100 000, ce qui aurait même permis d'en revendre pour 15 talents (*ibid.*, 33, et Strabon VII, c 311). Comme, d'autre part, Athènes peut aussi importer du blé d'Égypte ou de Sicile et qu'il semble que la production de l'Attique se soit accrue dans la période qui précède la guerre du Péloponnèse [2], Athènes a vraisemblablement pu disposer de 2 000 000 à 2 500 000 médimnes de céréales par an, ce qui, pour une consommation moyenne de six médimnes qui est peut-être même au-dessus de la réalité, vu le nombre d'enfants et d'esclaves, permet de nourrir sans difficulté une population de 400 000 habitants.

D'autre part, la cité dispose d'énormes ressources financières, en accroissement constant, du fait des mines d'argent du Laurion et du tribut fourni par les alliés : si, pour simplifier les calculs, on part d'un tribut de 400 talents et de 40 000 citoyens, les sommes versées correspondraient à 60 drachmes par citoyen, soit l'équivalent de 60 journées de travail. Il n'est pas indispensable de faire appel aux multiplicateurs de John Keynes pour se rendre compte qu'un tel afflux ne pouvait que développer les activités et les ressources d'Athènes.

Enfin, il ne faut pas oublier que celle-ci n'est pas une cité comme les autres, mais qu'elle est devenue en quelque sorte la capitale d'un vaste empire, pour ne pas dire la capitale intellectuelle, artistique et commerciale du monde grec : à cet égard le terme d'*astu* que les Athéniens utilisent pour

2. Cf. *Hell. Oxyr.*, 17, 5, et, en général, J.K. Davies, *CAH* V [2], p. 301.

désigner leur ville prend toute sa valeur, d'autant plus qu'Isocrate peut rappeler par deux fois (*Attelage,* XVI, 27, et *Échange,* XV, 299) que certains qualifient Athènes de « capitale (*astu*) de la Grèce ».

Le nombre des citoyens en 431

Il s'agit d'apprécier d'abord le nombre de citoyens au sens restreint, c'est-à-dire de sexe masculin et âgés de 18 ans révolus, qui jouissent de leurs droits civiques et résident en Attique, donc en négligeant les milliers de clérouques installés dans l'Empire.

Plusieurs textes suggèrent, pour des dates diverses, un nombre de 30 000. Hérodote (V, 97) rappelle, à propos de la révolte ionienne de 499, qu'Aristagoras, « qui n'avait pu tromper le seul Cléomène, réussit à le faire pour trois myriades d'Athéniens ». Le texte, fondé sur une opposition oratoire, aurait plutôt tendance à exagérer qu'à sous-estimer. Ce nombre de citoyens – on oublie au passage qu'ils étaient censés être réunis à l'assemblée – doit paraître un ordre de grandeur crédible pour les auditeurs d'Hérodote : il représente ainsi le nombre maximal de citoyens atteint au début du ve siècle, tel que le voyaient les Athéniens du milieu du siècle.

Dans *L'Assemblée des femmes* (1132-1133), en 392, un personnage se plaint d'être « parmi les citoyens, qui sont au nombre de plus de 30 000, le seul à ne pas avoir dîné ». On retrouve ici, dans un pastiche de discours, la même opposition rhétorique, qui fait de 30 000 le symbole du grand nombre. Il en va de même, quand, dans *Le Banquet* de Platon (175e), où la scène est censée se placer en 416, Socrate assure, en plaisantant, qu'au théâtre « plus de 30 000 Grecs » auraient été témoins du savoir-faire du poète tragique Agathon, ce qui amène celui-ci à lui rétorquer : « Tu exagères (mot à mot : tu fais preuve d'*hubris*) », entendons à la fois : le nombre est excessif et tu te moques de moi.

Nous avons ainsi affaire à un *topos*, qui ne tient aucun compte ni du développement démographique antérieur à la guerre du Péloponnèse, ni des pertes de la guerre, ni du retour des clérouques ; il est si traditionnel qu'Aristophane (à la fin de sa vie) et Platon peuvent en jouer. Mais, avant de devenir un *topos*, le nombre correspondait à une appréciation et il est significatif que, malgré l'exagération oratoire, on n'évoque jamais « quatre myriades ». Ajoutons que, d'après Diodore de Sicile (XVIII, 18, 5), dont les nombres paraissent préférables à ceux de Plutarque (*Phocion*, 28, 7), Athènes aurait eu, en 322, environ 31 000 citoyens, tandis que Ménandre (*Épitrépontes*, 875-877) considère que 30 000 est le nombre usuel d'habitants des cités. Il semble que 30 000 soit ainsi le nombre « normal » de citoyens d'Athènes.

Mais l'époque de Périclès n'est pas une époque normale. Les contemporains ont eu conscience d'un accroissement considérable du nombre des citoyens, comme le montrent les réactions que constituent aussi bien la loi sur la citoyenneté de 451 que la révision des listes civiques de 445 [3]. Il est, aussi, significatif qu'Athènes ait pu, sans difficulté, envoyer à l'extérieur plusieurs milliers de colons ou de clérouques, et que les tragiques présentent la guerre comme un procédé permettant d'éliminer les excès de population [4]. Même après les pertes considérables entraînées par la « peste », la cité dispose en 415 d'une jeunesse nombreuse (Thuc. VI, 26, 2) [5] et prête à en découdre en Sicile. Quelles qu'en soient les raisons, accroissement du nombre des enfants acceptés ou, jusqu'en 451, importance des couples mixtes, il est manifeste qu'entre les guerres médiques et la guerre du Péloponnèse le nombre des citoyens et des métèques s'est considérablement accru. Il est surprenant que ce facteur essentiel de l'apogée d'Athènes, qui contraste avec l'oliganthropie spartiate, n'ait pas davantage été souligné.

De fait, les effectifs militaires montrent clairement le développement démographique d'Athènes : disposant en 479 de 9 000 hoplites d'active, elle en aura 13 000 en 431 et peut-être déjà en 457 [6]. Ce sont précisément les effectifs militaires

3. Cf. *infra*, p. 127.

4. Cf. Euripide, *Hélène*, 36-40, et *Oreste*, 1639-1642 ; cf. aussi *Électre*, 1282-1283, et déjà *Chants cypriens*, fr. 1.

5. Étant donné la fermeture entraînée par la loi de Périclès, c'est en 451 et dans les années précédentes que le plus grand nombre de jeunes ont, à l'âge de 18 ans, accédé à la citoyenneté ; si l'on suppose qu'ils ont eu leur premier enfant, en moyenne, une quinzaine d'années plus tard, on comprend pourquoi, malgré la « peste », Athènes disposait, en 415, d'une nombreuse jeunesse.

6. Cf. *supra*, p. 58 *sq*.

indiqués par Thucydide (II, 13, 6-7) qui permettent le mieux d'apprécier le nombre des citoyens et des métèques à la veille de la guerre du Péloponnèse : « Des hoplites, il y en avait 13 000, sans compter ceux (qui se trouvaient) dans les fortins et ceux (qui se trouvaient) le long des remparts, au nombre de 16 000. En effet, tel était le nombre de ceux qui montaient la garde, au début, à chaque invasion ennemie, formés de vétérans (*presbutatoi*), de conscrits (*néotatoi*) et, parmi les métèques, de tous ceux qui étaient hoplites. » Le dernier nombre, très élevé, est expliqué par l'importance des murs à surveiller, qui couvrent 148 stades, soit environ 27 kilomètres. Diodore de Sicile (XII, 40, 4), dont la source se fonde sans doute sur les mêmes indications, répartit de façon légèrement différente des effectifs globaux semblables, puisque, aux 12 000 hoplites, s'ajoutent les hommes qui sont dans les fortins et les métèques, les deux réunis dépassant le nombre de 17 000.

Le texte de Thucydide ne permet pas de décider s'il considérait les hommes des fortins comme des hoplites (ou de futurs hoplites) ; Diodore de Sicile, pour sa part, les range en dehors des hoplites. En tout cas, la défense des remparts paraît assurée essentiellement par les hoplites métèques, les autres ne constituant qu'une force d'appoint, qui est même négligée par Diodore.

De toute façon, les 13 000 représentent l'ensemble des hoplites d'active, donc de 20 à 49 ans [7], réellement mobilisés, puisque Athènes en enverra à la fois 3 000 à Potidée et 10 000 en Mégaride. Il faut, outre 1 000 cavaliers et 400 triérarques, ajouter les conscrits (de 18 et 19 ans) et les hommes âgés de plus de 49 ans, qui, en dépit des incertitudes concernant la pyramide des âges, pourraient au total compter de 3 000 à 4 000 hommes [8], ce qui nous amène déjà à environ 18 000 hommes. Si l'on y ajoute la majorité des magistrats [9], dont, peut-être avec quelque excès, *La Constitution d'Athènes*

7. Pour pouvoir, parmi les 16 000, diminuer la proportion des métèques, A.H.M. Jones, *Athenian Democracy*, Oxford, Blackwell, 1957, p. 165, a supposé qu'on devenait vétéran dès l'âge de 40 ans, mais l'hypothèse, contredite par de nombreux témoignages antiques, est intenable.

8. On rapprochera Thuc. V, 64, 3, où vétérans et conscrits forment un sixième de l'armée spartiate.

9. En effet, les *thètes* sont normalement exclus des magistratures.

(24, 3) estime le nombre à 1 400, et des 500 bouleutes, catégories dispensées de service, ainsi qu'un nombre indéterminé de réformés, on arrive facilement à un total de 23 000 ou 24 000 citoyens appartenant aux trois premières classes soloniennes.

Encore faudrait-il, pour connaître le nombre de citoyens et apprécier la situation sociale d'Athènes, pouvoir déterminer le nombre de *thètes*. Or nous n'avons pas leurs effectifs militaires et nous ne pouvons les calculer, car, dans la marine ou l'infanterie légère, les textes ne distinguent pas entre les *thètes* et les métèques. On en est donc réduit à des hypothèses nécessairement contestables.

On peut néanmoins se fonder sur la distribution de blé de 445-444. Si l'on en croit Philochore[10], une révision des listes civiques aurait alors fait éliminer 4 760 personnes, tandis qu'il serait resté 14 240 bénéficiaires, nombre qui ne saurait correspondre à l'ensemble des citoyens athéniens. Le blé pourrait avoir été distribué par *oikos*, donc uniquement aux chefs de famille, mais la révision de la liste ne concernait pas uniquement les chefs de famille. Aussi préférera-t-on une autre hypothèse. Les quantités à distribuer se montant à 30 000 ou 40 000 médimnes, ce qui fait à peine plus de deux médimnes, soit quelque cent litres par personne, on peut se demander si les riches avaient besoin de recevoir un simple sac de blé et si les *thètes* n'auraient pas été les seuls bénéficiaires. Dans cette hypothèse, adoptée par Claude Vatin (*Citoyens et Non-citoyens dans le monde grec*, Paris, SEDES, 1984, p. 39), les *thètes* seraient alors passés de 19 000 à un peu plus de 14 000. Mais il y a quelque chose d'inquiétant dans la scholie : l'addition des deux nombres précis, 4 760 et 14 240, aboutit à un nombre rond, 19 000. Ce fait suggère qu'un des deux nombres a été calculé à partir du nombre global ; comme 4 760 est expressément attribué à Philochore, l'autre nombre aurait été calculé en retirant 4 760 de 19 000, qui aurait constitué une estimation du nombre des *thètes*. Deux textes confirment que cette estimation devait être assez habituelle : en 422, dans *Les Guêpes* (707-709), Bdélycléon affirme que l'Empire pourrait nourrir

10. Cf. scholie Aristophane, *Guêpes*, 718, et Plut., *Pér.*, 37, où 14 040 doit être corrigé en 14 240.

20 000 hommes du peuple (*dèmotikoi*) et *La Constitution d'Athènes* (24, 3) lui fait écho, en notant que « les tributs, les taxes et les alliés nourrissaient plus de 20 000 hommes ». Vu la date des *Guêpes*, il semble que les *thètes* aient été estimés à 19 000 ou 20 000, même après la révision de la liste civique ; le scholiaste aurait fait l'erreur de soustraire 4 760 de 19 000, alors qu'avant la révision les deux nombres devaient au contraire s'additionner. Nous suggérons donc que, malgré la diminution supportée en 445-444, le nombre des *thètes* devait, à la veille de la guerre, être voisin de 19 000.

Nous aboutissons ainsi, de façon très hypothétique, à un nombre global de citoyens résidant à Athènes d'environ 42 000 ou 43 000[11].

Il est encore plus malaisé de préciser le nombre de citoyens au sens large, c'est-à-dire avec femmes et enfants, car, si le nombre des femmes doit être à peu près équivalent à celui des hommes, il est difficile d'apprécier le nombre de jeunes de moins de 18 ans. Notons seulement que, vu l'accroissement notable de la population entre les guerres médiques et la guerre du Péloponnèse, la pyramide des âges devait avoir une base assez large, mais que, du fait de la loi de Périclès, il y a un certain déficit de citoyens âgés de moins de 20 ans, peut-être en partie compensé par l'envoi d'adultes dans les clérouchies. On peut cependant estimer le nombre global des citoyens à au moins 130 000.

Le nombre des métèques

Contrairement au nombre des citoyens, qui, en dehors d'un accroissement qu'on a voulu contenir dans des limites raisonnables, reste assez stable, le nombre des métèques varie considérablement d'un siècle à l'autre, et il serait très dangereux de partir des 10 000 métèques du recensement de Démétrios de Phalère (317 ou 309), même en considérant qu'il ne s'agit que des chefs de famille payant le *métoikion*, pour apprécier le nombre de métèques en 431.

11. On est ainsi très proche des estimations de Gomme (43 000) et d'Ehrenberg (de 35 000 à 45 000), cf. V. Ehrenberg, *L'État grec*, tr. fr., Paris, Maspero, 1976, p. 67.

De fait, le nombre de métèques appartenant aux classes hoplitiques se déduit aisément du texte de Thucydide que nous avons cité. Si l'on retire des 16 000 hoplites mentionnés les citoyens conscrits ou vétérans, dont les effectifs devaient se monter à 3 000 ou 4 000 hommes, on aboutit à 12 000 ou 13 000 hoplites métèques, nombre si élevé que Beloch avait voulu le réduire en corrigeant en 6 000 les 16 000 de Thucydide, et Jones, en accroissant le nombre des vétérans citoyens[12]. Mais, d'une part, il doit s'agir de l'ensemble des hoplites métèques, y compris les plus jeunes et les plus âgés, donc de 18 à 59 ans, d'autre part, la loi de Périclès de 451 a dû accroître considérablement le nombre de métèques âgés de 18 à 38 ans. Si l'on ajoute à ces hoplites les réformés et les vieillards, on devrait obtenir un total d'environ 15 000, à comparer aux 23 000 ou 24 000 citoyens des trois premières classes soloniennes.

Il est plus difficile d'apprécier le nombre des métèques appartenant aux classes inférieures, d'autant plus que la structure sociale de cette population suscite des discussions : est-elle formée principalement d'artisans et de commerçants fortunés, comme la famille de l'orateur Lysias, ou au contraire constitue-t-elle le prolétariat du port et les salariés de l'artisanat ?

Le rôle militaire des métèques pauvres suggère leur grand nombre. En effet, en 424, à Délion, les Béotiens ont plus de 10 000 fantassins légers mais, du fait d'une levée en masse d'étrangers et de citoyens (*astoi*), les Athéniens avaient disposé, lors de l'invasion de la Béotie, d'effectifs de fantassins légers « de nombreuses fois plus nombreux » (Thuc. IV, 93-94). Comme Thucydide n'a pas l'habitude de s'abandonner à l'exagération oratoire, « de nombreuses fois plus nombreux » suggère qu'ils le sont au moins quatre ou cinq fois. Comme les étrangers non métèques ne devaient pas être très nombreux dans l'expédition, il semble que citoyens et métèques armés à la légère aient pu atteindre un total de 40 000 à 50 000 hommes. Si l'on retire de ce nombre 19 000 citoyens, ce qui est un maximum, car tous les *thètes* ne sont sans doute pas venus, on trouve déjà de 20 000 à

12. Cf. K.J. Beloch, *Klio* 5 (1905), p. 356-374, et A.H.M. Jones, *op. cit.*, *supra*, n. 7.

30000 métèques présents à Délion, à une date où leur nombre a déjà dû être réduit par la « peste ».

Ce nombre, qui ne constitue qu'un ordre de grandeur, est confirmé par l'importance des métèques dans la marine athénienne. En effet, dans un discours que lui prête Thucydide (I, 143, 1), en 432, Périclès aurait déclaré que, même si les ennemis débauchaient les marins étrangers de la flotte athénienne, citoyens et métèques seraient capables de les remplacer. Comme les Athéniens réussirent, au début de la guerre, à armer en un seul été « plus de 250 navires » (Thuc. III, 17, 1-2), ce qui demande plus de 50000 hommes, on trouve ici une confirmation des nombres de Délion. Bien plus, quand, en 413, Nicias s'adresse à ses matelots, il montre clairement, comme l'a bien vu le scholiaste, que ce sont des métèques : « Considérés jusque-là comme des Athéniens, bien que ne l'étant pas, vous suscitiez l'admiration dans toute la Grèce grâce à la connaissance de notre langue et à l'imitation de nos manières et ne participiez pas moins aux avantages de notre empire, tant en inspirant la crainte aux sujets que, plus encore, en évitant d'être lésés » (Thuc. VII, 63, 3). Ce passage, qui souligne le statut privilégié des métèques « athénisés », se place au moment où, la plupart des esclaves et des étrangers ayant déserté (cf. Thuc. VII, 13), le gros des équipages de la flotte, de 110 navires, est constitué par les métèques. Le massacre de l'expédition de Sicile explique aussi pourquoi on ne retrouvera plus le même nombre de métèques. En tout cas, tout concourt pour suggérer qu'avant ce désastre, et notamment au début de la guerre, les métèques des classes inférieures devaient facilement atteindre ou dépasser 25000 hommes. Si l'on ajoute les 15000 hoplites des classes hoplitiques, on arrive à un nombre de 40000, tout à fait comparable à celui des citoyens. Quant au nombre global des métèques, hommes, femmes et enfants, il est difficile de le déterminer, car rien n'interdit qu'un célibataire vienne travailler à Athènes. Mais, comme, au Ve siècle, la population métèque paraît assez stable et que tous les Grecs souhaitent fonder une famille, ne serait-ce que pour maintenir le culte des ancêtres, on peut estimer ce nombre global à au moins 120000.

Ainsi, avec toutes les incertitudes qu'entraînent de telles

estimations, il semble que le nombre des citoyens et celui des métèques soient à peu près équivalents [13] et que l'ensemble doive dépasser 250 000 personnes.

Le nombre des esclaves

Il est encore plus difficile d'apprécier le nombre des esclaves, car en dehors des esclaves publics, relativement peu nombreux, ce nombre dépend lui-même du nombre et de la richesse de leurs propriétaires, à savoir citoyens, métèques, voire esclaves à habitat propre (*choris oikountes*). Comme ils sont plus souvent achetés qu'élevés à la maison, leur nombre varie considérablement en fonction de la situation économique et il serait absurde de se fonder sur des données du IVe siècle pour apprécier la situation du Ve siècle.

Certaines indications permettent déjà d'établir une fourchette. Thucydide (VII, 27, 5) souligne la désertion de plus de 20 000 esclaves (*andrapoda*), pour une grande part des artisans (*cheirotechnai*) [14], au cours de la guerre de Décélie, probablement dès 413. Il s'agit là, sans doute, d'un dommage important, et Thucydide le mentionne en premier, après la perte du territoire, mais il n'insiste pas plus que sur la perte du bétail ou les difficultés de la cavalerie. Il est vraisemblable que, si la moitié ou le tiers des esclaves avait déserté, l'historien insisterait davantage : Athènes devait donc posséder bien plus de 20 000 esclaves.

D'autre part, le même Thucydide, en VIII, 40, 2, présente Chios comme la cité qui, après Sparte, a le plus d'esclaves. Athènes, qui n'est pas nommée, n'occuperait au mieux que la troisième place, alors qu'elle était la cité la plus riche et celle qui avait le plus grand nombre de citoyens. Bien plus, si les Athéniens avaient eu l'impression de posséder un très grand nombre d'esclaves, s'adressant à un public athénien, Thucydide n'aurait pas manqué de signaler que Chios en

13. C'est là sans doute une conséquence importante, bien que souvent négligée, de la loi de 451, qui a réduit à la condition de métèques tous les enfants de famille mixte nés après 469.

14. Beaucoup de manuels parlent à leur sujet de mineurs du Laurion, mais il s'agit là d'une invention moderne, qui n'est fondée sur aucun document.

avait encore plus qu'Athènes. Malheureusement, le nombre d'esclaves de Chios est inconnu, tandis que celui des hilotes a suscité des estimations diverses [15].

Pour apprécier le nombre d'esclaves, on peut aussi essayer de déterminer le nombre moyen d'esclaves possédé par les Athéniens selon leur catégorie sociale.

Il apparaît d'abord que, sauf chez les miséreux, toutes les familles de citoyens ou de métèques possèdent au moins un esclave. Non seulement Aristote, dans *La Politique* (1252 a26-b15), assure que par nature une maison comporte hommes libres et esclaves, mais Lysias (V, 5), plaidant pour un métèque censé avoir été faussement dénoncé par un esclave, affirme que le procès concerne « tous les gens qui sont dans la cité », entendons à la fois citoyens et métèques, car « ceux-ci (*sc.* les accusés) ne sont pas les seuls à avoir des domestiques (*thérapontes*), mais tout le monde en a ». De même Démosthène (XLV, 86) suppose que tous les héliastes possèdent au moins un esclave domestique (*oikétès*).

Inversement, en 392, Aristophane, dans *L'Assemblée des femmes* (591-593), pour dénoncer les inégalités sociales excessives, met sur le même plan, d'une part, le fait que l'un ait un vaste domaine et l'autre, même pas où se faire enterrer, d'autre part, le fait que « l'un dispose de nombreux esclaves (*andrapoda*) et l'autre, même pas d'un serviteur (*akolouthos*) ». Quant à l'invalide de Lysias (XXIV, 6), qui se présente comme vieux et pauvre, il déclare exercer son métier tout seul et ajoute : « je n'ai pas encore pu acquérir celui qui prendra ma succession », ce qui suggère qu'il est anormal de travailler sans être aidé par un esclave et que même lui compte bien, un jour, en acheter un, pour pouvoir, en quelque sorte, prendre sa retraite. Quant à Aristote, il assure, dans *La Politique* (1323 a5-6), que « les indigents (*aporoi*) sont obligés, par manque d'esclaves, d'employer comme serviteurs (*akolouthoi*) leurs femmes et leurs enfants ».

Cependant, si, en dehors des miséreux, toutes les familles athéniennes possèdent au moins un esclave, on ne souhaite

15. V. Ehrenberg, *L'État grec, op. cit.*, p. 67, propose 140 000-200 000 ?, pour 371.

pas faire étalage d'un grand nombre d'esclaves domestiques. Bien qu'ils datent du IVe siècle, on peut, à cet égard, se fonder sur quelques textes de Démosthène (XXI, 158, et XXXVI, 45), où se faire accompagner de trois ou quatre esclaves paraît déjà une ostentation condamnable.

En dehors du service domestique, qui en emploie un grand nombre, les esclaves interviennent aussi dans la vie économique.

C'est même la possession d'esclaves qui permet le mieux ce qu'on pourrait déjà appeler un placement capitaliste, ainsi les 1 000 esclaves de Nicias [16], les 600 d'Hipponicos (à la même époque) ou les 300 de Philomidès, qui étaient tous loués aux entrepreneurs des mines du Laurion, à raison d'une obole par homme et par jour (Xén., *Revenus*, IV).

Les esclaves permettent aussi la constitution d'importants ateliers artisanaux : la fabrique de boucliers de Lysias et de son frère occupait 120 esclaves ; le père de Démosthène avait un atelier de 32 ou 33 esclaves fabriquant des épées et des couteaux et un autre de 20 esclaves fabriquant des lits ; la fabrique de boucliers de Pasion lui rapportant un talent par an, on peut supposer qu'elle devait réunir quelque soixante esclaves ; le père de Timarque avait 10 ou 11 esclaves, dont un chef d'atelier, travaillant le cuir. Mais l'ensemble de ces exemples, qui s'étendent sur près d'un demi-siècle (fin Ve-début IVe siècle), ne réunit jamais que moins de 250 esclaves.

Il serait plus important de voir combien d'esclaves possédait un paysan moyen. J'avais, il y a quelques années, essayer de déterminer ce nombre en me fondant sur les pièces d'Aristophane [17]. Cette tentative m'avait paru légitime, car le monde d'Aristophane, malgré les apparences, n'est pas purement imaginaire ; la comédie, genre relativement nouveau, ne fonctionne pas encore uniquement avec des stéréotypes ; et, en particulier, le nombre d'esclaves pos-

16. Le même nombre se retrouve au IVe siècle, puisque, selon Athénée, VI, 264d, Mnason, l'ami d'Aristote, se serait fait mal voir par les gens de Phocide pour avoir acquis 1 000 esclaves (*oiketai*), mais le nombre reste exceptionnel, car, pour évoquer des gens très riches, Platon, *Rép.* IX, 578d-e, se contente de leur attribuer 50 esclaves.

17. « Les esclaves chez Aristophane », *Actes du colloque 1972 sur l'esclavage*, Annales littéraires de l'université de Besançon, 163, 1974, p. 29-46.

sédé par un paysan moyen au début de la guerre (*Acharniens*, *Cavaliers*) est supérieur au nombre possédé après la guerre (*Assemblée des femmes*, *Ploutos*) tandis que les riches, comme Bdélycléon (*Guêpes*) ou le dieu Pluton (*Grenouilles*), en possèdent plus que les autres. Cependant, Aristophane ne fait jamais le dénombrement des esclaves possédés par ses personnages, qui interviennent seulement selon les besoins de l'action ; aussi le nombre d'esclaves représenté n'est-il jamais qu'un minimum et nous a-t-il paru raisonnable, quand étaient évoqués plusieurs esclaves masculins sans mention d'aucune femme esclave, de supposer au moins une femme esclave. En utilisant de tels correctifs, on aboutit à une moyenne de trois esclaves pour un paysan moyen (*zeugite*), même en période difficile (*Paix* et pièces d'après-guerre), et peut-être quatre ou cinq dans les périodes plus heureuses. C'est là l'image que les Athéniens ont d'eux-mêmes et qui idéalise peut-être la vie paysanne, mais ils se connaissent suffisamment pour que le tableau ne puisse être trop erroné.

Nous n'avons pas de données précises pour les petits artisans, mais il est probable que, à revenu égal, ils ont au moins autant d'esclaves que les paysans, puisque l'esclave est rentable toute l'année et non uniquement pendant les travaux agricoles et, s'ils veulent faire de petits placements, un esclave loué au Laurion rapporte sans risques 60 drachmes par an.

Quant aux philosophes, dont le nombre est négligeable, Platon aurait laissé, à sa mort, 5 esclaves, et Aristote, 20 esclaves, dont 7 enfants [18].

Toutes ces indications ne permettent qu'une estimation très aléatoire. On peut cependant supposer que les 38 000 ou 39 000 citoyens et métèques appartenant aux classes hoplitiques devaient posséder en moyenne trois ou quatre esclaves par famille, ce qui donnerait de 90 000 à 100 000 esclaves. Les 44 000 citoyens et métèques appartenant aux classes inférieures devaient posséder 1 ou 2 esclaves par famille, ce qui devrait monter au moins à 30 000 esclaves. Il faudrait encore y ajouter, sinon les esclaves du Laurion, qui, possédés

18. Cf. Diogène Laërce, *Vie, Doctrines et Sentences des philosophes illustres*.

par des particuliers, ont déjà été comptabilisés, un bon millier d'esclaves publics, y compris les 700 archers scythes. On arrive donc à un total d'environ 120 000 ou 130 000 esclaves.

Si l'on rapproche les nombres auxquels nous avons abouti : quelque 130 000 citoyens, 120 000 métèques et 120 000 à 130 000 esclaves, il apparaît qu'à la veille de la guerre du Péloponnèse la population d'Athènes se répartit également entre les trois groupes ; c'est seulement après la diminution catastrophique du nombre des métèques, causée par la « peste », par le désastre de Sicile et par les persécutions des Trente, que, pour les remplacer, s'accroîtra le nombre des esclaves. D'autre part, le chiffre global de la population d'Athènes, estimé ainsi à moins de 400 000 personnes, paraît assez conforme aux ressources alimentaires importées ou produites.

Aux marges de la cité : les femmes

Si l'esclave est nécessaire à la cité, il n'en est pas membre, car il n'est qu'un objet de propriété [19]. Il en va différemment de la femme : en dépit de son infériorité, considérée comme naturelle, elle est une citoyenne, volontiers qualifiée d'*astè* et, plus rarement, de *politis*, et elle joue un rôle essentiel dans la vie familiale.

La femme dans la cité

Si l'on définit, avec Aristote (*La Politique* III, 1), le citoyen par la possibilité de participer au pouvoir politique, la femme est de tous les habitants du territoire le plus éloigné de la citoyenneté, puisque les jeunes Athéniens deviendront normalement des citoyens et que des métèques et des esclaves

19. Encore que ce statut de dépendance n'implique pas sa réduction à l'état de chose : même Aristote (*Pol.* 1254 a15) définit l'esclave comme celui qui, « tout en étant un homme (*anthropos*), appartient à autrui » et le droit athénien prévoit une action pour le meurtre d'un esclave ou des mauvais traitements par un autre que son maître.

pourraient exceptionnellement recevoir le droit de cité. Seule la femme paraît par nature exclue du monde politique, de même qu'elle est par nature exclue du monde militaire, alors que les métèques défendent la cité et que les esclaves pourraient le faire.

Pourtant, cette non-citoyenne absolue contribue, au moins depuis la loi de Périclès, rétablie en 403, à transmettre la citoyenneté : si la femme était véritablement en dehors de la cité, il serait indifférent d'épouser une Athénienne ou une étrangère.

Mais la cité ne se limite pas aux domaines politique et militaire, et la femme, au mieux citoyenne « passive » dans le domaine politique, est, dans le domaine religieux, une citoyenne à part entière : alors qu'en remettant, dans *L'Assemblée des femmes*, tout le pouvoir politique aux femmes, Aristophane s'amusait à présenter un monde à l'envers, dans *Les Thesmophories*, les femmes remplissent leur fonction normale dans la cité et c'est au contraire l'homme, en l'occurrence le parent travesti d'Euripide, qui est de trop.

Dès l'origine, les femmes ont joué un grand rôle dans la religion civique : déjà, dans l'*Iliade* (VI, 286-312), Hécube et les Anciennes s'en vont sur l'acropole prier pour la cité ; de même, dans *Les Sept contre Thèbes,* ce sont les femmes qui implorent rituellement les dieux pour la cité menacée et, si Étéocle leur reproche leurs excès, il n'est pas sûr qu'il ne se rende pas ainsi déjà coupable d'*hubris*.

De fait, les femmes fournissent de nombreuses prêtresses à la cité et l'on a dénombré leur intervention dans plus de quarante cultes majeurs. Elles ne se limitent pas au culte des grandes déesses comme Athéna polias ou Déméter éleusinienne, mais interviennent aussi dans le culte de dieux masculins comme Apollon delphinios ou Dionysos limnaios. Bien plus, dans *Lysistrata* (641-646), Aristophane suggère une sorte de *cursus honorum* religieux des fillettes et des jeunes filles. Le chœur des femmes rappelle tout ce que la femme doit à la cité : « Dès l'âge de 7 ans, j'étais *arrhéphore* ; puis, à 10 ans, j'étais broyeuse de grains pour notre Patronne (Artémis ou Déméter, selon le scholiaste) ; puis, revêtue de la *crocote* (robe couleur safran), j'étais ourse aux Brauronies ; puis, devenue une belle fille, je fus *canéphore* (*sc.* aux Panathénées)... » Cette participation au culte est à la fois une charge et un honneur, souvent réservé aux grandes familles : au VIe siècle, le simple fait d'avoir empêché la sœur d'Harmodios d'être *canéphore* aux Panathénées avait suffi pour susciter un complot contre les Pisistratides et le meurtre d'Hipparque.

On s'est, cependant, demandé si le rôle religieux des femmes n'accroissait pas leur marginalité par rapport à la vie civique. En effet, elles participent surtout à des fêtes exclusivement ou principalement féminines, comme les Arrhéphories, les Skires, les Thesmophories ou les Adonies. Et, même quand elles participent avec les hommes à une grande fête civique, comme les Panathénées, elles restent dans leur domaine propre, de la production textile et de la sexualité, puisque *arrhéphores* et *ergastines* tissent le péplos de la déesse, tandis que les *arrhéphores* transportent des objets sacrés, qui ont toute chance d'être des symboles sexuels. Ceux de ces rites qui correspondent à une sorte d'initiation et qui conservent sans doute le souvenir d'usages préciviques préparent ainsi plus à une incorporation dans l'*oikos* qu'à une intégration dans la cité.

Ces remarques sont justifiées, il n'empêche que ces cultes sont indispensables à la cité, car la fécondité et la fertilité sont, dans cette société encore très agraire, un élément essentiel des bénédictions divines : la fin des *Euménides* suffirait à le rappeler. D'autre part, la présence de femmes (prêtresse et jeunes filles) au centre de la frise est du Parthénon, où Athéna va recevoir le péplos que lui offre la cité, montre bien leur importance dans l'image religieuse qu'Athènes se donne à elle-même.

Cependant, citoyenne de plein droit dans le domaine religieux, la femme l'est moins nettement dans un domaine qui constitue le privilège et souvent même une caractéristique du citoyen [20], à savoir la propriété de la terre civique.

Les rapports de la femme à la propriété foncière se placent à deux niveaux. D'une part, il est vrai que la femme peut être source de propriété. Étant donné le principe général du droit grec, qui distingue les biens des deux lignées unies par le

20. Même en 403, après le retour des clérouques et des autres Athéniens installés dans l'Empire, il n'y a, semble-t-il, que moins de 5 000 Athéniens sans terre, cf. l'Argument de Lysias XXXIV.

mariage, il est évident que la femme transmet la propriété : les *matroa*, que les textes distinguent des *patroa*, en font une source de propriété pour ses enfants. Mais elle n'a pas la libre disposition, ni même la gestion, des biens qu'elle transmet et qu'elle peut avoir obtenus par dot, don ou héritage. Même lorsqu'elle pratique un commerce, elle n'est théoriquement pas habilitée à conclure de contrats supérieurs à un médimne d'orge [21].

Le cas de la *fille épiclère* est particulièrement éclairant : il s'agit de la fille qui, n'ayant ni frères ni descendants de frères actuellement en vie, devrait hériter de ses parents. Or son nom est déjà caractéristique : elle est qualifiée non d'héritière mais de « celle qui est attachée (*épi*) à l'héritage (*klèros*) » ; de fait, elle doit épouser son plus proche parent, qui, abandonnant son ancienne famille, sera rattaché à la famille du défunt, et elle aura pour charge de transmettre l'héritage à ses enfants, c'est-à-dire aux petits-enfants du défunt.

Ce statut ambigu apparaît aussi dans le cas de la dot, qui est gérée par le mari mais ne saurait être aliénée, car, en cas de divorce ou de veuvage sans enfants, elle doit pouvoir revenir à la famille de la femme. Le mari n'en est pas propriétaire, sinon il s'approprierait les biens de l'autre lignée. Dès lors, qui est propriétaire, si le mari ne l'est pas en droit et si la femme ne l'est pas en fait ? Le plus simple est de considérer que la femme est propriétaire de ses biens, car on ne transmet pas un droit qu'on ne possède pas, mais qu'elle est frappée d'incapacité juridique. Éternelle mineure, elle est toujours soumise à un *kurios*, son père, ou, en son absence, son frère, voire son grand-père paternel, lorsqu'elle est célibataire, son mari, lorsqu'un mariage légitime a transmis à celui-ci le *kuros* paternel. Le *kurios*, maître de la femme, est, du même coup, maître de ses biens.

Si la propriété foncière est le propre du citoyen, la femme est, dans ce domaine, un citoyen, mais un citoyen frappé d'incapacité.

21. Cf. Isée, X, 10, et scholie Aristophane, *Ass. des femmes*, 1025.

La femme dans la famille[22]

La femme est volontiers considérée soit comme prisonnière de la maison, soit, ce qui n'est pas contradictoire, comme maîtresse de la maison.

Si elle passe la plus grande partie de sa vie dans la portion de la maison (le gynécée) placée derrière la cour ou à l'étage, où les étrangers ne pénètrent pas, il ne faudrait ni exagérer ni sous-estimer une réclusion qui repose sur la contrainte sociale et non sur une disposition légale. Bien plus, cette contrainte ne s'exerce vraiment que dans les classes moyennes : on n'imagine pas, dans l'aristocratie, Elpinikè, l'énergique sœur de Cimon, confinée à la maison[23], et les femmes du peuple, qui exercent les nombreux petits métiers mentionnés par Aristophane[24], comme boulangères, marchandes de légumes, de purée, de figues, de couronnes, de parfums, aubergistes, etc., sont bien forcées de quitter la maison. D'autre part, les femmes âgées sortent librement : quand, dans *L'Assemblée des femmes* (992-993), la vieille femme déclare au jeune homme qui l'a rencontrée dans la rue : « tu es surpris de me trouver dehors », tout le sel de la remarque vient de ce que la vieille, qui minaude, entend passer pour une jeune fille. D'ailleurs, rien n'interdit à une femme mariée d'aller rendre visite à une amie, pour déjeuner (*Ass. des femmes*, 348-349) ou pour l'aider à accoucher (*ibid.*, 528-529), et les textes montrent que tout un ensemble de relations se tisse entre les femmes elles-mêmes.

Mais les femmes sont censées vivre entièrement en dehors du monde masculin de la rue et de l'*agora*. Elles doivent même en rester totalement ignorées : s'adressant aux veuves de guerre à la fin de son oraison funèbre, Périclès, dans un propos à la fois traditionnel par le fond et sophistique par la

22. Cf. surtout A.W. Gomme, « The position of women in Athens in the fifth and the fourth centuries », *CPh* 20 (1925), p. 1-25, et J. Gould, « Law, custom and myth : aspects of the social position of women in classical Athens », *JHS* 100 (1980), p. 38-59.

23. Cf. Plut., *Cimon*, 14, 5 (d'après Stésimbrotos), et *Périclès*, 10, 6, ainsi que 28, 5-7.

24. Cf. E. Lévy, « Les femmes chez Aristophane », *Ktèma* 1 (1976), p. 99-112.

forme, suggère que la plus grande gloire des femmes, c'est de n'avoir aucun renom, ni en bien ni en mal [25] (Thuc. II, 45, 2). Bien plus, des travaux récents [26] ont montré qu'on ne désignait pas par son nom une femme convenable encore vivante, mais qu'on utilisait des périphrases comme la mère, la sœur, la fille, l'épouse d'un tel. Chez les orateurs, les seules femmes vivantes évoquées nommément sont soit les femmes de statut inférieur ou hors statut, comme les esclaves et les prostituées, soit, ce qui revient un peu au même, les femmes liées à l'adversaire.

Cependant, si les femmes vivent ainsi à l'intérieur, en préservant la pâleur de leur teint, qui, dans la comédie comme dans les représentations figurées, les distingue des hommes, la maison est aussi le domaine sur lequel elles règnent.

Elles y sont préservées de toute irruption étrangère. Un discours du corpus démosthénien (XLVII, 35-42 et 52-61) montre qu'on n'entre pas chez un homme marié, quand lui-même n'est pas là, et qu'il est scandaleux de ne pas respecter cet interdit. Si Platon et Aristote [27] font de l'obéissance au mari une vertu féminine, il semble qu'une fois que les années ont diminué l'importance de la différence d'âge, qui est facilement de quinze à vingt ans, et que la femme est devenue mère, on lui laisse volontiers la responsabilité de la maison, notamment la direction des domestiques : « C'est à l'intérieur, au milieu des serviteurs, que les femmes ont la parole », assure un fragment d'Euripide (920 K). Et cette tendance n'a pu que s'accroître au cours de la guerre du Péloponnèse, où les hommes ont été souvent absents. C'est pourquoi Lysistrata peut proclamer, sans être contredite : « N'est-ce pas nous qui, en tout état de cause, administrons déjà pour vous les biens de la maison ? » (*Lys.*, 495), tandis que, dans *L'Assemblée des femmes*, Praxagora rappelle qu'à la maison on utilise les femmes comme gestionnaires et intendants (211-212) et vante leurs capacités de financiers (236 et 442).

Ainsi la femme, exclue du domaine politique (et militaire)

25. Comment, pourtant, ne pas songer à Aspasie ?
26. D. Schaps, *CQ* 27 (1977), p. 323-330.
27. Cf., par exemple, Platon, *Ménon*, 71e-72a, et Aristote, *Politique*, 1260 a 20-23.

et frappée d'incapacité juridique, reste essentielle dans la vie domestique comme dans la religion, mais n'est-ce pas justement les domaines qui préexistaient à la cité ?

Aux marges de la cité : les métèques

Si, contrairement aux femmes, les métèques n'ont pas droit au titre de citoyens, Wilamowitz les qualifiaient de « quasi-citoyens [28] », et Aristophane en fait des membres inférieurs, mais des membres néanmoins, de la communauté : dans la *parabase* des *Acharniens* (502-508), le poète affirme que Cléon ne pourra lui reprocher de dire du mal de la cité devant des étrangers (*xénoi*), en l'occurrence les alliés : « Nous sommes entre nous (répété deux fois), débarrassés de la balle (entendons les étrangers), car je dis que les métèques constituent le son des citoyens de souche (*astoi*) », et il ajoute que ces spectateurs des Lénéennes, dont font partie les métèques, sont « des nôtres (*philoi*) ».

Définition du métèque

Le terme *métoikos*, attesté dès la fin du VIe siècle [29], désigne un étranger domicilié dans une autre cité. Le mot est formé d'*oikos*, qui indique la résidence, et de *méta*, dont le sens est discuté. Certains ont pensé que, dans le mot, *méta* aurait le sens d'avec et que le métèque serait « celui qui réside avec » le citoyen. Mais la syntaxe de *métoikos* et des mots de sa famille incite plutôt à donner à *méta* le sens de changement et à voir dans le métèque « celui qui a changé de résidence », même si les affranchis deviennent obligatoirement des métèques.

Ce changement de résidence, qui distingue le métèque du simple étranger de passage, implique une certaine intégration dans la cité, mieux connue au IVe siècle qu'au Ve.

Le métèque doit d'abord se trouver un citoyen qui réponde

28. *Hermes* 22 (1887), p. 107-128 et 211-259.

29. Mais le décret de Thémistocle, qu'il soit reproduit textuellement ou que le rédacteur ait voulu faire ancien, désigne encore les métèques comme « les étrangers habitant à Athènes », cf. *supra*, p. 28.

de lui et qui sera son *prostatès*, c'est-à-dire son protecteur. Celui-ci le fait inscrire sur les registres du dème comme « domicilié dans tel dème » et, dans le domaine judiciaire, joue un rôle au stade initial de la procédure, en garantissant le statut de métèque du plaideur. Comme le métèque ne peut, sauf privilège exceptionnel, posséder de maison ni de terre en Attique, le *prostatès* doit, assez souvent, être le propriétaire du logement qu'occupe le métèque. C'est au moins ce que suggèrent *Les Suppliantes* d'Eschyle, représentées en 463, où le roi, qui, avec ses concitoyens, se présente expressément comme leur *prostatès*, offre un logement aux héroïnes (957-964 et 1009-1011). Pour l'affranchi, son *prostatès* est nécessairement son ancien maître.

Une autre obligation du métèque, bien connue au IVᵉ siècle, est le paiement d'une taxe spéciale, le *métoikion*, qui s'élève à 12 drachmes par an pour un homme et 6 drachmes pour une femme chef de famille. Cette taxe permettait, entre autres, de repérer les métèques en les empêchant d'usurper le titre de citoyen. On s'est cependant demandé si elle existait déjà au Vᵉ siècle. A la fin du siècle, la chose est sûre, puisque Lysias (XXXI, 9) évoque le cas d'un Athénien qui, en 404, avait émigré à Oropos, alors béotien, et y avait résidé « auprès d'un *prostatès* et en versant le *métoikion* ». L'exemption du *métoikion* a déjà été restituée dans une inscription de 411-408, *IG* I^3 106, et il n'est pas impossible qu'Eschyle y fasse allusion, en 463, dans *Les Suppliantes* (1011). Bien plus, d'après Diodore (XI, 43, 3), Thémistocle aurait fait accorder l'exemption de taxes (*atélie*) aux métèques qui s'installeraient au Pirée, mais il n'est pas sûr qu'il s'agisse de l'*atélie* du *métoikion*. Cependant, comme aucun texte n'évoque l'introduction du statut de métèque – encore qu'il soit assez raisonnable de l'attribuer à la réorganisation clisthénienne –, on ne saurait préciser la date à laquelle a été créé le *métoikion*.

Le métèque dans la cité

Le métèque est protégé juridiquement dans sa personne et dans ses biens : *Les Suppliantes* d'Eschyle (605-614) pastichent un décret qui permet de venir résider (*métoikein*) en jouissant de la liberté, sans être soumis au droit de représailles et sans que personne, du pays ou étranger, puisse se saisir de vous.

S'il est exclu que le métèque participe à un tribunal, car le pouvoir judiciaire n'est qu'un élément du pouvoir politique, il a le droit d'intenter un procès, au moins un procès privé où ses intérêts sont en cause. Dans ce cas, le procès est instruit par le polémarque. Il peut aussi intenter un procès criminel, instruit par le roi devant le tribunal du Palladion. Cependant, la protection juridique dont il bénéficie est inférieure à celle du citoyen. Accusé dans un procès civil, il doit fournir un garant pour éviter d'être arrêté, et, dans un procès criminel, contrairement au citoyen, il est soumis à arrestation avant même le verdict. D'autre part, si, pour les métèques, la torture reste rare et n'est pas systématique, comme pour les esclaves, elle n'est pas interdite, comme elle l'est pour les citoyens. Enfin, le meurtre d'un métèque, comme celui d'un esclave, n'est puni que de l'exil, comme le meurtre involontaire d'un citoyen.

En plus de ses droits juridiques, le métèque participe aussi, ne serait-ce qu'à une place inférieure, à la vie religieuse de la cité. Dans *Les Euménides*, les déesses désormais ainsi dénommées, qui sont présentées comme des métèques qu'Athéna accueille dans sa cité (890-899), participent à la procession, mais derrière les citoyens (1010) et, sans doute, avec des robes de pourpre (1028). Elles sont ainsi figurées à l'image des métèques dans la procession des Grandes Panathénées. D'autre part, deux inscriptions du ve siècle nous font aussi connaître la participation des métèques à la distribution des viandes du sacrifice : la loi (*nomos*) du dème des Scambonides (*IG* I^3 244), antérieure à 460, prévoit que les métèques reçoivent une part de viande, lors du sacrifice en l'honneur du héros éponyme de la tribu ; un décret athénien sur les fêtes d'Héphaïstos (*IG* I^3 82, l. 25-26), de 421-420, enjoint de « donner aux métèques aussi trois bœufs et que de ces bœufs le sacrificateur leur distribue les viandes crues ». Comme il semble que, dans ce dernier sacrifice, les citoyens aient reçu 130 ou 190 bœufs, la pierre ne permettant qu'une de ces deux restitutions, les métèques sont bien associés, mais avec une portion limitée, peut-être distribuée seulement à une délégation. D'autre part, la distribution de viande crue ne fait participer qu'à une forme élémentaire de communion alimentaire.

Si les métèques peuvent être chorèges aux Lénéennes [30] ou aux Dionysies champêtres, ce qui leur fait exercer une fonction religieuse, ils ne peuvent ni accéder à une prêtrise civique ni organiser des sacrifices pour la cité.

A la protection juridique et au droit de participer, de façon limitée, à la vie religieuse de la cité s'ajoutent des obligations militaires et fiscales.

Le métèque qui a les ressources nécessaires doit à la cité le service hoplitique mais, au ve siècle, il s'agit normalement d'un service de garnison. Au cours de la guerre du Péloponnèse, on ne voit qu'en trois occasions les hoplites métèques partir en expédition. En 431, 3 000 d'entre eux, compensant les 3 000 hoplites citoyens retenus à Potidée, participent à une razzia en Mégaride (Thuc. II, 31, 1-2) ; en 424, ils participent à une levée en masse pour fortifier Délion (Thuc. IV, 90, 1, et 94, 1) ; si, dans aucun des deux cas, on ne s'était beaucoup éloigné d'Athènes, en 428, les Athéniens s'embarquent et embarquent les métèques dans une flotte qui va ravager le Péloponnèse (Thuc. III, 16, 1), mais les circonstances sont exceptionnelles, car il faut constituer d'urgence une nouvelle flotte sans toucher à celle qui assiège Mytilène. Aussi l'exemple légendaire de l'Arcadien Parthénopée, qui avait participé à l'expédition argienne contre Thèbes, n'en devenait-il que plus méritoire : Eschyle, dans *Les Sept contre Thèbes* (548 et 545), souligne que « métèque, mais voulant rembourser à Argos la belle éducation qu'il y avait reçue, il ne semble pas être venu pour marchander [31] le combat ».

Cependant, la plupart des métèques servaient dans la marine, où l'attrait de la solde semble avoir dispensé de faire appel à la conscription [32], au moins jusqu'au deuxième quart du ive siècle.

Dans le domaine fiscal, en dehors de taxes qui leur sont propres, comme le *métoikion*, déjà évoqué, le triobole des

30. Cf. scholie Aristophane, *Ploutos*, 953.

31. Le terme n'est pas innocent, car les métèques sont volontiers de petits marchands (*kapèlos*).

32. Le cas de Salamine, où l'on avait embarqué tous les citoyens et les métèques en âge de combattre, est exceptionnel, cf. *supra*, p. 28.

affranchis, pour ceux qui sont d'anciens esclaves, ou les *xénika*, pour pouvoir, comme les autres étrangers, commercer sur l'agora, les métèques sont soumis, comme les citoyens, à l'impôt exceptionnel, l'*eisphora*, mais leur part, dont le montant est inconnu au Ve siècle, devait être levée séparément. Les métèques riches sont aussi, comme les citoyens riches, fortement incités à participer aux « dons volontaires » (les *épidoseis*), dont le montant global est fixé par la cité. Enfin, ils assument certaines liturgies, comme la chorégie aux Lénéennes et aux Dionysies champêtres ou, peut-être, l'*hestiasis* (organisation de banquet).

Le métèque dans la société

Dans sa critique de la démocratie athénienne, le pseudo-Xénophon (I, 10-12) se plaint du dérèglement des esclaves et des métèques, et regrette qu'on n'ait pas le droit de les frapper, entendons lorsqu'on les croise dans la rue, au risque de frapper par erreur un Athénien, car « le peuple n'y est pas mieux habillé et n'a pas meilleure allure que les esclaves et les métèques » ; et il ajoute : « C'est pour ces raisons (*sc.* les avantages financiers évoqués plus haut) que nous avons suscité l'*isègoria* [33] des esclaves à l'égard des hommes libres et, pour celle des métèques à l'égard des citoyens de souche, c'est parce que la cité a besoin de métèques à cause du grand nombre des métiers artisanaux et à cause de la marine. »

Critiquant l'absence de hiérarchie et s'efforçant de rapprocher esclaves et métèques, l'auteur souligne néanmoins un fait réel, les métèques pauvres et les *thètes* ont le même genre de vie. On les voit sur les mêmes chantiers ou dans les mêmes ateliers, où ils reçoivent les mêmes salaires, notamment dans les métiers du bâtiment et dans la fabrication de la céramique, où les métèques étaient particulièrement nombreux. Même si, contrairement à la grande majorité des Athéniens, les métèques sont non propriétaires, mais locataires de leur logement, et habitent de ce fait souvent dans

33. Le terme, qui indique un accès équitable à la parole publique et symbolise l'égalité démocratique, est ici employé, dans une intention polémique, à la place de *parrhèsia*, la liberté de parole.

des immeubles de rapport (*sunoikiai*), ils ne sont pas regroupés autoritairement dans des quartiers spéciaux, comme cela paraît le cas dans certaines cités de Crète.

Bien plus, les métèques, qui, au Vᵉ siècle, semblent en grande majorité d'origine grecque [34] et qui peuvent avoir été éduqués et même être nés à Athènes, sont, comme le rappelle Nicias [35], culturellement des Athéniens, et, comme le montrent tant l'entourage de Socrate que les groupes compromis dans la parodie des Mystères, les plus riches d'entre eux sont volontiers accueillis dans les cercles les plus huppés.

Il existe cependant un stéréotype négatif du métèque, qui forme l'arrière-plan sur lequel se détache le portrait de Parthénopée, le métèque idéal. Dans *Les Sept contre Thèbes* d'Eschyle, celui-ci n'est sans doute qu'un métèque (*Sept,* 548) et la valeur péjorative du terme est soulignée par le rejet, mais il a reçu une belle éducation, et, loin de n'être qu'un petit marchand, il ne marchandera pas le combat (*ibid.*, 545). Euripide développe encore ce portrait dans *Les Suppliantes* (888-900), où il entend préciser les devoirs des « étrangers qui se sont installés à l'étranger (*métoikountas*) » (892) et, par l'emploi de tournures négatives, évoquer ce qu'on reproche habituellement aux métèques. Dans les relations avec les citoyens, le métèque doit faire preuve d'aménité en ne se montrant pas pénible et en ne suscitant pas l'envie (ou la malveillance), entendons en évitant la morgue du parvenu – et on rapprochera, à cet égard, *Médée*, 222, où l'héroïne affirme que l'étranger doit se mêler aux citoyens. Mais le métèque doit aussi se montrer réservé en n'apparaissant pas comme un « discutailleur », qui pratiquerait l'éristique des sophistes : en un mot, le métèque jouit de la liberté de parole, mais il ne doit pas en abuser. Dans les relations avec la cité elle-même, il doit faire preuve de civisme dans ses actes comme dans ses sentiments, à l'imitation de Parthénopée, qui défend le pays « comme un Argien de naissance » et se réjouit ou s'attriste en fonction des succès ou des échecs de la cité. Il y a enfin un domaine qui concerne particulièrement les métèques, celui des mœurs. Déjà, dans *Les Suppliantes* d'Eschyle (991-1009), le

34. Les métèques d'origine barbare sont surtout d'anciens esclaves affranchis.

35. Cf. *supra*, p. 130.

vieux Danaos adressait une leçon de chasteté (*sophrosunè*) à ses filles, qui n'en avaient guère besoin, en leur rappelant comme elles étaient exposées, à la fois comme étrangères et comme vierges : « sur un métèque, chacun tient toutes prêtes des paroles méchantes et on a vite fait de dire des obscénités. » Dans *Les Suppliantes* d'Euripide, Parthénopée, qui était d'une beauté exceptionnelle (889) et « qui avait beaucoup d'amoureux et autant d'amoureuses, veillait à ne commettre aucune faute » (899-900). Cette insistance suggère qu'on attribue au métèque, arraché à son milieu d'origine et vivant souvent dans des immeubles collectifs, des mœurs plus libres que celles des citoyens et surtout des citoyennes : il est vrai que beaucoup de courtisanes étaient des métèques, et l'exemple d'Aspasie montrera que la prudence de Danaos était justifiée.

Il apparaît ainsi que le métèque est un étranger durablement installé à Athènes : il a reçu le privilège d'y habiter à tout jamais [36] en étant protégé par la cité et il participe à la vie de la cité, mais dans une position inférieure, qui lui demande beaucoup de réserve pour se faire accepter. Mais, venu librement à Athènes, il profite de l'essor économique et culturel de la cité et, presque athénien, aux yeux des étrangers, surtout lorsqu'il séjourne dans une cité de l'Empire, il reste fidèle à Athènes, ce qui, notamment pendant la guerre du Péloponnèse, est essentiel pour la puissance de la cité.

Sparte

Sparte est doublement originale. Regroupant à la fois la Laconie et la Messénie, nettement séparées, géographiquement et ethniquement, son territoire, qui s'étend sur quelque 8000 km^2, c'est-à-dire trois fois l'Attique, correspond plus à un *ethnos*, voire à deux *ethnè*, qu'à une cité normale [37].

36. Contrairement à Sparte, Athènes ne pratique pas l'expulsion globale des étrangers (*xénélasie*).

37. Une cité aussi importante que Corinthe ne couvre que 880 km^2 et, avec ses 8 600 km^2, la Crète renferme une centaine de cités. Pour E. Ruschenbusch, *ZPE* 59 (1985), p. 253-263, la cité grecque moyenne aurait entre 25 et 100 km^2 et de 230 à 910 citoyens.

D'autre part, si la division de sa population en citoyens de plein droit, périèques et hilotes, n'est pas sans parallèles en Grèce, notamment dans les régions doriennes [38], son collectivisme militaire paraît sans exemple dans le reste de la Grèce.

Population

Les Spartiates, qualifiés aussi d'*Homoioi* (les semblables) ou d'*astoi* (citoyens de souche), ne forment qu'une minorité de plus en plus restreinte de la population. En 480, leur ancien roi Démarate aurait évalué le nombre des *Homoioi* mobilisables à plus de 8 000 (Hér. VII, 234), ce qui, confirmé par l'envoi de 5 000 Spartiates à Platées (Hér. IX, 10), se concilie assez bien avec les 9 000 lots (*klèros*) attribués aux Spartiates dans la *Vie de Lycurgue* (8, 5-6), et avec les indications approximatives et problématiques d'Aristote : « On dit que, sous leurs anciens rois, ils accordaient la citoyenneté, de sorte que, malgré leurs longues guerres, ils ne souffraient pas d'un manque (*oliganthropie*) de combattants, mais l'on prétend que les Spartiates en avaient alors jusqu'à 10 000 ; que ce soit vrai ou faux... » (*Politique*, 1270 a34-38). Or, lors de la bataille de Leuctres, en 371, les Spartiates n'avaient plus que 1 200 hoplites mobilisables [39], dont 400 périrent dans cette seule bataille. Il y a donc eu, en un siècle, une baisse catastrophique du nombre des Spartiates.

En dehors de raisons démographiques qui nous échappent – nous ne savons combien les Spartiates avaient d'enfants – cette baisse s'explique d'abord par le tremblement de terre de 464 et ses conséquences. En effet, si l'on en croit Plutarque (*Cimon*, 16, 4-5), « la ville de Sparte fut entièrement détruite, à l'exception de cinq maisons » et les éphèbes furent tous tués par le gymnase, qui s'écroula sur eux. Comme le séisme sus-

38. La Crète connaît, outre le *woikeus*, dont on parlera plus loin, les *Klarotai* et les *Mnoïtes*, Argos, les *Gymnètes* ou *Gymnésioi*, Sicyone, les *Korunéphores* ou *Katonakophores*, Héraclée du Pont, les Mariandyniens, qui sont des indigènes hellénisés, tandis que, en dehors du monde dorien, les Pénestes sont soumis aux Thessaliens.

39. Le nombre se déduit de Xénophon (*Hell.* VI, 4, 15), environ 700 Spartiates à Leuctres, rapproché de VI, 1, 1, et de VI, 4, 17 (4 mores sur 6 et 35 classes sur 40) ; cf. aussi Aristote, *La Politique*, 1270 a29-31, qui assure qu'à son époque Sparte n'avait même plus 1 000 hoplites.

cita aussi une révolte des hilotes, principalement messéniens, qui dura, sous forme de guerre ou de guérilla, pendant près de dix ans (Thuc. I, 103, 1), les pertes furent considérables et expliquent peut-être la prudence de Sparte, qui, en 440, ne profita pas de la révolte de Samos contre Athènes pour déclencher une guerre contre sa grande rivale et, en 432, hésita à se lancer dans la guerre du Péloponnèse. Ce dernier conflit ne pouvait qu'accroître les pertes spartiates et il est caractéristique qu'en 425 Sparte aurait été prête à faire la paix avec Athènes rien que pour recouvrer les 120 Spartiates faits prisonniers à Sphactérie. D'autre part, Aristote souligne les effets pervers de la loi non datée [40] qui, pour accroître le nombre des Spartiates, exemptait du service militaire les pères de trois garçons et exonérait en outre de tout impôt les pères de quatre garçons, car l'appauvrissement entraîné par le partage de l'héritage risquait de faire exclure leurs enfants du corps civique (*Politique*, 1270 a39-b6 et 1271 a29-37).

Sans doute, les indications de Thucydide (V, 68, 3) montrent qu'à l'époque de Mantinée, en 418, Sparte dispose encore d'une armée théorique de 4 500 hommes [41], mais elle n'arrive à ce chiffre qu'en incorporant de plus en plus de périèques dans ses troupes : à Sphactérie, en 425, sur 292 survivants, il n'y avait que 120 Spartiates. Si l'on suppose, ce qui est, bien sûr, aléatoire mais donne un ordre de grandeur, que la même proportion se retrouve dans les 4 500, on aurait à l'époque de Mantinée quelque 1 800 Spartiates mobilisables comme hoplites, ce qui impliquerait que de 418 à 373 le nombre de citoyens diminue encore d'un tiers. De toute façon, à ces 1 800 ou 1 900 hoplites, il faut ajouter

40. Rien n'indique qu'Aristote, qui rattache cette loi aux désirs du « législateur » d'avoir le plus grand nombre possible de Spartiates, considère celle-ci comme une loi récente ; c'est le même désir d'assurer la reproduction des Spartiates et le maintien de leurs *oikoi* qui avait incité Léonidas (Hér. VII, 205) à vouloir préserver les Spartiates qui n'avaient pas encore d'enfants.

41. En effet, les 112 *énomoties* ont chacune 32 hommes à Mantinée, où ont été mobilisés cinq sixièmes des forces spartiates, ce qui suppose un effectif théorique de 38 ou 39, mais comme cinq sixièmes n'est qu'approximatif et qu'il y a 40 classes mobilisables, l'*énomotie* théorique devait sans doute comporter 40 hommes et l'ensemble de l'armée, en compter 112 fois 40, c'est-à-dire 4 480 : ce n'est sans doute pas un hasard qu'au IIIe siècle le roi réformateur Agis IV ait voulu reconstituer un corps de 4 500 citoyens.

les 300 *hippeis* (membres de la garde royale) et les dispensés (magistrats, réformés, vieillards, éventuellement pères de famille nombreuse, si la politique nataliste était déjà appliquée), il n'est donc pas impossible d'arriver à 2 500 ou 3 000 citoyens. Mais ce nombre lui-même reste très faible pour une cité de l'importance de Sparte, qui affronte les 30 000 ou 40 000 citoyens d'Athènes.

Il paraît d'autant plus faible, si l'on compare les Spartiates aux périèques et aux hilotes. En effet, chez Hérodote (VII, 234), Démarate assurait que l'ensemble des Lacédémoniens – c'est-à-dire les Spartiates et les périèques – étaient très nombreux et avaient beaucoup de villes. Comme Strabon (VIII, 362) rappelle que Sparte était autrefois qualifiée de cité « aux cent villes (*Hécatompolis*) » et que Stéphane de Byzance précise de telle cité périèque qu'elle est « l'une des cent », on a supposé qu'il y avait une centaine de cités périèques, nombre qui paraît confirmé par les nombreuses bourgades déjà identifiées. Même si l'on accepte le commentaire polémique d'Isocrate (XII, 179), qui ne veut y voir que des villages inférieurs aux dèmes athéniens, les périèques sont manifestement plus nombreux que les Spartiates, et le nombre de 30 000 lots périèques (Plut., *Lyc.*, 8, 5), qui suggère une moyenne de 300 lots par cité, n'a rien d'invraisemblable.

Quant aux hilotes, ils constitueraient, selon Thucydide (VIII, 40, 2), le groupe servile le plus important de Grèce ; si l'on estime le nombre d'esclaves athéniens à 120 000 ou 130 000, le nombre des hilotes devait nettement dépasser les 150 000 et pourrait bien atteindre ou dépasser les 200 000.

En dépit du caractère très incertain de ces estimations, il est évident que, déjà en 480, les Spartiates ne constituent qu'une petite minorité de la population : même si l'on tient compte de leur famille, ils ne représentent jamais qu'un tiers des périèques et, sans doute, moins d'un cinquième des hilotes. Du fait de la diminution catastrophique de leur nombre, ils ne sont plus, en 371, qu'une petite caste qui, si l'on néglige femmes et enfants, ne représente même pas un centième de l'ensemble [42].

42. Cinadon, dans le récit de sa conjuration que présente Xénophon (*Hell.* III, 3, 5), aurait précisément suggéré, au début du IVe siècle, un rapport de un à cent entre les Spartiates de plein droit et le reste de la population.

Le système politique

Le système politique spartiate se présente de façon différente selon que l'on considère l'ensemble de la population ou uniquement les *Homoioi* : qualifié d'oligarchique dans le premier cas, il peut sembler démocratique dans le second.

• En effet, si les esclaves-marchandises, qui ne faisaient pas partie de la cité, n'avaient pas, pour les Anciens, à entrer en ligne de compte quand on appréciait le caractère démocratique d'une cité comme Athènes, il en va différemment des hilotes, qui participent institutionnellement aux funérailles royales, défendent la cité, même s'ils ne sont qu'exceptionnellement transformés en hoplites, et qui, comme le montre l'exemple des Messéniens, sont capables de recevoir une organisation civique.

Pour les périèques, la chose est encore plus claire, car non seulement ils exercent leur droit de cité dans leur propre bourgade, mais ils sont membres de l'État lacédémonien, qui, comme le montrent les sacrifices de franchissement de la frontière, englobe la *Périoikis* (le territoire des périèques). Démarate, dans le passage déjà cité, évoquait les Spartiates et les autres Lacédémoniens et, lorsqu'un périèque obtient une victoire olympique, il se fait proclamer comme « un tel, Lacédémonien, de telle cité ». Bien plus, l'armée lacédémonienne, constituée de Spartiates et de périèques, est souvent qualifiée d'armée civique. Aussi Isocrate (XII, 178) peut-il présenter les périèques comme le *dèmos*, que les oligarques auraient, conformément au sens étymologique de *périèques* (ceux qui habitent autour), exilés hors du centre de la Laconie. Il apparaît ainsi que les périèques, qui suivent en tant qu'hoplites les rois à la guerre et prennent part à leurs funérailles, sont des citoyens lacédémoniens, mais des citoyens de droit réduit, puisque, dans l'État lacédémonien, les Spartiates ont confisqué tout le pouvoir politique. C'est donc surtout par rapport aux périèques que Sparte peut être qualifiée d'oligarchie.

• Par rapport aux *Homoioi* la situation est plus complexe, car le régime concilie la royauté (deux rois), l'aristocratie représentée par la gérousie et la démocratie (5 éphores élus et une assemblée).

Les deux ROIS appartiennent à deux familles distinctes, les Agiades et les Eurypontides, qui ne peuvent s'unir par intermariage et ont des tombeaux dans deux régions différentes de Sparte. Issus de deux jumeaux descendant d'Héraclès, ils sont théoriquement égaux, bien que les Agiades, prétendant descendre de l'aîné des jumeaux, aient une certaine préséance sur les Eurypontides (Hér. VI, 51-52). S'il existe une règle de succession, que Pierre Carlier résume en « la royauté revient de droit *au plus proche descendant du plus récent détenteur du pouvoir le plus royal*[43] », les espoirs de Dorieus (Hér. V, 42) comme l'accession au trône d'Agésilas (Xén., *Hell.* II, 3), montrent que les Spartiates ne sont pas forcés de respecter la règle et qu'ils sont donc censés désigner (ou, au moins, acclamer) le nouveau roi.

Les pouvoirs des rois[44], essentiellement militaires et religieux, paraissent s'être d'abord exercés de façon collégiale. D'après Hérodote, « les Spartiates ont donné aux rois (le droit) de mener (*ekphérein*) la guerre contre la contrée qu'ils désirent ; et qu'aucun Spartiate n'y fasse obstacle, sinon qu'il encoure la souillure » ; la formulation assez archaïque de la phrase suggère que l'historien s'inspire d'un texte officiel. Celui-ci est doublement équivoque, puisqu'il peut s'agir soit du pouvoir collectif des deux rois, soit du pouvoir de chacun des deux, et soit du droit de faire (donc de déclancher) la guerre, soit, seulement, de la direction des opérations militaires. Cette équivoque a permis une évolution, qui fait passer d'un grand pouvoir exercé conjointement à un pouvoir limité exercé individuellement. En effet, jusqu'au « divorce d'Éleusis » (Hér. V, 75), vers 506, où Démarate abandonna l'expédition que Cléomène et lui menaient contre Athènes, les deux rois partaient ensemble en expédition. Désormais, cela fut interdit et, symbole de cette séparation, un seul des deux Dioscures, qui protégeaient Sparte, accompagna désormais le roi qui partait. D'autre part, comme Cléomène avait pu réunir une

43. P. Carlier, *La Royauté en Grèce avant Alexandre*, Strasbourg, AECR, 1984, p. 247 : entendons que les fils passent avant les frères, qu'on respecte le droit d'aînesse, mais qu'il faut être né quand le père était déjà roi et qu'il vaut mieux descendre d'un roi que d'un régent.

44. Cf. Hér. VI, 56-58, Xénophon, *Rép. des Lac.* XIII et XV, et P. Carlier, *op. cit.*, p. 240-324.

expédition « sans dire pourquoi il la réunissait » (Hér. V, 74), il semble qu'au moins jusqu'à cette date les rois aient eu le pouvoir de décider une guerre. En tout cas, au Ve siècle, notamment lors du déclenchement de la guerre du Péloponnèse, c'est l'assemblée qui vote la guerre, et ce sont les éphores qui proclament la mobilisation. Le roi en campagne a encore la direction stratégique des opérations, puisque, en Attique, Agis était « maître d'envoyer l'armée où il voulait » (Thuc. VIII, 5, 3) ; mais même ce pouvoir va se restreindre, puisque *Les Helléniques* de Xénophon montrent comment au début du IVe siècle le roi se contente d'aller là où la cité – c'est-à-dire en fait les éphores – l'envoie.

De toute façon, le roi est toujours commandant en chef : Aristote, dans *La Politique* (1285 a5-8 et b26-28), rapporte que « quand il sort du territoire, le roi est le chef (*hègémon*) de tout ce qui relève de la guerre » et il qualifie la royauté spartiate de « stratégie perpétuelle à pleins pouvoirs (*autokrator*) ». De fait, même lorsque les Spartiates sont amenés à confier le commandement d'une flotte ou d'une armée à un autre que le roi, dès que celui-ci arrive, ce chef lui est subordonné ; ainsi en va-t-il, en 403, de Lysandre devant le roi Pausanias. Le roi, qui, en tant que commandant en chef, est autorisé à conclure des trêves et à envoyer des ambassades aux amis et aux ennemis, avance en tête, combat au premier rang à l'aile droite et quitte le dernier le champ de bataille, où il est protégé par une garde d'honneur de 100 hommes d'élite et où il a un droit de vie et de mort sur ses troupes.

Les rois ont aussi un grand pouvoir religieux, puisqu'ils ont, parmi leurs prérogatives, les sacerdoces de Zeus lakédaimonios et de Zeus ouranios et surtout président à tous les sacrifices publics, notamment à la guerre. Ils contrôlent en outre les rapports avec Delphes en désignant chacun deux *Pythioi* chargés de consulter l'oracle, dont ils conservent les réponses, ce qui leur permet certaines manipulations.

Pour le reste, les rois ont toujours quelques pouvoirs judiciaires, puisqu'ils jugent les affaires de filles épiclères, d'adoption et de chemins publics, et qu'ils désignent les magistrats chargés d'accueillir et de surveiller les étrangers.

Enfin, associés à la gérousie, où leur seul privilège est le droit de laisser une procuration, ils participent à ses pouvoirs probouleutiques et judiciaires.

Le problème qui se pose est de savoir si, en dehors de leurs fonctions militaires, ils ne jouent plus, comme les archontes athéniens, qu'un rôle surtout honorifique ou s'ils peuvent véritablement mener une politique. Faut-il, avec Édouard Will, évoquer l'« impuissance » des rois [45] ou, avec G.E.M. de Sainte-Croix, distinguer un pouvoir de droit et un pouvoir de fait, ressortissant à l'*auctoritas* [46] ?

Les rois ont l'autorité de personnages sacrés, qui sont honorés à leur mort comme des « héros » et à qui, à la guerre, il est sacrilège de désobéir. Leur puissance est encore accrue par l'influence qu'ils exercent sur la gérousie, où ils disposent, selon toute vraisemblance, de parents et d'amis, et par leur richesse, qui leur permet d'« acheter », entre autres, une partie des éphores. Enfin, dans le meilleur des cas, le roi bénéficie du prestige de la victoire, et les soldats, habitués à lui obéir sur le champ de bataille, hésiteront à s'opposer à lui à l'assemblée.

Tous ces facteurs permettent à un roi doté d'une forte personnalité, comme Cléomène Ier, qui fit même détrôner l'autre roi, Démarate, de mener une politique personnelle, ce qui fut le cas, en l'occurrence, de 520 à 490.

Cependant, le pouvoir royal ne saurait être absolu, car les deux rois s'opposent souvent, et surtout éphores et gérousie contrôlent et surveillent les rois : ceux-ci peuvent même être jugés et démis, que ce soit par les éphores et la gérousie, associée à l'autre roi, ou par l'assemblée, notamment après une campagne militaire qui n'a pas donné satisfaction et où on les soupçonne de s'être laissé corrompre. En un siècle, de 494 à 395, six rois ou régents sont ainsi passés en jugement.

La puissance d'un roi dépend donc surtout de sa personnalité et de son prestige ; mais en va-t-il différemment pour un Périclès ?

La GÉROUSIE constitue, du fait de son recrutement, l'élément aristocratique ou oligarchique du régime. Elle est en effet constituée de 28 vieillards, de 60 ans révolus, élus à vie

45. *Le Monde grec et l'Orient*. I. *Le Ve Siècle (510-403)* [2], Paris, PUF, 1992, p. 440 : « Les deux rois sont égaux aussi bien dans l'honneur que dans l'impuissance politique. »

46. *The Origins of the Peloponnesian War*, Londres, Duckworth, 1972, p. 138-148.

par acclamation après un acte de candidature[47]. De plus Aristote suggère que les gérontes appartiennent aux grandes familles, puisqu'il note que « le peuple choisit les gérontes et a part (entendons peut être nommé) à l'éphorat » (*Politique*, 1294 b29-31) et cf. 1306 a 18-19, ce qui implique, *a contrario*, que le peuple n'a pas part à la gérousie. La chose s'explique mal, car, s'il y a élection, pourquoi un homme du peuple ne peut-il être élu géronte comme il est élu éphore ? On peut émettre trois hypothèses, qui ne sont pas inconciliables : la tradition imposerait de n'élire comme gérontes que des « hommes respectables », c'est ce que suggère Aristote en disant que les « gens de bien » sont satisfaits de l'existence de la gérousie, qui récompense le « mérite (*arétè*) » ; ou bien seules les grandes familles feraient acte de candidature, éventuellement après un accord entre elles ou entre les gérontes, ce qui aboutirait à une sorte de cooptation ; enfin, puisqu'il est obligatoire de se porter candidat, il pourrait y avoir un examen des candidatures[48].

Les gérontes, qui, nommés à vie, n'ont pas de comptes à rendre, ce qui peut pousser à la corruption et au favoritisme, exercent des pouvoirs judiciaires et des pouvoirs plus directement politiques. En effet, ils constituent le tribunal suprême, qui juge les crimes les plus graves. Ils auraient pu abuser de ce pouvoir judiciaire pour contrôler l'État en menaçant les rois ainsi que les éphores en fin de charge, mais il ne semble pas qu'ils l'aient fait, car leur pouvoir aurait alors été critiqué et, éventuellement, menacé, ce qui ne paraît pas le cas. D'autre part, leur pouvoir proprement politique s'exerce en rapport avec l'assemblée, puisque les propositions doivent d'abord être soumises à la gérousie, qui a aussi un droit de veto sur les décisions de l'assemblée. Ces indications qu'on tire de la grande *rhètra* et de son amende-

47. Aristote critique ce procédé de recrutement, « car il y a une vieillesse de l'esprit, comme il y en a une du corps » et la nécessité de faire acte de candidature développe l'ambition, *Politique*, 1270 b40-1271 a1 et 1271 a10-18.

48. C'est peut-être ce que suggère Démosthène, *Contre Leptine*, XX, 107, quand il fait, comme Aristote, de l'accès à la gérousie « la récompense du mérite » et évoque le moment « où quelqu'un est admis après examen dans ce qu'on appelle la gérousie, après s'être montré tel qu'il fallait ».

ment, tels qu'ils sont présentés par Plutarque (*Lyc.*, 6), paraissent quelque peu contradictoires. En effet, si une proposition, pour être soumise à l'assemblée, doit d'abord obtenir l'agrément de la gérousie, on ne voit pas le rôle que pourrait jouer le droit de veto. Plutarque a senti la difficulté et s'est efforcé de résoudre la contradiction en supposant qu'il s'agissait de s'opposer à des amendements intempestifs. Mais il est plus simple d'envisager une évolution : dans le cadre de la grande *rhètra*, les rois et les gérontes (ensemble ou en deux étapes ?) avaient l'initiative de la proposition, que le peuple se contentait d'approuver ou de rejeter. L'amendement qui introduit le droit de veto est attribué aux rois Polydore et Théopompe, à une époque où Plutarque place la création des éphores. Or, ceux-ci pouvant faire des propositions qui ne sont pas nécessairement soumises à la gérousie ou qui n'ont pas besoin de son avis favorable, la gérousie perd le monopole de l'initiative : le droit de veto peut alors se montrer utile.

De fait, jusqu'à l'époque d'Agis IV, au IIIe siècle, on ne connaît aucun veto de la gérousie et une seule proposition qui ait été soumise à la fois à la gérousie et à l'assemblée, à savoir celle du géronte Hétoimaridas, qui invitait à accepter la constitution de la ligue de Délos (Diodore XI, 50). Lorsqu'on décide de se lancer dans la guerre du Péloponnèse, l'assemblée vote une proposition présentée par l'éphore Sthénélaïdas et combattue par le roi Archidamos, sans que personne évoque le rôle de la gérousie (Thuc. I, 79-87). Bien plus, dans *Les Helléniques* (III, 2, 23, et IV, 6, 3), Xénophon emploie la formule « il a plu aux éphores et à l'assemblée », qui suggère qu'au moins au IVe siècle c'étaient les éphores qui exerçaient le pouvoir probouleutique.

Aussi peut-on se demander si beaucoup d'auteurs anciens, trop sensibles au « mirage spartiate », ne se sont pas exagéré l'importance de la gérousie. Isocrate, dans *Le Panathénaïque*, (XII, 154), prétend que les gérontes « sont à la tête de toutes les affaires », mais comme il entend exalter l'Aréopage, dans lequel il voit le modèle de la gérousie, son témoignage est sujet à caution. Aussi bien Démosthène (XX, 107) qu'Eschine (I, 180) font l'éloge de la gérousie, maîtresse de l'État pour le premier, magistrature la plus importante pour le second, mais seul Aristote évoque en détail son fonctionnement. Or il ne mentionne à cet égard que des pouvoirs judiciaires (*Politique*, 1270 b38-40). Si Polybe (VI,10, 9 et 45, 5) et Plutarque (*Lyc.*, 6 et 26) accordent à la gérousie une importance excessive, c'est sans doute qu'ils se laissent influencer par l'exemple du sénat romain, dont le nom, comme le rappelle Plutarque (*Romulus*, 13, 3), « signifie précisément gérousie ».

De fait, si la gérousie jouait un véritable rôle politique, on la verrait intervenir lorsqu'il s'agit de choisir entre deux politiques, par exemple en 403 entre Lysandre et Pausanias ou, dans les années qui suivent, entre Lysandre et Agésilas. Or, les rois s'efforcent bien d'obtenir l'appui de la majorité des éphores, mais il n'est jamais question de faire nommer quelqu'un géronte ou de s'efforcer de changer la majorité de la gérousie.

Si l'on veut concilier la description théorique de Plutarque et les récits de Thucydide et de Xénophon, il faut supposer ou bien que les propositions sont présentées directement à l'assemblée par les éphores, sans que la gérousie désire ou ose exercer un droit de veto, ou bien qu'elles sont présentées d'abord à la gérousie, qui se contente de les entériner. Si, dans le domaine politique, jusqu'à Agis IV, la gérousie reste sans histoire, c'est sans doute parce qu'elle était sans pouvoir.

Il n'en va pas de même pour les ÉPHORES. Critiquant l'éphorat, Aristote (*Politique*, 1270 b6-35) assure que cette magistrature exerce, par elle-même, un pouvoir souverain sur les plus grandes affaires et que ce pouvoir excessif est égal à celui des tyrans (*isoturannos*). Un tel jugement montre l'incapacité de comprendre ce que nous appellerions aujourd'hui un gouvernement. En effet, les éphores forment une sorte de directoire, où l'on décide à la majorité, alors qu'Athènes n'a rien qui ressemble à un gouvernement : le Conseil des Cinq-Cents est trop nombreux, les prytanes n'exercent leur activité que pendant un mois et les stratèges sont soumis à un vote de confirmation tous les mois. Au contraire, les éphores, qui veillent à l'ordre public et à la sûreté de l'État grâce à un grand pouvoir de coercition, gouvernent réellement la cité.

Le nom même d'éphore, qui signifie surveillant, rappelle

leur rôle principal et Xénophon (*Rép. des Lac.* 8) assure que leur autorité fait régner l'obéissance à Sparte. De fait, ils contrôlent les hilotes et les périèques, comme le montre la répression du complot de Cinadon (Xén., *Hell.* III, 3, 4-11), au début du IVe siècle, et obligent les citoyens, notamment les jeunes, inspectés tous les dix jours, à respecter les règles traditionnelles. Plutarque (*Cléomène*, 9, 3, avec référence à Aristote, et *Moralia*, 550 b) rapporte même qu'en entrant en charge les éphores donnaient l'ordre « de se raser la moustache et d'obéir aux lois » et les masques de terre cuite représentant des hommes barbus, dépourvus de moustache, montrent que la première prescription était bien respectée.

Il y a plus : leur contrôle s'exerce sur les magistrats et même sur les rois, le roi en campagne étant, au Ve siècle, accompagné de deux éphores, qui le secondent, pour la discipline, et le surveillent. Xénophon (*Rép. des Lac.* 8), dans son éloge de l'institution, oppose Sparte aux autres cités, entendons Athènes : « Alors que, dans les autres cités, les magistrats usent arbitrairement de leur pouvoir pendant toute l'année [49], dès que les éphores surprennent un magistrat qui manque à la loi..., ils le punissent immédiatement » ; ils peuvent en particulier le révoquer sur-le-champ.

De fait, les éphores ont plein pouvoir d'infliger des amendes à payer sans délai, d'emprisonner, même le roi, et d'intenter des actions capitales. Ils peuvent faire exécuter sans jugement les hilotes, comme le montrent aussi bien la *kryptie* que l'affaire Cinadon. Si l'on en croit un texte polémique d'Isocrate (XII, 179), ils auraient aussi un pouvoir de vie et de mort sur les périèques.

De toute façon, ils exercent un pouvoir judiciaire, puisqu'ils jugent, chacun séparément et souverainement, les affaires de droit civil qui ne sont pas de la compétence des rois (Aristote, *Politique*, 1270 b28-31 et 1275 b9-10) et, que, pour les affaires pénales (meurtre, violence, atteinte à la sûreté de l'État), ils les instruisent et portent les accusations devant la gérousie, en participant, au moins quand il s'agit d'un roi, au vote de condamnation [50].

49. Allusion à la reddition de comptes, qui ne se fait qu'à l'issue du mandat annuel.

50. Cf. Pausanias III, 5, 2, sur le procès du roi Pausanias, en 403.

Mais le plus original est l'exercice d'un véritable pouvoir gouvernemental. Les éphores président aux relations avec l'extérieur en recevant les ambassadeurs étrangers. Ils exécutent les décisions de l'assemblée, qu'ils président après en avoir préparé les travaux, et, en particulier, proclament la mobilisation, quand l'assemblée a décidé une guerre. Ce sont eux aussi qui prennent les décisions urgentes, qu'il s'agisse d'envoyer une expédition ou de réprimer en secret un complot.

S'ils exercent un si grand pouvoir, c'est qu'ils sont censés représenter le peuple [51], comme le montre, entre autres, le serment mutuel que rois et éphores se prêtent tous les mois, les premiers jurant de régner conformément aux lois, les seconds, dans ce cas, de préserver la royauté (Xén., *Rép. des Lac.* 15, 7). Cette dyarchie, de la cité et des rois, explique aussi pourquoi les éphores sont les seuls qui restent assis devant les rois (*ibid.*,15, 6). Leur position élevée dans la hiérarchie spartiate se manifeste également dans les traités, comme la paix de Nicias, en 421, et l'alliance qui suivit, où ils paraissent mentionnés en premier après les rois (Thuc. V, 19, 2, et 24, 1) [52], et dans le fait que l'un d'entre eux donne son nom à l'année [53].

Cependant, malgré leur grand pouvoir, les éphores ne sauraient agir en tyrans, car ils ne sont élus que pour un an sans être rééligibles et ils peuvent être condamnés à leur sortie de charge, à l'initiative de leurs successeurs. Aristote rapporte, dans *La Rhétorique* (1419 a31-35), qu'un éphore, rendant compte de sa magistrature et à qui l'on demandait si ses collègues avaient été mis à mort justement, alors qu'il avait proposé les mêmes mesures qu'eux, aurait précisé que, lui, il ne l'avait pas fait pour de l'argent mais par conviction.

L'origine sociale des éphores a suscité des discussions. En effet, Aristote assure, dans *La Politique* (1270 b8-10), qu'« ils proviennent tous du peuple, de sorte que souvent se retrouvent dans cette charge des hommes très pauvres, que leur indigence

51. Cicéron, *Rép.*, II, 33, et *Lois*, III, 7, les compare aux tribuns de la plèbe.

52. L'éphore éponyme est mentionné en troisième position, mais on ne peut être sûr que les quatre noms qui suivent soient ceux de ses collègues.

53. On ne sait s'il est choisi par les autres, si c'est le plus âgé ou celui qui a été le plus acclamé.

rend corruptibles ». Or, en dehors même du fait qu'un indigent aurait été exclu du corps civique et n'aurait donc pu devenir éphore, un certain nombre d'éphores apparaissent comme des hommes de premier plan appartenant aux milieux dirigeants [54]. Il suffit de mentionner Brasidas, éphore en 431-430, et Léon, éphore en 419-418, qui avait triomphé à Olympie avec les chevaux de son père, et dont le fils Antalcidas, éphore et navarque, conclura la paix avec la Perse. Quant à Endios, éphore en 413-412, il est le fils d'un Alcibiade que des liens d'hospitalité unissaient à la famille de l'Athénien Alcibiade. Aussi faut-il nuancer la remarque d'Aristote, soit en y reconnaissant une exagération destinée à souligner l'aspect démocratique de l'éphorat, soit en supposant une évolution : il est possible qu'après Leuctres et Chéronée, les couches dirigeantes spartiates aient marqué moins d'intérêt pour la politique active et donc pour l'accès à l'éphorat ; mais, de toute façon, vu le nombre réduit des Spartiates, il est évident qu'il devait y avoir des « gens du peuple » parmi les éphores.

Les historiens modernes ont aussi eu tendance à exagérer, au moins pour l'époque classique, les luttes entre rois et éphores, car, même si l'on connaît des conflits entre un roi et des éphores, cela n'implique pas une opposition constante entre la royauté et l'éphorat, étant donné que les cinq éphores ne sont pas nécessairement unanimes et qu'il n'y a pas non plus de continuité dans la politique des éphores successifs, qui reflète les changements de l'opinion : ainsi, contrairement aux éphores de 421, une partie de leurs successeurs s'oppose au rapprochement avec Athènes (Thuc. V, 36, 1, 38, 3, et 46, 4). D'autre part, les éphores peuvent se laisser corrompre par un roi : Aristote dit étrangement que les rois sont obligés de faire de la « démagogie » à leur égard (*Politique*, 1270 b14-15) ; et les éphores qui soutiennent un roi particulier peuvent se voir entraînés dans la même disgrâce ; ainsi, en 446, tandis que le roi Pleistoanax est exilé, son conseiller Cléandridas (peut-être un éphore) est condamné à mort par contumace, et l'éphore Naucleidès, qui avait soutenu, en 403, la politique athénienne du roi Pausanias (Xén., *Hell.* II, 4, 36) se fait attaquer à l'assemblée par Lysandre, qui lui reproche... son embonpoint (Athénée, XII, 550d).

54. Cf. M. Clauss, *Sparta*, Munich, Beck, 1983, p. 136-137.

Le rôle de l'ASSEMBLÉE, nommée *ecclésia* ou *apella*, est plus difficile à préciser. Si c'est elle qui vote les décisions, comme le prescrit la grande *rhètra* et comme le montre la séance qui déboucha sur la guerre du Péloponnèse (Thuc. I, 79-87), on peut se demander si les débats s'y déroulent démocratiquement ou si son rôle se limite essentiellement à l'élection des éphores et des gérontes. Comme l'indique le passage mentionné de Thucydide, comme Aristote (*Politique*, 1270 b26-28) le suggère à propos des élections à l'éphorat et comme Plutarque (*Lyc.*, 26, 3-5) le précise, notamment à propos des élections à la gérousie, les votes se faisaient par acclamations [55], ce qui, au moins pour les élections, paraît à Aristote un procédé puéril.

Quant aux débats, il n'est pas sûr que tout Spartiate ait pu y prendre la parole, notamment pour présenter un amendement ou une contre-proposition. En effet, comparant le régime crétois au régime spartiate, Aristote (*Politique*, 1271 b10-12) précise qu'en Crète : « tous les citoyens participent à l'assemblée, mais celle-ci a pour seul pouvoir de ratifier par son vote les propositions des gérontes et des cosmes » ; malheureusement, le texte est ambigu, car, si la première partie de la phrase évoque un trait commun aux Crétois et aux Spartiates, le contexte ne permet pas de décider si la seconde mentionne une autre ressemblance ou, au contraire, une différence. Le passage consacré au régime carthaginois (*ibid.*, 1273 a6-13) est cependant plus clair : si, à Carthage, l'on n'est tenu de soumettre à l'assemblée que les affaires sur lesquelles les rois – entendons les suffètes – et les gérontes n'ont pu se mettre d'accord, inversement, quand on soumet quelque chose à l'assemblée, « on n'accorde pas au peuple seulement le droit d'écouter les propositions approuvées par les magistrats, mais les citoyens sont maitres de décider et il est permis à quiconque (mot à mot : à celui qui le désire) de faire une contre-proposition, ce qui n'est pas possible dans les autres régimes (*sc.* en Crète et à Sparte) ». Mais, même dans cette phrase, subsiste une légère incertitude : il n'est pas

55. Le vote par déplacement des électeurs, qui a été finalement utilisé en 432, par décision du président de séance, paraît exceptionnel, cf. Thuc. I, 87.

impossible, bien que moins probable, que le verbe ici traduit par « faire une contre-proposition », ce qui relève du droit d'amendement, puisse signifier simplement « combattre par la parole les propositions », ce qui supprimerait pour Sparte et la Crète jusqu'à la liberté de parole à l'assemblée.

Un passage du *Contre Timarque* (180-181) d'Eschine incite cependant à nuancer le tableau. Après le discours d'un excellent orateur, qui était un homme de mauvaises mœurs, les Lacédémoniens se disposaient à voter conformément à ses propositions, quand un géronte monta à la tribune et déclara que « Sparte ne resterait pas longtemps inexpugnable, si, dans les assemblées, on utilisait de tels conseillers. En même temps, il invita un autre Lacédémonien, orateur peu doué mais brillant guerrier » et homme vertueux, à exprimer le même avis que l'orateur précédent, « pour que les Lacédémoniens votent après le discours d'un homme de bien ». Ce texte pose différents problèmes : pourquoi le géronte ne fait-il pas lui-même la proposition, alors qu'il a le droit de parler, puisqu'il est monté à la tribune ? Quel est le statut des deux Spartiates qui parlent ? S'agit-il d'éphores [56] ou de simples citoyens ? Même si le second orateur est, comme le texte paraît le suggérer, un simple citoyen, il prend la parole non de sa propre initiative, mais à la suggestion d'un géronte. De toute façon, Eschine se soucie plus de montrer qu'on ne doit pas laisser parler les débauchés que de décrire les institutions spartiates.

Mais il y a plus important, dans le passage qu'il consacre à la grande *rhètra* (*Lyc.*, 6), Plutarque affirme que le veto de la gérousie avait été introduit, parce que « le peuple déformait et faisait violence aux propositions par des retranchements et des additions », et Tyrtée, dans sa version en vers de la *rhètra* (Diehl 8a), paraît confirmer cette interprétation en invitant les hommes du peuple à ne pas « délibérer de travers pour la cité [57] ». Sans doute, rois, gérontes et éphores ne forment pas un bloc monolithique [58] et l'on peut toujours trou-

56. Prothoos, qui, à l'assemblée, prononce un discours contre l'envoi de l'expédition qui aboutira à Leuctres (Xén., *Hell.* VI, 4, 2-3, et Plut., *Agésilas*, 28, 6), est peut-être un éphore.

57. Le mot qui est traduit par « de travers » a été rétabli dans le texte et n'est donc pas sûr, mais, de toute façon, le contexte exige un terme péjoratif.

58. Cf. l'opposition entre le roi Archidamos et l'éphore Sthénélaïdas pour savoir s'il faut se lancer tout de suite dans une guerre contre Athènes (Thuc. I, 79-87).

ver quelqu'un pour proposer ce que souhaite l'assemblée. Mais, alors qu'on voit même des étrangers comme Alcibiade autorisés à parler devant l'assemblée, il est difficile d'imaginer que des aristocrates ambitieux, à moins d'être éphores, soient obligés d'attendre d'avoir 60 ans et d'être membre de la gérousie pour parler à l'assemblée. Simplement la tradition doit, surtout s'il est jeune, interdire à un simple citoyen, qui n'est pas magistrat et n'appartient pas aux grandes familles, de prendre, sauf circonstances exceptionnelles, la parole à l'assemblée.

Quoi qu'il en soit, le rôle de l'assemblée spartiate paraît si limité à Aristote qu'il ne la mentionne même pas parmi les éléments démocratiques du régime spartiate.

L'organisation sociale

La grande originalité de Sparte, c'est l'enrégimentement des citoyens dès leur plus jeune âge et la domination exercée par un petit nombre de Spartiates sur un grand nombre d'hilotes.

« Agogè » *et* « syssities »

L'éducation des jeunes Spartiates, décrite par Xénophon (*Rép. des Lac.* 3 et 4) et Plutarque (*Lyc.*, 14-22) et traditionnellement évoquée sous le nom d'*agogè* (prononcer agoguè), a suscité l'admiration des philosophes antiques, notamment parce que l'intervention de la cité attestait l'importance attachée à l'éducation des futurs citoyens.

Cette *agogè*, qui perpétue et renouvelle éventuellement de vieilles pratiques initiatiques, qu'un Plutarque s'évertue à expliquer rationnellement[59], a deux fonctions principales. D'une part, elle intègre le jeune Spartiate dans le système collectiviste propre au citoyen spartiate : son genre de vie le

59. Cf., par exemple, le lavement des nouveau-nés dans du vin « pour éprouver leur constitution » ou les cheveux rasés présentés comme un exercice d'endurance.

rapproche plus du citoyen adulte que du non-citoyen de son âge, alors qu'en dehors de la présentation à la phratrie, un Athénien de moins de dix-huit ans ne se distingue guère d'un jeune métèque ; et cette intégration progressive se poursuit au début de l'âge adulte, puisque, jusqu'à trente ans, le Spartiate est soumis à un entraînement et à des contraintes qui prolongent ceux des mineurs. D'autre part, l'*agogè* prépare à la vie de citoyen-soldat en développant l'endurance, l'obéissance et l'émulation.

Étant donné son rôle essentiel, elle est obligatoire et organisée par la cité elle-même. L'héritier présomptif du trône est le seul à en être dispensé, selon l'interprétation de Plutarque (*Agésilas*, 1), parce qu'il est destiné à commander et n'a donc pas besoin d'apprendre à obéir, mais, vu les aléas de la succession royale, il arrive, comme pour Agésilas, au début du IVe siècle, qu'on accède au trône après avoir subi l'*agogè*. Quant à ceux qui ne peuvent la supporter, ils ne seront que des citoyens de droit restreint[60].

La cité intervient dès la naissance de l'enfant, puisque, au lieu de laisser au père de famille un droit de vie et de mort sur son enfant, les plus âgés de la tribu, siégeant dans la case des hommes et constituant un premier « conseil de révision », imposent soit de l'élever, soit de le jeter dans un précipice (Plutarque, *Lyc.*, 16, 1-2). La part de la vie collective s'accroît progressivement avec l'âge : jusqu'à 7 ans, l'enfant reste dans sa famille ; de 7 à 12 ans il est « embrigadé » (*katalochizo*) dans un système d'éducation collective, mais retourne dormir chez lui ; à partir de 12 ans, il ne revient même plus dormir à la maison. Pour accroître leur endurance, on fait vivre les enfants à la dure : dès le plus jeune âge, pieds nus ; dès 12 ans, sans tunique (*chiton*) avec un seul « manteau » (*himation*) pour toute l'année, une paillasse de roseaux pour dormir et une nourriture sommaire, qu'ils doivent compléter par le vol, sans se faire prendre. Il s'y ajoute les combats perpétuels organisés entre tous les groupes d'enfants et les châtiments corporels, notamment les coups de fouet.

L'obéissance est développée par l'organisation en groupes

60. Cf. Plut., *Inst. Lac.*, 21, 238e, où l'expression ne paraît pas impliquer l'exclusion totale du corps civique, et Xénophon, *Rép. des Lac.* 3, 3, où l'accès aux « honneurs » leur est refusé.

hiérarchisés, initialement *boua*, *agéla* et *ila*[61], chacun pourvu d'un chef, qu'ils désignent en leur sein ou parmi les jeunes gens de vingt ans, l'ensemble restant sous l'autorité d'un haut magistrat, le *pédonome*, assisté de jeunes gens pourvus de fouets. Et, comme tous les citoyens ont aussi le droit de donner des ordres aux enfants et de les châtier, Xénophon (*Rép. des Lac.* 2, 11) peut conclure qu'« à Sparte, les enfants ne restent jamais sans chef ».

Si une vie collective, trop disciplinée, pouvait porter atteinte à l'esprit d'initiative, les Spartiates y ont remédié en développant dès le plus jeune âge l'agressivité et l'émulation. Les vieillards suscitent et surveillent les rivalités entre enfants, aussi bien les assauts de raillerie que les combats perpétuels qui permettent de distinguer les meilleurs, aptes à prendre le commandement de leurs petits groupes. En outre, à partir de l'adolescence, les relations pédérastiques, admises et même favorisées[62], ne peuvent qu'inciter à l'émulation : il importe d'être distingué par un homme important et tant l'amant (*éraste*) que l'aimé (*éromène*) doit s'efforcer d'accroître encore son renom.

On retrouve la même émulation chez les jeunes gens, qui s'affrontent dans des concours entre *sphaireis* (joueurs de ballon) et dans les combats rituels de Platanistas (Pausanias III, 14, 9-10), qui s'efforcent, sous les coups de fouet, de ravir le plus grand nombre de fromages sur l'autel d'Artémis Orthia, ou qui tentent de réussir la difficile épreuve de la *kryptie*[63]. De même, les jeunes adultes s'efforcent d'être

61. Avec la diminution du nombre des citoyens, les différences entre ces trois termes ont dû s'estomper, mais il semble bien qu'au départ l'*agéla*, terme le plus fréquent, qui désigne un troupeau, ait été divisée en *bouai* (troupeaux de bovins), et que les différentes *agélai* d'une même classe d'âge aient formé une *ila* (troupe).

62. Il faut vraiment idéaliser Sparte pour oser affirmer, comme Xénophon (*Rép. des Lac.* 2, 13), qu'« à Lacédémone, les amants n'étaient pas moins retenus dans leurs amours des garçons que les pères, à l'égard des fils, ou les frères, à l'égard des frères » ; d'ailleurs l'auteur lui-même ajoute : « Que certains aient peine à le croire, je ne m'en étonne pas » et, dans *Le Banquet* (182b), Platon assure qu'« en Élide, à Lacédémone et chez les Béotiens... on a tout uniment établi la règle qu'il était beau d'accorder ses faveurs aux amants ».

63. Il s'agit de rester caché pendant un an, sans armes, sans vivres ni domestiques, sans se faire prendre, cf. Platon, *Lois*, 633b-c, avec scholie ; cf. aussi *infra*, p. 173.

sélectionnés dans la garde royale des *hippeis* et les vieillards, d'être élus gérontes ou d'être au nombre des cinq *agathoergoi* que Sparte envoie en ambassade.

Cette émulation permet une réinterprétation civique des valeurs aristocratiques : l'excellence individuelle (*arétè*), qui distingue des autres, est ici subordonnée à la discipline, comme chez Tyrtée, le poète officiel de Sparte, lorsqu'il exhortait à combattre au premier rang. Il s'agit non de sortir du groupe, mais de se distinguer dans le groupe, pour éventuellement le diriger.

Les caractéristiques de l'*agogè* se retrouvent dans la vie militaire, à laquelle sont astreints tous les citoyens. L'organisation hiérarchique, qui permet une bonne transmission des ordres, bien obéis, suscite l'admiration de Thucydide (V, 66, 2-4). Mais les historiens anciens et modernes se sont surtout intéressés aux *syssities* (repas collectifs) [64]. Ni le nom ni la chose ne sont propres à Sparte : l'ensemble du monde grec connaît des repas pris en commun par les membres masculins d'un groupe social ou religieux, comme les phratries athéniennes, et l'on trouve des usages semblables aussi bien à Rome (repas des curies) qu'à Carthage (cf. Aristote, *Politique*, 1272 b33-34). Mais, ce qui est exceptionnel, c'est que ces banquets d'hommes périodiques, qui, à Sparte, portent le nom de *phidities,* se sont confondus avec le mess quotidien obligatoire : les Spartiates devaient y participer tous les soirs, sauf « quand le sacrifice ou la chasse avaient fini trop tard » (Plutarque, *Lyc.*, 12, 4) et les rois, qui y étaient normalement présents, y recevaient deux parts.

Le nombre de participants à chaque *phiditie* fait cependant problème, car on trouve, chez Plutarque, deux textes contradictoires. Dans la *Vie de Lycurgue* (12, 3), l'auteur précise que les Spartiates s'y « réunissaient par groupes de quinze ou d'un peu moins ou d'un peu plus [65] ». Au contraire, dans la *Vie d'Agis* (8, 4), Agis IV, qui entend rétablir le système de Lycurgue, prévoit de répartir ses 4 500 citoyens en quinze *phidities* de 400 ou 200 personnes. Le fait qu'on trouve les

64. Cf. Xénophon, *Rép des Lac.* 5, Plut., *Lyc.*, 12, et scholie Platon, *Lois* 633a.

65. La scholie à Platon, *Lois*, 633a, signale brièvement : « Les participants aux *syssities* étaient dix. »

mêmes nombres dans les deux textes suggère qu'ils proviennent d'une même tradition, qui ne distinguait pas clairement entre 15 tablées et des tables de 15 et qui, dans un des deux cas, aurait été mal interprétée. Les indications de la *Vie d'Agis* présentent une première difficulté : 4 500 n'étant pas divisible par 200, il est impossible de constituer 15 groupes de 200 ou 400 convives. Mais, si l'on suppose 7 groupes de 200 et 7 groupes de 400, il reste encore un groupe de 300, qui correspond précisément aux 300 *Hippeis*, ce qui tendrait à confirmer la version de la *Vie d'Agis*, l'auteur ne reconstruisant pas un système, mais transmettant des indications qu'il ne comprend pas toujours très bien. En tout cas, il paraît difficile d'admettre qu'une *phiditie* ne comprenait que quinze personnes, car plusieurs indications suggèrent un nombre de convives assez élevé : les *syssities* sont volontiers comparées aux banquets des phratries [66] ; elles réunissent des gens d'âge divers ; on n'y entre que par cooptation à l'unanimité, ce qui ne serait pas bien difficile, s'il suffisait de convaincre quatorze personnes, et le vote se fait avec des boulettes de pain dans une grande cruche (*kaddichos*), quelque peu démesurée, s'il ne s'agissait que de réunir quatorze boulettes [67]. Ajoutons, enfin, que les nombres d'Agis IV se veulent la moitié de ceux qui sont attribués à Lycurgue, puisqu'il prévoit 4 500 citoyens, au lieu de 9 000 ; ils suggèrent donc un système initial comportant 30 *phidities* et, de toute façon, quand Sparte n'avait plus que 1 200 hoplites mobilisables, il n'était plus question de réunir des *phidities* de plusieurs centaines de convives.

Plutarque (*Lyc.*, 12, 3) et Dicéarque (Athénée, IV, 141) précisent la contribution mensuelle de chaque convive, à savoir, en mesures spartiates, qui dépassent de moitié les mesures athéniennes, un médimne (environ 77 litres) d'orge, 8 conges de vin (près de 40 litres), environ 3 kilos de fro-

66. Cf. S.D. Lambert, *The Phratries of Attica*, Ann Arbor, Univ. of Michigan Press, 1993, p. 19-20, qui, estimant le nombre des phratries au minimum à 30 et au maximum à 140, considère que leur taille moyenne doit avoir été « quelque part entre 140 et 1 000 ».

67. Cf. aussi Hérodote I, 65, où sont mentionnées à la suite *énomoties*, *trièkades* et *syssities*, sans doute dans un ordre croissant, si la *trièkas* est bien un trentième de l'armée et non un groupe de 30 hommes, ce qui ferait double emploi avec une *énomotie* théorique de 40.

mage et 1,5 kilo de figues, auxquels s'ajoutent 10 oboles éginétiques (soit 2,5 drachmes attiques) pour acheter des provisions. Cette contribution dépasse de beaucoup la consommation d'un seul individu et permet facilement d'en nourrir deux ou trois ; elle devait donc servir aussi à d'autres que les Spartiates, personnel attaché aux *syssities* ou valets d'armée accompagnant les *Homoioi*.

Encore fallait-il, contrairement à la Crète où les *syssities* étaient financées par la cité elle-même (cf. Aristote, *Politique*, 1271 a26-37), pouvoir fournir cette contribution pour ne pas être exclu du corps civique, ce qui pose le problème du *klèros* et du rapport avec les *hilotes*.

« Klèros » *et hilotes*

L'organisation en *klèroi* a suscité de nombreuses discussions, car elle n'est connue que par des textes relativement tardifs, qui ont tendance à idéaliser Sparte et ne sont pas exempts de contradictions internes. Aussi certains, comme Jean Ducat, dans un livre récent (*Les Hilotes*, Paris, De Boccard, *BCH* supp. 20, 1990), ne veulent-ils y voir qu'une construction théorique, vraisemblablement du IIIe siècle, qui aurait été projetée indûment dans le passé spartiate.

Selon la tradition préservée par Plutarque, il y aurait eu, pour les Spartiates eux-mêmes, 9 000 lots fournissant chacun la même rente (*apophora*) (*Lyc.*, 8). Le nombre, assez proche des 8 000 citoyens mobilisables dénombrés par Démarate (Hér. VII, 234), est, pour la période antérieure aux guerres médiques, assez vraisemblable et le fait que tous les citoyens possèdent de la terre ou, que ne soient citoyens que ceux qui possèdent un lot de terre, n'a rien de surprenant.

D'autre part, la rente ainsi payée par les hilotes sur chaque *klèros* ne s'élevait qu'à « 70 médimnes d'orge pour un homme et 12 pour une femme[68], avec une quantité équivalente de produits liquides » et, dans son mémoire sur les institutions lacédémoniennes (41, 239d), Plutarque ajoute même qu'« il était interdit sous peine de malédiction d'en

68. On ne sait s'il s'agit de médimnes spartiates de 77 litres ou si, comme il l'a fait pour les contributions aux *syssities*, Plutarque a converti les quantités en médimnes attiques de 52 litres.

tirer un loyer supérieur ». La situation du Spartiate, par rapport aux revenus de son *klèros*, ne serait alors pas très différente de celle des clérouques athéniens, qui, par exemple à Lesbos, recevaient 200 drachmes par an des Lesbiens, qui continuaient à cultiver leurs terres (Thuc. III, 50). Une telle organisation n'a rien d'impossible, d'autant plus que le faible montant de l'*apophora* expliquerait pourquoi les Spartiates obligés de se partager un seul *klèros* risquent de s'appauvrir au point de ne pouvoir payer leur part aux *syssities*.

Cependant, la transmission du *klèros* fait problème. Plutarque en présente deux versions contradictoires : dans la *Vie de Lycurgue* (16), à la naissance de l'enfant, s'il est bien constitué, les Anciens de la tribu lui allouent un des 9 000 lots ; dans la *Vie d'Agis* (5), le fils hérite du lot de son père. On a essayé de concilier les deux[69], en distinguant le droit : les Anciens allouent le *klèros*, et le fait : pour le fils aîné, ils se contentent de lui attribuer d'avance le lot de son père, et, pour les autres, de leur attribuer un des lots disponibles. Mais il n'est pas dit qu'on attribue d'*avance* un lot. Les deux systèmes sont en fait inconciliables. Le premier, mal compris, s'éclaire si l'on admet que, dans le haut archaïsme, il s'agit de lutter non contre l'*oliganthropie* mais contre un accroissement excessif du nombre des citoyens : les mêmes « Anciens de la tribu » devant à la fois déclarer le nouveau-né viable et lui attribuer (tout de suite) un lot – qui n'est bien sûr pas celui de son père encore en vie –, ils sélectionnent les nouveau-nés à élever en fonction du nombre des lots disponibles.

Ce système que Plutarque ne comprend plus, puisque, pour lui, la selection se fait sur critères physiques sans tenir compte du nombre de lots disponibles, aurait disparu dans la mesure où le *kléros* était devenu la propriété du citoyen dont héritaient ses fils et peut être même ses filles, au moins celles qui, qualifiées d'*épiclères* à Athènes, portaient à Sparte, au contraire, le nom caractéristique de *patrouchoi* (détentrices des biens parternels.)

De toute façon, l'existence du *klèros* et d'une *apophora* fixe n'habilitait pas les admirateurs de Sparte à en déduire

69. Cf. D. Asheri, *Historia* 12 (1963), p. 1-21, et P. Oliva, *Sparta and her Social Problems*, Prague, Academia, et Amsterdam, Hakkert, 1971, p. 36-37.

une égalité économique entre les Spartiates, qui paraît bien imaginaire. Même dans son éloge de la Sparte d'avant la décadence, Xénophon (*Rép. des Lac.* 7) se contente d'évoquer les moyens utilisés par Lycurgue pour contrarier le désir de s'enrichir, mais il ne déclare aucunement que les Spartiates ont des ressources identiques. En fait, en dehors même des rois, dont la richesse était proverbiale, on connaît des Spartiates assez riches pour faire courir des chars à Olympie – ainsi, au ve siècle, Anaxandros, Polyclès, Lichas ou Léon [70] et, de 448 à 420, sur huit concours olympiques, des Spartiates remportent sept fois la course des quadriges.

Les importantes inégalités entre les Spartiates s'expliquent sans doute non seulement par la concentration de *klèroi*, qui se produisait automatiquement, quand une *patrouchos*, unie à un autre détenteur de *klèros*, n'avait qu'un seul enfant, mais aussi par la possession d'autres biens fonciers. Un fragment de *La Constitution des Lacédémoniens* d'Aristote (fr. 611, 12) note : « vendre de la terre est honteux pour les Lacédémoniens, pour la part ancienne (*archaia moira*), ce n'est même pas permis », ce qui amène à distinguer deux sortes de biens, l'*archaia moira* ayant toute chance de correspondre au *klèros* [71].

Mais, comme il est exclu qu'un citoyen spartiate cultive lui-même la terre et que les esclaves-marchandises ne sont présents qu'en nombre limité à Sparte, ces biens qui ne font pas partie du *klèros* ne peuvent, comme le *klèros* lui-même, qu'être cultivés par des hilotes et, alors, il n'est plus question d'une *apophora* fixée définitivement par la tradition.

Les hilotes donnent justement à l'État lacédémonien sa physionomie particulière. Alors que, dans la plupart des cités, les paysans constituent la majorité des citoyens, à Sparte, les paysans ne sont pas citoyens et les citoyens ne cultivent pas la terre, mais se livrent uniquement à des activités militaires.

On distingue deux catégories d'hilotes, qui se différencient

70. Cf. M. Clauss, *Sparta*, *op. cit.*, p. 97 et 137 ; cf. aussi les nombreuses victoires dont s'enorgueillit Damonon dans une inscription du dernier tiers du ve siècle, mais il n'y est mentionné aucune victoire dans un concours panhellénique.

71. Plut., *Agis*, 5, 6, paraît distinguer la possession de terre en général et celle d'un *klèros* en particulier, tandis que Polybe, VI, 45, 3, assure que tous les citoyens doivent avoir une part égale du « territoire civique (*politikè chora*) ».

tant par leur origine que par la résistance qu'ils opposent à la domination spartiate : les hilotes proprement dits ou anciens hilotes, qui habitent en Laconie, et les Messéniens. L'origine des premiers, déjà oubliée dans l'Antiquité, avait de ce fait suscité des hypothèses contradictoires : les uns, comme Théopompe, attribuaient à l'hilotisme une origine ethnique, les hilotes étant des Achéens soumis par les Doriens ; les autres, comme Antiochos de Syracuse, y voyaient au contraire une différenciation sociale, les Spartiates qui n'avaient pas voulu participer aux guerres de Messénie ayant été réduits à l'état d'hilotes. Discutant aussi l'étymologie d'hilote, on proposait volontiers de la rapprocher du village d'Hélos au sud de Sparte, en supposant que les gens d'Hélos avaient été les premiers à être réduits à l'état d'hilotes. Quant aux Messéniens, qu'Hérodote ne qualifie encore jamais d'hilotes, ils ne se seraient vu imposer ce statut qu'à l'issue de la deuxième guerre de Messénie, au plus tôt dans la seconde moitié du VIIe siècle.

L'hilote se caractérise, économiquement, comme un paysan, socialement, comme un dépendant – les Grecs le qualifient d'esclave –, et, politiquement, comme appartenant à une population maltraitée et redoutée.

L'on connaît sans doute des hilotes qui se livrent à d'autres activités que l'agriculture. Ils fournissent entre autres la domesticité des citoyens : la femme d'Agis IV emploie des femmes hilotes et, pendant l'*agogè*, les jeunes Spartiates ont des hilotes à leur service. Il y a aussi toute chance qu'ils aient pratiqué un certain artisanat. Néanmoins, leur principale activité reste la culture de la terre. Le problème qui se pose est de savoir la part qui leur reste, une fois versée la redevance qui revient au Spartiate. Certains textes suggèrent que le sort économique des hilotes n'était pas trop lamentable et il ne paraît pas de bonne méthode de les écarter systématiquement comme des justifications idéologiques de l'hilotisme. Sans doute Plutarque fait-il preuve d'un angélisme naïf, quand il assure dans les *Moralia* (239 e) qu'il était « interdit sous peine de malédiction de tirer de la terre un loyer supérieur (au montant traditionnel), cela afin que les uns (*sc.* les hilotes), faisant des gains, aient plaisir (*sic*) à être au service (des Spartiates)... ». Mais, lorsque Myron de Priène, dans un texte critique à l'égard de Sparte (Athénée, 657d), note : « S'il en était (*sc.* parmi les hilotes) qui s'élevaient au-dessus de l'apparence physique qui convient aux esclaves, ils étaient punis de mort et leurs maîtres, frappés d'une amende pour ne les avoir pas empêchés de grossir » (trad. J. Ducat modifiée), la sévérité même du châtiment suggère que, sans cette interdiction, la chose aurait été possible. Et, quand, en 223, 6 000 hilotes achètent leur liberté en versant chacun 500 drachmes, on est bien obligé de conclure que certains hilotes avaient pu accéder à une certaine aisance.

De fait, la Messénie est une des régions les plus fertiles de Grèce et les hilotes, qui sont fixés sur la terre qu'ils cultivent [72], peuvent l'améliorer et éventuellement pratiquer des cultures arbustives, plus avantageuses. Aussi le niveau de vie des hilotes doit-il dépendre surtout de l'étendue de leurs familles et du nombre de familles qui vivent sur le même *klèros*, Xénophon suggérant, dans son récit de la conjuration de Cinadon (*Hell.* III, 3, 5), qu'il y a à la campagne, dans chaque domaine, un maître et beaucoup d'hilotes.

L'hilote n'est pas seulement un paysan, c'est un paysan dépendant, qui appartient à la fois à la cité et à son maître. Si le Spartiate peut utiliser comme il l'entend ses hilotes et même, à l'occasion, les hilotes d'autrui, son droit de propriété est limité par l'interdiction de vendre ses hilotes à l'extérieur des frontières ou de les affranchir : il a, pour reprendre des expressions du droit romain, un *ius utendi* sans avoir un *ius abutendi*. La première interdiction ressortit à un droit coutumier, que les Anciens ont interprété après coup comme un « contrat originel de servitude [73] ». La seconde suggère, malgré Ducat, que la cité garde aussi un certain droit de propriété sur les hilotes, qu'elle-même est seule à pouvoir affranchir. C'est également ce que suggère Strabon (VIII, 5, 4), quand, dans une formule prudente, il affirme que « d'une certaine manière les Lacédémoniens les possédaient en tant qu'esclaves publics ». C'est aussi le maintien d'un lien direct avec la cité qui explique la participation obligatoire des hilotes aux funérailles royales et leur utilisation dans l'armée.

Mais, ce qui distingue le plus les hilotes des autres paysans

72. Il n'est pas interdit de vendre des hilotes à l'intérieur de l'État lacédémonien, mais ils sont sans doute vendus en même temps que la terre qu'ils cultivent.

73. Cf. P. Vidal-Naquet, *Le Chasseur noir*, Paris, Maspero, 1981, p. 223-248.

asservis et qui a suscité le plus de développements, ce sont les mauvais traitements qui leur sont infligés. Critias (*DK* B 37) soulignait déjà, avec admiration, que c'était à Lacédémone que les esclaves étaient le plus esclaves, tandis qu'Isocrate (VI, 96) assurait que les hilotes (de Messénie) subissaient un esclavage plus dur que les autres.

De fait, comme l'a brillamment montré Jean Ducat [74], il s'agit avant tout de conduites de mépris qui, pour obliger les hilotes à rester à leur place, les incitent à intérioriser la vision de leurs maîtres. Ils sont ainsi obligés de porter une casaque de cuir et une peau de bête, vieux vêtements du paysan pauvre devenus en quelque sorte leur uniforme. On leur impose en certaines circonstances un comportement dégradant (ivresse forcée aux *syssities*, chants et danses grotesques, etc.), destiné à leur faire prendre conscience de leur propre « bassesse » et à montrer aux jeunes Spartiates ce qu'il faut éviter. De plus, un nombre déterminé de coups tous les ans, peut-être infligé uniquement à des représentants des hilotes, est censé leur rappeler leur condition. Cette intériorisation de la vision des maîtres est assez réussie pour qu'en 369 des hilotes laconiens, pourtant libérés par les Thébains, aient refusé de chanter des chants civiques, parce que, disaient-ils, « nos maîtres ne le permettaient pas » (Plut., *Lyc.*, 28, 10).

Mais, si l'avilissement ne suffit pas, on y ajoute la terreur. Tous les ans, les éphores déclarent la guerre aux hilotes, ce qui, chez un peuple aussi pieux que les Spartiates, permet de les tuer sans contracter de souillure. De fait, les éphores utilisent les *kryptes*, entendons les jeunes Spartiates qui ont réussi la difficile épreuve de la *kryptie* [75], pour tuer soit les hilotes qui oseraient rester dehors après la tombée de la nuit, soit certains d'entre eux, qui auraient été nommément désignés (Plut., *Lyc.*, 28, 1-5, et Aristote, fr. 538 Rose). Bien plus, en 425, dans une situation critique, où les Spartiates sont démoralisés par la reddition de leurs troupes de Sphactérie, ils massacrent dans le plus grand mystère, après une feinte libération et une véritable mascarade, environ 2 000 hilotes, qui estimaient avoir bien mérité de Sparte et

74. « Le mépris des hilotes », *Annales ESC* 30 (1974), p. 1451-1464.
75. Cf. E. Lévy, « La kryptie et ses contradictions », *Ktèma* 13 (1988), p. 245-252.

qui étaient manifestement prêts à combattre pour elle (Thuc. IV, 80, 3-4). On reconnaît là une des contradictions internes de la société spartiate : la guerre oblige à faire appel aux hilotes, mais combattre, surtout si c'est comme hoplite, c'est s'égaler aux Spartiates, ce qui est insupportable aux maîtres. La meilleure solution, quand on ne les massacre pas, c'est de les emmener combattre au loin, en Thrace avec Brasidas, dès 424, ou en Asie avec Agésilas, après le complot de Cinadon, qui devait aussi correspondre à une crise de démobilisation, aux lendemains de la guerre du Péloponnèse.

Cette politique, qui visait à avilir et à terroriser les hilotes, s'expliquerait par la peur que ressentaient les Spartiates, de moins en moins nombreux au milieu d'une population qui « aurait plaisir à les manger, même tout crus » (Xén., *Hell.* III, 3, 6). Non seulement Thucydide (IV, 80, 3) remarque au passage que la plus grande part des institutions lacédémoniennes concernant les hilotes visait à s'en garder (*phulakè*), mais Critias (*DK* II ^{6} B 37) aurait souligné que, par méfiance à l'égard des hilotes, le Spartiate utilise de bonnes serrures, ôte la courroie du bouclier, quand il est chez lui, et, quand il est en campagne, ne se déplace pas sans sa lance. Et, dans *La République des Lacédémoniens* (12, 4), Xénophon généralise cette dernière indication en assurant que les Spartiates ne se déplacent jamais sans leur lance, ce que contredit pourtant le récit de la conjuration de Cinadon (*Hell.* III, 3, 7), où il s'agit d'attaquer des Spartiates désarmés.

Les révoltes sont cependant restées assez rares. S'il est possible qu'au moment de Marathon, les Spartiates n'en aient pas encore fini avec les plus irréductibles des Messéniens, le texte de Platon qui y fait allusion (*Lois* III, 698 e) parle de guerre et non de révolte. Entre la grande révolte du tremblement de terre (464) et l'invasion thébaine de 369, où les hilotes de Laconie sont restés fidèles à Sparte, on ne connaît pas de véritable révolte hilotique. Les tentatives du régent Pausanias ont échoué et la révolte de Cinadon a fait long feu ; même la présence des Athéniens à Pylos, à Cythère et au cap Malée ne réussit pas, malgré les craintes spartiates, à susciter une révolte ou même une désertion massive des hilotes.

Il n'en faut pas conclure que les Spartiates n'avaient pas réellement peur des hilotes, car les massacres de 425 montrent bien leur angoisse et, s'ils renoncent, dans les années qui suivent, à envahir l'Attique, c'est peut-être en partie pour ne pas dégarnir leur territoire ; l'alliance conclue en 421 prévoit l'aide d'Athènes en cas de révolte servile (Thuc. V, 23, 3) ; et, si la révolte de Cinadon a échoué, le récit dramatique de Xénophon (*Hell.* III, 3, 4-11) souligne bien la terreur des éphores et le luxe de précautions dont ils s'étaient entourés. Simplement, si les hilotes ne se révoltent pas, c'est sans doute parce que la répression par le « mépris » et la terreur est efficace, parce que certains ont, par le biais des activités militaires, des possibilités d'accès à des catégories plus élevées [76] et, sans doute aussi parce que, en dehors de la Messénie, la révolte n'offre guère de perspectives.

En face d'une Athènes qui réunit trois groupes à peu près équivalents de citoyens, de métèques et d'esclaves, la disproportion qui existe entre le nombre des Spartiates et celui des hilotes opprimés ne peut que déséquilibrer la société.

Gortyne

Gortyne est, avec Cnossos, au ve siècle, une des principales cités de Crète. Cependant, elle n'est, à l'échelle du monde grec, qu'une cité d'importance moyenne. Si elle mérite néanmoins qu'on lui consacre un long développement, c'est à cause d'une inscription trouvée au xixe siècle, à laquelle on a donné le nom de code de Gortyne [77]. Cette inscription, qui comporte 12 colonnes et 621 lignes, est quasiment intacte et elle est complète, car nous avons l'invocation aux dieux qui ouvre le document et le blanc qui en marque la fin. On la date généralement, d'après l'écriture, de 480-460.

On s'est demandé s'il s'agissait d'un véritable code, c'est-à-dire d'un ensemble organisé de dispositions légales ou si l'on s'était contenté de mettre bout à bout des lois existantes.

76. Les Brasidéens et les Néodamodes sont ainsi d'anciens hilotes libérés.

77. Cf. M. Guarducci, *Inscriptiones Creticae*, 4, Rome, 1950, n° 72, et R.F. Willets, *The Law Code of Gortyn*, *Kadmos*, suppl. 1, Berlin, De Gruyter, 1967 (texte, trad. et commentaire) ; une traduction française a été proposée par R. Dareste, B. Haussoullier et Th. Reinach, *Recueil des inscriptions juridiques grecques* 3, Paris, 1895, n° 17, par H. Van Effenterre et F. Ruzé, *Nomima II*, coll. de l'École française de Rome 188 (1995), p. 357-389, et par Ed. Lévy, « La cohérence du Code de Gortyne » *in* Ed. Lévy, éd., *La Codification des lois dans l'Antiquité*, Paris, De Boccard, 2000, p. 185-214.

En fait, l'ensemble est relativement ordonné, ce qui était indispensable, car, sinon, comme les articles ne sont pas numérotés, on ne pourrait s'y retrouver. On y distingue 7 chapitres, de 43 à 119 lignes, séparés à chaque fois par un blanc, suivi d'une asyndète (absence de mot de liaison), qui sont consacrés respectivement à la protection de la personne (libre ou esclave) contre une saisie ou une détention privée avant jugement, aux crimes sexuels (viol et séduction), au divorce et au veuvage, à l'héritage, à la séparation des biens des deux lignées, à la fille *épiclère* (*patroiokos*[78]) et à l'adoption. Le texte atteste aussi un effort de systématisation : il procède souvent par dichotomie, ce qui ne tolère aucune exception. Ainsi, lorsque meurt un homme marié, il n'y a que deux possibilités : il laisse des enfants ou il n'en laisse pas ; dans chacun de ces cas, la veuve agit soit conformément à la loi, soit de façon condamnable. Dans certains passages, on envisage aussi tous les cas possibles, ainsi sont distingués 13 cas différents pour le statut des biens de la *patroiokos* qui se marie. Cependant, même si l'on s'efforce de ne rien oublier, il n'y a pas de généralisation, et la rédaction reste parfois elliptique.

D'autre part, un code se doit d'être exhaustif. Or nous n'avons pas ici l'ensemble du droit gortynien : il n'y a rien, par exemple, sur les coups et blessures ou sur les atteintes aux intérêts de la cité. Si l'on admet que l'esclave fait partie de la famille (*oikos*), on a affaire uniquement à du droit familial. On s'étonnera peut-être de ne rien trouver sur les formalités du mariage, mais, si le mariage lui-même était réglé seulement par la coutume orale, il n'est pas impossible qu'on ait l'ensemble du droit familial écrit.

Le texte permet de connaître à la fois la procédure et les groupes sociaux qui lui sont soumis.

Procédure

Selon les cas, le juge se contente de constater la supériorité d'une partie ou décide lui-même après avoir prêté serment. La décision est automatique si une seule partie dispose d'un

78. Le terme, sans doute à rapprocher du spartiate *patrouchos*, signifie celle qui possède les biens paternels.

témoin ou prête le serment décisoire [79]. Lorsque les deux parties ont des témoins ou prêtent serment, il arrive que la loi donne l'avantage à l'une des parties, ainsi la revendication de la liberté l'emporte sur l'esclavage [80], et le serment d'une esclave domestique violée [81] l'emporte sur celui de l'accusé ; de même, lorsqu'une partie des héritiers veut partager l'héritage, elle l'emporte sur ceux qui veulent conserver l'indivision.

Mais il arrive aussi que le juge soit forcé de décider par lui-même (*krinein* et non plus *dikazein*) ; il prête alors serment et, comme l'avait bien noté Louis Gernet [82], joue, en quelque sorte, le rôle d'une troisième partie. Il en va ainsi, notamment, lorsque aucune partie ne produit de témoins, lorsque les deux en produisent ou lorsqu'il faut partager les biens meubles d'une succession ou apprécier la valeur des biens qui ont été détournés de l'héritage.

Les pénalités sont toutes en argent, ce qui implique un stade relativement développé, alors que le monnayage crétois, notamment celui de Gortyne, n'apparaît pas avant le milieu du ve siècle. L'étalon utilisé est l'étalon éginétique, où le statère, de deux drachmes, équivaut environ à trois drachmes attiques.

Les pénalités sont proportionnelles à la fois au statut de la victime et à celui du coupable. Le principe, qui n'est pas exprimé mais qui ressort des cas présentés, est que, lorsque le coupable n'est pas libre, la peine est doublée. Au contraire, lorsque la victime n'est pas libre, la peine est diminuée considérablement en fonction du statut précis de la victime : si l'on combine les deux, on arrive, au moins pour les crimes sexuels, à une différence de 1 à 2 400, par exemple entre le viol d'une femme libre par un non-libre (200 statères) et le viol en plein jour d'une esclave domestique non vierge (une obole). Il y a là un système très inégalitaire, moins équitable que le code d'Hammourabi, qui, s'il protégeait moins les gens de statut inférieur, leur infligeait aussi des peines moins lourdes.

79. Dans aucun de ces deux cas, il ne s'agit de savoir si le témoin ou le serment sont véridiques.

80. Il est plus grave de réduire en esclavage un homme libre que de laisser un esclave en liberté.

81. Il doit en aller de même, *a fortiori*, de toute autre personne violée.

82. *Droit et Société dans la Grèce ancienne*, Paris, Recueil Sirey, 1955, p. 61-64.

Les non-libres

Les pénalités infligées lorsque des non-libres ont été lésés permettent de préciser la place de leurs différentes catégories dans la hiérarchie juridico-sociale. S'ils peuvent tous être qualifiés d'esclaves (*doulos*), le code distingue l'*apétairos*, le *woikeus* (féminin : *woikéa*) et l'esclave domestique.

L'*apétairos*, qui n'a pas de maître et se trouve, dans certains passages, distingué à la fois des libres et des esclaves, est au sommet des non-libres, mais les tarifs montrent qu'il est plus près du *woikeus* que de l'homme libre, puisque le viol d'une femme d'*apétairos* coûte dix fois moins que celui d'une femme libre et seulement quatre fois plus que celui d'une *woikéa*. Faute d'autres documents, on s'est fondé sur l'étymologie du mot qui renvoie aux hétairies : les citoyens de Gortyne étant regroupés en hétairies, l'appartenance à une hétairie est coextensif à la citoyenneté. Mais, vu le sens d'*apo*, dans la première partie du mot, il peut s'agir soit de gens qui n'appartiennent pas aux hétairies, mais c'est le cas de tous les non-citoyens, ou qui en ont été exclus – un peu comme les Inférieurs à Sparte –, soit de gens qui ont été associés aux hétairies. En tout cas, le petit nombre d'attestations du terme, le fait que le code oublie souvent les *apétairoi* dans ses énumérations et que le mot ne paraisse pas comporter de féminin, suggère une catégorie peu nombreuse.

Il en va différemment du *woikeus*, qui constitue la catégorie prédominante parmi les non-libres, au point que le terme *doulos* est parfois repris par *woikeus*. Le *woikeus*, dont le nom est formé sur *(w)oikos* (maison, famille), a un maître privé, qui le lègue à son fils et qui peut le vendre avec le domaine qu'il exploite ; les enfants du *woikeus* appartiennent également au maître. Il paraît habiter à la campagne et se confond ainsi avec les esclaves ruraux privés que d'autres textes appellent *klarotes* (de *klaros*, le lot de terre) ou *aphamiotiai*.

Le *woikeus* a des biens propres, puisque le fils du maître n'hérite ni du mobilier ni du bétail, grand et petit, qui appartient à un *woikeus*. Il doit aussi pouvoir posséder de l'argent, puisqu'il est possible de lui infliger des amendes. Certains ont même supposé qu'il pouvait hériter des biens de son maître, quand ceux-ci se trouvaient en deshérence, mais le texte n'est pas clair et il est possible que l'héritage revienne alors à des voisins ou à des membres de l'autre lignée [83].

En tout cas, contrairement à l'esclave domestique, le *woikeus* a une véritable famille. Son mariage est légalement reconnu et fait passer la fille de l'autorité du père (ou du frère) à celle du mari, tandis que les dispositions concernant le divorce ou l'héritage sont analogues à celles qui régissent les hommes libres. La vie familiale du *woikeus* est indépendante de son lien de servitude, puisque le maître de la femme n'est pas nécessairement le maître du mari. Bien plus, le cas de l'enfant de *woikeus* divorcés montre bien l'interférence du droit de l'esclavage et du droit familial avec prédominance du dernier. En effet, l'enfant est à présenter en priorité au maître de l'ancien mari, qui l'accepte ou le refuse ; ce n'est qu'en cas de refus que la décision revient au maître de la femme. Le code reconnaît même le mariage entre un *woikeus* et une femme libre, puisqu'il est prévu que, si le *woikeus* vit dans la maison de sa femme [84], les enfants sont libres (et sans doute citoyens). Bien que le cas ne soit pas envisagé, il est évident, par analogie, que si une *woikéa* épouse un homme libre et vit dans la maison de celui-ci, les enfants seront libres. Ainsi, dans cette société dorienne, hiérarchisée, la coupure est moins nette que dans une cité démocratique comme Athènes, entre citoyens et non-citoyens et entre libres et non-libres.

Le *woikeus*, esclave rural privé, bénéficie d'une protection juridique, d'un droit de propriété et d'une vie familiale qui le privilégient par rapport à l'esclave marchandise de type classique. Il doit sans doute payer une redevance à son maître et peut-être aussi à la cité, mais le détail nous en est inconnu.

83. La première thèse est celle de R.F. Willetts, la seconde, celle de M. Guarducci, la troisième m'est personnelle.

84. Il y a toute chance qu'il s'agisse d'une *patroiokos*, qui n'a peut-être trouvé personne d'autre.

La femme

La situation de la femme à Gortyne présente des traits habituels dans le monde grec, à savoir la protection contre les crimes sexuels, l'infériorité par rapport à l'homme et la soumission à une tutelle. Mais elle présente aussi des traits originaux en ce qui concerne le mariage et le droit de propriété.

Traits habituels

A Gortyne, quel que soit son statut, la femme est protégée contre le viol. Le viol d'une femme libre par un homme libre coûte 100 statères, qui est une somme très importante et correspond précisément au don maximal qu'un mari a droit de faire à sa femme. La femme est aussi bien protégée que l'homme [85], puisque le viol d'un homme libre est puni de la même façon. Mais l'adultère ou la séduction dans la maison de celui qui exerce la tutelle sur la femme, père, frère ou mari, est puni de la même peine [86]. Il est donc indifférent que la femme ait été consentante ou ait subi une violence : c'est moins elle qui est protégée que les intérêts de celui qu'à Athènes et dans beaucoup de cités grecques on appellerait son *kurios* [87], c'est ce que confirme aussi le fait que la peine est réduite de moitié quand l'adultère s'est passé dans la maison d'autrui et qu'on n'a donc pas porté autant atteinte à la maison du *kurios*.

L'infériorité de la femme est manifeste dans le domaine de l'héritage et à propos des enfants. Les filles ne reçoivent qu'une part des biens paternels ou maternels, alors que les fils reçoivent deux parts [88], sans compter les biens réservés

85. Parmi les esclaves domestiques, la femme est même mieux protégée que l'homme, puique seul le viol d'une femme est considéré par le code.

86. A Athènes l'adultère et la séduction sont même plus sévèrement punis que le viol.

87. Le mot lui-même n'apparaît pas dans le code.

88. Si l'on suppose un nombre d'héritières sensiblement égal au nombre des héritiers, les femmes devraient posséder un tiers de la terre, ce qui, compte tenu des *patroiokoi*, n'est pas tellement loin des proportions

comme la maison de ville, le mobilier et le bétail qui n'appartiennent pas à un *woikeus*. Bien plus, l'évolution se fait au détriment de la femme, puisqu'une disposition du code interdit désormais de dépasser cette proportion. D'autre part, les sœurs et leurs descendants n'entrent en ligne de compte qu'après les frères et leurs descendants.

Pour les enfants, même après divorce, c'est le mari ou le maître du mari, s'il s'agit d'un *woikeus*, qui prend la décision de les élever ou de les exposer ; si la femme n'est pas mariée, c'est son père ou son frère qui prend la décision. D'autre part, la femme n'est, pas plus qu'un mineur, autorisée à adopter.

Tous ces exemples montrent l'importance de la tutelle, qui fait de la femme une éternelle mineure. C'est notamment son *kurios* qui la donne en mariage.

Traits originaux

Le rôle laissé à la femme dans la conclusion de son mariage n'est évoqué qu'à propos de la *patroiokos*, qui jouit, à cet égard, d'une certaine liberté. Une fois nubile, à douze ans, elle peut refuser le « prétendant attitré », c'est-à-dire le plus proche parent, qui doit normalement l'épouser. Si elle refuse, s'il n'y a pas de « prétendant attitré » ou si aucun d'eux n'accepte de l'épouser, elle peut choisir « qui elle désire » parmi les gens de sa tribu qui la demandent en mariage. Si, dans sa tribu, personne ne désire l'épouser, elle épouse « qui elle peut », entendons, éventuellement même un *woikeus*. La *patroiokos* est donc, à cet égard, beaucoup plus libre que l'*épiclère* athénienne, dont le mariage, voire le remariage, si elle est déjà mariée, peut être imposé par voie judiciaire.

Pour la *patroiokos* déjà mariée, on distingue au contraire quatre cas. Si elle a des enfants et que son mari ne souhaite pas divorcer, elle peut épouser quelqu'un d'autre dans sa tribu, mais doit partager ses biens, vraisemblablement avec son ancien mari, qui les transmettra aux enfants. Si elle n'a

---

de Sparte, où Aristote, *Politique* (1270 a23-25), note avec indignation que « les femmes possèdent presque les deux cinquièmes de tout le territoire ».

pas d'enfants, elle garde tous les biens et épouse le « prétendant attitré », s'il y en a ; sinon, cela se passe comme il est prescrit plus haut. Si la *patroiokos* est veuve avec enfants, elle se marie dans sa tribu, si elle le désire ; si elle est veuve sans enfants, elle doit se marier au prétendant attitré. Ces prescriptions montrent clairement qu'il importe de transmettre le patrimoine aux enfants, mais que, cela assuré, on évite les contraintes inutiles, qui limiteraient la liberté de choix de la femme.

Le problème est de savoir si l'on peut généraliser aux autres femmes le cas particulier de la *patroiokos*. Celle-ci est d'une certaine manière privilégiée : elle ne peut être sous l'autorité d'un père ou d'un frère, puisque, ceux-ci vivants, elle ne serait pas *patroiokos*, et, même si elle est mariée, elle est incitée à divorcer pour épouser le « prétendant attitré ». Cependant, d'autres autorités auraient pu s'exercer sur elle, que ce soit celle des oncles paternels, voire maternels, qui administrent les biens des mineurs, ou celle de magistrats comme les « juges des orphelins ». Donc, si la *patroiokos*, dont le mariage est si important pour assurer la continuité familiale, peut refuser le mari qu'on veut lui imposer et, dans certains cas, le choisir elle-même, il paraît logique qu'il en aille plus ou moins déjà ainsi dans les cas ordinaires. D'ailleurs, le mariage paraît non concerner uniquement les groupes familiaux mais laisser place à un certain individualisme, puisqu'on a évoqué des cas où il fallait le consentement des deux parties, le « prétendant attitré » ayant aussi bien que la *patroiokos* le droit de récuser l'union. Le principe paraît être d'éviter de léser les ayants droit, mais, ceux-ci indemnisés ou absents, d'éviter les contraintes inutiles.

D'autre part, la femme mariée est aussi protégée dans ses biens. Ceux-ci proviennent soit d'un héritage, soit d'un don de son père – mais il intervient en avance d'hoirie et ne peut donc dépasser la moitié de la part du frère –, de son mari ou de son fils, dans ces deux cas désormais limité à 100 statères, soit des revenus de ses biens. Elle est seule à pouvoir disposer de ses biens, par exemple pour les partager entre ses enfants ou pour payer une amende. Ni le mari ni le fils n'ont le droit de vendre ni d'hypothéquer les biens de l'épouse ou de la mère. Mais, puisqu'il a été nécessaire de l'interdire, c'est que la possibilité existait. Or, s'il est interdit, de la même façon, au père de vendre ou d'hypothéquer les biens de ses enfants, ou au fils, de vendre ou d'hypothéquer les biens du père, sans doute sénile, « tant qu'il est encore en vie », personne n'envisage jamais d'interdire à la femme, à la mère ou à la fille de vendre ou d'hypothéquer les biens du mari, du fils ou du père. Il y a là une dissymétrie qui suggère que la femme ne gère pas ses biens propres. Une autre indication suggère la même conclusion : en cas de divorce, même si le mari en est responsable, la femme ne reçoit que la moitié des revenus de ses biens propres ; la chose serait injuste ou absurde si elle les administrait elle-même. Un parallèle justifie d'ailleurs cette interprétation : les oncles paternels administrent les biens de la *patroiokos* mineure, qui, elle aussi, ne reçoit que la moitié des revenus de ses biens.

Ainsi la femme a beau avoir la propriété et notamment le *ius abutendi* de ses biens, elle n'en assure pas la gestion.

La femme est aussi protégée en cas de dissolution du mariage par divorce ou veuvage. Il lui revient la moitié de ses biens propres plus la moitié de ce qu'elle a tissé et la moitié des revenus de ses biens. En outre, si le mari est responsable du divorce, elle reçoit 5 statères d'indemnisation, et, en cas de veuvage sans enfants, il s'y ajoute éventuellement un don, sans doute par testament, de son mari.

La femme paraît ainsi favorisée par rapport à la femme athénienne : son droit de propriété est plus affirmé, comme le montre déjà le terme *patroiokos*, et on lui laisse une certaine liberté pour choisir son époux ou partager ses biens. Ces avantages correspondent peut-être à un stade archaïque, où la situation de la femme était meilleure ; en tout cas, le Code lui-même, limitant dorénavant les dons qu'on peut lui faire, suggère une évolution défavorable à la femme.

Ailleurs en Grèce

On peut cependant se demander si le statut de la femme en Grèce correspond plus à celui d'Athènes ou à celui de Gortyne, dont Sparte n'est sans doute pas très éloignée. L'étude des droits de la femme en Grèce du Nord et du Centre, fondée notamment sur l'examen des actes d'affranchissement d'époque hellénistique, suggère que le cas d'Athènes ne doit pas être généralisé [89]. Il apparaît en effet qu'en Épire [90], la femme peut vendre, acheter et, surtout, affranchir librement des esclaves. Elle participe aussi à l'affranchissement d'esclaves par la communauté familiale et, dans quelques cas, elle est même citée en tête dans la décision d'affranchissement, en tant que chef de famille, avant que, le père décédé, le fils n'accède à la majorité. D'autre part, la femme a le droit de témoigner.

La femme participe de même à des affranchissements collectifs en Thessalie, à Chios et à Calymna. A Delphes sont attestés de nombreux affranchissements pratiqués individuellement par une femme, tandis que la Locride occidentale ignore la tutelle sur la femme.

D'autres régions ont, à la place de la tutelle, un simple consentement (*eu dokein*) des membres masculins de la famille, ainsi en Étolie ou en Phocide ; mais, au moins en Phocide, il y a réciprocité, puisque la femme doit aussi donner son consentement à un affranchissement pratiqué par son père, son mari ou son fils.

Ainsi, dans certaines régions de Grèce, la femme paraît disposer librement de ses biens, au moins mobiliers, et, selon les cas, agit seule ou avec le consentement de ses proches, elle n'est donc plus la mineure qu'on connaît à Athènes.

Béotie et Thessalie

Athènes et Sparte ne sont pas les seuls États qui aient réussi – en unifiant l'Attique ou même Laconie et Messénie – à dépasser la superficie restreinte des cités traditionnelles, Béotiens et Thessaliens ont aussi tenté, avec des succès et des méthodes variables, d'unifier un vaste territoire, plus de 2 000 km ^{2} pour la Béotie, quelque 10 000 km ^{2} pour la Thessalie, et ont réussi, à certains moments du IVe siècle, à exercer une influence prédominante en Grèce.

89. Une tutelle de type athénien est cependant attestée dans les Cyclades, en Asie Mineure hellénisée et en Grande-Grèce.

90. Cf. P. Cabanes, *Iliria* 2 (1983), p. 201-209.

Thèbes et la Béotie [91]

Historique

La Béotie, dont les ressources sont surtout agricoles, comprend, outre les sanctuaires d'Apollon au Ptoion et à Délion et de Poséidon à Onchestos, une vingtaine de bourgades réparties notamment autour du lac Copaïs. Dans le domaine politique, en dehors de ses relations souvent conflictuelles avec les Athéniens au sud et les Thessaliens au nord, son problème essentiel est le rôle de Thèbes, trop puissante pour s'unir aux autres bourgades sur un pied d'égalité, mais pas assez pour pouvoir, comme Athènes en Attique ou Sparte en Laconie, interdire toute tentative de sécession. En effet, Orchomène, à l'ouest du lac Copaïs, déjà une bourgade importante à l'époque mycénienne, peut, pour faire pièce à Thèbes, s'appuyer sur les Thessaliens et, au sud, Platées s'oppose constamment à la domination thébaine, même présentée comme une union béotienne, tandis qu'au Vᵉ siècle démocrates et oligarques n'hésitent pas à faire appel à l'étranger.

Le *koinon* béotien est déjà attesté au VIᵉ siècle avec son monnayage et ses cultes communs, mais, s'il réussit à s'adjoindre Orchomène, il ne peut empêcher en 519 Platées, sur les conseils de Sparte [92], de se mettre, avec les bourgades qui lui sont associées, sous la protection d'Athènes, qui affronte victorieusement les Béotiens à la fin du VIᵉ siècle. Après la défaite des Thermopyles, en 480, le *koinon* combat avec ardeur aux côtés des Perses, tandis que Thespies et Platées, qui s'est déjà illustrée à Marathon, restent du côté des Grecs.

Après la défaite perse, les Béotiens ne sont pas, malgré

91. Cf. R.J. Buck, *A History of Boeotia*, Edmonton, Univ. of Alberta Press, 1979, N.H. Demand, *Thebes in the Fifth Century B.C.*, Londres, Routledge and Kagan, 1982, H. van Effenterre, *Les Béotiens. Aux frontières de l'Athènes antique*, Paris, Colin, 1989, et D. Knoepfler, *Chiron* 22 (1992) p. 413-503.

92. On ne sait si c'est par crainte de la puissance thébaine ou, ce qui n'est pas contradictoire, par désir de créer un motif de conflit entre Athènes et Thèbes, qui s'opposent déjà à propos d'Oropos ou d'Éleuthères.

Sparte, expulsés de l'amphictionie delphique, et leur *koinon* paraît avoir subsisté, mais Thèbes y a perdu sa position privilégiée, peut-être au profit de Tanagra. La Béotie, ainsi affaiblie, est en butte à l'impérialisme des Athéniens : ceux-ci, en 457, deux mois après avoir été battus par les Péloponnésiens à Tanagra, triomphent des Béotiens à Oinophyta. Devenus les maîtres du pays, ils portent au pouvoir leurs partisans et imposent, au moins à Thèbes, un gouvernement démocratique.

Cependant, la domination athénienne n'a pu que réveiller le patriotisme béotien et, profitant des difficultés d'Athènes, en 447, Orchomène et Chéronée [93] font défection, et, après la défaite d'Athènes à Coronée, celle-ci doit évacuer toute la Béotie, qui recouvre ainsi son indépendance et conservera son organisation fédérale jusqu'en 386.

Organisation

C'est le fonctionnement de celle-ci en 395 qui est décrit dans le chapitre XVI, colonnes XI-XII des *Helléniques* d'Oxyrhynchos, œuvre d'un historien non identifié du IVe siècle, dont quelques fragments ont été préservés sur papyrus [94].

« XVI 2 L'organisation politique (*ta pragmata*) en Béotie était alors la suivante : il y avait alors dans chaque cité quatre conseils, auxquels n'avaient pas droit de participer tous les citoyens, mais (seulement) ceux qui possédaient une certaine quantité de biens ; chacun de ces conseils, à tour de rôle, présidant (ou siégeant en avance ?) et préparant les décisions (*probouleuousa*), faisait rapport (*eiséphéren*) aux trois autres et ce qui avait plu à tous les conseils prenait force de loi ;

»3 et c'est ainsi qu'ils continuaient d'administrer les affaires propres (à chaque cité) ; mais voici la manière dont était organisé collectivement l'ensemble béotien. Tous ceux qui habitaient le pays étaient répartis en onze districts (*mérè*)

93. Le traitement de Chéronée, dont la population est réduite en esclavage, n'a pas dû accroître la popularité des Athéniens.

94. Cf. I.A.F. Bruce, *An Historical Commentary on the Hellenica Oxyrhynchia*, Cambridge UP, 1967, et P.R. Mc Kechnie et S.J. Kern, *Hellenica Oxyrhynchia*, Warminster, Aris and Phillips, 1988 (texte, traduction et commentaire).

et chacun d'eux fournissait un béotarque de la façon suivante : la contribution des Thébains était de quatre, deux pour la ville et deux pour les Platéens, pour Skolos, Érythrées, Skaphoi et les autres bourgades (*chorion*) qui étaient autrefois unies (*sumpoliteuoménon*) à Platées mais étaient alors rattachées (*suntélounton*) à Thèbes ; les Orchoméniens et les Hysiaioi [95] fournissaient deux béotarques, les gens de Thespies, avec Eutrésis et Thisbées, deux, les gens de Tanagra, un, les gens d'Haliarte, de Lébadée et de Coronée, également un, que chacune de ces cités envoyait à tour de rôle, et il en allait de même (pour le béotarque venant) d'Akraiphnion [96], de Kopai et de Coronée.

» 4 C'est ainsi donc que les districts fournissaient les dirigeants (*archontas*) ; ils déléguaient aussi soixante conseillers (*bouleutes*) par béotarque et finançaient par eux-mêmes les dépenses quotidiennes de ceux-ci. Il était aussi enjoint à chaque district de fournir une armée d'environ mille hoplites et cent cavaliers. Pour le dire simplement, c'est par béotarque qu'ils jouissaient des biens communs, qu'ils versaient les contributions (*eisphora*), qu'ils envoyaient des juges (*sc.* à Thèbes) et participaient semblablement aux maux comme aux biens. L'ensemble du peuple béotien (*ethnos*) avait donc cette organisation politique et les conseils (*sunédria*) et les institutions fédérales (*ta koina*) siégeaient sur la Cadmée. »

Ce texte n'est qu'un court excursus dans un passage consacré aux luttes intestines qui agitaient alors Thèbes ; il évoque à la fois l'organisation politique de chaque cité et celle de la confédération.

Chaque cité [97] est organisée de la même façon, ce qui n'est pas le cas dans toute confédération et qui implique un haut degré d'intégration. L'existence de quatre conseils, qui inspireront certains réformateurs athéniens de 411, est l'élément le plus original du système. Qu'ils exercent à tour de

95. Malgré la forme du nom, il s'agit ici non d'Hysiai, qui est située à proximité de Platées, mais de la bourgade habituellement appelée Hyettos, située sur le lac Copaïs, à l'est d'Orchomène.

96. La forme la plus habituelle du nom est Akraiphia.

97. On ne sait pas si les petites bourgades comme celles qui étaient anciennement associées à Platées ou comme Eutrésis et Thisbées doivent être considérées comme des cités ou si elles sont intégrées dans la principale cité du district.

rôle une fonction probouleutique n'a rien d'anormal et peut rappeler – *mutatis mutandis* – les prytanies athéniennes, mais on peut se demander pourquoi il faut l'accord des quatre conseils, votant séparément. Le plus vraisemblable est que les cités ont repris le système existant à l'échelon fédéral. D'autre part, on ignore comment sont désignés ces bouleutes et pour combien de temps : un an comme dans un régime démocratique ou à vie comme dans un régime oligarchique. Le texte indique seulement qu'un minimum de fortune est nécessaire pour pouvoir être désigné. Aristote (*Politique*, 1278 a25-26 et 1321 a28-29) ajoute qu'à Thèbes il faut en outre avoir cessé depuis au moins dix ans d'avoir exercé une activité artisanale, mais on ne sait si la même règle s'appliquait dans les autres cités. Un fragment d'Aristote préservé par Pollux (X, 165) rapporte qu'à Orchomène la mesure (*métron*), entendons la limite inférieure, de la citoyenneté était de 45 médimnes attiques, entendons de céréale par an. C'est là un montant qui paraît très faible, surtout si on le compare aux 200 médimnes nécessaires à Athènes pour ne plus faire partie des *thètes*, mais il y a des chances qu'il s'agisse seulement du cens nécessaire pour pouvoir exercer ses droits de citoyen en participant à l'assemblée [98]. De toute façon, même le cens nécessaire pour devenir bouleute dans sa cité ne devait pas être très élevé. En effet, il serait absurde qu'il dépassât le cens nécessaire pour appartenir aux conseils fédéraux. Or les conseillers fédéraux sont au nombre de 660 pour une population comprenant très probablement moins de citoyens qu'Athènes : si, comme on l'a généralement supposé par analogie avec les béotarques, ils sont en fonction pour un an [99], il faut, à moins de supposer la possibilité d'un grand nombre d'itérations, que le nombre des éligibles soit assez grand et que le cens soit donc assez faible.

98. Celle-ci, attestée à Thèbes, sous le nom d'*Haliè* dans l'ionien d'Hérodote (V, 79), devait exister dans les autres cités béotiennes ; c'est vraisemblablement elle qui permet aux Thébains, chez Thucydide (III, 62), d'opposer leur « oligarchie *isonome* » à la « *dunasteia* d'un petit nombre d'hommes » qui régnait chez eux à l'époque de la deuxième guerre médique.

99. Il n'est pas impossible cependant qu'ils soient en fonction pour quatre ans, chacun des quatre conseils exerçant ainsi la permanence pendant un an.

Le papyrus ne précise pas le fonctionnement des conseils fédéraux, mais, selon Thucydide (V, 38), en 421, les béotarques avaient soumis une proposition « aux quatre conseils des Béotiens, qui disposent du pouvoir souverain (*apan to kratos*) ». Il y a tout lieu de penser qu'ils fonctionnent comme les 4 conseils de chaque cité ; on notera en particulier que, si les 11 districts ne peuvent être répartis en 4 groupes égaux, les 60 conseillers de chaque district peuvent, eux, être répartis en groupes de 15, ce qui, si l'on accepte cette hypothèse, autorise dans chacun des quatre conseils une égale représentation de tous les districts et même, puisque soixante est divisible par deux, par trois, par quatre et par cinq, une égale représentation des subdivisions des districts.

Cette répartition en districts permet d'égaliser l'inégal en laissant leur place aux petites cités sans que les grandes et les moyennes soient noyées sous le poids des petites comme dans la ligue de Délos et en proportionnant ainsi, conformément à l'égalité géométrique, charges et pouvoirs. A côté de ses éléments oligarchiques : cens pour l'accès au conseil et peut-être aussi pour l'accès à l'assemblée, pouvoir souverain des conseils, qui n'ont pas, comme à Sparte ou à Athènes, à soumettre leurs propositions à l'assemblée, et importance des béotarques, qui dirigent l'armée, traitent avec l'étranger et exercent d'une manière générale le pouvoir exécutif, ce régime présente aussi des éléments démocratiques : faible montant du cens, rotation des conseils et indemnisation des conseillers fédéraux (par leur propre district). Le système béotien a dû ainsi constituer un type d'oligarchie modérée qui a pu inspirer certains théoriciens de l'oligarchie[100].

Cependant, ce système équitablement équilibré s'est déréglé dans la mesure où, après la prise de Platées, en 427, Thèbes, qui dominait déjà par son importance propre et par l'installation des institutions fédérales sur sa citadelle, a pu disposer de quatre onzièmes des béotarques et des conseillers fédéraux ; il lui suffit alors de trouver quelque appui, par exemple dans les six petites cités qui envoient au total deux béotarques, pour dominer le *koinon*.

100. Cf. J.A.O. Larsen, « The Boeotian Confederacy and Fifth Century oligarchic theory », *TAPA* 86 (1955), p. 40-50.

La Thessalie

La Thessalie serait, du fait de son territoire, de sa population et de ses ressources, un des États les plus puissants de Grèce, si elle avait su surmonter ses divisions et constituer un véritable État.

En effet, constituée principalement de deux grandes plaines fertiles, elle occupe par elle-même plus de 6 000 km^2, et, si l'on y ajoute les territoires, surtout montagneux, qui en dépendent (la *Périoikis*), à savoir la Perrhébie, la Magnésie et l'Achaïe Phthiotide, on arrive à quelque 10 000 km^2, à rapprocher des 7 500 km^2 de l'État lacédémonien. La population est difficile à préciser : en tout cas, au début du IVe siècle, les Thessaliens eux-mêmes pouvaient fournir normalement 6 000 cavaliers et 12 000 hoplites, et un ouvrage récent[101] suppose qu'au début du Ve siècle on pouvait estimer leur nombre de 330 000 à 370 000 personnes et qu'il devait encore croître de 25 % à 30 % jusqu'à la fin du IVe siècle. La richesse agricole de la Thessalie lui permettait de nourrir aisément une telle population et même d'exporter ses excédents de blé, tandis que, en plus du petit et du gros bétail, les plaines convenaient à l'élevage des chevaux. Comme, en outre, les Périèques versaient un tribut, les Thessaliens ne manquaient pas de ressources.

Mais, pour les utiliser, encore faut-il qu'ils puissent maintenir leur domination sur les dépendants, Périèques et Pénestes, et conserver eux-mêmes un minimum d'unité.

Les dépendants

L'existence de Périèques et de Pénestes inciterait à rapprocher les Thessaliens des Lacédémoniens, mais, même dans ce domaine, les différences restent considérables.

Chez ces derniers, les Périèques étaient membres de l'État commun et ne jouissaient dans leurs « cités » que d'une sorte d'autonomie municipale. Au contraire, les Périèques

101. Jean-Nicolas Corvisier, *Aux origines du miracle grec*, Paris, PUF, 1991, p. 233-256.

thessaliens ont de véritables États, qui peuvent frapper monnaie et qui sont reconnus internationalement, puisqu'ils sont représentés en tant que tels à l'amphictionie delphique et que certains textes les qualifient d'alliés des Thessaliens. Leur seule obligation est de fournir une contribution financière (*phoros*) et des troupes et, à cet égard, ils sont sous l'autorité directe du *tagos*.

Les Pénestes[102] sont, pour leur part, volontiers comparés aux hilotes. Ils sont, eux aussi, considérés comme une population locale soumise à l'issue d'une guerre à un esclavage qui leur laisse certains droits. Selon Archémachos, un auteur du IIIe siècle av. J.-C., il s'agirait de ceux des anciens Béotiens qui, au lieu d'émigrer en Béotie, « se sont livrés aux Thessaliens pour être esclaves selon des conventions (*douleuein kath' homologias*) » : ils ne peuvent être ni chassés du territoire ni tués[103], mais travaillent la terre pour eux (les Thessaliens) en leur versant les contributions (*suntaxeis*) prévues. Strabon précise qu'ils peuvent être vendus, à condition que ce ne soit pas à l'extérieur du territoire. Il apparaît ainsi qu'ils sont attachés à la terre et vendus en même temps que le domaine. Étant des Grecs, ils sont, au moins dans certains textes du IVe siècle, considérés comme des hommes libres – Aristote dirait « par nature » – soumis à l'esclavage.

Leur nombre les distingue aussi des innombrables hilotes, même si l'on n'accepte pas les calculs de Corvisier, pour qui ils ne seraient, à la fin du IVe siècle, que près de deux fois moins nombreux que les Thessaliens libres[104]. Leurs rapports avec ceux-ci ne sont pas très clairs. En effet, certains textes présentent les Pénestes comme des esclaves salariés,

102. Cf. Jean-Nicolas Corvisier, « Entre l'esclavage et la liberté : un cas peu connu : les Pénestes thessaliens », *L'Information historique* 43 (1981), p. 115-118, et Jean Ducat, *Les Pénestes de Thessalie*, Annales littéraires de l'université de Besançon 512, Paris, Les Belles Lettres, 1994, qui rassemble commodément les textes anciens.

103. A cet égard, leur sort est meilleur que celui des hilotes à l'époque classique, même si, d'après Denys d'Halicarnasse (II, 9), « on leur allongeait des coups » quand ils n'obéissaient pas, « et, d'une manière générale, on les traitait comme des esclaves achetés à prix d'argent ».

104. De toute façon, du fait de l'accroissement du nombre des Thessaliens libres et de l'affranchissement possible de nombreux Pénestes, par exemple à Larisa, qui passait pour accorder généreusement le droit de cité, ou à l'initiative des tyrans Jason ou Alexandre de Phères, la proportion de Pénestes a dû diminuer considérablement.

leur salaire (*misthos*) pouvant éventuellement consister en une « ration mensuelle[105] ». Inversement, le texte d'Archémachos cité plus haut rapporte que les Pénestes versent une contribution et il ajoute même que « beaucoup sont plus riches que leurs maîtres ». Sont-ils donc, socialement, des sortes d'ouvriers agricoles entretenus par leurs maîtres ou des fermiers entretenant les Thessaliens par leurs versements ? Il est possible qu'il faille à cet égard distinguer deux catégories de Pénestes. En effet, Démosthène (XXIII, 199) rappelle que Ménon de Pharsale avait aidé les Athéniens, en fait en 477-476, en « envoyant à leur secours trois cents cavaliers, des Pénestes qui lui appartenaient en propre (*idiois*) ». Ces Pénestes, en quelque sorte privés, se distingueraient de ceux qui doivent seulement verser des *suntaxeis*. Mais tout cela reste très hypothétique.

De toute façon, les Pénestes, qui sont volontiers utilisés à la guerre, peuvent constituer une menace pour la stabilité des institutions. Ainsi, chez Xénophon (*Hell.* II, 3, 36), Théramène accuse Critias d'avoir, en 406, « en Thessalie travaillé avec Prométhée à établir la démocratie et armé en hoplites les Pénestes contre leurs maîtres ». On notera cependant qu'il s'agit ici plus de combats politiques que de luttes sociales et que les Pénestes paraissent plus constituer une masse de manœuvre au service d'un certain Prométhée qu'un groupe qui lutte pour son propre affranchissement.

On ne sait d'ailleurs pas quand et comment les Pénestes ont été libérés : si l'on n'accepte plus guère aujourd'hui la thèse de Marta Sordi, qui plaçait la chose en 457, il est probable que leur libération n'a dû se faire, progressivement, qu'au cours du IVe, voire du IIIe siècle.

Les Thessaliens eux-mêmes

Le système politique des Thessaliens n'est pas connu avec précision et a oscillé, suivant les époques, entre une structure très lâche et une organisation efficace, qui lui a permis à la fin du VIe siècle comme dans les années 70 du IVe siècle

105. Cf. une scholie à Aristophane, *Guêpes* 1274, et Théocrite XVI, 34-35.

d'apparaître comme une des puissances dominantes de la Grèce.

Dès la fin du VIe siècle, si l'on en croit la tradition, la Thessalie était divisée en quatre régions ou tétrades : la Thessaliotide, la Phthiotide, la Pélasgiotide et l'Hestiaotide. Chacune avait à sa tête un polémarque, sans doute annuel, disposant des contingents fournis par des circonscriptions portant le nom de « klèroi », au nombre, sans doute, de 150 et fournissant, dès l'origine, si l'on en croit Aristote (fragment 498 Rose), 40 cavaliers et 80 hoplites. Les quatre polémarques exerçaient le pouvoir sur l'ensemble de la Thessalie, mais, lorsque le besoin s'en faisait sentir, notamment en période de guerre, les quatre régions, c'est-à-dire en fait leurs cités dominantes ou à l'époque ancienne leurs principales familles aristocratiques, se mettaient d'accord pour désigner un chef unique, le *tagos*, qui pouvait être nommé à vie et commandait l'armée en exerçant un pouvoir direct sur les Périèques, auxquels il faisait payer le tribut. On voit ainsi la statue de Daochos Ier, qui fut *tagos* pendant la guerre du Péloponnèse, proclamer : « Je suis Daochos, fils d'Hagias, (dont) la patrie (est) Pharsale, qui a commandé (*arxas*) à toute la Thessalie non par la violence (*biai*) mais conformément à la loi (*nomoi*) et la Thessalie a joui de tous les beaux fruits de la paix et de la richesse » (*SIG* 274, 6).

Ce système d'union monarchique épisodique, connu chez des peuples barbares comme les Illyriens et les Gaulois, est battu en brèche par les divisions perpétuelles des Thessaliens, qui en font des alliés peu sûrs. Ainsi, dès les guerres médiques, s'affrontent les grandes familles aristocratiques des Aleuades, réfugiés chez les Perses, et des Échécratidai, partisans des Grecs. Il s'y ajoute ensuite des luttes idéologiques entre les partisans de l'oligarchie et ceux de la démocratie, voire de la tyrannie, par exemple lors de l'expédition de Brasidas, en 424, tandis que l'urbanisation se développe et que luttent pour l'hégémonie les cités de Larisa, qui dominait à l'époque archaïque, de Phères, qu'enrichit son port de Pagasai, et enfin de Pharsale.

5

L'évolution démocratique à Athènes

La période qui va de 510 à 403 est marquée à la fois par les progrès de la démocratie, qui, sous Périclès, se présente elle-même comme un modèle, et par ses « excès », qui, avec les défaites militaires, contribueront, par deux fois, à sa chute.

Avant Périclès

Clisthène

Le personnage et son action nous sont connus par Hérodote (V, 66-73 et VI, 131), ainsi que par *La Constitution d'Athènes* (XXI) et *La Politique* d'Aristote (1275 b34-37 et 1319 b21-26).

Ses réformes sont présentées comme des mesures opportunistes destinées à lui assurer l'aide du peuple contre son rival Isagoras. En effet, celui-ci l'avait emporté dans la lutte pour le pouvoir, en se faisant, en 508, élire archonte, sans doute contre le candidat soutenu par Clisthène et vraisemblablement avec l'appui des anciens partisans des Pisistratides, ce qui incite *La Constitution d'Athènes* à le qualifier d'« ami des tyrans ». Aussi Clisthène fit-il quelque chose qui parut assez extraordinaire à Hérodote pour qu'il le mentionnât trois fois : il associa le *dèmos* à son groupe (*hétairie*) ou à son parti (*moira*), ou se l'associa à lui-même. Ainsi, dans cette tradition, pourtant favorable à Clisthène, ce grand aristocrate, fils de l'Alcméonide Mégaclès et, par sa mère, petit-fils de Clisthène, le tyran de Sicyone, ne s'est pas mis au service du peuple mais s'est allié à lui en fonction de ses intérêts propres. Une telle interprétation n'est pas invraisemblable à une époque qui avait vu Mégaclès combattre Pisistrate avant de lui assurer le pouvoir pour finalement le renverser, et Clisthène lui-même exercer l'archontat sous les Pisistratides, donc avec leur accord, sinon leur appui, avant de les combattre avec acharnement.

Quoi qu'il en soit, cet appel au *dèmos* a deux conséquences fondamentales. Il marque d'une part, comme dans d'autres cités lors du renversement du tyran[1], l'éclatement de la notion d'*isonomie*, c'est-à-dire d'« équitable répartition », entendons du pouvoir. En effet, cette *isonomie*, que violait le pouvoir personnel du tyran, convenait aussi bien à l'aristocratie fondée sur la loi qu'à une démocratie, dont le nom et donc la notion n'avaient peut-être pas encore été forgés. Le triomphe de Clisthène sur Isagoras, que soutenait Sparte, porte ainsi en germe la division des régimes constitutionnels en oligarchie et en démocratie, qui animera les luttes politiques du ve siècle.

D'autre part, il constitue la première victoire politique du *dèmos*. Si celui-ci avait déjà, à la fin du viie siècle, fait échouer la tentative tyrannique de Cylon et, au contraire, permis à Pisistrate d'accéder pour la première fois au pouvoir, il ne jouait encore, malgré les réformes de Solon, qu'un rôle limité dans la vie politique et n'était guère intervenu lorsqu'une expédition spartiate avait renversé la tyrannie. Mais ce peuple, qui, grâce à Solon, a échappé à l'asservissement dont le menaçaient le statut d'*hectémore* et l'esclavage pour dettes et a obtenu certains droits politiques, et qui, sous la tyrannie, s'est enrichi et en partie instruit, est désormais prêt à jouer son rôle : *La Constitution d'Athènes* assure même que Clisthène a « remis l'État (*politeia*) à la multitude ». Malgré l'exil de Clisthène et de 700 familles qui lui étaient liées et une nouvelle intervention spartiate, l'oligarchie restreinte des 300, que voulait imposer Isagoras, n'avait

1. Cf. les divisions entre les « gros » et le peuple à Naxos après la chute du tyran Lygdamis, Hér. V, 30, ou l'opposition que Maiandrios suscite à Samos, quand il affecte de renoncer à la tyrannie de Polycrate, Hér. III, 142.

pu résister à l'action conjointe du Conseil et du peuple. Cette indication de *La Constitution d'Athènes* a suscité des discussions, car il pourrait s'agir, sinon du nouveau Conseil des Cinq-Cents, que Clisthène n'aurait pas eu le temps de réunir, soit du Conseil solonien des Quatre-Cents, dont l'existence n'est guère sujette à caution [2], soit du Conseil de l'Aréopage, qui réunissait les anciens archontes.

On a aussi beaucoup discuté pour savoir si les réformes, qui datent de 508-507, ont été faites avant ou après l'exil de Clisthène. En effet, Hérodote les résume avant d'évoquer les réactions d'Isagoras, tandis que *La Constitution d'Athènes* les place après la victoire du peuple et le rappel de Clisthène. En fait, il est aisé de concilier les deux sources : le programme de Clisthène a été proposé et peut-être voté avant l'exil de celui-ci, mais il est évident, vu son ampleur – une véritable refondation de la cité – qu'il n'a pu être appliqué et même voté dans ses détails qu'après le retour de Clisthène.

Il ne s'agit apparemment que d'une simple réforme technique ou administrative, à savoir une nouvelle division du corps civique. Un système composé de 4 tribus, qu'Athènes avait en commun avec les autres cités ioniennes, 12 trittyes (tiers de tribu, peut-être identiques aux phratries) et 48 naucraries, est remplacé, dans le domaine politique, par 10 tribus, 30 trittyes et probablement 100 [3] dèmes, tandis que le Conseil solonien des Quatre-Cents est conséquemment remplacé par un Conseil des Cinq-Cents, composé de 50 conseillers par tribu. Il n'y aurait là qu'une modification numérique, correspondant plus à un accroissement du corps civique qu'à des spéculations pythagoriciennes, dont les historiens modernes n'ont pas apporté la preuve [4], si Clisthène n'avait élaboré un système ingénieux. Chaque tribu est constituée d'une trittye de chacune des trois parties de l'At-

2. Malgré les doutes d'Édouard Will, il paraît difficile qu'on ait pu, en 411, se référer à un Conseil solonien des Quatre-Cents, censé avoir duré jusqu'en 508-507, si ce Conseil, dont la réalité paraît confirmée par l'archéologie, n'avait pas existé ; d'ailleurs, dans une inscription de Chios (*ML* 8), datée habituellement de 575-550, apparaît une *boulè dèmosiè*, qui s'ajoute vraisemblablement à un conseil aristocratique et constitue une cour d'appel.

3. Sur ce nombre, voir *infra*, p. 200.

4. C'était, entre autres, la thèse de P. Lévêque et de P. Vidal-Naquet, *Clisthène l'Athénien*, Paris, Les Belles Lettres, 1965.

tique, à savoir la Ville (*astu*), la Côte (*paralie*) et l'Intérieur (*mésogée*) sans que les trois trittyes d'une même tribu soient nécessairement adjacentes.

De ce fait, sous son apparence technique, cette réforme, qui se veut assez conservatrice pour laisser subsister les anciennes tribus, les sacerdoces aristocratiques, les archontes [5], le Conseil de l'Aréopage et l'organisation censitaire [6], a des conséquences révolutionnaires, en permettant d'intégrer les nouveaux citoyens, d'unifier l'Attique et de développer une vie démocratique.

Si l'on en croit *La Constitution d'Athènes*, XIII, 5, l'éviction des tyrans avait été suivie d'une révision des listes civiques. Il semble que Clisthène ait voulu au contraire réintégrer ceux qui avaient reçu la citoyenneté des tyrans et avaient été ainsi éliminés. En tout cas, *La Politique*, dans une formule qui a surpris, assure qu'il « rangea dans les tribus beaucoup de métèques étrangers ou esclaves » ou, si l'on fait de métèques un adjectif, « beaucoup d'étrangers ou d'esclaves transplantés ». L'expression, qui n'est pas sans parallèles [7], désignerait des métèques d'origine soit étrangère, soit servile, les affranchis ou, au moins, leurs enfants étant considérés comme des métèques. Si *La Constitution d'Athènes* n'est pas aussi explicite, elle suggère néanmoins l'inscription de nouveaux citoyens, puisque Clisthène aurait créé ses nouvelles tribus, qui, comme les dèmes, sont fondées au départ sur le lieu de résidence et non sur l'origine familiale, « par désir de mélanger (les Athéniens) afin qu'un plus grand nombre jouît des droits civiques », et aurait, dans la dénomination des citoyens, substitué le démotique au patronyme de façon à éviter de dénoncer les nouveaux citoyens.

Sa réforme a aussi une conséquence à plus long terme, elle a réussi la gageure d'unifier l'Attique, avec ses 2 500 km^2,

5. On se contente, pour arriver au nombre de 10, d'ajouter un secrétaire aux 3 archontes (le roi, le polémarque et l'archonte proprement dit) et aux 6 thesmothètes.

6. La classification censitaire attribuée à Solon distingue les *pentacosiomédimnes*, censés récolter au moins 500 médimnes de céréale, le médimne athénien s'élevant à 52 litres, les *hippeis* récoltant au moins 300 médimnes, les *zeugites*, au moins 200 médimnes, et les *thètes*, moins de 200 médimnes.

7. On rapprochera notamment Sophocle, *Œdipe-roi*, 452, et Aristophane, *Cavaliers*, 347 ; cf. aussi Euripide, *Suppliantes*, 892.

qui, à l'échelle de la Grèce, correspondent plus à un *ethnos* qu'à l'étendue normale d'une cité. Or, cette Attique, qui gardait le souvenir des guerres entre Athènes et Éleusis et d'organisations régionales comme la Tétrapole de Marathon, et, surtout, qui avait connu au VIe siècle des luttes entre gens de la plaine (*Pédiens*), gens de la côte (*Paraliens*) et gens d'au-delà de la montagne (*Hyperacriens*)[8], retrouve son unité grâce aux nouvelles tribus. En effet, celles-ci, malgré leur caractère arbitraire, qui a fait conclure qu'elles avaient été constituées par tirage au sort[9], se sont développées au détriment des vieilles solidarités régionales. Non seulement elles ont formé le cadre même de la vie politique et de la vie militaire, utilisé pour désigner les magistrats et les membres du Conseil des Cinq-Cents comme pour constituer les unités militaires, mais elles ont développé une vie religieuse propre à partir du culte de leur éponyme, désigné par la Pythie sur une liste présentée par Clisthène, et ont pu s'affronter pacifiquement dans les concours organisés par la cité. Or ces nouvelles tribus ne constituent pas un facteur de division, car, d'une part, elles tirent leur existence de la cité et, d'autre part et surtout, elles ont été constituées de façon telle qu'elles manquent d'unité géographique et ont, toutes, la ville d'Athènes comme centre. Cette unification de l'Attique, qui avait déjà été préparée par l'action des tyrans et qui est renforcée par le rôle religieux de la ville d'Athènes, apparaît comme un élément essentiel de la puissance de la cité, surtout si l'on compare Athènes à Thèbes, qui n'a jamais réussi à unifier durablement la Béotie, ou à Argos, qui a du mal à régir les bourgades voisines, voire à Sparte, qui reste entourée de cités périèques.

Contrairement aux tribus et aux dèmes, les trittyes ne paraissent pas avoir mené de vie propre. Elles ont surtout servi à constituer les tribus et elles sont utilisées quand on

8. Cf. Hér. I, 59 ; *La Constitution d'Athènes*, XIII, 4, substitue les Diacriens aux Hyperacriens, mais elle a pu se laisser influencer par les divisions clisthéniennes.

9. Selon *La Constitution d'Athènes*, XXI, 3, Clisthène aurait réparti par tirage au sort les trittyes entre chaque tribu ; la chose est possible, car les trittyes, qui comprenaient un nombre variable de dèmes (de un à 10 au IVe siècle), avaient, elles, été constituées de façon à être à peu près équivalentes : au IVe siècle, à l'exception d'Acharnes, qui disposait de 22 bouleutes, les autres trittyes en avaient toutes 16 ou 17. Voir aussi N. J. Jones, « The Athenian Phylai », *Hesperia 64* (1995), p. 503-541.

n'a besoin de faire appel qu'à une partie des effectifs de la tribu. Néanmoins, certaines études récentes suggèrent que leur création, pour être arbitraire, n'en était pas aléatoire. Clisthène les aurait utilisées pour disloquer la Tétrapole de Marathon et des ensembles régionaux qui, grâce à la maîtrise de certains sacerdoces, laissaient trop d'influence à des notables locaux. Il aurait au contraire mis dans la même trittye, donc dans la même tribu, des dèmes côtiers sur lesquels s'exerçait l'influence de son groupe des Alcméonides [10].

Mais le plus important est sans doute la vie démocratique des dèmes. Le terme que les historiens ont ainsi francisé est tout simplement le grec *dèmos*, qui désignait la communauté villageoise et son territoire avant de désigner le peuple. Autant dire que Clisthène ne les a pas créés mais qu'il les a institutionnalisés en les modifiant éventuellement ; c'est précisément ce que suggère *La Constitution d'Athènes* en notant que, « parmi les dèmes, il nomma les uns d'après les noms de lieu et les autres d'après les noms de leur fondateur, car tous ne se trouvaient plus dans des lieux-dits ». C'est d'ailleurs aussi ce respect des communautés déjà existantes qui explique la grande disparité régnant entre les dèmes : au IVe siècle, le dème d'Acharnes, qui constitue à lui seul une trittye, dispose de 22 bouleutes, alors que 38 dèmes n'ont chacun qu'un seul représentant, qu'ils ont même parfois du mal à fournir.

Quant au nombre de 100, il est difficile de le rejeter, malgré les historiens qui voudraient retrouver dès l'origine les 139 dèmes qu'on connaît au IVe siècle [11]. En effet, il paraît difficile que, séjournant à Athènes à l'époque de Périclès, Hérodote n'ait pu obtenir des renseignements précis sur le nombre des dèmes. Le silence de nos sources sur la modification de leur nombre ne serait concluant que si nous avions de nombreux documents sur la vie administrative au Ve siècle.

En tout cas, le dème, trop petit pour menacer l'unité de la cité, en formera la cellule de base. Il constitue le cadre même

10. Cf. C.W.J. Eliot, *Coastal Demes of Attika*, *Phoenix* Sup. 5, 1962, p. 136-142, D.M. Lewis, *Historia* 12 (1963), p. 22-40, et *Gnomon* 35 (1963), p. 723-725, et G.R. Stanton, *Chiron* 14 (1984), p. 1-41.

11. Cf. J.S. Traill, *The Political Organization of Attika*, *Hesperia* Sup. 14, 1975, p. 73-103, et D. Whitehead, *The Demes of Attica 508/7-ca. 250 B.C.*, Princeton UP, 1986, p. 18-21.

des relations sociales, notamment à la campagne, comme le montrent les comédies d'Aristophane. Il intègre le citoyen à la cité, puisque c'est l'inscription, à 18 ans, sur les registres du dème qui assure la citoyenneté des citoyens de sexe masculin et que le démotique permet de désigner les citoyens, les métèques étant, pour leur part, rattachés aux dèmes en tant que « domiciliés (*oikountes*) dans tel dème ». Bien plus, le dème lui-même est une cité en miniature avec son assemblée et ses magistrats : c'est là que le citoyen de base fait son apprentissage de la vie démocratique et qu'il pourra se faire connaître avant de participer à la vie politique de la cité.

Cette vie démocratique est aussi renforcée par la création du Conseil des Cinq-Cents. Il est difficile à cet égard de savoir ce qui a changé, car les sources ne précisent ni la façon dont étaient nommés les membres du Conseil des Quatre-Cents ni la durée de leur mandat. Pour les Cinq-Cents, ils sont tirés au sort parmi les candidats des dèmes, ce qui assure la liaison entre le centre et la base locale ; les dèmes ont droit à un nombre variable de conseillers, probablement proportionné au nombre de leurs citoyens ou plutôt au nombre de leurs hoplites mobilisables, puisque les membres du Conseil, comme les autres magistrats, ne sauraient, au moins à l'origine, être pris parmi les thètes. Comme les conseillers ne sont en fonction que pour un an et qu'ils ne peuvent l'être que deux fois dans leur vie, comme, d'autre part, il faut avoir au moins 30 ans pour être nommé au Conseil, il est clair que pratiquement tous les citoyens des trois classes supérieures qui le désirent peuvent accéder au Conseil. Bien plus, il est indispensable que la plupart d'entre eux acceptent d'y participer pour que le système puisse fonctionner. Le Conseil, qui prépare le travail politique et judiciaire de l'Assemblée, même s'il ne contrôle pas encore les magistrats, est ainsi un extraordinaire instrument de formation politique pour les citoyens. Son efficacité sera accrue par la division de l'année civile en 10 prytanies [12], au cours desquelles les 50 membres du Conseil appartenant à une même tribu exercent la permanence, sous le nom de prytanes, et préparent le travail du Conseil et de l'Assemblée.

12. Les sources ne permettent pas de savoir quand cette organisation en prytanies a été instaurée.

Vu la composition des tribus, ce système permet aussi qu'à chaque fois les trois régions de l'Attique soient également représentées parmi les prytanes.

Parmi les nouvelles lois démocratiques de Clisthène, *La Constitution d'Athènes* (XXII, 1) mentionne aussi la création de l'ostracisme, qui permet d'écarter de la cité pendant dix ans un homme trop puissant, qui risquerait d'aspirer à la tyrannie. Toutefois, comme, d'après cette même source, le procédé n'aurait été utilisé pour la première fois qu'en 488-487, c'est-à-dire vingt ans après les réformes de Clisthène, certains historiens sont tentés de placer la création de l'ostracisme à cette date tardive [13] ; ils se fondent aussi sur un texte de l'historien Androtion (324 F 6), qui confirmerait cette date. Mais l'ostracisme est considéré, au moins au début, comme une mesure exceptionnelle et non comme une arme normale à utiliser contre ses ennemis ; la procédure, qui demande un premier vote pour savoir s'il y aura ostracisme et un second, avec un quorum de 6 000 voix, quelque deux mois plus tard, pour décider qui sera ostracisé, est lente, lourde et aléatoire ; enfin, le texte d'Androtion, simple paraphrase de *La Constitution d'Athènes*, est mutilé et, correctement complété, pourrait se traduire en « la loi sur l'ostracisme ayant alors été (appliquée) pour la première fois, (celle qui avait été) établie par suspicion à l'égard de Pisistrate... ».

Enfin, quelques années plus tard (les quatre ans de *La Constitution d'Athènes* ont généralement été corrigés en sept ans pour rétablir la cohérence des dates), on instaura le serment du Conseil des Cinq-Cents et on élut les stratèges, à raison d'un par tribu. Le terme stratège est un terme banal en grec et déjà employé avant Clisthène ; il s'agit donc non de créer la stratégie, mais d'intégrer cette magistrature dans le système de Clisthène. Les stratèges sont désormais élus par l'assemblée, qui en désigne un par tribu. Comme ils sont élus par l'ensemble de l'assemblée et qu'ils sont rééligibles, deux faits qui s'expliquent par les compétences que demandent leurs fonctions militaires, le peuple pourra ainsi se trouver des *leaders*.

En dehors même des cas exceptionnels, où il y a 11 stra-

13. Cf. les discussions dans R. Thomsen, *The Origin of Ostracism*, Copenhague, Gyldendal, 1972.

tèges au lieu de 10[14], il existe quelques exemples où, contrairement à la règle, deux stratèges appartiennent à la même tribu. Marcel Piérart[15] propose une explication assez simple de cette anomalie : dans le cadre de chaque tribu, les candidats, se présentant à tour de rôle, devaient, pour être élus, obtenir dans l'assemblée une majorité de votes favorables et avaient, bien sûr, contre eux les partisans de tous les autres candidats appartenant à la même tribu ; il est donc assez probable que dans certaines tribus aucun candidat n'ait obtenu la majorité ; le poste est alors remis à la masse pour être pourvu parmi tous les Athéniens, sans considération de tribu.

La réaction conservatrice et les réformes d'Éphialte

Si *La Constitution d'Athènes* (XXII, 1) assure qu'à la suite des réformes de Clisthène « le régime devint beaucoup plus démocratique que celui de Solon », le Conseil de l'Aréopage garde son caractère aristocratique, puisque ses membres sont nommés à vie et qu'il est constitué des anciens archontes, désignés jusqu'en 487-486 par élection et appartenant aux *pentacosiomédimnes* ou aux *hippeis*. Or *La Constitution d'Athènes* (XXIII, 1) évoque un regain d'influence et même de pouvoir de ce Conseil : « Après les guerres médiques, le Conseil de l'Aréopage reprit de la force et administra la cité, sans avoir reçu la direction (*hègémonia*) de l'État d'aucun décret officiel (*dogma*) mais pour avoir été cause de la victoire de Salamine », et l'auteur précise que l'Aréopage avait distribué 8 drachmes à chacun et fait embarquer les Athéniens sur les vaisseaux. Étant donné la nature très polémique de tout ce qui touche à l'Aréopage au IVe siècle, on ne peut être assuré du rôle exact qu'il avait joué dans cette distribution, d'autant plus que circulait une version concurrente, recueillie par Cleidèmos (Plut., *Thém.*, X), qui en attribuait le mérite à Thémistocle, et qu'Hérodote (VIII, 51) note que, faute de ressources, des pauvres n'avaient pu partir à Salamine.

En tout cas, ce regain de pouvoir, évoqué aussi dans

14. Cf. Androtion, *FGH* 324 F 38.
15. « A propos de l'élection des stratèges athéniens », *BCH* 98 (1974), p. 125-146.

La Politique (1304 a20-21), n'a rien d'invraisemblable, vu le prestige personnel dont devaient jouir les membres de l'Aréopage, qui, pour la plupart, avaient été librement élus comme archontes entre le renversement de la tyrannie et 487 ; et l'on pourrait mettre en parallèle le rôle de ce Conseil lors du désastre national de 404[16]. D'autre part, ce « gouvernement de l'Aréopage » est assez conforme au contexte historique, qui voit l'élimination de Thémistocle, ostracisé vraisemblablement entre 474 et 471, et, surtout, après cet ostracisme, la prédominance de Cimon, constamment réélu stratège de 477 à 462. Bien sûr, le rôle de la flotte à Salamine et la politique impérialiste fondée sur la marine amèneront, comme le souligne *La Politique (*1304 a21-24), un renforcement de la démocratie, mais, à court terme, c'est l'évolution inverse qui s'est dessinée, peut-être par réaction devant la menace d'une démocratisation trop rapide. Enfin, si le pouvoir de l'Aréopage était très restreint, on ne comprendrait plus l'émotion suscitée par la réforme d'Éphialte, qui amena, chose exceptionnelle à Athènes, ses adversaires à le faire assassiner, tandis que, dans *Les Euménides*, représentées en 458, Athéna, redoutant les maux de la guerre civile (v. 858-866), exalte l'Aréopage en incitant à préserver au moins son rôle dans la justice pénale (v. 681-708). Bien plus, *La Constitution d'Athènes* (XXV) présente une version favorable à Éphialte, qui montre que, même s'ils le critiquaient, les démocrates reconnaissaient la réalité de ce « gouvernement de l'Aréopage ».

La réforme d'Éphialte, datée de 462-461, qui retire certains pouvoirs à l'Aréopage, permet en partie de préciser le rôle de celui-ci. En effet, *La Constitution d'Athènes* (XXV, 2) assure qu'« Éphialte enleva au Conseil toutes les fonctions surajoutées qui assuraient la protection de la constitution et remit les unes aux Cinq-Cents, les autres à l'assemblée et aux tribunaux ». Plutarque, qui, contrairement à ce passage, présente une version conservatrice, hostile à la réforme, note que, profitant de l'absence de Cimon, « la majorité se déchaîna complètement et bouleversa l'ordre constitutionnel établi ainsi que les règles ancestrales appliquées jusque-là, en enlevant au Conseil de l'Aréopage, sous la conduite d'Éphialte,

16. Lysias, *Contre Eratosthène*, XII, 69, assure que l'Aréopage travaillait au salut d'Athènes.

tous les jugements sauf un petit nombre et, se rendant maîtresse des tribunaux, elle jeta la cité dans l'ivresse d'une démocratie sans mélange » (*Vie de Cimon*, 15, 2).

Si l'on rapproche ces deux textes, il apparaît qu'on n'a retiré à l'Aréopage que des pouvoirs judiciaires : si l'Aréopage avait encore perdu d'autres pouvoirs, la version conservatrice de Plutarque n'aurait pas manqué de le souligner. Mais ces pouvoirs lui donnent un grand rôle politique, puisque, selon Plutarque, la réforme modifie le régime politique et que, selon *La Constitution d'Athènes*, ces pouvoirs qui en font « le gardien de la constitution » lui ont permis de gouverner la cité. Dans un passage consacré à Solon (*ibid.*, 8, 4), il est précisé qu'en tant que protecteur de la constitution l'Aréopage « surveillait la plupart des actes les plus importants de la vie publique, châtiait les coupables en ayant plein pouvoir de leur infliger amende ou peine corporelle... et jugeait ceux qui conspiraient pour renverser la démocratie ». La dévolution de ces pouvoirs aux Cinq-Cents, à l'assemblée et aux tribunaux, confirme ce tableau, puisque les Cinq-Cents reçoivent, outre certains pouvoirs judiciaires destinés à assurer l'ordre public, le contrôle des magistrats, et assemblée et tribunaux, la charge des procès politiques, notamment ceux qui sont introduits par voie d'*eisangélie* ; quant à la protection des lois, qui sera, plus tard, assurée par la *graphè paranomon*, elle est, selon Philochore (fr. 64b), remise à des gardiens des lois (*nomophulakes*).

La réforme d'Éphialte a ainsi retiré au Conseil aristocratique de l'Aréopage l'ensemble de la justice politique, essentiel dans une cité qui ne sait pas distinguer entre responsabilité politique et responsabilité pénale, pour le remettre aux institutions démocratiques. Disparaît ainsi un contrepoids ou, comme disait Solon, une des deux ancres de la cité (Plut., *Solon*, 19, 2), ce qui, au moins à long terme, amènera une « démocratie sans mélange », condamnée par les philosophes.

Mais ce pouvoir de l'Aréopage était-il traditionnel ou usurpé ? Sans doute les deux à la fois. Telle une haute cour, l'Aréopage en tant que gardien de la constitution pouvait intervenir exceptionnellement ou, au contraire, constamment. Il est vraisemblable qu'après la création des Quatre-Cents son droit d'intervention était plus ou moins tombé en désuétude, et il est caractéristique que Clisthène ne se soit pas préoccupé de l'Aréopage. Mais, à l'issue de la deuxième guerre médique, il est sans doute intervenu plus régulièrement dans les luttes politiques. Les anecdotes qui l'opposent à Thémistocle ou qui suggèrent qu'Éphialte se croyait menacé par l'Aréopage, ainsi que le soutien que Cimon, d'ailleurs acquitté dans un procès politique, apporte à l'Aréopage, montrent bien de quel côté ce Conseil intervenait. Prenant parti dans les luttes politiques, il devait nécessairement en ressentir les contrecoups. D'ailleurs, le nouveau recrutement des archontes, par tirage au sort à partir de 487, et la disparition progressive des pouvoirs militaires du polémarque au profit des stratèges ne pouvaient que diminuer l'importance de l'Aréopage, les hommes politiques éminents ne cherchant plus à devenir archontes et donc aréopagites.

Périclès

Ses atouts

Auprès d'Éphialte est déjà mentionné le jeune Périclès, dont l'influence va être prédominante, jusqu'à sa mort en 429.

Celui-ci est né en 494 ou peu auparavant, puisqu'il a déjà vingt ans révolus en 473, lorsqu'il est désigné comme chorège, et qu'il meurt avant d'être considéré comme un vieillard. Il appartient par ses deux parents à des familles aristocratiques qui ont joué un grand rôle dans la vie politique d'Athènes. En effet, sa mère, au nom très aristocratique d'Agaristè (« la toute meilleure »), appartenant à la famille des Alcméonides, est la nièce de Clisthène et la sœur d'un Mégaclès[17], ostracisé en 486. Son père Xanthippe, de la famille des Bouzyges, ostracisé en 484, a été rappelé comme les autres exilés ou ostracisés, a combattu à Salamine et dirigé, en tant que stratège, en 479, la flotte athénienne à la bataille de Mycale, avant de s'emparer de Sestos. Ces deux

17. Il est significatif qu'Aristophane ait présenté l'aristocrate dépensière des *Nuées*, 46-47, comme la nièce de Mégaclès, fils de Mégaclès.

familles aristocratiques lui transmettent aussi des traditions démocratiques, puisque, en plus des réformes de Clisthène, Xanthippe, qualifié par *La Constitution d'Athènes* (XXVIII, 2) de chef de la tendance démocratique, s'était distingué en faisant, en 489, condamner Miltiade à l'amende, mais rien n'assure qu'il ait joué un rôle dans les réformes de 487 (nomination des archontes par tirage au sort).

Nous savons peu de choses de son enfance et de son adolescence, sinon que, né dans la maison de campagne de son père à Cholargos, il a connu des années mouvementées, puisque, outre les deux guerres médiques, avec l'évacuation d'Athènes en 480 et en 479, il a vu ostraciser successivement son oncle maternel et son propre père, avant que celui-ci revienne au premier plan.

Sa formation sera complétée par la fréquentation de philosophes, de poètes et d'artistes. Damon, théoricien de la musique, lui aurait enseigné les principes de l'harmonie tout en le poussant à mener une politique radicale : *La Constitution d'Athènes* (XXVII, 3-4), qui l'appelle d'ailleurs Damonidès, en confondant peut-être le nom et le patronyme du personnage, en fait l'inspirateur de la misthophorie des juges. Si Périclès avait assisté à une conférence de Zénon, c'est surtout Anaxagore qui l'a influencé en insistant sur la prédominance de la raison, l'esprit (*nous*) constituant le principe organisateur de l'univers, et en développant un certain agnosticisme. Plutarque rapporte ainsi l'épisode du bélier à une corne de Périclès, dont le philosophe s'était contenté de pratiquer l'autopsie, tandis que le devin Lampon y voyait l'annonce de la victoire de Périclès sur son rival Thucydide (*Pér.*, 6). C'est aussi l'enseignement d'Anaxagore sur les phénomènes célestes qui permit à Périclès, si l'on en croit Plutarque (*ibid.*, 35, 2), de réconforter son pilote, affolé par une éclipse de soleil. On mentionnera aussi les liens de Périclès avec le sophiste Protagoras, le sculpteur Phidias, l'historien Hérodote et les poètes Eschyle et Sophocle, ainsi que son union avec la Milésienne Aspasie, qui devait tenir à Athènes, au grand scandale des esprits chagrins, une sorte de salon, que les comiques ont eu vite fait de transformer en maison de rendez-vous [18].

18. Le nom même d'Aspasie, qui signifie celle qui accueille ou qui est accueillie, devait favoriser les plaisanteries.

Le développement intellectuel favorisé par ces fréquentations ne pouvait que renforcer son éloquence naturelle, reconnue même par ses ennemis, puisque son adversaire Thucydide aurait dit de lui : « Quand je le terrasse à la lutte, il nie être tombé et par la persuasion fait changer d'opinion les spectateurs » (*Pér.*, 18, 5) et que le comique Eupolis, dans ses *Dèmoi*, en fait « le meilleur de tous pour parler », qui « chaque fois qu'il montait à la tribune, comme les bons coureurs, l'emportait de dix pieds par la parole sur les orateurs », tant il arrivait vite au but, et ajoute que « la persuasion reposait sur ses lèvres... et, seul parmi les orateurs, il laissait un aiguillon dans l'esprit de ses auditeurs » (fr. 102 K-A = 94 K). Si l'historien Thucydide vante l'éloquence persuasive de l'homme d'État, capable d'inspirer selon les besoins la crainte ou la confiance (II, 65, 9), et prête à Périclès des discours aussi admirables par le fond que par la forme, il est difficile de savoir ce qui relève de Périclès ou de Thucydide. La tradition n'a conservé que quelques passages imagés de ses discours, poétiques comme « la cité a perdu sa jeunesse et l'année, son printemps » (Aristote, *Rhétorique*, 1365 a31-33 et 1411 a2-4), ou familiers, comme l'assimilation d'Égine à une taie sur l'œil du Pirée (*ibid.*, 1411 a15-16, et Plut., *Pér.*, 8, 7), des Béotiens, à des chênes-verts qui se brisent entre eux (*ibid.*, 1407 a4-6) ou des Samiens à de « petits enfants qui prennent leur bouchée, mais en pleurant » (*ibid.*, 1407 a2-4). Périclès lui-même était assez conscient de l'avantage que lui procurait son éloquence pour éviter d'émousser cette arme par un usage trop fréquent, qui risquait de lasser l'assemblée (*Pér.*, 7, 7). Aussi ne le voit-on intervenir que dans les grandes occasions, pour prononcer l'oraison funèbre des morts de Samos ou des premiers morts de la guerre du Péloponnèse (Thuc. II, 35-46), c'est-à-dire à des moments où sa politique aurait pu être contestée, inciter les Athéniens à accepter un conflit avec Sparte (Thuc. I, 140-144) ou à éviter le découragement (Thuc. II, 60-64).

Si ses origines, son intelligence et son éloquence ouvraient à Périclès la voie du pouvoir, Thucydide ajoute une autre qualité, qui, pour mériter d'être signalée, ne devait pas être si fréquente dans le personnel politique athénien[19] : « Dans le

19. Seuls Aristide et Éphilalte ont droit à de tels éloges, tandis que le pseudo-Xénophon, *Rép des Ath.* III, 3, affirme qu'il faut avoir de l'argent,

domaine de l'argent il était manifestement de la plus grande intégrité » (II, 65, 8). De fait, aucune des nombreuses critiques adressées à Périclès ne portaient sur son honnêteté et on n'avait même rien trouvé à redire lorsque, dans sa reddition de comptes, il s'était contenté de justifier une dépense importante, de 10 talents, en disant « les avoir dépensés par nécessité » (*Pér*., 23, 1, et scholie Aristophane, *Nub*. 859, où la somme est de 20 talents), en l'occurrence pour acheter secrètement le départ de l'armée spartiate. Plutarque (*Pér*., 25, 2-3) souligne aussi son refus de se laisser acheter par les oligarques samiens et leur protecteur perse.

Une qualité est étrangement absente parmi les sources de sa puissance, à savoir les capacités militaires. De fait, il a dirigé de nombreuses expéditions militaires, que ce soit en Chersonèse, autour du Péloponnèse, dans le Pont-Euxin, en Eubée, à Samos ou à Mégare, mais, s'il fut un bon général et aurait même élevé neuf trophées (*Pér*., 38, 3), il ne paraît pas, dans ce domaine, avoir montré un génie particulier et, voulant faire son éloge, Plutarque se contente de noter que « dans ses stratégies il est surtout renommé par la sécurité qu'il assurait, en n'engageant pas volontairement de bataille comportant beaucoup d'incertitude et de risque et en n'enviant ni ne jalousant les stratèges qui, en courant des risques, avaient bénéficié d'une chance éclatante et étaient admirés comme de grands hommes » (*Plut*., 18, 1, et cf. 38, 4)[20]. Là, au contraire, où il se distingue, c'est dans la conception globale de la guerre à mener, ce qui est plus de la compétence d'un ministre de la guerre que d'un général.

Son pouvoir

Aussi bien Thucydide que Plutarque ont insisté sur le grand pouvoir de Périclès. Le premier, après avoir évoqué la période de paix où Périclès « avait été à la tête de la cité »

---

si on veut que son affaire soit traitée par le Conseil ou l'assemblée et qu'« à Athènes bien des affaires se règlent grâce à l'argent ».

20. Plut., *Pér*., 18, 2-3, illustre la prudence de Périclès en rappelant son hostilité à l'expédition téméraire de Tolmidès en Béotie.

(II, 65, 5), conclut son portrait de l'homme d'État en assurant que, « sous le nom de démocratie, cela devenait en fait le gouvernement (*archè*) du premier personnage (de la cité) » (II, 65, 9). Quant à Plutarque, il assure que Périclès finit par surpasser en puissance beaucoup de rois et de tyrans (*Pér.*, 15, 3). Bien plus, il fait constamment allusion à son propos au thème de la tyrannie : le comique Cratinos l'a qualifié de « très grand tyran » (3, 5) ; les vieillards trouvent qu'il ressemble physiquement à Pisistrate (7, 1) ; lui-même, dans sa jeunesse, craignait d'être suspecté d'aspirer à la tyrannie (7, 4) ; les aristocrates veulent éviter que sa puissance ne soit une « monarchie absolue » (11, 1) ; « les poètes comiques traitent son entourage de nouveaux Pisistratides et lui font jurer qu'il ne sera pas tyran » (16, 1).

De fait, le pouvoir de Périclès a varié et il faut distinguer au moins trois périodes, séparées par l'ostracisme de son adversaire Thucydide en 443 et par l'entrée en guerre de Sparte en 431. Avant cet ostracisme, le jeune Périclès s'est déjà illustré en assumant en 472 la chorégie des *Perses* d'Eschyle, ce qui le place délibérément dans le camp de Thémistocle, choix qu'il confirmera en attaquant Cimon lors de sa reddition de comptes de 463. Mais la réforme de l'Aréopage de 462 est l'œuvre d'Éphialte, dont il ne serait jamais que le lieutenant. Aussi est-il excessif d'affirmer, comme le fait Plutarque (*Pér.*, 16, 3) qu'il a tenu pendant quarante ans – ce qui nous mènerait en 469 – la première place au milieu, entre autres, des Éphialte, des Cimon, des Thucydide. Même après la mort d'Éphialte, Périclès, qui n'a jamais qu'un peu plus de trente ans, reste assez en retrait : s'il a sans doute approuvé, en 457, l'ouverture de l'archontat aux zeugites, son nom n'est pas associé à la réforme. Cette année et les années suivantes, on le voit seulement combattre vaillamment à Tanagra et diriger des opérations militaires, comme en 454-453 dans le golfe de Corinthe. Si Plutarque rapporte une tradition selon laquelle il aurait fait rappeler Cimon, aux lendemains de Tanagra, et partagé avec lui le pouvoir (*Pér.*, 10, 1-5), il faut attendre 451-450 pour que *La Constitution d'Athènes* lui attribue un décret (XXVI, 4) et ajoute qu'« après cela, Périclès ayant pris la tête du parti populaire..., le régime devint encore plus favorable au peuple » (XXVII, 1).

Même alors, son pouvoir n'est pas incontesté, car Thucydide, fils de Mélèsias, redonne courage aux conservateurs, en les regroupant à l'assemblée (*Pér.*, 11, 3), attaque violemment Périclès sur sa politique à l'égard des alliés et réussit à faire ostraciser, sans doute en 444, Damon, un des conseillers de Périclès, avant de succomber lui-même en 443.

C'est à cette date que commence véritablement le « gouvernement de Périclès », réélu, comme le rappelle Plutarque (*Pér.*, 46, 3), stratège quinze ans de suite. La charge de stratège est sans doute un élément de son pouvoir, les stratèges dirigeant l'armée, ayant libre accès au Conseil et pouvant réunir l'assemblée (cf. Thuc. II, 59, 3). Mais, même s'il est parfois élu « parmi tous les Athéniens » et peut (alors ?) être qualifié de « *dékatos autos* », c'est-à-dire « lui dixième », entendons « lui et ses neuf collègues » (Thuc. I, 116, 1, dans une année précisément où la tribu de Périclès fournit deux stratèges), il n'est jamais qu'un des dix, et les stratèges, comme tous les magistrats, sont étroitement soumis à l'assemblée, qui, tous les mois, doit les confirmer et peut non seulement les destituer, mais les condamner aussi bien à mort qu'à l'amende. Cependant, comme les stratèges sont élus et rééligibles, l'élection à la stratégie montre qu'on dispose de la confiance de l'assemblée. On pourrait dire, de façon paradoxale, que Périclès ne dirige pas Athènes parce qu'il est stratège, mais qu'il est élu et réélu stratège parce qu'il dirige Athènes.

Il ne faudrait pas, cependant, s'imaginer que cette dictature de l'intelligence et de l'éloquence lui permît d'échapper aux attaques. Faute de réussir à s'en prendre directement à lui, on s'acharnait sur ses proches. Ainsi Phidias, accusé d'avoir détourné de l'or (*Pér.*, 31, 2-5), dut s'exiler, vraisemblablement dès 438 [21]. Contre Anaxagore, le devin Diopeithès aurait fait voter un décret [22] ordonnant de poursuivre par voie d'*eisangélie* « ceux qui ne respectaient pas (ou ne croyaient

21. Cf. G. Donnay, « La date du procès de Phidias », *AC* 37 (1968), p. 19-36 ; de toute façon, la surprise manifestée par Trygée et par le coryphée, dans *La Paix* d'Aristophane, 615-618, interdit de placer le procès de Phidias à la veille de la guerre.

22. L'historicité de ce décret a été contestée, d'autant plus que le mot employé pour désigner « les choses célestes » n'est pas attesté au ve siècle avec ce sens.

pas dans) les choses divines ou enseignaient des doctrines sur les phénomènes célestes » (*Pér.*, 32, 2), et le philosophe aurait dû s'exiler (*ibid.*, 32, 5), encore que ses livres continuent à se vendre à Athènes (Platon, *Apologie*, 26 d). Les attaques contre Aspasie paraissent surtout le fait des comiques et Plutarque, qui évoque, très sérieusement, une plainte du poète comique Hermippos et assure, sur la foi d'Eschine le socratique, que Périclès aurait obtenu sa grâce « en versant plein de larmes pendant le procès et en implorant les juges » (*Pér.*, 32, 1 et 5), n'a pas vu qu'il s'agissait là manifestement d'une scène de comédie.

La forme allongée de son crâne, que le casque dissimule dans les représentations figurées [23], a suscité les plaisanteries des comiques, qui le qualifient de « tête d'oignon » ou lui attribuent une tête grande comme une salle à manger (*Pér.*, 3, 3-7). Il en va de même de sa gravité et de son maintien solennel, qui les incitent à le comparer à Zeus ou à le qualifier d'Olympien (cf. entre autres Aristophane, *Ach.* 530-531), voire de *képhalègérétès* [24]. Lors de la guerre de Samos, les critiques avaient dû se faire assez violentes pour que, de 440 à 437, on ait été amené à interdire les attaques nominales dans la comédie [25].

C'est, cependant, lors de la guerre du Péloponnèse que les attaques se montrent plus efficaces et partent désormais, comme, sans doute, déjà lors du décret de Diopeithès, des milieux « populistes » ou, si l'on préfère, des démocrates extrêmes, qui n'apprécient guère l'aristocrate ouvert aux « lumières [26] ». Ainsi le « démagogue » Cléon attaque la prudence de Périclès, lorsque celui-ci se refuse à affronter les Péloponnésiens qui ont envahi l'Attique (*Pér.*, 33, 8, qui cite Hermippos). Lors de cette première invasion, Périclès, pour éviter d'être désavoué, « ne convoquait les Athéniens ni à l'assemblée ni à aucune réunion » (Thuc. II, 22, 1) ; la chose

23. Cf. le buste sculpté par Crésilas, G.M.A. Richter, *The Portraits of the Greek*, Londres, Phaidon Press, 1965, p. 102-104, fig. 429-443.

24. Le terme, formé sur *képhalè*, la tête, à l'imitation de *néphélègérétès*, l'assembleur de nuées, attribut de Zeus, associe les deux critiques.

25. Cette interdiction est rapportée dans des scholies à Aristophane, *Acharniens*, 67, et *Oiseaux*, 1297.

26. On notera que, dans *Les Guêpes* d'Aristophane, le partisan de Cléon, Philocléon, est présenté comme un traditionaliste.

a surpris, mais, comme l'a bien noté Gomme (*ad loc.*), l'assemblée régulière avait déjà dû avoir lieu et, malgré les pressions, Périclès s'était seulement refusé à réunir une assemblée extraordinaire. Cependant, la « peste » affaiblit encore la position de Périclès, qui fut destitué et soumis à l'amende, même si, pris de regret, « on l'élut (de nouveau) stratège et on lui confia toutes les affaires » (Thuc. II, 65, 3-4), et il n'est pas impossible que Cléon ait été au nombre de ses accusateurs (Idoménée *in Pér.*, 35, 5).

Ainsi le pouvoir de Périclès, qui repose sur la confiance du peuple, est un pouvoir immense, mais toujours menacé.

Son œuvre politique

Dans le domaine institutionnel, deux mesures importantes sont à mettre à son compte : la loi sur la citoyenneté et la misthophorie des juges.

Si l'on en croit *La Constitution d'Athènes* (XXVI, 4), qui paraît citer textuellement le décret, on décide, en 451-450, sur proposition de Périclès, « que n'ait pas part à la cité (c'est-à-dire ne soit pas citoyen) quiconque ne sera pas né de deux citoyens de souche (*astos*, au duel, ce qui paraît garantir le caractère textuel de la citation) ». Le temps employé suggère que le décret ne sera pas opposable à ceux qui ont déjà la citoyenneté athénienne, par exemple à un Cimon, dont la mère était thrace, mais s'appliquera à tous ceux, même déjà nés, qui ne sont pas encore citoyens.

Pour *La Constitution d'Athènes*, la raison de cette loi est simple : on a pris cette décision « à cause du grand nombre des citoyens [27] » et, comme il semble que l'auteur ait eu accès au décret, l'explication peut provenir des considérants eux-mêmes. D'ailleurs, Aristote rappelle, dans *La Politique*

27. Selon M.H. Hansen (*La Démocratie athénienne à l'époque de Démosthène*, tr. fr., Paris, Les Belles Lettres, 1993, p. 78), « en 450, il pouvait y avoir environ 60 000 citoyens adultes mâles », nombre que feront diminuer l'envoi de citoyens pauvres dans les colonies et les clérouchies et la loi de 451 ; mais, si l'on tient compte des pertes importantes qu'avait subies le corps civique dans les années 50, notamment en Égypte, ce nombre paraît quelque peu exagéré.

(1278 a26-34 et cf. 1319 a6-11), que, selon que le corps civique est trop ou pas assez nombreux, on demande que les deux parents soient citoyens ou, au contraire, on se contente du père, voire de la mère. Mais, si, comme il est vraisemblable, généralement admis et confirmé par ce qui se passe entre 413 et 403, quand la loi de Périclès n'est plus appliquée, il était, jusque-là, seulement nécessaire d'avoir un père citoyen, la mesure est à long terme totalement inefficace : le nombre de pères ne changeant pas, s'ils épousent des citoyennes au lieu d'épouser des étrangères [28], le nombre de leurs enfants, donc des futurs citoyens, ne changera pas. Donc, à moins d'admettre que, jusqu'à la loi de Périclès, il suffisait d'avoir un des deux parents citoyen, il faut supposer que, en dehors du désir d'éviter à l'avenir les unions entre Athéniens et étrangers, dans le domaine démographique, la mesure est à court terme. Il doit y avoir à cette date, et pas seulement dans l'aristocratie, beaucoup d'enfants de famille mixte ; pour éviter que ne s'accroisse trop le nombre des citoyens [29], on leur refusera la citoyenneté. On pourrait trouver confirmation dans une scholie aux *Guêpes*, 718, qui évoque l'élimination de 4 760 personnes comme étrangères, lors d'une distribution de blé, en 445-444. D'autre part, le fait qu'après 451 les enfants d'origine mixte n'étaient plus admis dans le corps civique explique le nombre de métèques dont disposera Athènes en 431.

La deuxième grande mesure politique que *La Constitution d'Athènes* (XXVII, 3) attribue à Périclès est la misthophorie des juges, c'est-à-dire l'instauration d'une indemnité journalière, originellement de 2 oboles par jour (cf. scholie *Guêpes*, 88 et 300), pour les jurés des tribunaux populaires [30].

La date de cette réforme a été discutée. En effet, le seul élément de datation est la tradition selon laquelle Périclès aurait proposé cette mesure pour rivaliser avec la popularité que sa

28. Certains se sont demandé s'il ne s'agissait pas justement, alors que le nombre des citoyens avait été réduit par les guerres récentes, de permettre aux jeunes Athéniennes de trouver plus facilement un mari citoyen.

29. Peut-être aussi redoutait-on un trop grand déséquilibre entre les citoyens âgés, décimés par le désastre d'Égypte, et les jeunes citoyens, d'origine en partie étrangère.

30. Il s'y ajoutera la solde des marins et des hoplites ; quant au *misthos* des bouleutes et des autres magistrats, on ne sait quand il fut instauré.

richesse et sa générosité assuraient à Cimon (*Const. d'Ath.*, XXVII, 3-4, repris par Plutarque, *Pér.*, 9, 2). Si ces critiques datent réellement de l'époque, elles impliquent que Cimon était encore dangereux ; elles ne laissent donc que trois possibilités. La mesure aurait pu être prise avant l'ostracisme de Cimon, en 461 ; c'est la thèse de Plutarque (*Pér.*, 9, 5), qui place étrangement cette réforme avant la réduction des pouvoirs de l'Aréopage, attribuée à Périclès, dont Éphialte n'aurait été que le lieutenant, et avant l'ostracisme de Cimon, attribué aussi à Périclès. En fait, Éphialte ne paraît avoir été assassiné qu'après l'ostracisme de Cimon et, si la mesure datait de cette époque, elle aurait plutôt été son œuvre.

Si, comme le prétend Plutarque (*Pér.*,10, 3-5, cf. Théopompe, 115 F 88), Périclès a fait rappeler Cimon après Tanagra, on pourrait envisager une date postérieure à 457, mais la tradition en question suppose une sorte d'accord tacite avec Cimon, dont le retour est peut-être seulement toléré.

Aussi la période qui va de 451, date normale du retour d'ostracisme, jusqu'en 450, où meurt Cimon, paraît-elle mieux convenir. En effet, Cimon, qui jouit du prestige que lui a apporté la conclusion de la paix avec Sparte, est alors un rival dangereux. D'autre part, la conclusion de cette paix laisse disponibles des ressources qu'on peut utiliser pour payer les juges. Enfin, c'est aussi à cette date que, selon *La Constitution d'Athènes*, XXVII, 1, Périclès prend la tête du parti populaire.

Quelle que soit la date exacte de cette mesure, son importance apparaît bien dans la violence des critiques qu'elle a suscitées, touchant aussi bien son aspect social que son aspect politique. Accusant Périclès de démagogie, *La Constitution d'Athènes* (XXVII, 4) assure qu'ayant une fortune inférieure à celle de Cimon il s'était contenté « de donner à la multitude (*hoi polloi*)... ce qui était déjà à elle »[31]. Un tel sophisme, qui confond volontairement le peuple (pauvre) qui bénéficie du *misthos* avec le peuple (ensemble des citoyens) propriétaire de tous les biens de la cité, montre bien l'ironie des conservateurs à l'égard de cette « généro-

31. Andocide, *Retour*, II, 17, pour vanter son propre évergétisme, dira de même : « Tous ceux des citoyens qui, gérant vos affaires, vous fournissent de l'argent, que font-ils, sinon vous donner ce qui est à vous ? »

sité » de Périclès. Mais, avec sa lucidité décapante, le pseudo-Xénophon (*Rép. des Ath.*, I, 13) remet les choses au point en soulignant qu'à Athènes les riches paient et que les pauvres en profitent. Mais, plus graves encore que cette allocation, au demeurant limitée, 2 oboles constituant environ le tiers d'un salaire journalier, apparaissent les conséquences politiques de la mesure. En effet, elle ne pouvait que changer la composition sociale des tribunaux : « A la suite de quoi, selon les plaintes de certains, la situation a empiré, les premiers venus mettant plus d'empressement que les gens convenables à se présenter au tirage au sort (*sc.* pour siéger dans les tribunaux) » (*Const. d'Ath.*, XXVII, 4), et *Les Guêpes* d'Aristophane montrent bien le rôle des pauvres dans les tribunaux. Cette mesure complète donc la réforme d'Éphialte en permettant effectivement au peuple de participer à la vie judiciaire. Il ne s'ensuivit pas nécessairement la corruption des juges, comme le suppose *La Constitution d'Athènes* (XXVII, 5), qui donne étrangement, comme premier exemple, le procès d'Anytos, qui ne date que de 409. Il faut plutôt souligner qu'avec l'accroissement du nombre des procès, entraîné notamment par la politique impériale d'Athènes, le système judiciaire n'aurait pu fonctionner sans un grand nombre de jurés (6 000) et qu'on n'aurait pu en trouver un si grand nombre, si on ne les avait payés.

La démocratie périclééenne : idéal et réalité

L'idéal de la démocratie périclééenne, tel au moins que le voit Thucydide [32], apparaît bien dans l'oraison funèbre prononcée par Périclès en l'honneur des premiers morts de la guerre du Péloponnèse, dont on trouvera ici les deux passages les plus importants dans le domaine politique.

(Thuc. II, 37) « 1 Nous avons un régime politique (*politeia*) qui ne jalouse pas les lois du voisin mais tel que nous sommes nous-mêmes plutôt un modèle pour certains que des

32. Mais, vu l'admiration que Thucydide professe à l'égard de Périclès, il est probable qu'il n'a guère déformé un discours célèbre, dont on trouve des traces, par exemple, dans *Les Suppliantes* d'Euripide, 404-408.

imitateurs d'autrui. Et, pour le nom, comme on gouverne en vue non du petit nombre, mais de la majorité, on l'appelle une démocratie. Pour la part qui revient à chacun, dans le domaine légal, l'égalité règne entre tous pour leurs différends privés, mais, en ce qui concerne la considération (*axiosis*), selon la façon dont chacun se fait estimer en quelque chose, ce n'est pas l'appartenance à une catégorie (sociale) plus que le mérite (*arétè*) qui vous fait préférer pour accéder aux dignités publiques ; inversement, si l'on se trouve pauvre mais qu'on puisse rendre quelque service à la cité, on n'en est pas empêché par le manque de renom (*axioma*).

»2 Pour la liberté, nous la pratiquons dans notre conduite politique à l'égard de la collectivité et en ce qui concerne la suspicion réciproque dans la vie quotidienne, car nous n'avons pas de colère contre notre prochain, s'il agit selon son bon plaisir, et nous ne recourons pas à des vexations, qui, même sans léser, paraissent extérieurement blessantes.

» 3 Malgré l'aménité qui règne dans nos rapports privés, dans le domaine public la crainte, avant tout, nous empêche de rien faire de contraire aux lois, car nous écoutons ceux qui, à chaque fois, se trouvent au pouvoir ainsi que les lois et surtout celles qui ont été établies pour aider les victimes ou qui, non écrites, ont pour sanction une honte indiscutée. »

(Thuc. II, 40) « 2 Il est possible aux mêmes gens de gérer à la fois leurs affaires et celles de la cité et à d'autres, qui s'occupent de travaux matériels, d'avoir, sur les affaires publiques, des avis qui ne laissent rien à désirer. Seuls, en effet, nous considérons celui qui n'y prend pas part non comme quelqu'un de tranquille, mais comme un être inutile ; et, par nous-mêmes, nous jugeons ou raisonnons comme il faut sur les affaires publiques, car nous ne pensons pas que les discours fassent du tort aux actions, mais qu'il est, au contraire, dommageable de ne pas s'être d'abord éclairé par la parole avant d'en venir à l'action nécessaire. »

Dans ce texte, extrêmement travaillé, qui entend constituer une sorte de « Pourquoi nous combattons ? », Périclès fait l'éloge d'Athènes en ayant constamment les yeux fixés sur l'adversaire spartiate. Il commence par une manifestation d'orgueil : Athènes est présentée comme l'inventeur d'un certain régime politique, et seule Sparte pourrait en dire autant. Né à Athènes, ce régime y est présent dans toute sa pureté, sans emprunts étrangers, et peut donc servir de modèle à autrui. Périclès suppose ainsi que d'autres cités souhaitent imiter Athènes. Mais, se poser en modèle, c'est déjà désirer que les autres vous imitent et, à la limite, se croire habilité à leur imposer cette imitation. Et, s'il est vrai qu'après une révolution démocratique, en 472, l'Élide s'inspire directement du système clisthénien, ou que le *pétalisme* syracusain imite l'ostracisme athénien, Athènes ne s'est pas fait faute d'imposer dans l'Empire son système démocratique[33].

Ayant ainsi posé l'idée qu'Athènes présentait la forme idéale d'un certain régime politique, l'orateur en précise tout de suite le nom : démocratie. Comme le mot a déjà par sa formation le sens de « gouvernement du peuple », il ne répète pas cette définition, mais la précise par opposition à l'oligarchie. Cependant, comme l'a rappelé, il y a peu, Martin Ostwald[34], il ne dit pas que la majorité gouverne, mais qu'on gouverne (le verbe *oikein* n'a pas de sujet) en vue, entendons dans l'intérêt, de la majorité. J'aurai, un peu plus loin, l'occasion de revenir sur cette idée importante, que les commentateurs modernes, qui n'ont pas regardé le texte d'assez près, n'ont pas osé concevoir, à savoir qu'il s'agit plus d'un gouvernement pour le peuple que d'un gouvernement par le peuple ; d'ailleurs, Périclès lui-même était bien placé pour le savoir.

Après cette introduction concernant le nom du régime, Périclès en vient, sans le souligner[35], à la réalité, c'est-à-dire à l'application pratique des trois grands principes fondateurs de la démocratie athénienne, à savoir l'égalité, la liberté et

33. En dehors de la question discutée du régime de Samos, on notera qu'au Ve siècle Milet a des tribus de type clisthénien et Lindos, une année divisée en prytanies, et que, dans les deux cités, le préambule des décrets est de type athénien ; en dehors de Syracuse, l'ostracisme se retrouve à Argos, Mégare et Milet ; cf. les références dans *CAH* V², p. 93, n. 106. Dans son éloge d'Athènes, Isocrate, *Panégyrique*, IV, 105-106, assure même : « Nous avons établi chez les autres le même régime que chez nous. »

34. *From Popular Sovereignty to the Sovereignty of Law*, Berkeley-Los Angeles, Univ. of California Press, 1986, p. 183.

35. Il est courant d'opposer le nom (*onoma*) ou le discours (*logos*) à la réalité, mais Thucydide n'a pas jugé utile de souligner l'antithèse en employant *ergon* dans le deuxième terme.

la participation au pouvoir, non sans marquer à chaque fois les limites de ces principes, l'égalité laissant place au mérite, la liberté, à la discipline, et la participation, au respect des compétences.

L'égalité et ses limites

Périclès évoque en premier lieu l'égalité, principe essentiel de la démocratie, comme il l'était déjà de l'*isonomie*, en abandonnant le point de vue général du gouvernement pour passer aux droits de l'individu. Il affirme que, dans le domaine judiciaire, les lois assurent l'égalité de tous et donc ne favorisent ni la majorité ni *a fortiori* le petit nombre. Il n'a pas besoin d'insister, car cette égalité est assurée par le caractère général de la loi. Sans doute se posera le problème de l'application des lois : après Périclès et notamment au IVe siècle, les modérés se plaindront de la partialité des tribunaux, qui, constitués de pauvres, du fait de la *misthophorie*, auront tendance à brimer les riches. Mais, quelle que soit la valeur de ces critiques, Périclès n'a pas à envisager la « démocratie radicale » qui lui succédera et, de toute façon, reste sur le plan des principes.

Il y a plus grave : si, dans le domaine civil, l'égalité est censée être respectée, dans le domaine politique, c'est Périclès lui-même qui introduit des restrictions en évoquant le rôle du mérite. Il répond ainsi implicitement à une critique de la démocratie, qu'on accuse de traiter de la même façon le compétent et l'incapable, ce qui est injuste au regard de l'égalité géométrique (ou proportionnelle) et nocif pour la cité, comme le soulignait déjà à l'envi Mégabyze dans les « discours perses » d'Hérodote (III, 81). De fait, pour lui, même en démocratie, la bonne réputation, qui se fonde sur l'opinion publique, permet le choix du meilleur. Et, bien sûr, le lecteur de Thucydide pense immédiatement à Périclès lui-même. Ce choix du meilleur n'est possible qu'en substituant au tirage au sort, qui est le procédé habituel de désignation des magistrats athéniens, l'élection, qui, pour les Anciens est un procédé aristocratique, puisqu'il sélectionne. Or c'est justement par élection qu'on est désigné à l'importante fonction de stratège, dont avaient tiré parti aussi bien Périclès que, avant lui, Cimon et qui paraît ainsi constituer l'élément aristocratique de la constitution athénienne.

Mais Périclès précise tout de suite, aristocratique ne veut pas dire oligarchique. Les conservateurs confondent volontiers le mérite et l'appartenance sociale déterminée par la naissance et la richesse, en opposant les « gens de bien » (en grec, *chrèstoi* ou *kaloi kagathoi*) aux « gens de rien » (en grec, *ponèroi*). Or Périclès refuse cette confusion : l'appartenance à une catégorie sociale, sans être négligeable, passe après le mérite individuel (*arétè*), et surtout la pauvreté et le manque de renom, ce qui combine les deux éléments de l'appartenance sociale, n'empêchent pas de rendre service à la cité. Ayant ainsi montré que la démocratie était aristocratique sans être oligarchique, Périclès renverse l'argumentation traditionnelle, qu'on trouve déjà chez Socrate [36] : la démocratie n'est pas le gouvernement du premier venu, donc des incapables, elle est le gouvernement des meilleurs pris dans l'ensemble du corps civique ; faisant appel à toutes les capacités, elle constitue ainsi la véritable aristocratie [37].

On peut cependant se demander si ce tableau idéal est conforme à la réalité. D'abord, les classes censitaires soloniennes subsistent. Les trésoriers d'Athéna doivent appartenir à la première classe, l'archontat n'a été ouvert à la troisième classe qu'en 457-456, les stratèges doivent posséder de la terre en Attique, et, surtout, les thètes ne peuvent accéder aux magistratures ni même au Conseil. Il semble cependant qu'au moins à partir de la guerre du Péloponnèse cette dernière règle n'ait plus été réellement respectée.

Il y a plus grave, comme le rappelle *La Constitution d'Athènes* (XXVIII, 1-2), jusqu'à Périclès compris tous les chefs des partis, non seulement ceux des notables mais aussi ceux du peuple, et donc les dirigeants de la cité, étaient tou-

36. Cf. la critique du tirage au sort des magistrats, Xénophon, *Mémorables*, I, 2, 9, ou celle des hommes politiques les plus illustres d'Athènes, Platon, *Gorgias*, 515b-519b.

37. La thèse était devenue assez célèbre ou assez traditionnelle pour que Platon la reprît dans l'oraison funèbre qu'il attribue, comme de juste, à Aspasie, cf. *Ménéxène*, 238b-239a, notamment 238c : « L'un appelle ce régime démocratie, l'autre lui donne le nom qui lui plaît, mais c'est en réalité une aristocratie (exercée) avec l'approbation (*eudoxia*) de la masse. »

jours des « gens convenables », entendons ont toujours appartenu aux grandes familles. C'est dans leur cadre que joue le mérite individuel : quel rôle aurait pu avoir Périclès, si, au lieu d'être le fils de Xanthippe et d'Agaristè, il avait eu pour père un pauvre journalier de l'Attique ?

Le tableau qu'il présente apparaît ainsi comme une vision idéalisée de la « méritocratie » démocratique.

Liberté et discipline

Le deuxième principe évoqué est la liberté, qui englobe à la fois la liberté politique et la liberté de mœurs.

Périclès insiste peu sur la liberté politique, qui paraît aller de soi en démocratie : il n'y a pas de démocratie, si les citoyens ne peuvent s'exprimer librement à l'assemblée et l'*iségoria* a toujours été considérée comme un principe essentiel de ce régime. Bien plus, cette liberté d'expression s'exerce aussi au théâtre, et la comédie ancienne n'épargne ni les hommes, ni les institutions, ni la politique de la cité, même en période de guerre. Il est évident pour Platon qu'Athènes est « le lieu de la Grèce où le droit de parler est le plus étendu » (*Gorgias* 461e).

Sans doute les comiques se verront-ils interdire pendant trois ans (de 440 à 437) de lancer des attaques nominales [38], et le droit d'opposition se trouve en fait limité par l'ostracisme éventuel des adversaires politiques, comme celui de Thucydide en 443. Mais ces restrictions restent exceptionnelles.

Périclès insiste bien davantage sur la liberté des mœurs, car c'est dans ce domaine que la démocratie est critiquée. Les partisans de Sparte et de l'oligarchie, volontiers moralisateurs, condamnent la « licence » démocratique, entendons tout ce qui est contraire à la tradition ou aux habitudes générales, et opposent le conformisme vertueux de Sparte, qualifié de « bon ordre » (*eukosmon*) par leur roi Archidamos (Thuc. I, 84, 3), ou celui du passé athénien idéalisé à la diversité scan-

38. Cf. scholie *Acharniens*, 67, et *Oiseaux*, 1297 ; on peut aussi rappeler l'action intentée par Cléon contre Aristophane à la suite de la représentation, en 426, des *Babyloniens*, cf. scholie *Acharniens*, 378.

daleuse de la démocratie, que Platon raillera comme une « bigarrure », tout juste bonne à plaire aux femmes et aux enfants (*République*, VIII, 557c et 558c). Aussi Périclès passe-t-il tout de suite à la contre-attaque : le tour négatif montre qu'il a un exemple précis en vue, à savoir, bien sûr, Sparte, où, recevant tous la même éducation, pratiquant les mêmes activités, mangeant collectivement la même nourriture, les citoyens sont soumis à une discipline militaire. Or les conséquences de cette absence de liberté, ce n'est pas l'harmonie mais « la suspicion réciproque », ce qui suggère à la fois qu'on s'efforce en secret d'échapper à ces contraintes et qu'on est soumis à une surveillance constante, et l'on pourrait, à cet égard, rappeler le rôle des éphores. Il s'y ajoute la colère, sentiment irrationnel, constamment condamné par Thucydide, et des vexations à l'égard de ceux qui ne respectent pas le conformisme : il suffit d'évoquer par exemple le traitement injurieux que subissent les célibataires de plus de 30 ans [39]. Périclès suggère au contraire que la diversité est un bien, car elle permet à chacun de trouver son plaisir comme il l'entend et fait régner l'aménité dans les relations sociales ; il rejette ainsi le rêve totalitaire des prospartiates, qui sera idéalisé dans *La République* de Platon. De fait, quand Anaxagore est contraint à l'exil, il s'agit surtout de s'attaquer indirectement à Périclès, car l'Athènes de Périclès admet fort bien le misanthrope Timon, le sage non conformiste Socrate ou l'aristocrate excentrique Alcibiade : ce n'est qu'après la défaite et la tyrannie des Trente qu'on ne supportera plus les critiques de Socrate.

Immédiatement après avoir évoqué la liberté sans limites qui règne et doit régner dans le domaine privé, Périclès revient au domaine public et prévient une objection fondamentale en assurant que la liberté n'est pas l'anarchie mais se concilie avec le respect des lois et des magistrats. La raison avancée est la crainte, ce qui peut paraître étrange dans un régime de liberté ; cependant, à la fin des *Euménides* (681-708), Athéna avait déjà incité les Athéniens à ne pas bannir la crainte mais, en unissant le respect et la peur, à échapper à la fois au despotisme et à l'anarchie. De toute façon, la suite de la phrase montre que la crainte évoquée par

39. Cf. Plut., *Lycurgue*, 15, 2.

Périclès n'est pas seulement la peur du châtiment, mais relève aussi d'un sens moral qui empêche de mal agir.

L'obéissance aux magistrats est évoquée en une phrase, qui, paraphrasant le serment des éphèbes [40], rappelle la faible durée de leur mandat et ne fait donc que renforcer le mérite des Athéniens, qui écoutent les magistrats malgré cette faible durée.

Mais c'est surtout l'obéissance aux lois qui, comme le soulignait chez les Perses leur ancien roi Démarate (Hér. VII, 104), faisait la fierté des Spartiates. Aussi Périclès insiste-t-il, en évoquant deux séries de lois, d'abord « celles qui ont été établies pour aider les victimes », ensuite les lois non écrites. Les premières, qui rappellent que les lois sont faites pour les individus et non l'inverse, pourraient se référer entre autres à la loi de Solon qui permet « à celui qui le désire d'intervenir en justice en faveur des victimes » (*Const. d'Ath.*, IX, 1, et Plut., *Solon*, 18, 6-7). Quant aux lois non écrites, qui jouent un si grand rôle dans l'*Antigone* de Sophocle, qui fut stratège en même temps que Périclès, elles ne paraissent pas se limiter ici à des coutumes d'origine religieuse, mais elles débouchent sur des lois morales, puisque leur viol entraîne une honte indiscutée. On accède ainsi à une morale intériorisée, qui transcende le conformisme des conduites recherché à Sparte, et, finalement, dans l'égalité et la liberté, la démocratie respecterait mieux que les autres la loi et la morale, éléments constitutifs du bon ordre, cher à Sparte.

Cependant, dans la réalité, se pose un double problème. On peut se demander s'il est vrai que le citoyen obéit aux lois. A cet égard tout dépend de l'état des mœurs et du civisme. Nous n'avons guère de moyens d'en juger, notons seulement que les auteurs du IVe siècle, enclins à louer le passé, considèrent qu'à l'époque de Périclès les Athéniens étaient encore assez disciplinés, mais que le relativisme des sophistes, la guerre du Péloponnèse et les luttes civiles auraient diminué le respect de la loi. D'autre part, on peut aussi se demander si la cité elle-même obéit à ses propres lois. Dans *La Politique* (1292 a4-37), Aristote assure que, dans la démocratie extrême, le peuple ne respecte plus les

40. Cf. Tod, 204, 5-20, et G. Daux, *REG* 84 (1971), p. 370-383 ; cf. aussi Lycurgue, *Contre Léocrate*, 77.

lois mais dirige tout selon ses caprices. Bien sûr, la *graphè paranomon*, attestée au moins depuis 415, qu'on peut intenter contre quiconque a proposé un décret contraire aux lois existantes, est censée protéger les lois. Mais, comme c'est toujours le peuple qui, dans les tribunaux, a la décision, il est à la fois juge et partie, et la protection se montre illusoire, si, comme, lors du procès des Arginuses, en 406, le peuple n'entend plus respecter ses propres lois.

De fait, le respect des lois, indispensable à la bonne marche du régime, paraît encore très grand à l'époque de Périclès. Cependant, si le peuple entend se livrer à des excès, il n'y a guère de moyens de le préserver.

Participation et hiérarchie

Mais, justement, le second passage cité montre que la démocratie dont Thucydide fait prononcer l'éloge à Périclès n'est pas une démocratie radicale. Si l'on se contente de traduire le texte des manuscrits, il est clair que Périclès distingue, avec des euphémismes, deux catégories de citoyens : d'abord ceux qui « gèrent » à la fois leurs affaires et celles de la cité, c'est-à-dire les riches, qui exercent des magistratures, ensuite « ceux qui s'occupent de travaux matériels », c'est-à-dire les paysans et les artisans ; pour ces derniers, il s'agit non plus de « gérer les affaires de la cité », mais seulement « d'avoir, sur les affaires publiques, des avis qui ne laissent rien à désirer », entendons de participer comme il faut à l'assemblée. Ce sens, qu'impose le texte de Thucydide et qui est confirmé par XXXVII, 1, où l'on se contente de gouverner « dans l'intérêt de la majorité » et où les gens pauvres et obscurs peuvent « rendre service à la cité [41] » mais non « accéder aux dignités publiques », a tellement surpris les éditeurs modernes qu'ils se sont crus autorisés à modifier le texte de l'historien pour lui faire exprimer des platitudes, comme « quand des occupations diverses retiennent des gens divers » (traduction Jacqueline de Romilly). De fait, non seu-

41. Le parallèle d'Euripide, *Suppl.*, 438-441, suggère qu'il s'agit non pas seulement de voter mais aussi, éventuellement, de faire des propositions à l'assemblée.

lement cette démocratie équilibrée correspond aux vœux de Thucydide, qui fait l'éloge de l'oligarchie modérée des Cinq-Mille (VIII, 97, 2), mais on la retrouve dans le discours d'un démocrate avéré, comme Athénagoras, le chef des démocrates syracusains de 415, qui, répondant aux attaques des oligarques, affirme : « On dira que la démocratie n'est conforme ni à l'intelligence ni à la (véritable) égalité et que ceux qui ont la richesse sont aussi les meilleurs pour exercer au mieux le pouvoir. Mais je dis, moi, d'abord, que le mot de peuple (*dèmos*) désigne un tout complet et celui d'oligarchie, une partie seulement ; ensuite, que, si les riches sont les meilleurs pour veiller sur les finances, ce sont les gens intelligents qui donneraient les meilleurs conseils et le grand nombre, qui déciderait au mieux après avoir écouté, et que ces trois éléments ont de façon semblable, tant catégorie par catégorie que tous ensemble, part égale (*isomoirein*) dans une démocratie » (Thuc. VI, 39, 1).

Cette répartition des rôles peut aussi trouver sa justification dans les théories de Protagoras, qui, affirmant que tous les hommes ont un sens de la justice – ce qu'il induit sans doute de l'existence des cités, qui serait, sinon, impossible –, fournit la meilleure justification théorique de la démocratie (Platon, *Protagoras*, 325c-326e), mais qui, affirmant que ce sens de la justice peut être développé par l'éducation reçue à la maison, à l'école ou dans la cité (*ibid.*, 325c-326e) et est donc plus développé chez certains que chez d'autres, justifie une répartition hiérarchique des tâches politiques.

Cette répartition n'empêche pas Périclès d'évoquer l'idéal de participation de tous les citoyens à la chose publique en rejetant le thème de la tranquillité, cher aux conservateurs. Et, de même que peuple et élite s'unissent dans sa démocratie idéale, celle-ci fait aussi la synthèse de la parole, essentiellement discours à l'assemblée, et de l'action, comme elle l'avait fait, plus haut, de l'égalité et du mérite ou de la liberté et de la discipline.

Après Périclès

Progrès ou excès de la démocratie

La démocratie péricléenne était une démocratie dirigée par Périclès lui-même, comme le souligne Thucydide, et une démocratie équilibrée, laissant une place de choix aux « élites [42] » traditionnelles. Il n'en ira plus de même après sa disparition. Aussi *La Constitution d'Athènes* (28, 2) se montre-t-elle très critique en assurant qu'après la mort de l'homme d'État, du fait des nouveaux dirigeants « dans le domaine politique les choses avaient beaucoup empiré ».

Thucydide, pour sa part, souligne le manque de *leaders* incontestés : « Les hommes qui suivirent, étant par eux-mêmes plus égaux entre eux et aspirant chacun à devenir le premier personnage de l'État, se mirent, pour faire plaisir au peuple, à lui abandonner la conduite même des affaires » (II, 65, 10). Alors que Périclès, en tant que « chef du peuple », inspirait la politique qu'il appliquait en tant que stratège, l'assemblée n'est plus soumise à une influence prédominante assurant la continuité et, pour se faire écouter, chacun doit, dans la compétition pour le pouvoir, flatter les désirs momentanés du peuple. Le changement tient donc d'abord au personnel politique. Périclès dominait par ses qualités personnelles et par son origine sociale. Or aucun de ses successeurs ne sera à sa hauteur : si Cléon reprend, en l'exagérant sans doute, son patriotisme impérialiste, c'est Nicias qui héritera de sa prudence, tandis que son pupille Alcibiade s'en rapprochera par l'origine sociale et par l'intelligence. Cependant, il ne faudrait pas s'exagérer le manque de *leaders*, car depuis son succès à Sphactérie en 425 jusqu'à sa mort en 422, Cléon dirige en fait Athènes, et Thucydide, qui ne l'aime pas, reconnaît qu'il était le plus écouté (*pithanotatos*) par le peuple (III, 36, 6, et IV, 21, 3), tandis qu'Aristophane note, dans *Les Cavaliers* (1128), que le peuple entend bien n'avoir qu'un

42. Élite, qui n'implique de ma part aucun jugement de valeur, permet de traduire commodément ce que les Grecs appellent « les beaux et valeureux », « les meilleurs », « les convenables », « les gracieux », etc.

chef (*prostatès*). D'ailleurs, il est difficile d'accuser Cléon de ne parler que pour plaire au peuple, puisque, lors de l'affaire de Mytilène, il s'oppose à la majorité de l'assemblée en adressant des reproches aux Athéniens (Thuc. III, 37-40). C'est après sa mort qu'Athènes n'est plus dirigée, du fait notamment du conflit entre Nicias et Alcibiade. Sans doute Éphialte s'était-il déjà opposé à Cimon, comme Périclès à Thucydide, mais, détournant l'ostracisme de son but initial, la démocratie avait trouvé dans cette institution un moyen de trancher entre des politiques antagonistes [43]. Or, en 416, alors qu'il fallait choisir entre la prudence de Nicias et l'aventurisme d'Alcibiade, les deux chefs menacés ont préféré unir leurs forces pour faire ostraciser, contre toute attente, le démagogue Hyperbolos [44], qui avait suscité ce vote d'ostracisme. Après une telle manipulation, l'ostracisme tombe en désuétude, et les deux chefs qu'on aurait dû départager partent ensemble pour la Sicile.

D'autre part, l'« exécutif » est aussi affaibli par la distinction, voire l'opposition, entre les stratèges et les *leaders* populaires, qui contrairement à ce qui se passait jusque-là, ne se font plus élire stratèges, tandis que – pour ne pas parler du procès des Arginuses – les stratèges vaincus, comme Démosthène en 426 ou Nicias en 413, n'osent pas rentrer à Athènes. Cette division du personnel politique a sans doute un arrière-plan social. En effet, jusqu'à ce que Cléon, dans une véritable scène de comédie [45], se fît, à l'improviste, envoyer à Pylos, la stratégie était restée le monopole des grandes familles et elle le restera encore dans une très large mesure. Or, un phénomène important, qui a frappé les contemporains et que souligne à son tour *La Constitution d'Athènes* (28, 1 et 3), se produit à la mort de Périclès : les inspirateurs de l'assemblée sont désormais ce qu'on aurait appelé à Rome des « hommes nouveaux », c'est-à-dire qu'ils sont les premiers de leur famille à jouer un grand rôle politique. Sans doute ne s'agit-il pas de gueux, comme Aristo-

43. Cf. *Politique*, 1284 b20-22, où Aristote évoque l'usage partisan (*stasiastikos*) de l'ostracisme

44. Cf. Thucydide (VIII, 73, 3), qui rappelle qu'Hyperbolos n'avait pas été ostracisé « par peur de son influence et de son prestige, mais parce que c'était une canaille qui faisait honte à la cité ».

45. Cf. Thuc. IV, 27, 3-28, 5.

phane veut le faire croire dans *Les Cavaliers* : le père de Cléon était déjà astreint aux liturgies [46] et Nicias est très riche. Mais ils n'appartiennent pas à l'aristocratie foncière et, si Nicias, par sa richesse et ses liturgies, ses stratégies et sa politique prudente, saura se faire admettre de l'aristocratie, à laquelle appartient encore un Alcibiade [47], l'« élite » ne se reconnaît plus dans les nouveaux chefs politiques, comme Cléon, Lysiclès, Hyperbolos ou Cléophon, que la postérité qualifiera de « démagogues » et dont on souligne à l'envi la vulgarité, en raillant notamment les cris et la tenue débraillée d'un Cléon [48], qui n'a plus rien d'« olympien ».

Elle leur est d'autant plus hostile que leur politique lui paraît contraire à ses intérêts. En effet, l'impérialisme brutal et le refus d'une paix de compromis lèsent les propriétaires fonciers, dont les terres sont ravagées par l'ennemi (au moins jusqu'en 425 et à partir de 413), tandis que l'ensemble des riches fait les frais de la guerre en assumant de coûteuses triérarchies et en payant des impôts, comme les 200 talents de la lourde *eisphora* de 427, imposée par Cléon. Bien plus, à l'instigation des « démagogues », qui s'appuient sur eux, les tribunaux de l'Héliée paraissent exercer une justice de classe en s'efforçant de confisquer les biens des riches. Inversement, les pauvres semblent favorisés, puisque, en 425, Cléon a augmenté le salaire des juges de 2 à 3 oboles [49] – ce qui ne fait sans doute que compenser l'augmentation des prix, mais forme un des leitmotive des *Cavaliers* – et qu'en 410-409 Cléophon fait instaurer la diobélie, qui accorde 2 oboles par jour aux miséreux [50]. Aussi certains doivent-ils être sensibles aux thèses du pseudo-Xénophon, pour qui les riches sont exploités par le *dèmos*, qui ne constitue pas le tout, comme le prétend Athénagoras, mais uniquement la partie inférieure et la plus nombreuse de la cité.

46. Cf. F. Bourriot, « La famille et le milieu social de Cléon », *Historia* 31 (1982), p. 251-282.

47. Mais celui-ci entend, pour sa part, mettre fin au monopole politique des gens âgés.

48. Cf. *Const. d'Ath.*, 28, 3 ; Plut., *Nicias*, 8, 6 ; et Aristophane, *passim*.

49. Cf. Aristophane, *Cavaliers*, 797-800, et les scholies de *Guêpes* 88 (corrigée) et 300.

50. Cf. *Const. d'Ath.*, 28, 3, et le commentaire de P.J. Rhodes, *The Athenian Boule*, Oxford UP, 1972, *ad loc.*

Le régime est sans doute devenu plus démocratique, puisque le rôle de l'assemblée, donc du peuple, s'est en fait accru et que les dirigeants se recrutent dans des milieux moins restreints, mais cette évolution s'est faite au détriment de l'efficacité et de la cohésion politique et sociale.

Les divisions : de la crise de 415 au coup d'État oligarchique de 411

C'est la répression suscitée par la mutilation des hermès et la parodie des Mystères qui révèle le mieux et aggrave le plus les tensions entre l'« élite » et les masses. De fait, au cours d'une nuit du printemps 415, presque tous les hermès avaient été mutilés au visage[51] (Thuc. VI, 27). Cet acte d'impiété bouleversa les Athéniens, qui y voyaient à la fois un mauvais présage pour la grande expédition de Sicile, sur le point de partir, et la preuve d'un complot oligarchico-tyrannique, dont les membres se seraient unis entre eux par cet acte abominable. Au cours de l'enquête furent révélées d'autres mutilations ainsi que des parodies des Mystères dans des maisons privées, qui mettaient en cause Alcibiade lui-même sans qu'on acceptât pour autant de le juger avant son départ. Mais le Conseil des Cinq-Cents a reçu pleins pouvoirs pour trouver et châtier les coupables et, seize ans plus tard, un des protagonistes, Andocide, évoque la terreur qui s'emparait de tout le monde lorsque le Conseil entrait en séance : « Les gens s'enfuyaient de l'agora, tout un chacun craignant d'être arrêté » (*Myst.*, 36). De fait, un dénonciateur, du nom de Diocleidès, prétendait que le nombre des coupables s'élevait à près de 300 – chiffre traditionnel pour les complots oligarchiques – et alla jusqu'à fournir une liste des 42 qu'il aurait reconnus (*ibid.*, 43). Le Conseil, abolissant le privilège des citoyens, allait les soumettre à la torture et, éventuellement, les mettre à mort, si Andocide ne s'était

51. Malgré J. Hatzfeld, *Alcibiade*, Paris, 1951, qui surinterprète Aristophane, *Lysistrata*, 1093-1094, le visage ne saurait être un équivalent « pudique » (*sic*) du phallos, d'autant plus que le verbe employé (*périkopein*) ne conviendrait pas pour une telle mutilation ; une scholie du passage de Thucydide évoque cependant à la fois le visage et le sexe.

décidé, avec garantie d'impunité à se dénoncer lui-même ainsi que d'ajouter quatre personnes aux dix-huit déjà dénoncées par le métèque Teucros. Diocleidès, convaincu de dénonciation mensongère, fut exécuté, de même que ceux qui figuraient sur les listes de Teucros et d'Andocide et n'avaient pas réussi à fuir, tandis que l'aristocrate Agaristè et l'esclave Lydos dénonçaient encore des parodies des Mystères.

Ces deux mois d'hystérie collective, où une centaine d'Athéniens, appartenant pour la plupart aux milieux aristocratiques ou très riches, avait risqué la peine de mort sous le coup d'accusations mensongères ou lancées par des gens de peu, notamment deux esclaves et un métèque, devaient laisser des traces profondes. Thucydide souligne, avec indignation, que les Athéniens « sans soumettre à examen les dénonciateurs mais, en nourrissant leurs soupçons de tous leurs dires, arrêtaient et jetaient en prison des gens très bien sous la foi d'hommes de rien (*ponèroi*) » (VI, 53, 2) et qu'au moment où Andocide, qui n'est pas nommé, fit ses révélations, peut-être mensongères, « de nombreux personnages considérables avaient déjà été arrêtés », tandis que « s'accroissait de jour en jour la tendance à la sauvagerie et à l'arrestation d'un nombre encore accru » (VI, 60, 2). Aristophane suggère aussi la violence de la répression en évoquant le traitement subi par « les oiseaux révoltés contre les oiseaux démocrates » (*Oiseaux*, 1583-1585, avec ses scholies). Riches et aristocrates, déjà menacés dans leurs biens, se sont sentis menacés dans leurs personnes et se laisseront parfois tenter par les hétairies extrémistes, qui feront parler d'elles quatre ans plus tard : Platon et Isocrate peuvent avoir songé à un tel exemple, quand ils assurent (*République*, VIII, 565b-c, et *Échange*, 318) que les riches, soupçonnés d'être oligarques, le deviennent pour de bon. Dans une sorte de cercle vicieux, les démocrates, qui se croyaient menacés, ont pratiqué un terrorisme qui ne pouvait que donner corps à ces menaces virtuelles, voire imaginaires.

En 411, les menaces ne sont plus imaginaires, car les oligarques profitent de la situation critique dans laquelle se trouve la cité aux lendemains du désastre de Sicile. L'Attique envahie à demeure, les finances au plus bas, l'Empire qui se révolte, dans une telle situation les Athéniens sont prêts à améliorer leurs institutions et nomment dès l'hiver

413 une commission de 10 *probouloi*, dont fait partie le vieux Sophocle, chargée de faire des propositions pour améliorer la situation. On est même prêt à aller au-delà et à changer les institutions, si c'est le seul moyen d'échapper à la défaite. Or, justement, Alcibiade fait savoir aux Athéniens qu'ils obtiendront l'appui des Perses, s'ils renversent la démocratie extrême. Ce renversement est d'autant plus aisé que les marins, soutien traditionnel de la démocratie, sont soit morts en Sicile, soit stationnés à Samos.

La révolution oligarchique, qui affecte de respecter les formes légales, a été préparée dans le secret et s'est imposée par la terreur. Dès l'hiver 412-411, Pisandre, l'envoyé d'Alcibiade, incite les différentes hétairies à faire bloc pour renverser la démocratie (Thuc. VIII, 54, 4) et, comme les conjurés font aussi appel à des gens qu'on croyait démocrates, la suspicion est générale et on n'ose se confier à personne (Thuc. VIII, 66, 3-5). Or, les révolutionnaires font régner la terreur : les protestataires, dont Androclès, le chef de la tendance démocratique, sont assassinés sans qu'il y ait enquête ni poursuite, tandis que « le peuple restait tranquille et était si épouvanté que, même en restant silencieux, on s'estimait heureux de ne pas subir de violence » (Thuc. VIII, 65, 2, et 66, 2). Dans de telles conditions, où les orateurs ne proposent que des textes préparés par les conjurés sans que personne ose s'y opposer, il était facile de changer « légalement » les institutions. Une assemblée réunie à Colone, au nord d'Athènes, supprime d'abord les protections de la constitution, en interdisant d'intenter une action (notamment *graphè paranomon* ou *eisangélie*) contre ceux qui feraient une proposition (Thuc. VIII, 67, 2, et *Const. d'Ath.*, 29, 4). Dès lors, il était loisible de faire voter la nouvelle organisation, qui supprimait la plupart des indemnités (*misthoi)*, notamment celle des juges, et remettait le pouvoir à un conseil des Quatre-Cents : 5 citoyens élus désigneraient 100 personnes, qui en coopteraient 300 autres. Les Quatre-Cents, qui, remplaçant le Conseil des Cinq-Cents, exerceraient les pleins pouvoirs, réuniraient « quand cela leur paraîtra bon » les Cinq-Mille, qui constitueraient la nouvelle assemblée.

Il s'agit en théorie, mais aussi dans l'esprit de certains des participants, d'une oligarchie modérée – ou, si l'on préfère, d'une démocratie modérée –, puisque, supprimant les *misthoi*, qui permettaient aux pauvres de participer à la vie politique, elle unit un conseil nombreux et une assemblée, et est fondée sur une base civique d'au moins 5 000 personnes (*Const. d'Ath.*, 29, 5), constituée par ceux qui peuvent s'armer en hoplites ; les 5 000 *maximum* de Thuc. (VIII, 65, 3) figuraient dans le programme, mais n'avaient sans doute pas été entérinés. Mais, comme les 5 000 n'étaient pas réunis, l'oligarchie modérée se transformait en une oligarchie restreinte, à laquelle la flotte de Samos restait résolument hostile.

D'autre part, le changement des institutions était destiné à rétablir la situation. Or l'oligarchie ne réussit ni à obtenir l'aide de la Perse pour continuer la guerre contre Sparte ni même à conclure avec Sparte une paix honorable. Aussi les Quatre-Cents se divisèrent-ils entre les modérés, influencés par Théramène, qui voulaient remettre le pouvoir aux Cinq-Mille et se refusaient à trahir Athènes, et les extrémistes, menés par Antiphon, Phrynichos et Pisandre, qui étaient prêts à trahir pour rester au pouvoir. De fait, après la perte de l'Eubée et les efforts des extrémistes pour fortifier au Pirée le promontoire d'Éétioneia, où ils pourraient appeler les Spartiates, les hoplites patriotes se révoltent et, à la fin d'août 411, après avoir exercé le pouvoir pendant seulement quatre mois, les Quatre-Cents laissent place aux Cinq-Mille, qui, d'après Lysias (XX, 13), auraient même été au nombre de 9 000.

Mais, malgré l'éloge de Thucydide (VIII, 97, 2), qui trouve le régime des Cinq-Mille un bon régime, bien équilibré, il ne dura pas et, avant la fin de 411-410, le Conseil des Cinq-Cents était rétabli et on en était revenu à la démocratie antérieure. Cependant, les oppositions n'étaient pas oubliées : Phrynichos avait été assassiné et ses assassins, honorés par la démocratie restaurée, tandis qu'Antiphon, accusé de trahison par Théramène, était exécuté ; Lysias lui-même rappelle, en XXV, 26, qu'après la chute des Quatre-Cents, les Athéniens, avaient, « parmi les citoyens, condamné plusieurs personnes à mort sans jugement (régulier), confisqué injustement les biens de beaucoup et infligé à d'autres exil ou *atimie* (privation totale ou partielle des droits civiques) » ; et Andocide (I, 75) précise que les soldats restés à Athènes « sous les tyrans », entendons les Quatre-Cents, ne peuvent ni parler à l'assemblée ni être membres du Conseil. Il faudra attendre 405 et le décret de Patrocleidès (Andocide, I, 77-79) pour que, conformément au vœu d'Aristophane, dans *Les Grenouilles* (686-705), une mesure d'amnistie s'efforce de rétablir l'union nationale.

Les excès : le procès des Arginuses (406) et la tyrannie des Trente (404)

Xénophon, qui dans *Les Helléniques* prend la suite de Thucydide, à partir de 411, incite à rapprocher ces deux épisodes où se manifestent les excès tyranniques, d'une part, de la démocratie extrême, d'autre part, de l'oligarchie restreinte.

En 406, alors que la flotte athénienne est bloquée à Lesbos, les Athéniens réussissent à constituer la flotte de la dernière chance, qui sauve la cité en gagnant la bataille des Arginuses. Mais, du fait de la tempête, on ne réussit ni à sauver les nombreux naufragés ni à repêcher les morts. Les 8 stratèges furent alors destitués et les 6 qui revinrent à Athènes furent en bloc condamnés à mort et exécutés. Xénophon, qui décrit en détail le procès (*Hell.* I, 7), en profite pour montrer comment les manœuvres procédurières et la terreur qu'inspire une assemblée déchaînée privent les citoyens de la protection qu'auraient dû leur assurer les lois. Ainsi, au moment où l'assemblée paraît favorable aux stratèges, on renvoie la décision au lendemain « car il se faisait tard et l'on n'aurait pas distingué les mains (des votants) ». Le Conseil soumet à l'assemblée un texte orienté et volontairement équivoque, puisqu'on devra décider si les stratèges sont « coupables de ne pas avoir recueilli les vainqueurs du combat naval ». En effet, la phrase paraît d'abord poser une question de fait et, à cet égard, comme personne ne prétend que les stratèges ont recueilli les naufragés, la réponse est évidente. S'il s'agit, au contraire, seulement d'apprécier leur culpabilité, la substitution de « vainqueurs » à « naufragés » implique deux circonstances aggravantes : les victimes avaient bien mérité de la patrie et les accusés ne peuvent bénéficier de l'excuse qu'aurait constituée une défaite. Enfin, en dehors même de la mise en scène destinée à impressionner l'assemblée, une opposition sous serment est utilisée pour faire annuler un vote qui rétablissait une procédure normale de vote séparé sur chaque accusé. Mais il y a plus grave, l'attitude terroriste de l'assemblée ne laisse même plus le loisir de défendre la loi, puisqu'on menace du même sort que les stratèges ceux qui veulent intenter une *graphè paranomon* ou qui, comme Socrate[52], se refusent à mettre aux voix une proposition illégale. Et Xénophon résume en une formule ce qu'on pourrait appeler la tyrannie démocratique : « La foule criait qu'il serait scandaleux qu'on empêchât le peuple de faire ce dont il aurait envie. »

Même si, peu après, le peuple se repentit et intenta une action contre ceux qui l'avaient trompé, la démocratie athénienne avait, dans cet épisode, combiné la terreur et l'arbitraire de la tyrannie avec l'esprit procédurier, qui, dévoyé, se retournait contre la loi.

Si l'on peut contester l'illégalité de la condamnation des stratèges, personne ne met en doute le caractère tyrannique du gouvernement des Trente. Dans Athènes vaincue, assiégée et affamée, les modérés et les oligarques l'emportent sur les démocrates jusqu'au-boutistes, et les pressions de Lysandre, partisan d'une oligarchie restreinte, firent élire une commission de 30 membres, chargée théoriquement de rédiger les lois du nouveau régime, qui, en fait, exerça elle-même le pouvoir. Ceux-ci désignèrent eux-mêmes les 500 membres du Conseil ainsi que les magistrats et s'entourèrent d'une garde de 300 « porte-fouet », qu'ils complétèrent plus tard par une garnison spartiate, ce qui suffirait déjà à les caractériser comme tyrans.

Au début, les Trente, relativement unis, prétendaient appliquer la « constitution des ancêtres » et se contentaient de massacrer les sycophantes et les « démagogues », ce dont, aux dires de *La Constitution d'Athènes* (35, 3), « on se réjouissait dans la cité, car on pensait qu'ils agissaient dans

52. Il siégeait alors au bureau de l'assemblée en tant que prytane, voire comme épistate des prytanes, cf. E. Lévy, « L'art de la déformation historique dans *Les Helléniques* de Xénophon », dans *Purposes of History. Studia hellenistica* 30, Louvain, 1990, p. 154-155.

les meilleures intentions ». Mais ils en vinrent ensuite, en partie pour des raisons financières, à s'attaquer, en dehors même des métèques riches, à ceux des citoyens « qui se distinguaient par la fortune, la naissance ou la réputation » (*ibid.*, 35, 4), et, finalement, à massacrer 1 500 personnes [53], ce qui, rapporté au nombre de citoyens, est énorme. Cependant, l'aile modérée des Trente, dirigée par Théramène, manifestait son désaccord et même la désignation d'un corps civique de 3 000 citoyens, seuls autorisés à rester dans la ville d'Athènes, ne suffit pas à les satisfaire. L'opposition entre Théramène et Critias est longuement développée par Xénophon, *Hell.* II, 24-49, en deux discours antithétiques : Théramène, qui entend mener ce qu'on appellerait aujourd'hui une politique de classe, souhaite que le régime élargisse sa base sociale et s'appuie sur les riches, même non citoyens ; par-delà la diversité des régimes et ce qu'on a pu critiquer comme de l'opportunisme, il proclame sa fidélité aux « gens de bien ». Au contraire, pour Critias, qui est nourri de l'idéologie de la puissance, propagée par certains sophistes, les Trente ne peuvent constituer qu'une tyrannie, uniquement fondée sur la force et au service exclusif des détenteurs du pouvoir. La mort de Théramène, contraint à boire la ciguë, après avoir été exclu des 3 000, qui étaient les seuls à jouir de garanties judiciaires, en fera un martyr, dont les modérés pourront se réclamer.

La base politique des Trente se restreint de plus en plus, tandis que se renforcent les démocrates retranchés, au nord, dans le fortin de Phylè. D'autre part, leur principal soutien, Lysandre, se voit contesté à Sparte. Aussi les Trente, après avoir été battus par les démocrates à Mounichie, où meurt Critias, doivent-ils se retirer à Éleusis, dont ils ont préalablement massacré les habitants. Mais les Dix, à qui ils ont laissé le pouvoir, ont beau faire appel à Sparte, le roi Pausanias, en désaccord avec Lysandre, incite les « gens de la Ville » et les « gens du Pirée » à se réconcilier, ce qui met fin au régime oligarchique, qui n'avait sans doute duré qu'un peu plus d'un an.

53. Cf. *Const. d'Ath.*, 35, 4, où il n'est pas clair s'il s'agit de 1 500 personnes en général ou de 1 500 citoyens ; au contraire, Isocrate XX, 11, et Eschine III, 235, évoquent expressément les citoyens.

La restauration démocratique

La restauration démocratique, animée par les modérés, se fait sous le signe de la réconciliation. Pour assurer la sécurité des « gens de la Ville », on permet à ceux qui le souhaitent d'émigrer à Éleusis, où ils seront leurs propres maîtres, mais Archinos, en modifiant inopinément la date limite du départ, s'arrange pour que cette émigration reste assez faible : les modérés redoutent vraisemblablement que la fuite des « gens de la Ville » ne compromette l'équilibre interne en accroissant l'importance des démocrates extrêmes. C'est cette même attitude « centriste » qui les fait à la fois annuler pour vice de forme le décret de Thrasybule accordant la citoyenneté aux combattants démocrates de Phylè et repousser la proposition de Phormisios, qui la retirait à ceux qui ne possédaient pas de terre (Lysias, XXXIV, avec son argument dû à Denys d'Halicarnasse). Bien plus, une loi d'amnistie interdit, sous peine de mort, de rappeler les fautes passées et la cité démocratique va même jusqu'à rembourser les dettes des Trente envers les Lacédémoniens. Il ne restait plus, en 401, qu'à réintégrer Éleusis dans l'État athénien pour que la cité retrouvât son unité : c'est le dernier épisode évoqué dans la partie historique de *La Constitution d'Athènes*.

Les mots d'ordre sont désormais concorde (*homonoia*) et modération (*sophrosunè*), ce qui est peut-être d'autant mieux admis qu'après la violence des luttes civiles et les haines suscitées par la démocratie extrême et surtout l'oligarchie terroriste la passion politique paraît s'être émoussée. La révision des lois est remise, de nouveau, à une commission de *nomothètes* ; Aristophane, dans ses dernières pièces, abandonne les luttes politiques pour évoquer le problème social de la misère ; Platon, si l'on en croit la *Lettre VII*, dont l'authenticité est contestée, renonce à s'engager dans l'action politique, au moins dans le cadre de la cité ; et, bien que l'interprétation en soit discutée, l'absentéisme est sûrement une des raisons de l'établissement et du relèvement du *misthos ecclésiastikos* (versement d'une indemnité d'abord d'une obole, puis de 3 oboles, pour la participation à l'assemblée). Sans doute, en 399, Socrate paiera-t-il de sa vie son attitude provocatrice à l'égard des juges et ses liens avec certains oligarques notoires, mais, peut-être aussi, constituait-il un aiguillon insupportable à une société qui ne rêvait plus que de tranquillité.

6

L'évolution culturelle

Le ve siècle est, pour l'art et la littérature, le siècle d'Athènes : le rôle de celle-ci est déterminant aussi bien dans l'histoire du théâtre que dans celle de la céramique, tandis que les constructions de l'Acropole constituent le programme monumental le plus prestigieux de l'époque.

C'est aussi l'âge classique par excellence. Entendons par là que, par rapport au siècle précédent, en dépit de nombreux changements, il représente, surtout dans l'art, plus une période de maturation, voire d'épanouissement, qu'une période d'expériences créatrices. Cette affirmation serait sans doute à nuancer, si l'on tenait compte de la grande peinture. En effet, l'*Amazonomachie* de Mikon, *La Prise de Troie* de Polygnote de Thasos et *La Bataille de Marathon* d'attribution discutée, qui, dès l'époque de Cimon, décoraient la Stoa Poikilè d'Athènes, constituaient, avec *La Prise de Troie* et la *Nekuia* (monde des morts) de Polygnote dans la *leschè* (salle de réunion) des Cnidiens à Delphes, des œuvres majeures encore admirées par Pausanias. Mais, si la nouvelle maîtrise de l'espace avec étagement des personnages marque une étape importante dans l'histoire de la peinture grecque, ces œuvres ne nous sont accessibles que par les descriptions antiques et par l'influence qu'elles ont exercée sur la peinture de vase. Or celle-ci a connu sa grande révolution, dès les environs de 530, avec l'apparition de la figure rouge, et, quel que soit l'intérêt artistique des lécythes funéraires à fond blanc, il s'agit plus d'un raffinement supplémentaire que d'une nouveauté radicale. De même, en architecture, les ordres dorique et ionique sont attestés dès le viie siècle et ils sont déjà associés, vers 500, dans le temple d'Athéna à Paestum, qui utilise aussi le fameux rapport $3^2/4^2$, caractéristique du Parthénon. Le plan tripartite du temple, qui associe, d'avant en arrière, *pronaos*, *naos* (ou *cella*) et *opisthodome*, est déjà fréquent au VIe siècle, tandis que le *naos* est lui-même divisé en trois nefs par une colonnade intérieure et que les architectes font leurs premiers essais de correction optique en bombant le stylobate et en galbant les colonnes. La seule nouveauté est l'apparition discrète, au milieu du siècle, de l'ordre corinthien, qui ne jouera un grand rôle que beaucoup plus tard et qui ne semble, au début, qu'une variante de l'ordre ionique.

Pour la littérature, création et épanouissement vont de pair. Si Pindare n'a pas inventé la lyrique chorale, qui existait depuis longtemps, le changement qu'Hérodote représente par rapport à Hécatée et à ses autres prédécesseurs a pu le faire considérer par Cicéron (*Lois*, 1, 5) comme « le père de l'histoire ». Thespis, qui a déjà concouru aux Grandes Dionysies entre 535 et 533, passe pour l'inventeur de la tragédie, où il aurait introduit le prologue et les parties non chantées, et Phrynichos s'est illustré à la fin du VIe siècle et au début du Ve siècle, mais Eschyle a renouvelé le genre et éclipsé tous ses prédécesseurs. Si la comédie attique a des précurseurs péloponnésiens, mégariens et surtout siciliens, avec notamment Épicharme dès la fin du VIe siècle, les concours de comédie n'apparaissent aux Dionysies urbaines qu'en 486, et Aristophane ne fait jouer sa première pièce qu'en 427, deux ans après la première pièce de son rival Eupolis.

Mais le Ve siècle ne se contente pas de développer et de porter à sa perfection ce qui était déjà en germe au VIe siècle, il prépare aussi la grande reconstruction philosophique du IVe siècle. Quelles que soient leurs différences ou leurs oppositions, Socrate comme les sophistes mènent une critique radicale de toutes les valeurs : ceux-ci en ébranlant toutes les conventions, celui-là en remontant aux principes des actions et en détruisant les fausses certitudes.

L'ÉPANOUISSEMENT ARTISTIQUE[1]

Si, en dehors de la peinture, l'art ne connaît pas de révolutions, sa vitalité se marque dans son évolution rapide, qui permet de distinguer au moins trois moments : le style sévère, le style libre et ce que, dans la céramique, on a qualifié de style fleuri, sans, bien sûr, que les distinctions puissent être trop tranchées : on peut continuer à pratiquer le style sévère, quand domine le style libre, ou le style libre, quand domine le style fleuri.

• Dans la CÉRAMIQUE, la domination d'Athènes, manifeste dès le milieu du VIe siècle, est aussi nette avec la figure rouge qu'avec la figure noire finissante et ne sera ébranlée que vers la fin du siècle. La génération de 530 avait déjà exploité admirablement les possibilités de la figure rouge en introduisant le raccourci dans le dessin, en développant une extraordinaire précision anatomique et en renouvelant le répertoire. Dans la deuxième génération des peintres, qui correspond plus précisément au style sévère, on peut évoquer la très pathétique représentation de la prise de Troie[2] par le peintre de Kléophradès[3], une coupe du peintre de Brygos, dont le bord externe est décoré d'un *kômos* (défilé de fêtards), tandis qu'à l'intérieur une jeune femme soutient la tête inclinée d'un jeune homme en train de vomir ; le contraste entre les figures féminine et masculine est encore accentué sur une coupe de Douris, où Éos soutient le corps dénudé de Memnon : la posture courbée de la déesse, en parfaite harmonie avec la forme du médaillon central, traduit la douleur de la mère et contraste avec la rigueur géométrique des horizon-

1. Comme on ne peut guère faire d'histoire de l'art sans disposer d'illustrations, je me limiterai volontairement à quelques exemples.
2. On trouvera de bonnes reproductions de tous les vases mentionnés dans P.E. Arias et M. Hirmer, *Le Vase grec*, Paris, Flammarion, 1956, 1962.
3. Quand aucune signature ne permet de connaître le nom du peintre, on le désigne par référence au potier avec lequel il est le plus souvent associé (par exemple le peintre de Kléophradès), à une de ses œuvres (par exemple le peintre de Pan) ou à un musée où a été identifiée une de ses œuvres (par exemple le peintre de Berlin)

tales et des verticales que dessine le pitoyable cadavre de son fils. Montrant plus de souplesse dans le dessin que leurs prédécesseurs, ces peintres s'attachent surtout aux représentations masculines dans des scènes de la vie courante, avec une prédilection pour les images de banquet et pour la palestre, qui permet de mettre en valeur la beauté des éphèbes.

Dans le style libre, qui renonce aux dernières conventions archaïques, notamment dans le dessin de l'œil, on a pu distinguer le début du classicisme, de 480 à 450, et son apogée, de 450 à 425. Dans la première phase, où certains se laissent influencer par la grande peinture, notamment celle de Polygnote de Thasos, se manifestent un certain sens de l'espace, qui permet d'étager les personnages, et un effort pour traduire la souffrance par le geste ou le regard. Les peintres ont pu aussi jouer du rapport entre le fond noir et les formes rouges et entre la représentation et son cadre. Ainsi, sur un cratère en cloche du peintre de Pan, figurant, d'un côté, Dionysos et une ménade et, de l'autre, une scène de *kômos*, la représentation très aérée laisse pleinement jouer le fond noir et déborde légèrement sur le bandeau d'oves censé limiter le champ vers le haut. Au contraire, sur la coupe du peintre de Penthésilée, où Achille tue la reine des Amazones, les figures rouges occupent tout le champ, qui ne suffit même pas à les contenir en entier, tandis que le fond noir ne sert qu'à découper les personnages, étroitement unis par la conjonction des regards. Le cratère en calice du peintre des Niobides, qui, sur une face, représente Héraclès au milieu d'une assemblée de héros et, sur l'autre, le massacre des Niobides, très influencé par la grande peinture, constitue un moyen terme, qui équilibre le fond noir et les figures.

A l'apogée du style classique, les peintres de vases se laissent influencer par la plastique et montrent leur maîtrise dans le dessin raffiné des lécythes funéraires à fond blanc. Ainsi le peintre d'Achille représente, comme figure centrale et unique, sur une face d'une amphore, un Achille élancé, avec un allongement vers le bas des jambes par rapport au buste et du buste par rapport à la tête, qui l'agrandit encore. Mais l'on admirera surtout ses lécythes à fond blanc, qui, par la gravité sereine de ses figures féminines, ne sont pas sans rappeler les frises du Parthénon. Cette influence de Phidias se retrouve chez Polygnotos ou le peintre de Cléophon.

Le peintre d'Érétrie assure la transition avec le style fleuri. Sur un *épinètron* (vase en forme de tuile qui s'adaptait au genou des fileuses), il a dessiné avec une précision de miniaturiste tout un ensemble de personnages féminins, qui, déesses ou mortelles, ont toutes des positions différentes mettant en valeur leur grâce et leur souplesse. Mais le véritable représentant de ce style est le peintre de Meidias [4]. Sur son hydrie du British Museum qui figure en deux registres superposés, de bas en haut, le jardin des Hespérides et le rapt des Leucippides, se distinguent bien les caractéristiques du style fleuri. Si l'étagement en hauteur, souligné par des lignes ondulées, permet de donner une profondeur au tableau, la grande nouveauté vient de la recherche du décoratif avec les bijoux dorés et les vêtements brodés, l'envol ou le bouillonnement assez maniériste des draperies et l'introduction d'éléments végétaux, tandis que le réalisme, même idéalisé, est quelque peu sacrifié à la recherche de l'expressivité. Tant par les thèmes que par leur représentation, on pourrait dire que du style sévère au style fleuri la céramique s'est progressivement « féminisée ».

• L' évolution de la SCULPTURE est, bien qu'un peu décalée, parallèle à celle de la céramique. L'archaïque finissant laisse place au style sévère, qui, lui-même, s'épanouit dans un style classique où domine la personnalité de Phidias ; les dernières décennies du siècle voient, parallèlement à ce style, se manifester un certain goût du pathétique et une recherche de l'expressivité, qui annoncent le IVe siècle.

Au début du Ve siècle, le style archaïque commence à s'essouffler : les frontons du temple d'Aphaïa [5], à Égine, même le fronton occidental, avec son Héraclès archer, montrent une perfection technique assez froide, qui, peut-être en partie à cause des restaurations de Thornwaldsen, n'a pas le charme des dernières *korè* de l'Acropole.

Le style sévère, que certains ont voulu lier au choc des guerres médiques [6], se caractérise par une tendance à l'austé-

4. Cf. L. Burn, *The Meidias Painter*, Oxford, Clarendon Press, 1987.

5. On trouve de bonnes reproductions des œuvres mentionnées dans R. Lullies et M. Hirmer, *La Sculpture grecque*, Paris, Flammarion, 1956.

6. On ne voit pas pourquoi la victoire, même si elle incite à exalter les valeurs viriles du combat, devait déboucher sur un « style sévère ».

rité et au dépouillement : le visage, qui s'élargit, avec un nez et des cheveux qui raccourcissent, reste impassible, tandis qu'on renonce aux yeux bridés et au sourire caractéristiques des têtes archaïques ; les draperies sont traitées sans aucun maniérisme, tandis que l'anatomie est représentée avec précision mais sans chercher l'effet décoratif ; cependant, la distinction entre la « jambe de jeu » et la « jambe d'appui » permet un léger déhanchement, qui évite toute raideur.

Les métopes du temple de Zeus à Olympie, qui représentent les travaux d'Héraclès, se distinguent par la solidité presque architecturale de leurs figures, qu'elles soient statiques, lorsqu'elles dessinent les trois verticales d'Athéna, d'Atlas et d'Héraclès, ou qu'elles s'affrontent, lorsque, Héraclès luttant contre le taureau de Crète, les obliques suggèrent toute une géométrie des forces qui s'équilibrent. Le même temple oppose l'immobilité inquiétante du fronton oriental, où se prépare la course de chars, qui sera fatale à Œnomaos, et le paroxysme du fronton occidental, où, en contraste avec la sérénité de l'Apollon qui domine la scène, luttent sauvagement Centaures et Lapithes. A cette œuvre péloponnésienne, on peut comparer le Poséidon (ou Zeus) de l'Artémision, dont les jambes, décalées et inégalement chargées, et les bras, largement ouverts, suggèrent la rotation qui précède le lancer du trident (ou du foudre) : tout en étant aussi solide, une telle figure paraît beaucoup plus libre dans ses mouvements que le très solennel Apollon de la frise d'Olympie. Quant à l'aurige de Delphes, il est le fruit d'un art très conscient. Non seulement le bas du corps est allongé, dans un souci de correction optique, mais l'œuvre joue constamment d'effets de contraste : les lourds plis verticaux du chiton, à l'image d'une colonne cannelée, font ressortir les minces plis de l'épaule ; le traitement du visage par arrondi progressif sans aplats met en valeur le modelé accentué des lèvres, tandis que le graphisme des mèches ciselées, plaquées sur le crâne, contraste à la fois avec le modelé du visage et avec le traitement plastique des boucles latérales. Date peut-être de la même époque une statue de marbre de près de deux mètres, trouvée en 1979 sur le site carthaginois de Motyè, en Sicile, qui représenterait un danseur au long vêtement finement plissé.

Avec le premier classicisme, à partir du milieu du siècle, la suggestion du mouvement, déjà visible dans le Poséidon de l'Artémision, est portée à sa perfection dans le Discobole de Myron d'Éleuthères, qui associe des attitudes successives dans une sorte d'instantané du mouvement. Par la reconstruction idéale le sculpteur accède ainsi à un réalisme supérieur.

Ces recherches d'eurythmie, c'est-à-dire d'équilibre entre les parties, culminent chez Polyclète d'Argos, qui établit le canon de la statue virile, où la tête représente un septième de l'ensemble du corps. Son Doryphore, statue virile debout, nue, d'un porteur de lance, immobile sans être figée, constitue un point d'équilibre dans l'histoire de la sculpture grecque : la jambe arrière, pliée, qui repose à peine sur le sol, suggère un arrêt dans le mouvement, tandis que de légers décalages dans la direction de la tête, des épaules et des hanches scandent rythmiquement la sculpture. Pour autant que les copies romaines permettent d'en juger, son Diadumène accentuait les mêmes traits, mais perdait en vigueur ce qu'il gagnait en souplesse.

Cependant, l'œuvre la plus marquante du Ve siècle, ce sont les sculptures du Parthénon, dont le maître d'œuvre était Phidias. Nous n'avons conservé de ce sculpteur ni son Athéna promachos en bronze, haute de 9 mètres, ni ses statues colossales en or et en ivoire (*chryséléphantines*) d'Athéna Parthénos à Athènes et de Zeus à Olympie, hautes d'environ 12 mètres, mais le décor en marbre du Parthénon permet d'apprécier des chefs-d'œuvre du Ve siècle non déformés et affadis par les copistes romains [7]. Il va de soi que Phidias n'a pas sculpté personnellement les deux frontons, les 92 métopes et les 160 mètres de la frise, d'autant plus que le fronton oriental et la frise n'ont probablement été achevés qu'alors que lui-même avait dû s'exiler. Mais l'unité de style montre bien sa marque : il avait sans doute remis à ses collaborateurs des maquettes grandeur nature (*tupoi*) et, au moins quand il était encore là, surveillé étroitement l'exécution.

Les métopes, commencées en 447 et achevées dès 442, ont été exécutées en premier et sont de qualité assez inégale ; on

7. Deux chefs-d'œuvre inconnus du Ve siècle ont été trouvés en 1972 au large de Riace, en Calabre ; il s'agit de deux guerriers nus en bronze, de près de 2 mètres, qui dateraient, l'un, d'environ 460, et l'autre, d'environ 430.

ne possède plus, sauf exception, que celles du sud, qui représentent le combat des Centaures et des Lapithes. Les figures se détachent bien sur le fond selon un schéma très simple, où s'affrontent deux personnages, et des courbes, souvent parallèles, ont remplacé les verticales des métopes d'Olympie, mais, que les Centaures soient humanisés comme de nobles vieillards ou qu'ils aient un visage en forme de masque, le refus de la sauvagerie diminue la violence des luttes, et la tendance à se tourner vers le spectateur donne à l'ensemble un aspect un peu théâtral, parfois accentué par certaines maladresses d'exécution. Si certaines métopes, qui soulignent les muscles du thorax et de l'abdomen, restent encore proches de l'esthétique archaïque, la quatrième, au modelé très progressif, où la conjonction des regards évoque toute la mélancolie de la mort prochaine, témoigne bien de la nouvelle esthétique.

On retrouve celle-ci encore plus clairement sur la frise, qui, malgré ses 360 personnages, dont 143 cavaliers, et ses 220 animaux, échappe à la monotonie répétitive des grandes frises orientales, car non seulement chaque personnage est différent, mais l'ensemble, qui évoque les Grandes Panathénées, est soigneusement composé : la frise occidentale présente les préparatifs du défilé, qui se déroule sur les frises septentrionale et méridionale pour converger vers l'assemblée des dieux réunie sur la frise orientale. Bien plus, un effet de contrepoint anime chaque frise en contrariant sans excès la direction d'ensemble : ainsi, sur la frise orientale, certains dieux, comme Apollon, se tournent vers leur voisin, contrairement à la composition centrifuge de l'assemblée des dieux, tandis que les autres frises sont rythmées par des cavaliers qui se retournent vers leurs compagnons et par les organisateurs, qui, à contre-courant, accueillent les participants. La composition repose en partie sur un « rythme oscillant », bien décrit par Jean Charbonneaux [8], qui évoque « le balancement subtil de courbes divergentes et convergentes », auxquelles on pourrait ajouter le jeu des courbes parallèles.

Les figures, nettement détachées, réussissent à étager les personnages, sans trop s'écarter du fond [9]. Les chevaux se

8. *La Sculpture grecque classique*, Paris, Nathan, 1943, p. 87-88.
9. Le sculpteur a dû ainsi tirer parti des recherches du peintre Polygnote de Thasos.

distinguent par leur encolure très large, qui équilibre le motif en évitant un vide excessif et fait ressortir encore davantage la finesse des membres et de la tête. C'est dans un même souci d'équilibre que le sculpteur représente le plus souvent les personnages nus avec le torse de face et, de profil, ceux dont le vêtement étoffe la silhouette.

Les frontons sont malheureusement très endommagés : des 40 personnages qui y figuraient ne subsistent qu'une douzaine, tous décapités à l'exception du Dionysos du fronton oriental, et les dessins exécutés au XVIIe siècle ne sauraient compenser cette perte. Ils laissent néanmoins apprécier la composition de l'ensemble. Tandis que la position debout, assise ou couchée, permet d'étager naturellement les personnages dans le cadre du fronton, la figure centrale, trop statique, est remplacée par un groupe divergent de deux personnages, au moins sur le fronton occidental, qui figure la lutte entre Athéna et Poséidon pour la possession de l'Attique. Sur le fronton oriental, qui représentait la naissance d'Athéna, outre un Dionysos, nu et juvénile, animé par un subtil jeu de torsions, et la tête d'un cheval de Sélénè, si expressive avec ses yeux saillants et ses veines apparentes, on remarquera le groupe formé par Aphrodite et une autre déesse (peut-être sa mère Dionè) : tandis que les plis fins du chiton soulignent les formes féminines, les grands plis courbes de l'himation posé sur les genoux des déesses les unissent étroitement en suscitant tout un jeu de l'ombre et de la lumière. Sur le fronton ouest, le corps dénudé de Céphise rappelle le Dionysos du fronton oriental, dont il accentue les traits, par la torsion qui permet d'opposer la courbe du flanc gauche aux masses musculaires accumulées sur le flanc droit, en réalisant ainsi une synthèse subtile de la puissance archaïque et de l'harmonie classique.

Si l'influence de Phidias fut immense dans la seconde partie du siècle, non seulement à Athènes, notamment dans les reliefs, auxquels ont pu travailler les anciens ouvriers du Parthénon, mais aussi dans le reste de la Grèce, elle ne doit pas faire oublier Crésilas, Agoracrite et Alcamène.

Cependant, à côté d'œuvres inspirées par l'esthétique de Phidias, de nouvelles tendances se font jour dans les deux dernières décennies du siècle. Vers 420, la Nikè de Paionios, à Olympie, accentue le contraste entre le chiton collé au corps (esthétique de la draperie mouillée) et le lourd himation qui s'envole derrière la déesse. En 410, certaines Nikè de la balustrade d'Athéna Nikè, à Athènes, sacrifient le naturel au jeu décoratif des étoffes tourbillonnantes, encore que, sur le même monument, la Nikè rattachant sa sandale ne fasse que développer des traits déjà visibles sur les deux déesses du fronton est du Parthénon. Quant aux combats entre Grecs et Amazones et entre Centaures et Lapithes, qui, vers la fin du siècle, décorent la frise de Bassae [10], faisant tourbillonner les draperies comme les Nikè déjà évoquées, ils sacrifient l'ordre et la clarté de Phidias au fourmillement des personnages, à la violence et, peut-être même, à une certaine volonté de désordre : la perfection de la sculpture parthénonienne n'interdit pas de nouvelles recherches.

• L'ARCHITECTURE est, comme la sculpture, marquée par le grand programme de construction de l'Acropole.

Renonçant au gigantisme de l'Héraion de Samos, de l'Artémision d'Éphèse, du temple G de Sélinonte et des temples de Zeus olympien à Athènes et à Agrigente [11], qui dépassaient tous les 100 mètres, l'architecture religieuse du Ve siècle manifeste un retour à la mesure : outre le temple d'Aphaïa à Égine, qui mesure moins de 30 mètres, la plupart des temples ont des dimensions proches de 40 mètres (temples d'Héra Lacinia et de la Concorde à Agrigente et temple A de Sélinonte) ou de 60 mètres (temples d'Héra à Paestum et de Zeus à Olympie, premier Parthénon [inachevé], temple E à Sélinonte, Parthénon [69,51m]) ; parallèlement, la disproportion entre la longueur et la largeur tendant à s'atténuer, on aboutit à des fractions simples, proches de 2.

Le Ve siècle marque aussi l'apogée de l'ordre dorique : celui-ci convient bien à l'esthétique « sévère » qui règne au début de la période, où l'on renonce provisoirement à mêler les ordres. Il s'établit ainsi une sorte de plan type de temple périptère, avec 6 colonnes de façade et 12 à 15 (souvent 13) colonnes sur les longs côtés. Les architectes veillent à établir des rapports mathématiques harmonieux entre les différentes

10. Cf. Ch. Hofkes-Brukker et A. Mallwitz, *Der Bassai-Fries*, Munich, Prestel, 1975.

11. Il est possible que ce dernier ne date que de 480.

dimensions, raffinent les corrections optiques et s'efforcent de résoudre le délicat problème du triglyphe d'angle en modifiant les dimensions de l'entrecolonnement.

Dans la seconde moitié du siècle, les constructions de l'Acropole éclipsent toutes les autres. Athènes, qui avait laissé en ruine les temples incendiés par les Perses, dispose de tout l'espace nécessaire pour reconstruire à neuf ; elle utilise ou, selon les adversaires du projet, détourne les immenses réserves de la ligue de Délos pour financer un programme colossal : le Parthénon avec sa statue de culte et les Propylées auraient déjà coûté quelque 2 000 talents. C'est Périclès lui-même qui est à l'origine de ces grands travaux, dont il fit confier la surveillance à Phidias. Si l'on peut douter de l'anecdote rapportée par Plutarque (*Pér.*, 14, 1-2), selon laquelle l'homme d'État, contesté, aurait proposé de prendre à sa charge les dépenses, à condition d'inscrire son nom sur le monument, elle rappelle les résistances qu'il avait dû affronter. Mais sa leçon avait dû porter, car, même après sa mort, au cours de la guerre du Péloponnèse, les travaux continuent. En effet, si le Parthénon est construit, par Ictinos et Callicratès, entre 447 et 432, et les Propylées, par Mnésiclès, entre 438 et 432, le temple d'Athéna Nikè n'est édifié que vers 427-424 et les travaux de l'Érechtheion, commencés en 421, ne seront repris qu'en 409 pour être achevés en 406.

Ces constructions associent le dorique et l'ionique, puisque le Parthénon et les Propylées, principalement doriques, utilisent aussi l'ordre ionique, qui régnera ensuite dans le petit temple d'Athéna Nikè et dans l'Érechtheion.

Le Parthénon n'est pas un temple comme les autres : Roland Martin l'a présenté, avec quelque paradoxe, comme « le moins classique des temples grecs [12] ». Sa colonnade extérieure de 8 colonnes sur 17 le distingue déjà des temples hexastyles, qui dominent à l'époque. D'autre part, la nécessité de mettre en valeur la statue colossale d'Athéna a amené à élargir la *cella*, divisée en deux chambres inégales. Dans la première, beaucoup plus grande, la statue était entourée sur trois côtés par une colonnade ; dans la seconde, qui s'ouvrait vers l'arrière, le plafond était soutenu par 4 colonnes,

12. J. Charbonneaux, R. Martin et F. Villard, *Grèce classique (480-330 av. J.-C.)*,Paris, Gallimard, L'Univers des formes, 1969, p. 25.

sans doute ioniques. Enfin l'*opisthodome* lui-même était supporté par des colonnes ioniques. Cette disposition, qui réserve l'ionique à l'aménagement intérieur, se retrouve dans les frises, puisque le monument combine une frise dorique, de métopes et de triglyphes, à l'extérieur, et une frise ionique, sous les porches et autour de la *cella*. De même les Propylées combinent, à l'extérieur, la majesté de la façade dorique à 6 colonnes, et, de chaque côté du passage lui-même, une rangée de 3 colonnes ioniques. Le Parthénon se distingue aussi par le raffinement de ses corrections optiques[13] et par l'harmonie de ses proportions, fondées sur le rapport entre 2 et 3, leurs carrés (4 et 9) et le carré de leurs carrés (16 et 81), ainsi que sur le nombre d'or (1,618).

Avec l'Érechtheion et le temple d'Apollon à Bassae, les deux dernières décennies du siècle montrent une recherche du décoratif, que nous avions déjà reconnue dans la céramique du style fleuri ou dans les draperies tourbillonnantes qui animent les frises des temples d'Athéna Nikè ou de Bassae. Ainsi, l'Érechtheion joue du contraste entre le marbre blanc et la pierre noire d'Éleusis, qui forme le fond de la frise, et présente, outre une porte richement ornée, des colonnes ioniques dont la partie supérieure, soigneusement décorée, porte un chapiteau enrichi par une bande de tresses et par la multiplication des spirales. D'autre part, l'architecte a su tirer parti des contraintes tant physiques (dénivelé) que religieuses (sanctuaires à respecter) en combinant colonnes ioniques au porche nord et sur la façade est, caryatides au porche sud et demi-colonnes ioniques engagées, entre deux pilastres, sur la façade ouest. L'architecture d'applique de cette façade ouest marque une sorte de révolution, où la colonne devient un élément du décor. Il en va de même dans le temple de Bassae, qui, extérieurement dorique, est décoré à l'intérieur de dix colonnes ioniques engagées et présente, au milieu de la *cella*, un des premiers exemples de chapiteau corinthien.

13. Même si certaines présentent aussi des avantages techniques pour l'écoulement des eaux (la courbure du sol) ou le renforcement de la structure d'ensemble (élargissement des colonnes d'angle), qui ont amené d'aucuns à se demander si la correction optique était bien le but principal.

L'ÉPANOUISSEMENT LITTÉRAIRE

Le ve siècle se distingue dans la lyrique chorale, avec Pindare, domine le genre historique, avec Hérodote et Thucydide, et constitue, pour le théâtre grec, la période essentielle, pour ne pas dire unique. Si Athènes ne s'est guère illustrée dans la lyrique chorale [14], elle a donné naissance à l'un des deux plus grands historiens et elle exerce un quasi-monopole dans la production théâtrale.

Pindare

Poète thébain, né en 522 ou en 518, Pindare a connu un grand succès, surtout après son long séjour aux cours d'Hiéron et de Théron. Il ne nous reste plus, de son œuvre considérable, que ses éloges des vainqueurs (*épinicies*) aux concours panhelléniques d'Olympie, de Delphes, de Némée et de l'Isthme, composés entre 498 et 446. Sans doute lui-même un aristocrate, il est lié aux aristocrates, comme les Alcméonides, les tyrans siciliens, qualifiés de rois, ou le roi Arcésilas de Cyrène. Sa poésie, qui se veut dispensatrice d'immortalité, est aristocratique par ses thèmes : elle exalte la valeur (*arétè*), la gloire et la victoire, fondées surtout sur les qualités innées, volontiers héréditaires, et évoque constamment des exemples mythologiques épurés, car « il est bienséant pour l'homme de dire du bien des dieux » (*Olympiques*, 1, 55-56). Elle l'est aussi par son style, qui se plaît aux noms et aux adjectifs, suggestifs par eux-mêmes, indépendamment de leurs liens avec le verbe, souvent réduit à une simple copule et même absent des nombreuses phrases nominales, et qui fourmille de formules étincelantes, dédaignant les justifications, comme : « l'homme : songe d'une ombre » (*Pyth.*, 8, 136-137). Cette même liberté se retrouve dans la composition, qui, pratiquant le changement brutal,

14. Simonide et son neveu Bacchylide sont non d'Athènes, mais de Céos.

néglige les transitions et feint de ne connaître aucun ordre extérieur. Ainsi la première *Olympique* commence étrangement par « le mieux, (c'est) l'eau », pour évoquer, par opposition, l'or, qui flamboie comme un feu dans la nuit, et le soleil, qui brille dans la journée ; si cette libre association d'images est destinée à amener l'exaltation d'Olympie, dont les concours l'emportent sur tous les autres comme l'eau sur les autres éléments, comme l'or sur les autres richesses ou comme le soleil dans le ciel qu'il dépeuple, la comparaison n'est jamais explicitée.

Cependant, cette poésie, plus proche des vases d'un Euphronios que de l'esthétique du Parthénon, pouvait paraître démodée dans un monde qui se démocratisait, encore qu'Eupolis (K-A 148) et Aristophane (*Nuées*, 1355-1362), pour évoquer ce qui est vieilli (*archaion*), préfèrent mentionner Simonide.

L'histoire : Hérodote et Thucydide

Contrairement à la lyrique chorale, l'histoire, genre nouveau, évolue rapidement au ve siècle : des descriptions ethnographiques d'Hérodote à Thucydide la méthode historique a plus changé que de Thucydide à Polybe ; bien plus, c'est à l'intérieur même de l'œuvre d'Hérodote que passe la coupure.

Né à Halicarnasse, peu avant 480, dans une cité dorienne influencée par les Ioniens et lui-même, sans doute, en partie d'origine carienne, Hérodote, qui s'installe à Thourioi, après avoir beaucoup voyagé et avoir séjourné à Athènes, associe l'ancien et le nouveau, puisque, continuant l'enquête ethnographique, à la manière d'Hécatée, il inaugure aussi l'histoire événementielle détaillée d'une guerre, en frayant ainsi la voie à Thucydide et à Xénophon.

S'il n'est pas le créateur de l'enquête ethnographique, prédominante dans les premiers livres de son histoire, il la renouvelle par un refus de l'hellénocentrisme [15], qui dé-

15. Cf. E. Lévy, « Hérodote *philobarbaros* ou la vision du Barbare chez Hérodote », dans *L'Étranger dans le monde grec* II, R. Lonis (éd.), PU de

bouche sur un relativisme en phase avec les conceptions des sophistes. Raillant l'anthropomorphisme naïf de la religion grecque [16], l'historien, qui rappelle les nombreuses dettes culturelles des Grecs envers les peuples étrangers, fait de l'ouverture à autrui un élément essentiel du progrès. C'est d'ailleurs aux Perses qu'il prête étrangement la première discussion des différents régimes politiques attestée dans la littérature grecque (III, 80-82), qui, bien avant Aristote, distingue non seulement les trois régimes, mais, à chaque fois, une forme idéale et une forme détestable de chacun d'entre eux.

Mais, même dans les parties les plus historiques de son œuvre, Hérodote conserve encore des traits archaïques. L'histoire est conçue sur le mode de la tragédie : le bonheur excessif d'un Crésus ou l'*hubris* d'un Xerxès suscitent la *némésis* divine, tandis que rêves et oracles annoncent un futur inéluctable, dont les vains efforts pour y échapper ne font que hâter la venue. Cependant, ces conceptions, aussi proches de celles qu'Eschyle avait déjà en partie rejetées [17] que de celles de Sophocle [18], ne perturbent pas la causalité historique, car, en vertu de ce qu'on a pu appeler la « double détermination », un même fait s'explique, à la fois et indépendamment, par la volonté divine et par l'action des hommes, et les conceptions religieuses ou philosophiques d'Hérodote ne diminuent aucunement la valeur de son « enquête », sous-estimée à tort par l'hypercritique du XIXe siècle.

Un autre trait archaïque, qui constitue un des charmes d'Hérodote, c'est la liberté de composition qui règne dans son œuvre. L'auteur procède souvent, ou affecte de procéder, par associations d'idées, suivant une esthétique qu'on peut rapprocher des associations d'images chez Pindare. Il n'hésite pas à pratiquer les retours en arrière, à enchâsser des digressions dans des digressions, ou à présenter des plans

Nancy, 1992, p. 193-244, et, pour la thèse inverse, F. Hartog, *Le Miroir d'Hérodote*, Paris, Gallimard, 1980.

16. Cf. Hér. I, 60, 10-16 (texte des meilleurs manuscrits), où les Athéniens, trompés par une simple figurante, ont cru qu'Athéna elle-même ramenait Pisistrate.

17. Cf. *infra*, p. 262.

18. Sophocle et Hérodote étaient assez liés pour s'emprunter des motifs et pour que le poète dédiât une ode à l'historien.

« en tiroir ». Ainsi Crésus ayant été le premier à avoir asservi les Grecs, sa mention incite à présenter une histoire de la Lydie ; mais, comme les Lydiens ont été vaincus par les Perses, l'histoire de la Lydie débouche sur une histoire des Mèdes et des Perses, et celle-ci, sur un exposé des coutumes perses. D'autre part, comme l'Antiquité ne disposait pas de notes en bas de page, quand Hérodote est amené à évoquer un personnage important, comme Cléomène, Démarate ou Masistès, le frère de Xerxès, il en profite pour en présenter l'histoire. Cependant, liberté n'est pas désordre, les digressions ne font pas oublier la ligne directrice et les développements ethnographiques, par exemple sur les Scythes ou sur les Libyens, sont eux-mêmes rattachés au thème historique par le biais des conquêtes perses, selon un schéma assez simple : l'évocation des causes de la guerre est en général suivie par une longue description du pays, qui précède le récit des campagnes militaires.

Thucydide, né une vingtaine d'années après Hérodote, est d'une certaine manière son continuateur. Celui-ci avait fait le récit d'une grande guerre presque contemporaine, celui-là entreprend le récit d'une guerre qui lui paraît encore plus importante et qui se déroule à son époque. Si Hérodote avait voulu, par son enquête, retrouver et perpétuer les hauts faits des Grecs et des Barbares, Thucydide, conscient de la difficulté d'accéder à la vérité, a précisé les règles de la critique historique, fondée sur l'examen des témoignages et le recueil des indices (I, 20-22). Pour la chronologie, il s'efforce d'être encore plus précis que ses devanciers en ne se contentant pas, comme Hellanicos, du cadre annuel, mais en divisant l'année, en fonction des opérations militaires, en un « été » d'environ huit mois et un « hiver » d'environ quatre mois [19].

Cependant, en face de l'archaïsme souriant d'Hérodote, Thucydide paraît d'un classicisme sévère. L'historien s'en tient avec rigueur au sujet précis de la guerre du Péloponnèse. Le récit de la *pentékontaétie* (I, 89-118) [20], qui lui permet de résumer une période postérieure à l'histoire d'Hérodote et insuffisamment décrite par Hellanicos et dont

19. Thuc. V, 20, 2-3, qui justifie la méthode, suggère des saisons égales, mais son récit montre que ce n'était pas le cas ; cf., entre autres, VI, 21, 2.
20. Cf. *supra*, p. 45.

il s'excuse comme d'une digression (I, 97), est rattaché à son sujet, puisqu'il évoque le renforcement de la puissance athénienne, cause profonde de la guerre. Le bref tableau des populations barbares et grecques de la Sicile (VI, 1-6, 1) est destiné à faire comprendre les problèmes que rencontrera l'expédition de Sicile et ne ressemble aucunement aux grands développements géographiques et ethnographiques chers à Hérodote. Et même la reconstitution, très originale, de l'histoire ancienne, voire de la préhistoire, de la Grèce, qu'il présente au livre I, 1-20, et qu'on a qualifiée d'*Archéologie*, n'est pas un simple hors-d'œuvre, mais, évoquant les progrès de la puissance, notamment de la puissance navale, elle justifie la thèse initiale, selon laquelle la guerre du Péloponnèse est plus importante que toutes les guerres qui ont précédé. De même, les rectifications apportées sur le double vote prêté indûment aux rois de Sparte (I, 20, 3), sur le bataillon de Pitanè (*ibid.*) ou sur le meurtre d'Hipparque (I, 20, 2, et cf. VI, 54-59), lui permettent de redresser des erreurs historiques et justifient ses critiques à l'égard de ceux qui ne se soucient pas suffisamment de « rechercher la vérité ». Quant aux développements sur Cylon ou sur la mort de Pausanias (I, 126-139[21]), ils permettent de préciser les souillures évoquées par les ambassades[22] et ne sont donc pas de véritables digressions.

D'autre part, éliminant toute intervention divine, Thucydide, tout en reconnaissant la part d'imprévisible, par exemple la « peste » ou la mort de Périclès, dans la détermination du futur, s'efforce de préciser les causes des événements. Il distingue ainsi, dans les causes de la guerre, les simples griefs des causes profondes (« la raison la plus vraie »), ce qui lui évite de confondre ceux qui ont pris, à leur corps défendant, l'initiative de la guerre, à savoir les Spartiates, avec ceux dont la politique a rendu la guerre inéluctable, à savoir les Athéniens. On est alors bien loin des enlèvements mythiques de femmes qui, chez Hérodote (I, 1-5), étaient censés expliquer l'opposition de l'Europe et

21. Seul le passage consacré à Thémistocle, I, 135, 2-138, rattaché artificiellement au développement sur Pausanias, peut être considéré comme une digression à la manière hérodotéenne.

22. Cf. *supra*, p. 81 *sq*.

de l'Asie. D'autre part, Thucydide s'efforce aussi de déterminer les causes ou les raisons de tout événement ou de tout acte, qu'il s'agisse de choisir une tactique dans une bataille, d'envoyer une expédition en Sicile, ou de conclure une alliance avec Corcyre ou la paix avec Sparte. Le but de l'histoire est moins l'exposé des faits que leur explication : on est passé de l'histoire narrative, qui devait fournir le plus agréablement possible le plus de faits possible, à une histoire explicative, qui ne retient que ce qui lui paraît pertinent, d'où, d'ailleurs, les silences de Thucydide, qui désolent les historiens contemporains. Cette attitude « rationaliste », qu'on a pu rapprocher de l'étiologie hippocratique [23] et de l'urbanisme géométrique d'un Hippodamos de Milet, débouche même sur la recherche de lois générales, qui, fondées sur la nature humaine, resteront toujours valables en faisant de son histoire une « acquisition pour toujours » (I, 22, 4). L'historien analyse ainsi les effets sociaux d'un bouleversement comme la « peste » ou la guerre civile et dégage, entre autres dans le discours des Athéniens à Sparte (I, 73-78) ou le dialogue mélien (V, 85-113), toute une physiologie et une pathologie du pouvoir, qui fait de l'impérialisme une tendance naturelle de tout État.

C'est ce changement de perspective qui explique l'importance et le rôle des discours. Au nombre de plus de quarante, dont les deux tiers concentrés dans les quatre premiers livres, ils constituent l'aspect le plus original de l'œuvre. Thucydide a cherché à concilier son souci de la vérité la plus rigoureuse avec son désir d'utiliser les discours pour dévoiler les raisons profondes des actes : trouvant des justifications dans la difficulté qu'il y avait à rapporter le texte exact des discours prononcés, il s'est contenté d'un moyen terme [24], « en faisant dire à chacun précisément ce qu'à (son) avis, il fallait dire en fonction des circonstances », donc en améliorant les discours réels, mais aussi « en (se) tenant le plus près pos-

23. Hippocrate méritant un long développement, je me contenterai de renvoyer à J. Jouanna, *Hippocrate*, Paris, Fayard, 1992, à L. Ayache, *Hippocrate*, Paris, PUF, « Que sais-je ? », 1992, et à Hippocrate, *De l'art médical*, Paris, Livre de poche, 1994.

24. Il signale lui-même qu'il ne rapporte pas textuellement les discours en les introduisant et en les concluant avec des termes qui marquent l'imprécision (*toiade* et *toiauta*).

sible de l'inspiration générale des paroles réellement prononcées » (I, 22, 1). Le choix qu'il a ainsi fait exercera une influence déterminante sur toute l'historiographie grecque et romaine, en permettant aux historiens, même à Polybe, qui prétend s'en défendre, de composer de brillants discours au style direct.

Ces discours, présentés le plus souvent sous forme de paires antithétiques [25], qui évoquent les antilogies des sophistes, tiennent lieu d'analyse sans que l'historien ait à intervenir personnellement. Leur style, qui a donné à Thucydide la réputation d'auteur difficile, est particulièrement recherché. Il repose essentiellement sur les fausses symétries, où l'historien joue du divorce entre le fond et la forme, les symétries formelles, notamment syntaxiques, dissimulant les concordances ou oppositions d'idées, tandis que celles-ci se répondent sous des tours syntaxiques différents [26]. Il ne s'agit pas là seulement d'un « maniérisme » raffinant et désarticulant les balancements à la Gorgias, c'est aussi un moyen pour l'auteur de rendre son texte le plus dense et le plus bref possible. Mais, sauf peut-être par Salluste, un tel style ne fut guère imité.

Le théâtre

Quel que soit le succès de Pindare, d'Hérodote ou de Thucydide, ils ne sauraient avoir exercé une aussi grande influence que le théâtre, qui apparaît à la fois comme une cérémonie religieuse, un moment essentiel de la vie civique et une grande fête populaire.

Non seulement les représentations théâtrales se déroulent au cours de fêtes de Dionysos, notamment les Dionysies urbaines et, secondairement, les Lénéennes ou les Dionysies champêtres, mais elles se passent dans un cadre religieux : à Athènes, le théâtre, attenant au temple de Dionysos,

25. Ne font exception que les discours pour lesquels l'historien semble approuver totalement les propos de l'orateur, ainsi les discours de Périclès ou celui d'Hermocrate en IV, 59.

26. Cf., par exemple, l'analyse des discours mytiléniens, Thuc. III, 37-48, que j'ai présentée dans la *Revue de philologie* 57 (1983), p. 261-264, et *supra*, p. 216-225.

comporte, au centre de l'*orchestra*, un autel, sur lequel on sacrifie un cochon de lait pour purifier les lieux, et le prêtre de Dionysos est installé à la place d'honneur, au premier rang. Cependant les Anciens se sont eux-mêmes étonnés que Dionysos fût si peu présent dans les pièces représentées. Parmi celles qui ont subsisté, il ne joue un grand rôle que dans *Les Bacchantes* d'Euripide et dans *Les Grenouilles* d'Aristophane, où sa couardise le rend particulièrement ridicule. Aussi l'aspect religieux ne paraît-il pas très contraignant : il contribue seulement à transformer la représentation en fête, car, pour les Grecs, toute fête présente un caractère religieux.

Le caractère civique est au contraire déterminant pour l'organisation et le financement, et explique sans doute, en partie, la prédominance du théâtre athénien au Ve siècle. C'est l'archonte lui-même qui donne un chœur aux poètes et il doit tenir compte des goûts du public, s'il souhaite se voir décerner l'éloge à l'issue des représentations. Le classement des auteurs est fait par un jury tiré au sort au dernier moment et dont on ne conservera que la moitié des votes, ce qui interdit de savoir comment chacun des dix a voté. Enfin une assemblée extraordinaire doit juger de l'organisation de la fête.

Si la cité paie le poète et le protagoniste, qui, lui-même, paie les autres acteurs, et, depuis Périclès, avance le droit d'entrée (deux oboles) des plus pauvres, elle fait surtout appel au dévouement de chorèges, volontaires ou non, qui recrutent le chœur, fournissent masques et costumes et organisent une réception à l'issue de la représentation.

L'intervention de la cité montre l'intérêt qu'elle attachait à ces représentations, qui contribuent à la gloire d'Athènes [27] et constituent une grande fête populaire. Aux Dionysies urbaines, après la grande procession, le premier jour, sont consacrées au théâtre cinq journées, réduites à quatre au cours de la guerre du Péloponnèse. Au cours de la première, dix chœurs d'hommes et dix chœurs d'enfants concourent dans le dithyrambe. Lors de chacune des trois suivantes sont représentés 3 tragédies et un drame satyrique et, le cinquième jour, 5 comédies, soit 17 pièces en quatre jours.

27. Dans l'*Oraison funèbre*, Périclès fait l'éloge d'Athènes, qui a « des concours et des sacrifices pendant toute l'année » (Thuc. II, 38, 1) et qui n'en écarte pas les étrangers (Thuc. II, 39, 1).

L'assistance est particulièrement nombreuse. Aux citoyens et aux métèques s'ajoutent les étrangers, notamment les alliés qui viennent apporter le tribut ; même les esclaves et les femmes sont admis au spectacle. Le théâtre devait être assez souvent plein, car, malgré des agrandissements successifs et bien que la construction en pierre du IVe siècle ait peut-être permis d'accueillir 17 000 spectateurs, les textes font allusion à des bagarres pour trouver une place.

Le théâtre est un extraordinaire instrument de culture populaire, non seulement à cause du grand nombre de pièces qu'on pouvait voir chaque année, mais aussi parce que les spectateurs avaient souvent pu participer aux représentations et s'initier ainsi aux règles de l'art. En effet, le nombre de choreutes [28] – il en faut 1 000 rien que pour les dithyrambes –, de chorèges (une trentaine), de figurants, de machinistes et de costumiers devait dépasser les 1 500.

Ainsi le théâtre, cérémonie religieuse et surtout civique, qui participe à la fois de la fête et du concours, est un élément essentiel de la culture athénienne.

Ces circonstances favorables ont permis l'épanouissement de quatre poètes de génie.

Eschyle

Né à Éleusis en 525-524 et mort en Sicile en 456-455, Eschyle a participé aux guerres médiques, en combattant à l'Artémision et à Salamine et en se flattant d'avoir montré son courage à Marathon (cf. Pausanias I, 14, 5). S'il commence à concourir entre 499 et 496 et obtient la première de ses treize victoires en 494, nous ne possédons plus qu'une faible partie de ses pièces (7 [29] sur 79, voire 90), constituée uniquement d'œuvres de la maturité ou de la vieillesse, la première pièce conservée, à savoir *Les Perses*, ne datant que de 472, et les dernières, qui forment *L'Orestie*, de 458.

C'est lui qui constitua véritablement le genre tragique, car,

28. Plutarque, *Vie de Nicias*, 29, 2-4, rapporte que des Athéniens, faits prisonniers en Sicile, avaient pu, grâce à la récitation de passages d'Euripide, échapper au sort qui les menaçait.

29. Certains mettent en doute l'authenticité du *Prométhée enchaîné*, dont, de toute façon, la date est inconnue.

si l'on en croit Aristote (*Poétique*, 1449a), il introduisit un deuxième acteur [30], ce qui permit des dialogues entre les personnages et non pas seulement entre le chœur et un personnage. Du même coup, « il diminua l'importance du chœur et donna le premier rôle aux parties parlées ».

La place attribuée au chœur est un élément essentiel dans l'histoire de la tragédie : Eschyle, qui lui laisse encore chanter ou prononcer le tiers ou la moitié des vers, en fait, pour sa part, non un simple spectateur, mais un personnage collectif, concerné par le drame, auquel il peut prendre part, même si sa faiblesse le rend souvent impuissant. Les seules exceptions, pouvant annoncer Euripide, seraient le chœur des Océanides dans le *Prométhée enchaîné* et le chœur des servantes dans *Les Choéphores*, encore que ces dernières jouent un rôle dans l'accomplissement des rites qui assureront aux protagonistes l'aide du défunt Agamemnon. Mais, dans *Les Perses*, le chœur est constitué des Fidèles, entendons les membres du Conseil royal, qui conseillent la reine mère et, par leurs invocations, font revenir l'ombre de Darius. Dans *Les Sept contre Thèbes*, qui datent de 467, les Thébaines, redoutant le sort qui les attend si la ville est prise, se font rabrouer par Étéocle mais invitent celui-ci à la modération, lorsqu'il se laisse emporter par les vertiges de la haine fraternelle. Dans l'*Agamemnon,* le chœur est formé de vieillards d'Argos, qui doivent constituer une sorte de conseil et dont certains seraient prêts à résister à la tyrannie d'Égisthe et de Clytemnestre. Mais ce sont surtout *Les Suppliantes*, datées de 463, et *Les Euménides*, qui font du chœur un des principaux personnages de la pièce, puisque c'est le sort des Danaïdes qui est en jeu dans la première tragédie et, entre autres, le pouvoir des Érinyes dans la seconde. Cette intégration du chœur dans l'action dramatique n'est pas une marque d'archaïsme, comme on l'a longtemps cru à tort, en fonction d'une datation erronée des *Suppliantes*, mais plutôt le point d'aboutissement des recherches d'Eschyle.

Inspirant plus la terreur que la pitié, ses tragédies réussissent à provoquer l'angoisse en suggérant sourdement la montée des périls. Ainsi, le début des *Perses* est rythmé par

30. Les acteurs, qui portent des masques, pouvant jouer plusieurs rôles, le nombre des personnages est, bien sûr, plus élevé que celui des acteurs.

une expression équivoque (aux vers 1, 12 et 60), qui, voulant évoquer le départ, entendons à la conquête de la Grèce, est aussi un euphémisme pour désigner la mort. Dès lors, l'énumération, qui se croyait triomphante, de tous ceux qui « s'en sont allés », est déjà une annonce de l'immensité des pertes, d'autant plus que l'insistance sur la richesse excessive ne peut qu'inquiéter ceux qui connaissent la *némésis* divine. De même, dans *Agamemnon*, l'angoisse ne fait que croître tout au long de la pièce, avec, dès le début, les propos évasifs du garde, qui ne veut pas en dire plus, l'annonce par le messager du triomphe excessif des Grecs, puis les discours à double entente de Clytemnestre, qui oblige le roi à fouler la pourpre, et enfin le délire prophétique de Cassandre, qui vit à l'avance la mort d'Agamemnon et la sienne propre. Le fait que les thèmes, et donc le dénouement, soient bien connus du public, loin de diminuer l'angoisse, ne peut que l'accroître en ôtant tout espoir de salut.

Cependant, la vision d'Eschyle n'est pas toujours aussi sombre, car la trilogie liée, qui paraît avoir sa préférence, lui permet de concilier les forces contradictoires : à la fin de *L'Orestie*, la création du tribunal humain de l'Aréopage met fin au cycle des vengeances, en remplaçant le justicier par les juges, tandis que se réconcilient les dieux anciens et les dieux nouveaux ; et, si nous avions conservé les pièces manquantes des autres trilogies, nous aurions sans doute vu Prométhée s'entendre avec Zeus et la Danaïde Hypermestre justifier le mariage avec des cousins.

Bien plus, Eschyle apparaît comme un penseur religieux, qui a affronté les grands problèmes de la fatalité, de la liberté et de la justice divine. La fatalité [31] est sans doute omniprésente dans les légendes sanglantes qui forment la toile de fond de la tragédie, avec ses familles maudites des Labdacides ou des Atrides, voire la descendance d'Io, et ses personnages au nom prédestiné de Polynice (le très querelleur), Io (l'équivalent d'hélas), ou Hélène, dont un jeu pseudo-étymologique fait « celle qui perd les navires ». D'autre part, du fait de la jalousie divine (*némésis* ou *phthonos*) et d'une justice distributive qui fonctionne à sens unique, le bonheur

31. Cf. E. Lévy, « La fatalité dans le théâtre d'Eschyle », *BAGB* 28 (1969), p. 409-416.

excessif entraîne le malheur, sans que la réciproque soit vraie. Ainsi, le chœur des *Sept contre Thèbes* (768-770) invite à jeter du lest [32], quand la prospérité se fait trop lourde, tandis que le chœur d'*Agamemnon* souligne qu'une santé trop florissante ou une fortune qui connaît un trop bon vent ne peuvent qu'inquiéter (1001-1006).

Cependant, Eschyle, le combattant des temps nouveaux, dans une guerre qui s'est voulue une lutte pour la liberté, ne pouvait accepter ces conceptions archaïques. Il les rejette [33] expressément dans un passage d'*Agamemnon* (750-762) : « Depuis longtemps les mortels vont répétant un vieux dicton : la prospérité humaine portée à son comble engendre et ne meurt pas sans enfants ; du succès germe pour la race un insatiable malheur. Mais, à l'écart des autres, je suis seul de mon avis : c'est l'acte impie qui, après lui, en enfante un plus grand nombre, semblables à leur père ; car, pour les maisons qui respectent la droite justice, leur destin a toujours de beaux enfants. » Ainsi la fatalité aveugle et la jalousie divine sont remplacées par la responsabilité humaine. Même dans les races maudites, c'est une faute individuelle (un acte d'*hubris*) qui suscite le malheur, qui en est la punition, ainsi le meurtre d'Iphigénie, pour Agamemnon, ou la haine fraternelle, pour Étéocle et Polynice. La culpabilité implique la liberté de ne pas commettre la faute : Laïos aurait pu éviter d'avoir un enfant et Agamemnon, renoncer à l'expédition plutôt que de tuer Iphigénie ; quant à Zeus, dûment averti par Prométhée, il saura échapper au destin qui le menaçait. Eschyle conçoit donc une sorte de fatalité hypothétique, qu'on peut résumer en : si tu agis ainsi, tu connaîtras tel châtiment ou tel malheur, ce qui concilie la liberté avant la faute et la fatalité une fois qu'elle est commise. Une telle conception se fonde sur la justice divine, administrée par Zeus, qui punit inéluctablement le coupable : « Un principe demeure, tant que Zeus demeure sur le trône : "Au coupable de pâtir", c'est dans l'ordre divin » (*Agamemnon*, 1563-1564).

Elle pourrait cependant susciter une contradiction entre la

32. On rapprochera l'épisode de l'anneau de Polycrate chez Hérodote, III, 40-43.

33. L'Athéna des *Euménides*, 432, rejette de même l'automatisme archaïque du serment décisoire : « que les serments ne fassent pas triompher ce qui ne serait pas juste ».

fatalité, qui permet la divination, et tant la liberté humaine que la toute-puissance de Zeus. De fait, la liberté humaine n'est pas absolue, car l'homme n'est pas un empire dans un empire. Ainsi, Xerxès a librement choisi d'envahir la Grèce, mais il y était prédisposé par son âge et par son caractère et il s'est laissé influencer par son entourage ; quand il décide de combattre à Salamine, sa décision s'explique à la fois, sur le plan humain, par la ruse de Thémistocle, et, sur le plan divin, par la malveillance (*phthonos*) des dieux. Enfin, dans le *Prométhée enchaîné* (212-213), Thémis se contente de prédire que, dans la lutte entre Zeus et les Titans, « la victoire appartiendrait à qui l'emporterait non par force et par violence, mais par ruse ». Elle paraît ainsi laisser l'avenir ouvert, mais était-il possible aux Titans de préférer la ruse à la violence ?

Cette limitation de fait de la liberté permet même de retrouver l'ancienne conception de la *némésis*, qui faisait naître le malheur de la prospérité excessive. Le détour par la psychologie donne une justification morale à ce lien, *a priori* amoral. En effet, la prospérité incite à la démesure et c'est celle-ci qui est punie par le malheur : le chœur d'*Agamemnon* (374-377) assure que « la Ruine se révèle fille des audaces interdites, chez ceux qui respirent un orgueil coupable, du jour où leur maison déborde d'opulence » (traduction Mazon). C'est ainsi que la trop grande victoire des Grecs les a incités à se livrer à Troie à des excès punissables, que le pouvoir démesuré de Xerxès l'a amené à vouloir dominer un deuxième continent et à s'attaquer à la mer ; et le fait même d'avoir trop la justice de son côté pousse au crime un Égisthe, une Clytemnestre ou un Oreste.

Mais il peut paraître encore plus difficile de concilier le destin et la liberté divine, car, si les dieux agissent librement, il n'y a plus de destin et, si tout est décidé sans eux, ils n'ont plus de pouvoir. De fait, le problème ne se pose vraiment que pour Zeus. Si les propos de Pouvoir, qui, dans le *Prométhée enchaîné* (50), assure que « nul n'est libre en dehors de Zeus », sont sans doute excessifs et tendent à présenter Zeus comme une sorte de tyran, il est vrai que lui seul est tout-puissant et peut être qualifié de cause et réalisateur de toute chose, les autres dieux restant à son service, comme Apollon, dont les oracles proviennent du dieu suprême. C'est là une conception originale, qui déboucherait presque sur un monothéisme, d'autant plus que le destin lui-même est assimilé à la pensée de Zeus (cf. *Suppl.*, 90-92), auquel les Moires sont soumises (*Choéph.*, 306-308). Si Eschyle avait conçu son Zeus à la manière trop humaine des dieux homériques, le destin risquerait de changer avec les caprices du maître des dieux. Mais, en fait, Zeus, au moins en dehors du *Prométhée*, où il n'est pas encore tout à fait Zeus, ignore l'arbitraire, comme le suggère l'image utilisée par *Les Suppliantes* : « c'est à toi qu'appartient entièrement le fléau de la balance » (*Suppl.*, 822-823). Il ne peut y avoir de conflit avec le destin, car Zeus, étant juste, ne peut agir que justement. Eschyle développe ainsi toute une théologie de la justice de Zeus, qui suggère même une sorte de théodicée, puisque Zeus aurait « frayé la voie de la sagesse pour les mortels, en établissant comme règle : "souffrir pour comprendre" » (*Agamemnon*, 176-178 et cf. 249-250).

Sophocle

Né en 497 et mort seulement en 405, Sophocle fut le rival à la fois d'Eschyle, dont il triompha même dès 468, et d'Euripide, dont il put déplorer la mort. Il ne nous reste que 7 de ses 123 pièces, qui lui permirent d'être classé dix-huit fois premier et jamais, troisième. Aristophane, dans *Les Grenouilles* (791-794), en fait le « champion de réserve » prêt à prendre la place d'Eschyle, si celui-ci se fait vaincre par Euripide. C'est dire qu'il apparaît comme le continuateur d'Eschyle, dont il perfectionne la technique dramatique en exploitant les possibilités qu'offrait le chœur et en introduisant un troisième acteur.

La place accordée au chœur se réduit encore, puisque, par exemple dans *Électre*, celui-ci prononce moins d'un sixième des vers ; comme chez Eschyle, il est le plus souvent constitué d'êtres faibles, femmes (*Les Trachiniennes* et *Électre*) ou vieillards (*Antigone*, *Œdipe-roi* et *Œdipe à Colone*), encore qu'il puisse aussi être formé de matelots (*Ajax* et *Philoctète*). Cependant, contrairement à Eschyle, Sophocle, qui aurait écrit un traité sur le chœur, n'essaie pas, quoi qu'en dise Aristote (*Poétique*, 1456 a25-27), de le faire participer à l'action. Il lui laisse ainsi sa spécificité de spectateur engagé, qui critique, garde une neutralité prudente ou approuve, et qui replace l'événement dans une série d'exemples en essayant d'en tirer un enseignement général. Son intervention sert surtout à accroître le pathétique, qu'il joue le rôle d'une caisse de résonance en chantant le malheur qui s'accomplit ou qu'au contraire, par un effet de contraste, il en accroisse la brutalité, en entonnant, par exemple dans *Ajax*, un chant joyeux juste avant la catastrophe.

Mais c'est surtout par l'importance accordée aux héros que Sophocle se distingue d'Eschyle. Celui-ci avait réintroduit la liberté par la culpabilité, qui rendait l'homme responsable de ses malheurs. Chez Sophocle, la liberté est considérée comme une donnée, mais n'est qu'une fausse liberté, dans la mesure où, les dieux se refusant à nous éclairer, nous ne pouvons agir en connaissance de cause ; seul l'héroïsme permet une véritable liberté.

La fatalité de type ancien, déjà rejetée par Eschyle, ne joue plus qu'un rôle très réduit. Si, dès le début (v. 2), Antigone évoque « les maux qui proviennent d'Œdipe » et, lors de ses adieux à la vie, chante le sort lamentable des illustres Labdacides (857-868), cette hérédité est plus une source de pathétique qu'un élément d'explication ou un moteur de l'action, car sa sœur Ismène, dont le premier vers de la pièce souligne l'origine identique, ne connaîtra pas le même sort. Sauf dans un court passage d'*Ajax* (430-431), Sophocle n'évoque pas de noms prédestinés, comme le faisait volontiers Eschyle, et il n'orchestre pas non plus le thème folklorique du don funeste, même quand Ajax se tue avec l'épée d'Hector ou quand le présent de Nessos fait périr Héraclès.

Le lien eschyléen entre le malheur et la faute, dont il est le châtiment inéluctable, tend aussi à se défaire. Sans doute, certains malheureux ont commis des fautes. Le devin Calchas voit dans les menaces qui pèsent sur Ajax une punition de l'orgueil excessif de celui qui voulait triompher tout seul, sans l'aide des dieux (750-777), mais, sauf dans ce passage, le poète n'insiste pas sur les fautes d'Ajax, dont le châtiment paraît disproportionné. Quant au devin Tirésias, il accuse Créon d'avoir perturbé l'ordre du monde en refusant aux dieux d'en bas le cadavre de Polynice et en envoyant Antigone vivante dans le monde des morts (*Antigone*, 1068-1083) ; mais celui-ci avait agi en partie en fonction de ce qu'il croyait être l'intérêt de la cité et il se repent inutilement. Bien plus, on peut se demander si, pour Sophocle, Déjanire et Œdipe étaient vraiment coupables. En effet, le coryphée précise qu'une faute involontaire entraîne des circonstances atténuantes (*Trach.*, 727-728) ; après le suicide de Déjanire, son fils Hyllos, qui a appris qu'elle avait « agi contre son gré » (935), prend sa défense devant Héraclès en fureur en assurant que sa faute est involontaire (1123) et même qu'« elle a commis une faute en cherchant à bien faire » (1136). Elle apparaît ainsi plus comme une victime que comme une coupable, même si elle a commis une faute, dont elle se punit elle-même en se tuant. On pourrait faire une démonstration identique à propos d'Œdipe, qui, dans *Œdipe-roi*, se crève les yeux pour se punir de la faute qu'il a commise involontairement.

Dans les deux dernières pièces que nous ayons conservées, Sophocle ne se contente pas d'invoquer des circonstances atténuantes. Philoctète est à la fois innocent et malheureux : le chœur, constitué par les matelots de Néoptolème, souligne que personne n'a connu un sort pire, car « alors qu'il n'avait rien fait et rien pris à personne et qu'il se montrait équitable avec des gens équitables, il se mourait de façon indigne » (680-685). Quant à Œdipe, il ne cesse, dans *Œdipe à Colone*, de proclamer son innocence : il n'a pas agi mais subi et, jouet des dieux, a été agi par eux.

Dès lors, si le malheur n'est plus lié à la culpabilité, s'effondre la belle construction d'Eschyle. Le pieux Sophocle, qui, prêtre du héros guérisseur Halon, avait accueilli Asclépios à Athènes et qui sera lui-même héroïsé après sa mort, n'entend pas diminuer le rôle des dieux mais leurs intentions, si claires chez Eschyle, restent un mystère. C'est ce que montre bien la fin des *Trachiniennes* : alors qu'Hyllos vient de déplorer « la grande indifférence des dieux », même à l'égard de leurs propres enfants, indifférence qui contraste avec le sentiment humain de la pitié, le coryphée conclut la pièce (dernier vers) en « et dans tout cela rien qui ne soit Zeus », conclusion d'autant plus frappante qu'il aurait suffi au poète d'évoquer l'apothéose bien connue d'Héraclès pour donner un sens aux malheurs du héros.

Sophocle s'éloigne aussi d'Eschyle dans la mesure où le plus souvent ses personnages ne sont pas vraiment libres.

Certains ne savent même pas ce qu'ils font, ainsi Déjanire envoie du poison en voulant envoyer un philtre d'amour, Ajax, en proie à la folie, massacre des moutons en s'imaginant tuer des Grecs et Œdipe tue son père en croyant seulement affronter un vieillard irascible.

Mais, en dehors même de ces cas extrêmes, où une erreur essentielle fausse la décision, le véritable choix implique qu'on puisse apprécier les conséquences de ses actes. Or Sophocle évoque constamment l'instabilité des choses humaines : le chœur des *Trachiniennes* souligne l'alternance des joies et des peines semblable à « la ronde des étoiles de l'Ourse » (126-135), tandis qu'Ajax lui-même évoque la suite des saisons et l'alternance du jour et de la nuit (*Ajax*, 669-676). Le temps change tout : pour Athéna « un seul jour fait pencher et redresse de nouveau toutes les choses humaines » (*Ajax*, 131-132), Œdipe enseigne à Thésée que, en dehors des dieux, « tout le reste est bouleversé par le temps tout-puissant » (*Œdipe à Colone*, 609) et le messager qui annonce les morts d'Antigone et d'Hémon rappelle que « sans cesse la fortune (*tuchè*) redresse et la fortune abat l'heureux et le malheureux » (*Antigone*, 1158-1159). Cette instabilité est encore soulignée par la structure dramatique : le chœur, ignorant l'avenir immédiat, chante souvent la joie ou la sérénité juste avant la catastrophe : ainsi, dans *Les Trachiniennes* (633-662), il chante le retour d'Héraclès, et, dans *Ajax* (693-717), il « (s')envole de joie » à l'idée que le héros a renoncé à se tuer.

Dès lors, dans son ignorance de l'avenir, l'homme ne peut que se tourner vers ceux qui savent, c'est-à-dire les dieux, d'où l'importance des oracles, qui sont considérés comme un élément fondamental de la religion. Le chœur d'*Œdipe-roi* (906-910) assure que, si, comme le suppose Jocaste, l'oracle rendu à Laïos ne se réalise pas, « Apollon se voit ouvertement privé de tout honneur et c'en est fait de la religion (*ta theia*) ». Les oracles indiquent le jour critique où Héraclès et Ajax sont menacés, ils constituent le moteur de l'action dans *Œdipe-roi* et sont à la source de l'intrigue du *Philoctète*. Ils paraissent prévenir et laisser le choix, mais ils sont généralement obscurs ou équivoques. Ainsi l'oracle de Dodone avait prédit qu'en ce jour Héraclès mourrait ou « mènerait désormais une vie exempte de chagrin » (*Trach.*,

164-177), et Déjanire ne s'est pas rendu compte qu'une telle prédiction ne laissait place à aucune alternative, la « vie exempte de chagrin » faisant allusion à la mort ; de même Œdipe a bien appris qu'il tuerait son père et épouserait sa mère, mais il ignore leur identité.

Bien plus, par une sorte d'ironie tragique, l'oracle trompe tout en disant vrai et, pris dans une sorte de « machine infernale », on réalise son destin en cherchant à y échapper. Laïos, pour ne pas être tué par son fils, le fait exposer et, en conséquence, celui-ci le tuera sans le connaître. Œdipe, qui a des doutes sur sa filiation, interroge Delphes, qui, au lieu de lui répondre, lui annonce qu'il tuera son père et s'unira à sa mère. Pour échapper à ce destin, il ne retourne pas à Corinthe et cette décision lui fait rencontrer et tuer Laïos, puis épouser Jocaste. Aussi Œdipe est-il justifié, dans *Œdipe à Colone*, de se proclamer le jouet des dieux. Quant à Déjanire, il suffit de la comparer à la Clytemnestre de l'*Agamemnon* pour voir la différence : la reine argienne, maîtresse d'elle-même comme de ses paroles, employait volontairement des mots équivoques, la malheureuse Déjanire, souhaitant « présenter aux dieux (un Héraclès) en sacrificateur d'un nouveau genre (*kainos*) avec un vêtement tout nouveau » (612-613), croit n'employer que des mots de bon augure, dont le destin se charge de modifier le sens.

Il y a ainsi d'Eschyle à Sophocle un véritable retournement dialectique. Le premier avait voulu remplacer la fatalité par une liberté qui assumait la responsabilité de ses fautes ; le second n'y voit qu'une fausse liberté, qui rétablit l'innocence mais se résout en une fatalité méconnue : le sens de l'oracle n'apparaît qu'après, sauf pour les dieux ou ces dieux impuissants que constituent les spectateurs.

Cependant, si c'est là le sort commun, les âmes d'élite peuvent dépasser la fatalité par l'héroïsme. Il leur faut d'abord se rendre compte que leur liberté n'était pas une véritable liberté. Comprendre qu'on a été le jouet des dieux, c'est déjà cesser de l'être : c'est le cas d'Ajax, lorsqu'il revient à la raison (401-402), ou d'Œdipe, quand il s'innocente, voire d'Héraclès et d'Hyllos, lorsque, à la fin des *Trachiniennes*, ils reconnaissent que ni Déjanire ni Iole n'étaient coupables.

Il faut ensuite choisir librement, sans se soucier des conséquences. Ainsi Antigone, contrairement à sa sœur Ismène, a choisi d'accomplir les rites et ensuite de braver Créon : il lui aurait suffi de prétendre ignorer son édit pour qu'il l'épargnât. De même, contrairement à sa sœur Chrysothémis, Électre se montre intraitable. Quant à Créon, il décide en fonction de ses principes sans se soucier de l'opinion publique ou des réticences du chœur, qui se contente de reconnaître qu'il a « le pouvoir de faire ce qu'(il veut) » (*Antigone*, 213). Mais, si Créon a une personnalité aussi forte que celle d'Antigone ou d'Électre, il revient finalement sur ses décisions, quand il redoute qu'elles n'aboutissent à un désastre, ce qui suggère qu'il n'aurait pas agi comme il l'a fait, s'il avait su les conséquences de ses actes, et qu'il n'a donc pas joui de plus de liberté que Déjanire ou Œdipe.

S'il est un acte qui, abolissant les conséquences, est une manifestation de liberté, c'est bien le suicide, si fréquent dans le théâtre de Sophocle, avec Déjanire, Héraclès, Antigone, Hémon, Eurydice, Ajax, Jocaste, voire Œdipe, dont l'aveuglement est une sorte de suicide. Il ne s'agit pas là nécessairement d'un acte de désespoir, comme pour Déjanire ou Eurydice, car on peut aussi, comme Ajax, s'affirmer par le suicide. Mais il est un autre moyen d'agir en homme libre, c'est d'obéir, quoi qu'il arrive, à un absolu qui ne souffre aucun compromis. C'est ce que croyait faire Créon, mais c'est Antigone qui, seule, se voit qualifiée d'*autonomos* (821, et cf. 875), terme unique dans toute la tragédie grecque, qui en fait l'équivalent d'un État indépendant. Son absolu est constitué par les lois divines, dont elle montre la supériorité sur les décrets de Créon (450-461) : les règles qu'elle respecte, d'origine divine, sont très anciennes ; inébranlables et éternelles, elles n'ont pas besoin d'être écrites ; leur transgression se paie, après la mort, d'un châtiment éternel. Bien plus, l'héroïne proclame une loi d'amour qui transcende les devoirs familiaux et les rites religieux en déclarant : « Ma nature me porte à partager non la haine, mais l'amour » (523) ; la même Antigone, dans *Œdipe à Colone* (1189-1191), rappelle à son père qu'on ne doit pas rendre à ses enfants le mal pour le mal, tandis qu'à la fin d'*Ajax*, Ulysse invite à l'oubli des injures à l'égard des morts. De même, dans le *Philoctète*, le jeune Néoptolème accède à la liberté, quand, dans un sursaut moral, il se refuse, au nom d'un code implicite de l'honneur, quelles qu'en soient les conséquences pour lui et pour sa cité, à tromper la confiance d'un ami.

Ainsi le monde de Sophocle apparaît comme un monde instable, dominé par des divinités incompréhensibles, où des hommes ignorants, manipulés par les dieux, ne peuvent que susciter la pitié et où la grandeur des héros, seuls à accéder à la liberté, vient du respect de lois qui les dépassent.

Euripide

Né en 484 et mort en Macédoine en 406, Euripide n'a que treize ans de moins que Sophocle, qui mourra après lui. Il paraît pourtant appartenir à un autre âge, et les nouveautés qu'il introduisit dans la tragédie plurent davantage au IVe qu'au Ve siècle, où ses 92 pièces ne lui ont apporté que cinq victoires, dont une posthume. Cependant, pour le juger, nous sommes moins tributaires des grammairiens de l'époque impériale, qui n'avaient sélectionné que 7 pièces d'Eschyle et 7 de Sophocle, puisque, en négligeant le *Rhèsos*, qui n'est probablement pas d'Euripide, nous disposons, outre de beaucoup d'extraits de pièces perdues, de 17 tragédies et d'un drame satirique. Étant donné l'importance et la variété de son œuvre, il est difficile d'en présenter une vue synthétique, d'autant plus que l'auteur est toujours à la recherche de formules nouvelles. Il suffit pour s'en convaincre de considérer sa dernière œuvre, *Les Bacchantes*, et *Alceste*, qui, datant de 438, est la première de ses pièces qui ait été préservée. Ces deux œuvres ne se ressemblent aucunement et ne ressemblent à aucune autre tragédie conservée, puisque *Alceste*, qui se termine bien et présente des scènes proches de la comédie de mœurs, a pu être qualifiée de tragi-comédie, et que, au contraire, *Les Bacchantes* sont pleines d'un mysticisme dionysiaque qui culmine dans l'horreur du meurtre sauvage. La diversité d'Euripide vient aussi de ce qu'il se tient à l'écoute de l'actualité politique et intellectuelle au point qu'on a même pu essayer, avec un succès inégal, de dater ses pièces d'après les allusions politiques.

Cependant, en dehors de changements techniques comme l'utilisation des prologues pour exposer clairement la situation, la diminution du rôle dramatique du chœur et l'importance des parties chantées par les personnages eux-mêmes, trois traits paraissent caractériser le théâtre d'Euripide : une subtilité très intellectuelle, une prédilection pour le sauvage et l'anormal, enfin une insistance sur le rôle de la *tuchè*.

Poète d'une grande culture, Euripide, dont la bibliothèque était célèbre, n'hésite pas à faire des allusions critiques aux pièces de ses grands prédécesseurs : ainsi dans *Électre* (520-532), il s'en prend à la fameuse scène de reconnaissance des *Choéphores*. Il essaie aussi de renouveler la matière déjà amplement traitée et de surprendre ses spectateurs en faisant d'Électre la femme d'un pauvre laboureur. De même, dans *Oreste*, il montre le meurtrier attaqué par un démagogue et condamné par le peuple d'Argos, et, dans *Hélène*, il soutient, à la suite de Stésichore, que l'héroïne n'est jamais allée à Troie. Très au fait des discussions intellectuelles, il assure, dans *Les Grenouilles* d'Aristophane (973-976), avoir « introduit dans l'art le raisonnement et l'examen ». Ainsi, il prend, dans *Hippolyte* (380-383), le contrepied de la formule socratique « Nul n'est méchant volontairement » et, sur de nombreux problèmes, il présente le pour et le contre, à la manière des antilogies sophistiques, ce qui a fourni un grand nombre de citations, qu'il serait dangereux de considérer en dehors de leur contexte.

La subtilité d'Euripide apparaît bien dans la façon dont il évoque les femmes et les dieux. On trouve chez lui un véritable florilège de propos misogynes, que les Anciens ont volontiers rapprochés de ses déboires conjugaux, et Aristophane, qui affecte de prendre ces propos au sérieux, le représente, dans *Les Thesmophories*, comme le pire ennemi des femmes. Mais, si l'on regarde de près une de ces critiques les plus virulentes, par exemple la grande tirade misogyne d'Hippolyte (*Hipp.*, 616-650), les choses se compliquent. En effet, le texte joue à deux niveaux. Orchestrant le thème hésiodique de la femme fléau (*kakon*), la tirade devait susciter les applaudissements des misogynes. Mais il ne pouvait échapper aux esprits avertis qu'Hippolyte en faisait trop : qualifier la femme de *kakon*, rien de plus normal, la qualifier ainsi 6 fois en 27 vers – et le terme est encore repris au vers 666 –, c'est souligner et ridiculiser le stéréotype, d'autant plus qu'Hippolyte, au mépris des lois naturelles, voudrait, pour pouvoir se passer des femmes, que Zeus eût permis d'acheter dans les temples de la semence d'enfant, qu'il préfère la sotte à la femme intelligente (*sophè*) et qu'il souhaiterait condamner les femmes « à la société muette des bêtes sauvages ». De fait, même des personnages comme Phèdre ou Médée ne sont pas entièrement négatifs : le poète s'est montré sensible aux souffrances de Phèdre, qui luttait vainement contre sa passion, et, si Médée accomplit des actes horribles, c'est dans le déchirement et, de toute façon, en montrant plus de grandeur que le bellâtre Jason. Quant à Alceste, qui représente l'épouse idéale, elle est seule à faire preuve d'héroïsme au milieu d'hommes plus lâches les uns que les autres. Il ne faudrait pas cependant prêter à Euripide un progressisme excessif : pour la femme, comme pour le Barbare, l'esclave ou le bâtard, il se contente généralement de nuancer les préjugés traditionnels, en suggérant que, *bien que* femme, on peut être égal ou supérieur à un homme, mais l'exception n'abolit pas la règle.

A propos des dieux homériques, dont la conduite ne répondait plus aux normes éthiques du ve siècle, on pouvait, avec Pindare et Eschyle comme, plus tard, avec Platon, rejeter tout ce qui paraissait contraire à la nouvelle morale, voire, avec Sophocle, reconnaître que les voies de Zeus étaient insondables. Euripide, lui, adopte une autre attitude, qui, sous couvert de traditionalisme, est, en fait, plus subversive. Loin de chercher à épurer la religion homérique, il en souligne les traits trop humains. Ainsi, dans *Hippolyte*, Aphrodite, qui ne se soucie que de ses honneurs (*timai*, cf. 8 et 1402), n'hésite pas à faire périr deux innocents, mais Artémis se vengera en faisant périr un protégé d'Aphrodite (1420-1422), selon une sorte d'alternance démocratique, qui permet à chaque dieu d'agir à tour de rôle (cf. 1328-1330). L'Apollon d'*Ion* a violé Créuse (941 et cf. 913) et redoute les reproches qu'on pourrait lui faire (1556-1557) et celui d'*Électre* a, de l'aveu des Dioscures, donné des ordres criminels et peu sages (cf. 1246, 1296-1297 et 1302) : ce dernier exemple montre bien comment Euripide joue sur les deux plans, puisque les Dioscures critiquent Apollon tout en reconnaissant, de façon très traditionaliste, la hiérarchie divine, qui les place sous ses ordres. De même, Euripide fait fréquemment appel à un *deus ex machina* pour terminer commodément ses pièces. Pour lui, ces divinités sont déjà de la mythologie, comme le montre clairement un passage d'*Héraclès* (1341-1344), qui se présente comme une digression, donc comme une remarque personnelle du poète [34] : « Pour ma part, je ne crois pas que les dieux se plaisent à des amours interdites ni qu'ils s'enchaînent les uns les autres ; je ne l'ai jamais admis et ne m'en laisserai jamais persuader, non plus que de ce que l'un d'entre eux soit par nature le maître de l'autre. »

Mais ce passage lui-même montre qu'au-delà de la critique Euripide a une haute conception du divin. Non seulement la divinité ne peut être que morale et juste, mais un dieu qui serait soumis à un autre ne saurait être un dieu. Bien plus, l'auteur ajoute que « la divinité (*ho théos*), si elle est réellement dieu, ne connaît aucun besoin » (1345-1346). Dans *Les Troyennes* (884-888), Hécube prononce une étrange prière : « O toi, support de la terre et qui sur la terre as ton siège, qui que tu sois effectivement, difficile énigme, Zeus, Nécessité de la nature ou Intelligence des mortels, je t'adresse ma prière ; car, suivant sans bruit ton chemin, tu mènes suivant la justice toutes les affaires humaines. » Une telle prière, dont, avec humour et peut-être aussi pour repousser les critiques, le poète souligne lui-même, par la voix de Ménélas, le caractère inhabituel, suggère plus une recherche du divin qu'un agnosticisme radical. D'ailleurs, les passages d'inspiration mystique ne manquent pas dans l'œuvre, notamment dans *Les Bacchantes*, où le culte dionysiaque fascine et horrifie en même temps.

L'ambiguïté de la pièce ne tient pas seulement au problème religieux, elle atteste aussi l'attirance pour le sauvage et le pathologique. Si les meurtres de Médée, les corps défigurés des Sept, l'aveuglement de Polymestor ou le repas monstrueux du Cyclope montraient déjà ce goût, c'est dans l'évocation de la folie que se complaît le plus Euripide. L'accès de folie furieuse d'Héraclès est évoqué longuement à la fois avec lyrisme et avec un réalisme presque médical : « entraîné dans la danse dont Lyssa (la Rage) lui joue la musique furieuse » (878-879), « il secoue la tête et il roule en silence des yeux convulsés et fulgurants ; sa respiration

34. Il souligne lui-même qu'elle n'est pas en situation.

est désordonnée » (867-871) et le messager précise le tableau clinique : « il roulait les yeux, décomposé ; ses prunelles, veinées de sang, sortaient de leurs orbites ; la bave dégouttait sur sa barbe touffue ; il se mit à parler avec un rire dément... » (932-935). Cette évocation extraordinaire éclipse un peu la représentation de la folie d'Oreste, qui, dans *Iphigénie en Tauride*, frissonne, titube, crie et, en proie à des hallucinations, massacre des génisses, qu'il prend pour des Érinyes, avant de s'affaisser, « la barbe dégouttant de bave » (281-314), tandis que dans *Oreste* on le voit bondir de sa couche en courant (44-45), respirer avec difficulté (83-84), et qu'Électre doit essuyer la bave épaisse qui lui coule sur la bouche et les yeux (220). La possession dionysiaque des Bacchantes qui, pleines d'une force surnaturelle, déchirent à mains nues bœufs, vaches et taureaux dans le rite sanglant du *sparagmos* (735-747), rappelle la folie d'Héraclès ou d'Oreste, car Agavè, « la bave à la bouche et roulant des yeux hagards » (1122-1123), ne reconnaissant plus son fils, lui arrache l'épaule, tandis que les autres Bacchantes « emportent, l'une, un bras, une autre, un pied avec la chaussure... et, toutes, de leurs mains ensanglantées, jouent à la balle avec les chairs de Penthée », et que, finalement, Agavè elle-même fiche la tête de son fils à la pointe de son thyrse.

Mais les Bacchantes ne représentent pas seulement la folie meurtrière, elles sont aussi associées à la nature sauvage, au monde des montagnes, des forêts et des animaux non domestiqués, évoqué à l'occasion dans *Héraclès* (359-395) ou dans *Les Phéniciennes* (801-802). C'est dans *Hippolyte* que cette nature sauvage est la plus présente : dès le prologue, Aphrodite évoque les vertes forêts où, avec ses chiens, le héros extermine les bêtes sauvages (17-19) ; Hippolyte, dès sa première apparition sur scène, consacre à Artémis une couronne de fleurs provenant d'une prairie interdite au berger comme au laboureur, qui n'est parcourue que des abeilles (73-81) ; et Phèdre elle-même, dans sa passion pour Hippolyte, ne supporte plus l'enfermement du gynécée et rêve de « puiser à une petite source fraîche une coupe d'eau limpide et de (s')étendre sous les peupliers, dans une prairie touffue » (208-211), voire d'aller chasser dans la montagne et ses forêts (215-222).

Cette prédilection pour le sauvage et le pathologique

compense l'aspect intellectualiste et un peu raisonneur du théâtre d'Euripide et contribue à en faire, aux yeux d'Aristote, « le plus tragique des poètes » (*Poétique*, 1453 a29-30).

Cependant, en dépit de la diversité et des contradictions de son théâtre, il s'en dégage une certaine conception du monde. Alors que la vision eschyléenne débouchait sur un univers juste et raisonnable, où le châtiment provenait de la faute, et que le monde sophocléen n'était qu'apparemment absurde, car il supposait un ordre divin inconnaissable, Euripide se satisfait des incertitudes de la *Tuchè*, aussi variable que le climat (*Danaé*, fr. 332). Celle-ci, sauf exceptions, ne correspond pas pour lui au sort imprévu envoyé par des dieux agissant en connaissance de cause, ce qui en ferait un équivalent du destin, mais plutôt à ce qui se produit par hasard ou, ce qui revient au même, qui est décidé par des dieux capricieux (cf. *Hélène*, 711-715) et qui est donc imprévisible : comme le proclame l'Héraclès d'*Alceste* (785-786), « les voies de la *Tuchè* sont obscures et on ne peut les faire connaître ni les saisir par aucun art ».

Euripide part de l'idée que tout change constamment et il attache une telle importance aux changements imprévisibles que leur mention sert de conclusion commune à *Alceste*, à *Médée*, à *Andromaque*, à *Hélène* et aux *Bacchantes* : « Le divin présente bien des formes et les dieux réalisent souvent l'imprévu ; ce qu'on attendait n'arrive pas à son terme et, à l'inattendu, la divinité fraie la voie. Ainsi s'achève cette pièce. » Ces changements sont souvent brutaux : la chance est éphémère (*Héraclides*, 866) et un seul jour a suffi pour que, de reine, Hécube soit réduite à l'état d'esclave (*Hécube*, 285) ; ils incitent donc, soit, comme l'Héraclès d'*Alceste*, à profiter du bonheur présent, soit à faire preuve de modération et à ne pas abuser de ses avantages. Ils sont aussi irrésistibles et il est vain de vouloir s'y opposer : l'Hécube des *Troyennes* se le répète à elle-même : « La fortune change, résigne-toi ; vogue au gré du courant, vogue au gré de la fortune ; ne dresse pas contre les coups du sort (*tuchai*) la proue de ta vie en naviguant à contre-courant » (101-104). Seule Macarie refuse de laisser la *Tuchè* disposer de son sort (*Héraclides*, 547-551), mais son héroïsme en fait un personnage plus sophocléen qu'euripidéen.

Pour le reste, les hommes sont le jouet d'une *Tuchè* indifférente à l'idée de justice. La piété, l'intégrité et une vie de justice ne les empêchent pas de connaître de « rudes infortunes » (*Scyriennes*, fr. 685) ; si Ulysse et ses matelots doivent succomber sous les coups « d'un homme qui n'a aucunement cure ni des dieux ni des mortels », alors, « il faut tenir la *Tuchè* pour un dieu et les dieux pour inférieurs à la *Tuchè* » (*Cyclope*, 603-607).

Cependant, même si la *Tuchè* ne se soucie pas de la justice, elle tend à rétablir un certain équilibre, tant dans la vie de chacun qu'entre les hommes eux-mêmes. Contrairement à la *némésis* critiquée par Eschyle, elle n'agit pas à sens unique. Si « personne n'est constamment favorisé par le sort » (*Alexandros*, fr. 46) et, si, de manière très eschyléenne, l'excès de bonheur peut susciter l'*hubris* et le malheur (cf. *Suppl.*, 737-747), le malheur non plus n'est pas durable : le temps « change la grandeur en néant et élève l'humilité » (*Bellérophon*, fr. 306) et « celui qui a chuté se redresse, tandis que tombe celui qui auparavant jouissait d'une bonne fortune » (*Archélaos*, fr. 262) ; bien plus, de l'excès de malheur naît un espoir de salut : comme le proclame Pylade, « il se fait que l'excès d'infortune produise à l'occasion de grands changements » (*Iphigénie en Tauride*, 721-722).

Certains passages évoquent même l'idée d'un cycle : ainsi, dans *Ino* (fr. 419), un personnage assure qu'« il y a un cycle identique pour les fruits de la terre et la gent des mortels : croissance, puis dépérissement et de nouveau moisson » ; et, dans *Danaé* (fr. 332), la destinée humaine est comparée à l'éther, soumis à l'alternance des saisons. Il s'établit ainsi un équilibre à l'intérieur de l'humanité, où il y a toujours des gens heureux et des gens malheureux. Dans *Les Troyennes* (1203-1206), Hécube conclut sa longue tirade en affirmant que, « avec ses caprices, la chance (*hai tuchai*), comme un homme fantasque, bondit tantôt d'un côté, tantôt de l'autre, et ce n'est jamais le même homme qu'elle favorise » ; bien plus, dans une pièce tardive comme *Antiope*, cette idée débouche sur une sorte de théodicée : « Si j'ai été abandonnée par les dieux, moi et mes deux fils, il y a une raison à cela. Dans la multitude des mortels, il faut que les uns soient malheureux et les autres, heureux » (fr. 207).

Euripide fait ainsi preuve d'un pessimisme modéré : rien n'est stable, mais le malheur ne va pas nécessairement empirer. Alors que, chez Eschyle, le poids de la fatalité, même moralisée, sécrétait une angoisse dont, même à la fin de la trilogie, on avait du mal à émerger et que Sophocle exaltait la grandeur du héros qui acceptait, voire recherchait, la mort, Euripide souligne la faiblesse des hommes, jouets du hasard, quand ce n'est pas de la folie, et ne peut que proposer un hédonisme frileux allié à une grande compassion pour l'humanité souffrante : dans un monde où rien ne dure, on est trop heureux de préserver un petit bonheur fragile.

Aristophane

Aristophane est le seul des grands poètes comiques du Ve siècle dont nous possédions encore une partie des œuvres, alors que les Anciens estimaient autant ses rivaux Cratinos et Eupolis. Né vers 445, il fait représenter sa première pièce dès 427 ; de ses 40 ou 44 comédies, il nous en reste 11, qui couvrent toute la période, de 425 à 388. Les grammairiens alexandrins faisaient même passer à l'intérieur de son œuvre la coupure entre la comédie ancienne, en prise sur l'actualité et d'une fantaisie débridée, et la comédie moyenne, moins exubérante, les pièces d'après la guerre, dont nous n'avons conservé que *L'Assemblée des femmes* et le *Ploutos*, inaugurant ainsi une nouvelle période dans l'histoire de la comédie.

La comédie ancienne est amenée à intervenir dans les problèmes du jour, de par son histoire et sa structure même. Les attaques personnelles et les invectives les plus violentes faisaient déjà partie des joutes villageoises et du charivari des bandes de fêtards (les *komastes*) ; elles étaient non seulement autorisées, mais attendues dans la comédie. D'autre part, le poète était incité à intervenir dans la *parabase*, où, rompant l'illusion dramatique, le coryphée ou le protagoniste s'avance (*parabainei*) et s'adresse au public au nom de l'auteur ; et les comédies, comme les tragédies, présentent souvent une scène d'*agon*[35], qui permet d'exposer les deux thèses en présence. En outre, d'innombrables allusions satiriques font de la pièce

35. Le terme, essentiel pour comprendre la civilisation grecque, qu'on a pu qualifier d'agonistique, désigne une compétition où s'affrontent deux parties, qu'il s'agisse d'un combat, d'un procès, d'un concours ou d'un débat.

une sorte de revue de chansonniers où le public se plaît à voir brocarder tous les puissants.

Aristophane prend ainsi parti contre la guerre à outrance et l'impérialisme extrême, représentés par le démagogue Cléon, qui, dès 426, l'avait déféré devant le Conseil. Il se montre, en 421 comme en 411, un partisan résolu de la paix avec Sparte et, en 405, invite les Athéniens à se réconcilier à l'heure du danger. Exaltant l'éducation traditionnelle, dans *Les Nuées*, il critique Socrate, représenté comme un sophiste qui apprend à faire triompher la mauvaise cause. Il se moque constamment d'Euripide, qu'il ridiculise à la fois dans *Les Thesmophories* et dans *Les Grenouilles* et dont il ne cesse de citer à contretemps ou de parodier les vers et les scènes. Mais ces allusions sont aussi un hommage involontaire, car Aristophane est si nourri d'Euripide que son rival Cratinos (K-A 342) s'est amusé à créer le néologisme *Euripidaristophanizon*.

Cependant, ces critiques, loin d'alourdir ses pièces, contribuent par leur virulence à en accroître la force comique. En effet, il ne s'agit pas de lancer des attaques sérieuses, bien argumentées, mais de faire rire en présentant un Socrate suspendu dans une corbeille, qui se promène dans les airs, en faisant un gueux du riche Cléon ou en retournant contre lui les accusations d'aspirer à la tyrannie, que celui-ci lance constamment contre tous les hommes politiques (cf. *Cavaliers*, 848-857). Le comique vient aussi de l'imagination débridée de l'auteur, qui n'hésite pas à supposer réalisée une idée absurde ou irréalisable et à en tirer toutes les conséquences possibles. Ainsi, dans *Les Acharniens*, l'Athénien Dicéopolis conclut à titre privé un accord avec les ennemis, ce qui permet de montrer concrètement tous les avantages de la paix. Dans *Les Cavaliers*, comme le peuple se choisit des chefs très grossiers, un concours de vulgarité et de promesses démagogiques permet au Charcutier de détrôner le Paphlagonien, *alias* Cléon. Dans *Lysistrata*, les femmes font la grève de l'amour, tandis que, dans *Les Oiseaux*, deux Athéniens vont fonder une cité dans le ciel, et que, dans *Les Grenouilles*, Dionysos descend aux Enfers pour ramener sur terre un poète tragique. De même, après la guerre, dans *L'Assemblée des femmes*, les femmes prennent le pouvoir et établissent la communauté des biens assortie d'une communauté des femmes et surtout des hommes, tandis que, dans le *Ploutos*, le dieu, jusque-là aveugle, recouvre la vue.

Le chœur, constitué de 24 choreutes, déguisés, pour la plus grande joie du public, en charbonniers, en cavaliers, en nuées, en guêpes, en oiseaux ou en grenouilles, joue un rôle important dans la pièce. Il n'est pas un simple spectateur, mais, volontiers batailleur, en général, comme dans les dernières pièces d'Eschyle, il participe pleinement à l'action dramatique. Ainsi les charbonniers d'Acharnes pourchassent le héros, qui doit se soumettre à leur jugement. Les Guêpes, qui figurent les héliastes, viennent libérer leur collègue Philocléon, sequestré par son fils Bdélycléon et sont pris comme arbitres dans l'*agon* qui oppose le père et le fils. Les paysans de *La Paix* hissent la déesse hors de sa caverne et les Oiseaux, prêts à massacrer les nouveaux arrivants, se laissent convaincre de fonder une nouvelle cité, tandis que, dans *Lysistrata*, les choreutes se divisent en deux chœurs (ou demi-chœurs) de femmes et de vieillards, qui s'affrontent sur l'Acropole. Sans participer autant à l'action, le chœur des *Cavaliers* soutient au moins les adversaires du Paphlagonien, tandis que celui des *Thesmophories* inspecte les lieux à la recherche d'un autre espion, menace le parent d'Euripide et prononce, dans la *parabase*, l'éloge des femmes.

Ce qui caractérise surtout Aristophane, c'est « un comique verbal étourdissant » (M. Trédé). Avec une verve toute rabelaisienne, le poète accumule les noms et ne cesse d'en créer de nouveaux, notamment par agglutination, ce qui lui permet, dans *L'Assemblée des femmes,* d'en fabriquer un de 168 lettres. Il joue sur les mots, en leur prêtant volontiers un sens scatologique ou sexuel ou en les prenant au pied de la lettre : ainsi, dans *Les Grenouilles* (197-200), Dionysos, invité à s'asseoir à la rame, prend la préposition *épi* au sens littéral et va s'asseoir *sur* la rame ; de même, dans *Les Acharniens* (186-200), les *spondai*, qui désignent les traités, signifiant originellement les libations, Dicéopolis peut les déguster comme des vins de qualité différente. Faisant à l'occasion massacrer le grec par les Perses ou les Scythes, le poète mêle fréquemment la langue vulgaire et l'emphase tragique, discordance qui suscite le rire, même si le public ne reconnaît pas nécessairement le passage parodié. Ce sont *Les Grenouilles* qui présentent le meilleur exemple du mélange de la grossièreté la plus vulgaire et de la poésie la plus épurée, puisque, à côté d'envolées de lyrisme mystique et de subtiles critiques littéraires, on voit le pleutre Dionysos si épouvanté qu'il en souille ses vêtements.

Les pièces d'après la guerre montrent cependant moins de verve. Elles sont aussi moins directement en prise sur l'actualité : évoquant la misère ou la mauvaise répartition de la richesse, qui ne se trouve plus chez les « bons », c'est-à-dire les anciens riches, elles se cantonnent dans des problèmes sociaux, qui, pour être réels, ne correspondent pas à un moment précis. Les solutions proposées se présentent délibérément comme des utopies relevant d'un monde renversé, alors que les pièces antérieures, même lorsqu'elles mettaient en scène une idée irréalisable, tendaient à suggérer une proposition concrète, par exemple de faire la paix avec Sparte. D'ailleurs le poète n'intervient plus dans la *parabase*, qui, déjà absente de *Lysistrata*, disparaît complètement. D'autre part, le chœur, dont le rôle est déjà limité dans *L'Assemblée des femmes*, ne participe plus à l'action du *Ploutos*, où il anime seulement les intermèdes, tandis que le rôle accru de l'esclave Carion annonce déjà la comédie nouvelle.

Le mouvement critique

Le Ve siècle, si constructif dans les domaines artistique et littéraire, est aussi une période de mise en cause, donc, d'une certaine manière, de destruction des valeurs traditionnelles, destruction qui fraie la voie aux grandes reconstructions platonicienne et aristotélicienne.

Les sophistes

Cette destruction est d'abord l'œuvre des sophistes. Ceux-ci sont des sortes de conférenciers ou de professeurs itinérants, qui se font payer pour dispenser un enseignement supérieur. Ils sont rarement athéniens, mais viennent volontiers à Athènes, où ils connaissent un grand succès. Leur œuvre reste mal connue. Nous ne possédons généralement que de courts fragments, séparés de leur contexte. Quant au portrait qu'en dresse leur adversaire Platon, il est généralement déformé, soit que celui-ci veuille en faire la caricature, soit qu'il se contente d'infléchir leur doctrine pour permettre à Socrate de la dépasser plus facilement. D'autre part, plusieurs générations de sophistes se sont succédé depuis le milieu de Vᵉ siècle, où se distingue Protagoras, jusqu'au milieu du IVᵉ siècle, où Hippias meurt en 343. Ainsi Protagoras, né sans doute vers 492, pourrait, si l'on en croit Platon (*Protagoras*, 317c), être le père de Socrate, d'Hippias ou de Prodicos. Gorgias, né vers 485, a, du fait de sa longévité – il aurait vécu de cent cinq à cent neuf ans – été le contemporain de tous les sophistes. Pour l'Athénien Antiphon, dont on discute toujours pour savoir s'il se confond avec l'orateur oligarchique du même nom, la façon dont il aborde Socrate et dont Socrate le traite dans *Les Mémorables* (I, 6) convient mieux à un cadet contestataire qu'à un aîné. Quant à Thrasymaque, il est déjà célèbre en 427 et doit, comme l'oligarque Critias, qu'on rattache traditionnellement aux sophistes, être né dans les années 50.

L'inspiration des sophistes a varié suivant les époques, et chacun d'eux a son originalité. Ils apparaissent le plus souvent non comme de dangereux révolutionnaires, mais comme des hommes respectables, qu'on charge de rédiger les lois, comme Protagoras à Thourioi, ou qu'on envoie en ambassade, comme Gorgias ou Hippias. Aussi faut-il éviter de confondre leurs thèses avec les conséquences qu'en tirent le jeune Phidippide des *Nuées* ou le Calliclès du *Gorgias*. On peut cependant dégager certains traits communs ou, au moins, prédominants parmi les sophistes du Vᵉ siècle. En effet, la plupart, renonçant à la connaissance de l'Être et à la vérité absolue, ne se soucient que du monde sensible et de l'opinion, influençable par l'art oratoire, tandis que le *nomos*, c'est-à-dire la loi et la coutume, est dévalorisé au profit de la Nature.

Dans son traité *Du non-être*, Gorgias (B 3 [36]) met l'ontolo-

36. Les références sont faites à H. Diels et W. Kranz, *Die Fragmente der Vorsokratiker*, II⁶, Berlin, Weidmann, 1952.

gie de Parménide en contradiction avec elle-même en montrant que l'Être n'est pas, que, de toute façon, il est inconnaissable et que, même s'il était connaissable, la connaissance n'en serait pas communicable. Quant à Protagoras, il voit dans la sensation la source première de toute connaissance et se refuse, en conséquence, à émettre le moindre jugement sur l'existence ou la nature des dieux, qui, par définition, échappent aux sens. La sensation est toujours vraie en tant que sensation, c'est-à-dire pour celui qui l'éprouve (A 14-15 et B1) et donc d'une vérité toute relative : c'est, entre autres, l'interprétation que donne Platon (*Cratyle*, 385e-386a) de la célèbre formule de Protagoras : « L'homme est la mesure de toutes choses [37]. » De la même façon, toutes les opinions sont vraies ou fausses selon le point de vue auquel on se place. On pourrait en trouver une illustration dans une anecdote rapportée par Plutarque (*Périclès*, 36, 5), qui rappelle ou annonce la deuxième *Tétralogie* d'Antiphon : alors qu'un athlète avait été tué par accident, l'homme d'État aurait passé « une journée entière à se demander avec Protagoras, sans pouvoir conclure, si c'était le javelot ou le lanceur plutôt que les organisateurs » qu'on devait incriminer à meilleur droit.

Dès lors, puisque tout se réduit à la *doxa*, c'est-à-dire à l'apparence et à l'opinion, le discours unique de la Vérité laisse place à des discours opposés, les *antilogies*, qui ont tous leur part de vérité. Thucydide utilisera ainsi des antilogies pour clarifier les problèmes et les positions, et l'idée qu'il y a dans chaque domaine du pour et du contre, c'est-à-dire deux discours possibles, justifiera le recours à l'art oratoire pour faire triompher le discours qui convient. Protagoras sera, de ce fait, accusé, à tort, de faire, avec amoralisme, triompher le « discours faible », interprété comme la mauvaise cause (cf. *Nuées*, 98-99 et 1038-1040). En fait, son relativisme n'est pas absolu : de même que les sensations d'un homme sain, sans être plus vraies, sont meilleures que celles d'un malade (A 21a), il y a des lois qui, sans avoir plus droit au titre de lois, sont meilleures que d'autres : le rôle du bon orateur est précisément de changer les disposi-

37. On a pu aussi y voir une référence à l'Homme en général et non à l'individu en particulier.

tions de la cité, de façon à améliorer ce qu'elle croit juste et donc décrète (cf. Platon, *Théétète*, 167c). Mais le moralisme de Protagoras, qui voit dans l'apparition du sens de la justice le miracle qui a permis aux cités de subsister, sera oublié, alors qu'on retiendra l'idée que l'éloquence permet de faire triompher n'importe quelle cause. Celle-ci sera surtout développée par Gorgias, qui, influençant aussi bien Alcibiade ou Critias que Thucydide ou Isocrate, souligne la toute-puissance de la persuasion et développe une rhétorique fondée sur le charme d'une prose rythmée et l'utilisation des arguments au moment opportun (*kairos*).

La découverte enthousiaste de la rhétorique par les jeunes aristocrates allait avoir des conséquences assez inquiétantes, car elle suscita une perversion de l'idéal sociopolitique. En effet, il importait de faire reconnaître sa valeur (*arétè*) en accédant au premier rang dans la cité. Or la rhétorique, développée par les sophistes, fournissait une contrefaçon de ce modèle en permettant d'y accéder non par l'*arétè* – ou, au moins, pas uniquement par l'*arétè* –, mais par la *technè*, en l'occurrence la maîtrise des procédés de persuasion.

Leur critique du *nomos* eut aussi des conséquences délétères. Protagoras défendait la loi, qui, comme toute opinion, déjà valable en tant que loi, est relativement juste, puisqu'elle est faite et respectée par des hommes qui ont le sens de la justice et que la « vertu politique », qu'il enseigne, ne pourra qu'inciter à la rendre encore plus juste. Mais, Antiphon montrant les contradictions de la notion de justice, la loi perd ses justifications et il ne reste que le relativisme des lois, encore aggravé quand Thrasymaque rappelle qu'elles sont faites par le plus fort, c'est-à-dire par le pouvoir (*archè*), « qui établit toujours des lois dans son propre intérêt, la démocratie, des lois démocratiques, la tyrannie, des lois tyranniques, et les autres régimes, de même » (Platon, *Rép.*, I, 338e). Pour Antiphon, la loi, fondée uniquement sur le consentement des citoyens, n'a de valeur que par rapport aux contractants ou même par rapport à ce que les contractants peuvent connaître : il est inutile de la respecter quand il n'y a pas de témoins.

En face d'une loi ainsi dévaluée, Antiphon (B 44 A) exalte la Nature, qui est une maîtresse absolue, puisqu'on ne peut lui faire violence, même sans témoins, sans en subir le châti ment. D'autre part, si l'on reste dans le domaine des choses utiles, entendons si l'on ne considère que l'aspect positif de la Nature, en tant que source de vie et non de mort, la loi est une entrave à la Nature et la Nature est liberté.

Cependant, celle-ci ne constitue pas un critère viable, car elle offre deux enseignements contradictoires. D'une part, elle amène à rejeter les distinctions traditionnelles entre les hommes, non seulement entre citoyens et non-citoyens, mais même (cf. Antiphon 44 B 2) celles entre Grecs et Barbares. D'autre part et inversement, elle justifie l'inégalité, en montrant la supériorité des mieux nés ou des plus forts. Dans les deux cas elle remet en cause les fondements de la cité, qui repose sur les privilèges de citoyens censés être égaux entre eux.

Socrate

Socrate a exercé une si grande influence qu'on a pu regrouper tous les philosophes antérieurs sous le nom de présocratiques, mais ses idées restent mal connues. Car cet original, qui se promenait pieds nus, mal lavé, en interrogeant hommes politiques, poètes et artisans, et qui fréquentait la plus haute aristocratie athénienne, n'a laissé aucun écrit. Continuellement présent dans les dialogues de Platon, il sert de porte-parole à son génial disciple, sans qu'on puisse toujours savoir si les idées exprimées sont socratiques ou uniquement platoniciennes. Et, s'il a éveillé la vocation philosophique de Platon, il a été aussi le maître du très pragmatique Xénophon, de l'ascétique Antisthène, dont les Cyniques pourront se réclamer, et de l'hédoniste Aristippe.

Si Platon fait de Socrate le contraire même des sophistes, *Les Nuées* le représentent comme le sophiste par excellence, tandis que, pour Eschine (*Contre Timarque*, I, 173), les Athéniens ont tué « Socrate le sophiste, parce qu'il était manifeste qu'il avait formé Critias ». Il est vrai qu'on le rangerait peut-être parmi les sophistes, s'il n'avait réussi, en 399, à l'âge de soixante-dix ans, à se faire condamner à mort par les Athéniens. Accusé de corrompre la jeunesse – entendons, de la faire douter des normes civiques –, de ne pas reconnaître les dieux que reconnaît la cité et d'introduire de nouvelles divinités, il n'aurait été déclaré coupable qu'à une faible majorité (281 voix contre 220) ; mais, alors que la partie adverse proposait la peine de mort, il aurait provoqué le jury, soit, selon Xénophon, en ne faisant aucune contre-proposition, soit, selon Platon, en se déclarant digne d'être nourri au Prytanée, avant d'accepter de payer une amende, et la majorité qui le condamna s'accrut alors de 80 voix.

Même si ses ressources personnelles, la modicité de ses besoins et, peut-être, la générosité de ses amis le dispensent de se faire payer comme les sophistes, on le voit, au moins après sa période naturaliste, s'intéresser, comme eux, à l'homme en société et s'adresser, comme eux, à la jeunesse aristocratique, à qui il apprend l'art de la discussion. Cependant, contrairement à eux, il ne se lance pas dans de longues démonstrations mais désarçonne le contradicteur par des questions embarrassantes, qui obligent celui-ci à tirer de ses affirmations un principe dont il devra reconnaître les conséquences absurdes : c'est ce qu'Aristophane caricature dans *Les Nuées*, quand le jeune Phidippide, instruit par Socrate, circonvient les créanciers de son père.

Mais Socrate ne s'oppose pas seulement aux (autres) sophistes par sa manière de discuter, il s'efforce aussi de dépasser leur relativisme en réhabilitant la loi et en refusant de s'en tenir aux opinions.

Il n'est pas seul à réhabiliter la loi, puisque l'Anonyme de Jamblique, dont on place l'œuvre aux environs de 400, s'efforce, en condamnant l'*anomie*, de montrer que la loi est peut-être contraire à la Nature, mais constitue, pour l'homme, un dépassement naturel de la Nature [38], tandis que Lysias exalte la loi et le législateur. Si le *Criton* est peut-être trop hagiographique pour qu'on puisse être assuré qu'il représente vraiment les idées de Socrate, il constitue déjà un dépassement et un retournement de la théorie sophistique, attestée chez Antiphon et Hippias, de la loi-contrat. En effet, ce n'est plus chaque loi séparément mais l'ensemble des lois ou, si l'on préfère, la société fondée sur la loi qui est constituée par un contrat. D'autre part, loin d'insister sur la relativité du contrat, les lois rappellent elles-mêmes, dans leur

38. Cf. l'analyse du fragment 6 dans E. Lévy, *Athènes devant la défaite de 404*, École française d'Athènes, 1976, p. 164-166

fameuse *Prosopopée*, que tout contrat engage les parties contractantes. Ce respect de la loi en tant que loi se retrouve dans la grande discussion entre Socrate et Hippias, que Xénophon met en scène dans *Les Mémorables* (IV, 4). Socrate n'est pas gêné par le caractère éphémère des lois : elles ont beau changer, tant qu'elles sont en vigueur, il faut les respecter. Il ne prétend nullement que toutes les lois sont justes, il affirme seulement que la légalité est juste ou, en d'autres termes, qu'il est juste d'obéir à la loi.

Les sophistes ayant renoncé à la connaissance de l'être et de la vérité au profit de la *doxa* (apparence et opinion), Socrate accepte ce subjectivisme, mais se lance dans une critique de l'opinion pour rétablir un absolu. En effet, comme Aristote l'a souligné dans *La Métaphysique* (987b1-4 et 1078b18-19), il aurait été le premier à chercher des définitions universelles des vertus morales. Procédant par induction ou par analogie à partir des exemples fournis par l'interlocuteur, il essaie de faire trouver la définition du courage, de la tempérance, de l'amitié, de la science, de l'*arétè* ou de la justice. Mais cette *maïeutique* reste négative [39], comme il est normal chez celui qui, contrairement aux sophistes qui avaient réponse à tout, affecte de croire que sa seule supériorité est de savoir qu'il ne sait rien, et Cicéron (*De natura deorum*, I, 5, 11) peut lui reprocher, à juste titre, de développer « une dialectique entièrement négative, qui se garde de prononcer le moindre jugement positif ». En effet, au lieu d'aboutir à une définition satisfaisante, Socrate se contente de montrer qu'aucune des définitions proposées ne résiste à l'analyse : comme le lui dit Ménon, dans le dialogue qui porte son nom (79e-80b), où il le compare au poisson-torpille, qui paralyse l'adversaire : « Je savais par ouï-dire, avant même de te rencontrer, que tu ne faisais que te mettre dans l'embarras (*aporein*) et embarrasser les autres. » Ainsi Socrate complète finalement l'œuvre destructrice des sophistes, puisque la nécessité d'une définition rigoureuse ne permet plus de rester au niveau de la *doxa*, mais que la définition est encore à venir : la voie est libre pour Platon et Aristote.

39. Comme le note, avec humour, I.F. Stone, *The Trial of Socrates*, Londres, Cape, 1988, p. 55 (tr. fr. Paris, Odile Jacob, 1990) : « *The midwife seems to be an expert abortionist.* »

Conclusion

Le ve siècle dans son ensemble peut apparaître comme l'apogée d'Athènes, symbolisé par « le siècle de Périclès », voire celui de la Grèce indépendante en général. Mais qui dit apogée dit déjà début du déclin et donc, d'une certaine manière, avoue un échec. C'est là la vision contrastée que suggèrent aussi bien les relations avec le monde barbare que les tentatives d'union ou l'évolution interne des cités, tandis que se galvaude l'idée de liberté (*éleuthéria*), qui fut la grande idée du ve siècle comme la paix (*eirènè*) sera celle du IVe.

De 490 à 466, Marathon, Salamine, Platées, Sestos, l'Eurymédon, Himère et Cumes égrènent triomphalement toute une série de victoires sur les Perses, les Carthaginois et les Étrusques, dont les Grecs ne cesseront de s'enorgueillir. Alors qu'ils avaient été nombreux à combattre du côté des Carthaginois et, encore plus, du côté des Perses, dans leurs visions rétrospectives et quelque peu mythiques, ils imaginent une Grèce unie qui l'aurait emporté sur les immenses armées barbares. Il est un fait que, même si les Iapyges ou les Sicèles peuvent encore être redoutables et si les forces athéniennes se font écraser par les Perses en Égypte, pendant la plus grande partie du siècle, le monde grec, libéré de la domination barbare, reste à l'abri des attaques étrangères. D'autre part, le mythe des guerres médiques reste vivace idéologiquement et, lorsque, en 267, Athènes se lance aux côtés de Sparte dans la guerre chrémonidéenne, c'est encore en invoquant contre les Macédoniens le parallèle glorieux des guerres médiques. Même s'il ne faut pas s'exagérer l'importance du panhellénisme, il est significatif que ce soit à propos des guerres médiques qu'Hérodote fasse définir par les Athéniens le concept de « grécité » (*to hellénikon*).

C'est cette solidarité panhellénique en face des Barbares, à laquelle croient encore un Aristophane[1] en 411 comme le chef spartiate Callicratidas en 406, qui explique peut-être pourquoi Athènes a pu se fortifier ainsi que créer et développer la ligue de Délos sans avoir à faire la guerre à Sparte. C'est elle qui explique aussi pourquoi il a fallu attendre la dernière phase de la guerre du Péloponnèse pour que des Grecs acceptent de faire intervenir la Perse en lui abandonnant, et encore dans l'ambiguïté, les Grecs d'Asie. Mais, dès lors que Sparte faisait appel à l'or perse pour triompher d'Athènes, se préparaient à la fois le traité d'Antalcidas, qui leur abandonnait les Grecs d'Asie, et les intrigues qui permettront au IVe siècle d'imposer aux Grecs des paix perses. Autant dire que s'est effacé le tabou qui interdisait de sacrifier les Grecs aux Perses et qui avait fait échouer tant les efforts des Perses pour liguer les Grecs contre Athènes vers 457 que ceux des Spartiates pour obtenir l'alliance perse pendant la guerre d'Archidamos. Aussi les Perses, chassés par les armes, reviennent-ils par la diplomatie, et, comme, en 409, les Carthaginois, appelés par Égeste, repartent à l'assaut de la Sicile, on est, à la fin du siècle, bien loin de la Grèce libérée et triomphante des années 70.

Les relations entre les cités dessinent la même courbe. Si la guerre est permanente[2] et si, de 490 à 338, « Athènes guerroya en moyenne plus de deux ans sur trois, sans jamais jouir de la paix pendant dix ans de suite[3] », c'est au Ve siècle que le monde grec s'est le plus rapproché d'une unification[4] sans intervention étrangère. Il s'agit là beaucoup moins de la « ligue hellénique », alliance militaire sans lendemain, qui ne groupa jamais qu'un nombre limité de cités, comme le rappellent les 31 noms de la colonne aux serpents, que de la ligue de Délos, qui avec ses quelque 200 membres transforme l'Égée en lac athénien. En effet, même si Aristote s'évertue à souligner qu'une *summachia* n'est pas un État, la

1. Cf. *Lysistrata*, 1128-1134.

2. D'où, d'ailleurs, certains progrès dans la tactique (cf., par exemple, l'utilisation de l'infanterie légère par Démosthène) ou dans l'équipement (cf., par exemple, les trières renforcées des Syracusains).

3. Y. Garlan, *La Guerre dans l'Antiquité*, Paris, Nathan, 1972, p. 3.

4. Déjà localement se dessine une tendance à l'unification de petites cités en une plus grande, puisque M. Moggi, *I sinecismi interstatali greci*, Pise, Marlin, 1976, a pu mentionner 23 synœcismes de 484 à 403.

ligue de Délos, pour laquelle Ehrenberg a forgé le concept de « symmachie hégémonique[5] » se rapprocha de plus en plus d'une fédération : outre un conseil et un trésor communs, qui existaient dès le début, Athènes imposa un monnayage commun, des cultes communs et une justice en partie centralisée, tandis que l'idéologie démocratique, le particularisme ionien et la fraternité du combat pouvaient servir de ciment à l'ensemble. Si Athènes, qui, en face d'une Sparte affaiblie par le tremblement de terre et la révolte des hilotes, est alors au sommet de sa puissance[6], avait montré moins d'autoritarisme et laissé plus de liberté à ses alliés, leur fidélité aurait peut-être été plus grande. Mais, de toute façon, pour que la ligue pût subsister sans utilisation de la violence, il aurait fallu que le désir d'indépendance (*autonomia*) fût moins grand. Or il est significatif que Sparte, dans sa lutte contre Athènes, ait pu prendre pour slogan la défense de l'*autonomia* des cités et que, malgré son organisation libérale, la ligue du Péloponnèse ait failli éclater en 421. Aussi tout s'est-il joué sur un rapport de forces : si Athènes avait gagné la guerre du Péloponnèse et si, en particulier, l'expédition de Sicile avait réussi, le monde grec n'aurait pas eu à attendre un Jason ou un Philippe pour atteindre une unité au moins de façade. Mais Athènes a échoué et, la ligue de Délos dissoute, les principales puissances grecques vont s'affronter sans résultats[7] jusqu'à ce que des « quasi-Grecs[8] » viennent mettre tout le monde d'accord.

Cependant, Athènes n'était pas seulement à la tête d'un empire, elle était aussi devenue le modèle et le propagateur de la démocratie. Dans ce domaine aussi, le Ve siècle a vu le développement et l'écroulement des institutions démocratiques. Après les guerres médiques, la démocratie s'était diffusée dans une grande partie du monde grec et l'on vit ainsi

5. V. Ehrenberg, *L'État grec*, *op. cit.*, p. 187-200.

6. Le nombre de citoyens ne retrouvera jamais le niveau atteint dans les années 50, à la veille du désastre d'Égypte, tandis qu'Athènes ne disposera plus jamais de 9 700 talents comme au début des années 30.

7. Cf. les derniers mots des *Helléniques* de Xénophon : en 362, « après le combat (*sc.* de Mantinée) l'incertitude et la confusion furent en Grèce encore plus grandes qu'avant ».

8. J'emprunte à J.K. Davies, *Democracy and Classical Greece*, Londres, Fontana Press, 1993, p. 13, cette expression qui désigne les Macédoniens.

les Thébains renier leur oligarchie restreinte, Cyrène renverser les Battiades pour établir la démocratie et la Sicile chasser ses tyrans, tandis que, en Grande-Grèce, vers le milieu du siècle, étaient renversées les oligarchies pythagoriciennes. La démocratie s'était aussi « radicalisée » : la pratique de la démocratie locale au détriment des notables, le tirage au sort et les indemnités qui permettaient aux gens du peuple d'exercer des fonctions politiques mais aussi l'élimination, par l'ostracisme, des personnalités trop influentes et l'apparition d'un nouveau personnel politique, tout cela avait donné au peuple et notamment à ses couches inférieures un rôle accru, qui incita les théoriciens conservateurs à condamner cette démocratie « excessive », le procès des stratèges des Arginuses, tel qu'il est, à dessein, décrit par Xénophon, pouvant symboliser les excès de ce gouvernement d'assemblée. Et Athènes fait école, puisqu'on voit, en dehors même de la ligue de Délos, les Syracusains adopter le pétalisme sur le modèle de l'ostracisme et en venir même à tirer au sort les magistratures.

Cependant, les coups d'État de 411 et 404 montrèrent la fragilité d'institutions qui ne faisaient plus l'unanimité : en 411, c'était bien l'assemblée qui avait remis le pouvoir aux Quatre-Cents et, si, en 404, les pressions spartiates ont forcé à porter au pouvoir les Trente, il semble qu'ils aient d'abord joui d'un certain appui dans l'opinion. La démocratie a beau être rétablie dès 403 et les membres de l'assemblée recevoir une indemnité, les modérés dominent et l'on entend échapper à la démocratie des sycophantes et des démagogues. Quant à la démocratie syracusaine, elle ne dura pas longtemps, puisque dès 405 Denys a établi sa tyrannie. Et dans le cas des Trente comme dans celui de Denys, il apparaît qu'oligarchie extrême et aspiration à la tyrannie pouvaient s'unir pour menacer la démocratie, car la volonté de puissance anime tant le Calliclès de Platon que l'oligarque Critias, tandis que commence l'ère des personnalités marquantes qui échappent au cadre étroit de leur cité. Alcibiade combat tantôt pour Athènes, tantôt contre sa patrie ; Brasidas, avec une armée ne comprenant pas d'*Homoioi*, mène sa propre politique et se rend assez populaire pour qu'à sa mort Amphipolis lui décerne des honneurs héroïques ; Lysandre, qui mène une politique encore plus personnelle, reçoit à Samos, de son vivant, des honneurs divins et va peut-être jusqu'à contester les privilèges dynastiques. Comme, d'autre part, l'afflux des richesses, les expéditions à l'extérieur et l'emploi militaire d'anciens hilotes ont ébranlé le système spartiate, il n'est pas surprenant que, dès le début du IVe siècle, la conspiration de Cinadon ait failli détruire l'État lacédémonien. Ainsi, ni pour les institutions d'Athènes, ni pour celles de Sparte ou de Syracuse, le Ve siècle ne correspond à une période de progrès continu.

Cependant, dans le domaine culturel, le bilan est très positif. Car non seulement le Ve siècle se distingue par ses réalisations, le Parthénon ou le théâtre athénien, mais il prépare aussi l'avenir, sans blocage ni régression. Si la céramique ou la tragédie du IVe siècle ne sont peut-être pas à la hauteur de leurs prédécesseurs du Ve siècle, l'architecture, la sculpture ou la comédie, qui, au-delà de Ménandre, se perpétuera dans le théâtre latin, continuent d'évoluer sans dégénérer. Bien plus, l'art oratoire et la philosophie, qui constituent les deux genres majeurs du IVe siècle, ne sont pas imaginables sans leurs prédécesseurs du Ve siècle : qu'auraient été Platon sans Socrate et les sophistes et Isocrate sans Gorgias ?

Ainsi, le Ve siècle, siècle mouvementé, où, vainqueurs des Barbares, les Grecs en profitent pour s'affronter dans une lutte sans merci, où toutes les ressources humaines et financières sont mobilisées et qui laissera les protagonistes épuisés, restera surtout comme le grand siècle de l'art et de la littérature.

Annexes

Chronologie

510	Chute des tyrans à Athènes.
508-507	Réformes de Clisthène.
499-493	Révolte ionienne.
490	Victoire de Marathon.
487	Tirage au sort des archontes ; premier ostracisme.
480	Défaite des Thermopyles ; victoires de Salamine et d'Himère.
479	Victoire de Platées.
478-477	Formation de la ligue de Délos.
474	Victoire de Cumes sur les Étrusques.
472	*Les Perses* d'Eschyle.
vers 468	Révolte de Naxos.
467 ou 466	Victoire de l'Eurymédon.
466	Renversement de la tyrannie à Syracuse.
465	Révolte de Thasos.
462	Réforme de l'Aréopage.
461	Ostracisme de Cimon.
457	Ouverture de l'archontat aux *zeugites*.
454	Désastre d'Égypte ; transfert à Athènes du trésor de la ligue de Délos.
451	Paix de cinq ans entre Athènes et Sparte.
451-450	Loi de Périclès sur la citoyenneté et peut-être début de la misthophorie.
449	Paix de Callias.

447-438	Construction du Parthénon.
447	Défaite de Coronée, évacuation de la Béotie.
446	Révolte de l'Eubée et de Mégare ; paix de trente ans entre Athènes et Sparte.
443	Ostracisme de Thucydide, fils de Mélésias ; fondation de Thourioi.
440	Révolte de Samos.
437-436	Fondation d'Amphipolis.
433	Alliance d'Athènes avec Corcyre.
432	Révolte de Potidée.
431	Début effectif de la guerre du Péloponnèse.
430	Début de la « peste » à Athènes ; reprise de Potidée.
429	Mort de Périclès.
428	Révolte de Mytilène.
427	Première expédition en Sicile.
425	Prise de Sphactérie.
424	Expédition de Brasidas ; défaite de Délion.
421	Paix de Nicias.
418	Défaite de Mantinée.
415	Expédition en Sicile.
413	Occupation de Décélie ; désastre de Sicile.
411	Coup d'État oligarchique à Athènes.
410	Victoire de Cyzique ; rétablissement de la démocratie.
409	Expédition carthaginoise en Sicile.
407	Retour d'Alcibiade.
406	Défaite de Notion ; victoire des Arginuses ; procès des stratèges.
405	Défaite d'Aigos-potamoi.
404	Conclusion de la paix ; installation des Trente.
403	Rétablissement de la démocratie.
399	Procès de Socrate.

Cartes

Athènes et Sparte en 431

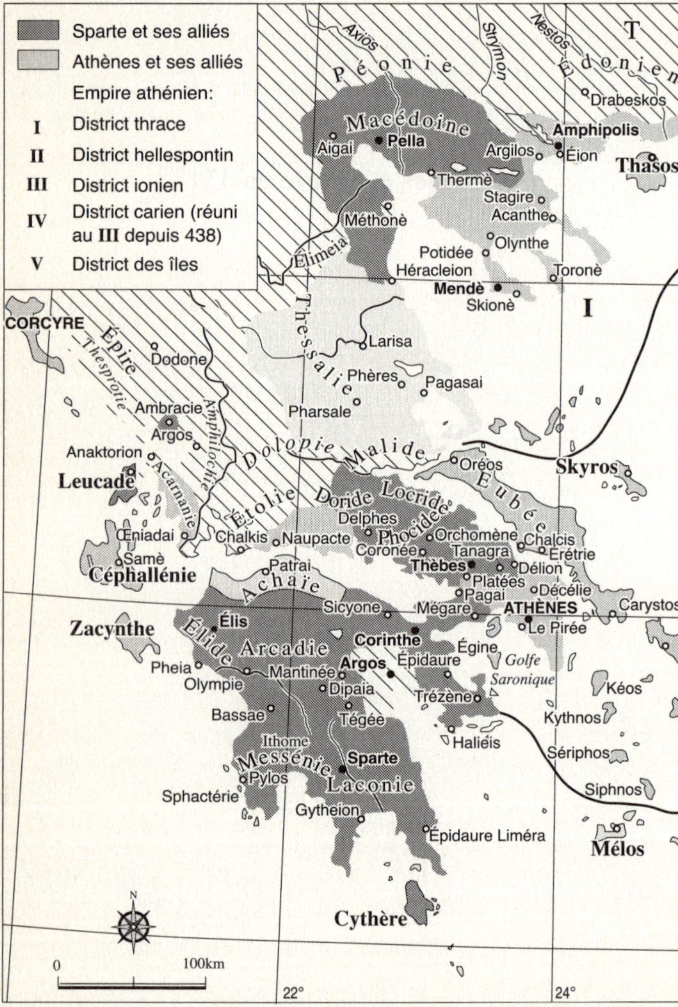
Sparte et ses alliés
Athènes et ses alliés
Empire athénien:
I District thrace
II District hellespontin
III District ionien
IV District carien (réuni au III depuis 438)
V District des îles
Axios
Strymon
Nestos
T
Péonie
Édonien
Drabeskos
Macédoine
Aigai
Pella
Amphipolis
Argilos
Éion
Thasos
Thermè
Stagire
Acanthe
Méthonè
Olynthe
Élimeia
Potidée
Héracleion
Toronè
Mendè
Skionè
I
CORCYRE
Épire
Thesprotie
Thessalie
Larisa
Dodone
Phères
Pagasai
Pharsale
Ambracie
Amphilochie
Argos
Anaktorion
Dolopie
Malide
Oréos
Skyros
Leucade
Acarnanie
Eubée
Étolie
Doride
Locride
Delphes
Phocide
Œniadai
Chalkis
Naupacte
Orchomène
Chalcis
Coronée
Tanagra
Érétrie
Samè
Céphallénie
Patrai
Thèbes
Délion
Achaïe
Platées
Décélie
Pagai
Sicyone
Mégare
ATHÈNES
Carystos
Zacynthe
Élis
Le Pirée
Élide
Arcadie
Corinthe
Égine
Pheia
Argos
Épidaure
Golfe Saronique
Olympie
Mantinée
Dipaia
Trézène
Kéos
Bassae
Tégée
Kythnos
Ithome
Halieis
Messénie
Sparte
Sériphos
Pylos
Laconie
Siphnos
Sphactérie
Gytheion
Épidaure Liméra
Mélos
Cythère
N
0
100km
22°
24°

Sparte en 431

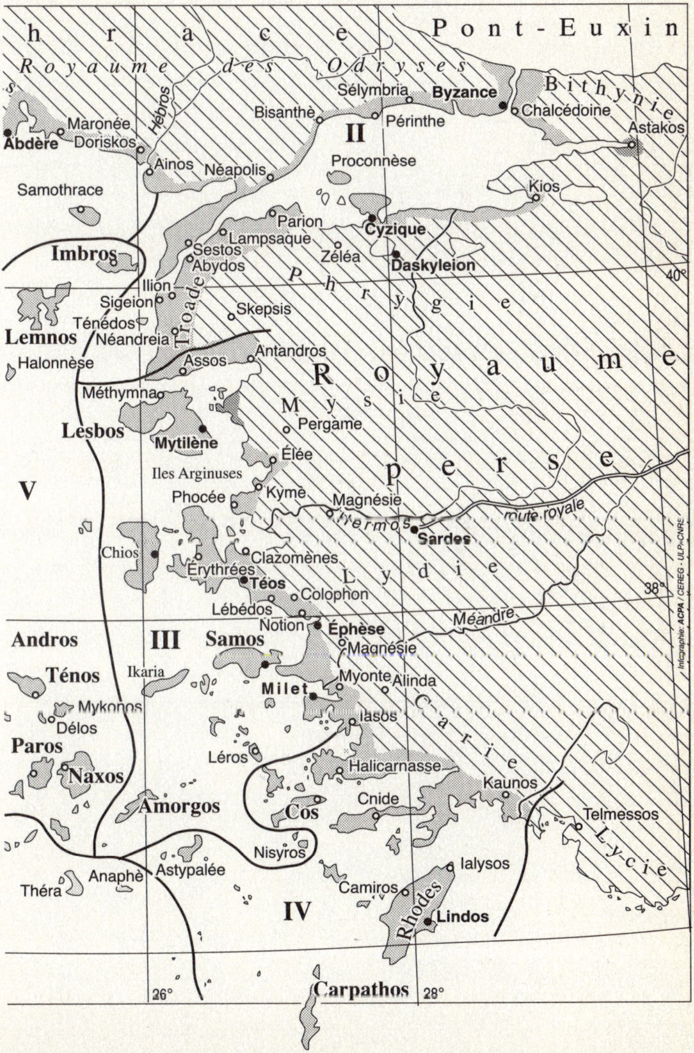

Orientation bibliographique *

Sources littéraires

Hérodote,Thucydide, Pindare, Eschyle, Sophocle, Euripide, Aristophane et Plutarque (*Vies de Lycurgue, d'Aristide, de Cimon, de Périclès, de Nicias, d'Alcibiade* et *de Lysandre*) ainsi que *La Constitution d'Athènes* attribuée à Aristote et le livre XII de Diodore de Sicile peuvent se lire dans l'édition des Belles Lettres, dite collection Guillaume Budé (texte et traduction) ; les livres X, XI, XIII et XIV de Diodore de Sicile peuvent se lire dans la collection Loeb.

Les sophistes ont été traduits par J.-P. Dumont, dans *Les Présocratiques*, Paris, Gallimard, La Pléiade, 1988, et *La Politique* d'Aristote, par P. Pellegrin, sous le titre *Les Politiques*, Paris, 1990.

Sur Sparte, cf. surtout, outre quelques passages d'Hérodote et de *La Politique* d'Aristote, Xénophon, *La République des Lacédémoniens*, et Plutarque, *Vie de Lycurgue*.

On aura intérêt à utiliser :

Hill G.F., Meiggs R. et Andrewes A., *Sources for Greek History between the Persian and the Peloponnesian Wars*, Oxford, Clarendon Press, 1951 [classe de façon très commode l'ensemble des sources].

Stein H., *Herodotos*[5], Berlin, Weidmann, 1894 [la meilleure édition commentée].

How W.W. et Wells J., *A Commentary on Herodotus*, Oxford, Clarendon Press, 1912 [un peu vieilli].

Ehrenberg V., *The People of Aristophanes*, éd. révisée, New York, Schocken,1962.

Gomme A.W., Andrewes A. et Dover K. J., *A Historical Commentary on Thucydides*, Oxford, Clarendon Press, 1945-1981.

Blamire A., *Plutarch Life of Kimon*, BICS suppl. 56, Londres, 1989.

* A l'intérieur de chaque rubrique de la bibliographie, les études sont présentées dans l'ordre chronologique.

Stadter Ph. A., *A Commentary on Plutarch's Pericles*, Chapell Hill, Univ. of North Carolina Press, 1989.

Rhodes P.J., *A Commentary on the Aristotelian « Athenaion politeia »*, Oxford, Clarendon Press, 1981 (réimpr. augmentée, 1993) [essentiel].

Sources épigraphiques

Tod M.N., *A Selection of Greek Historical Inscriptions.* I. *To the End of the Fifth Century B.C.*, Oxford, Clarendon Press, 1951 (sans traduction, avec commentaire en anglais) (cité Tod).

Bengtson H., *Die Staatsverträge des Altertums.* II. *Die Verträge des griechisch-römischen Welt von 700 bis 338 v. Chr.*, Munich, Beck, 1962.

Meiggs R. et Lewis D., *Greek Historical Inscriptions to the End of the Fifth Century B.C.*, Oxford, Clarendon Press, 1988 (sans traduction, avec commentaire en anglais) (cité *ML*).

Bérard F., Feissel D., Laubry N., Petitmengin P., Sève M., *Guide de l'épigraphiste* [4], Paris, Presses de l'ENS, 2010.

Bertrand J.-M., *Inscriptions historiques grecques,* Paris, Les Belles Lettres, 1992.

Sources numismatiques

Kraay C.M. et Hirmer M., *Greek Coins*, Londres, Thames and Hudson, 1966.

Manuels et ouvrages généraux

Austin M. et Vidal-Naquet P., *Économies et Sociétés en Grèce ancienne*, Paris, Colin, 1972.

Garlan Y., *La Guerre dans l'Antiquité*, Paris, Nathan, 1972.

Ehrenberg V., *From Solon to Socrates* [2], Londres, Methuen, 1973.

–, *L'État grec*, tr. fr., Paris, Maspero, 1976.

Burkert W., *Greek Religion*, tr. angl., Oxford, Blackwell, 1985.

Sinclair R.K., *Democracy and Participation in Athens*, Cambridge UP, 1988.

Bruit Zaidman L. et Schmitt Pantel P., *La Religion grecque*, Paris, Colin, 1989.

Amouretti M.-C. et Ruzé F., *Le Monde grec antique* [2], Paris, Hachette, 1990 [manuel très clair].

Hanson V.D., *Hoplites : the Classical Greek Battle Experience*, Londres, Routledge, 1991.

Jost M., *Aspects de la vie religieuse en Grèce du début du* v^e^ *siècle à la fin du* IIIe *siècle*, Paris, SEDES, 1992.
Will Éd., *Le Monde grec et l'Orient*. I. *Le* v^e^ *Siècle* (510-403)², Paris, PUF, 1992 [fondamental].
The Cambridge Ancient History (citée *CAH*), tomes IV² (c. 525-479 B.C.), 1988, et V² (ve siècle), 1992 (avec une bibliographie très détaillée), Cambridge UP.
Murray O. et Price S., *La Cité grecque d'Homère à Alexandre*, tr. fr., Paris, La Découverte, 1992.
Davies J.K., *Democracy and Classical Greece*², Glasgow, Fontana Press, 1993.
Rich J. et Shipley G. (éd.), *War and Society in the Greek World*, Londres, Routledge, 1993.
Lonis R., *La Cité dans le monde grec*, Paris, Nathan, 1994.

On pourra aussi utiliser quelques volumes de la collection « Que sais-je ? », Paris, PUF, récemment publiés :
Maffre J.-J., *L'Art grec*, 1986.
–, *La Vie dans la Grèce classique*,1988.
–, *Le Siècle de Périclès*, 1990.
Romeyer-Dherbey G., *Les Sophistes*, 1985.
Trédé-Boulmer M. et Saïd S., *La Littérature grecque d'Homère à Aristote*,1990.

Sur les conflits avec la Perse

Hignett C., *Xerxes' Invasion of Greece*, Oxford, Clarendon Press, 1963.
Green P., *The Year of Salamis 480-479 B.C.*, Londres, Weidenfeld and Nicholson, 1970.
Lewis D.M., *Sparta and Persia*, Leyde, Brill, 1977.
Tozzi P., *La Rivolta ionica*, Pise, Giardini, 1978.
Gillis D., *Collaboration with the Persians*, *Historia Einzelschriften* 34, 1979.
Picard O., *Les Grecs devant la menace perse*, Paris, SEDES, 1980.
Cook J.M., *The Persian Empire*, Londres, Melbourne, Toronto, Dent and Sons, 1983.
Lazenby, J. F., *The Defence of Greece*, 490-479, Warminster, Aris and Phillips, 1993.
Miller M. C., *Athens and Persia in the fifth century*, Cambridge, Cambridge University Press, 1997.
Cawkwell G. L., « The peace between Athens and Persia », Phoenix 51, 1997, p. 115-130.

Sur la ligue de Délos et la guerre du Péloponnèse

Amit M., *Athens and the Sea. A Study in Athenian Sea-Power*, *Latomus* 74, Bruxelles,1965.
Kagan D., *The Outbreak of the Peloponnesian War*, Ithaca, Cornell UP,1969.
Meiggs R., *The Athenian Empire*, Oxford UP, 1972.
Sainte-Croix G.E.M de, *The Origins of the Peloponnesian War*, Londres, Duckworth, 1972.
Schuller W., *Die Herrschaft der Athener im ersten attischen Seebund*, Berlin, New York, de Gruyter, 1974.
Kagan D., *The Archidamian War*, Ithaca, Cornell UP, 1974.
Lévy E., *Athènes devant la défaite de 404*, BEFAR 225, Paris, De Boccard, 1976.
Kagan D., *The Peace of Nicias and the Sicilian Expedition*, Ithaca, Cornell UP, 1981.
Quinn T.J., *Athens and Samos, Lesbos and Chios 478-404 B.C.*, Manchester UP, 1981.
Kagan D., *The Fall of the Athenian Empire*, Ithaca, Cornell UP, 1987.
Alonso Troncoso V., *Neutralidad y neutralismo en la Guerra del Peloponneso 431-404*, Universidad autonoma de Madrid, 1987.
Mac Gregor M.F., *The Athenian and their Empire*, Vancouver, Univ. of British Columbia Press, 1987.
Heinrichs J., *Ionien nach Salamis. Die kleinasiatischen Griechen in der Politik und politischen Reflexion des Mutterlands*, Bonn, Habelt, 1989.

Sur les citoyens et les non-citoyens

Lacey W.K., *The Family in Classical Greece*, Londres, Thames and Hudson, 1968.
Harrison A.R.W., *The Law of Athens*, Oxford UP, 1968-1971, 2 vol.
Actes du colloque sur l'esclavage 1970, 1971, 1972, 1973, de Besançon, Paris, Les Belles Lettres, 1972-1976.
Whitehead D., *The Ideology of the Athenian Metic*, Cambridge Univ. Library, 1977.
Garlan Y., *Les Esclaves en Grèce ancienne*, Paris, Maspero, 1982.
Vatin C., *Citoyens et Non-citoyens dans le monde grec*, Paris, SEDES, 1984.
Baslez M.F., *L'Étranger dans la Grèce antique*, Paris, Les Belles Lettres, 1984.
Osborne R., *Demos : the Discovery of Classical Attika*, Cambridge UP, 1985.

Whitehead D., *The Demes of Attica 508/7 - ca. 250 B.C.*, Princeton UP, 1986.

Garner R., *Law and Society in Classical Athens*, Londres, Croom Helm, 1987.

Lonis R. (éd.), *L'Étranger dans le monde grec*, PU de Nancy, 1988-1992, 2 vol.

Sealey R., *Women and Law in Classical Greece*, Chapel Hill et Londres, Univ. of North Carolina Press, 1990.

Lambert S., *The Phratries of Attica*, Ann Arbor, Univ. of Michigan Press, 1993.

Cartledge P., *Sparta and Laconia : A Regional History 1300-362 B.C.*, Londres, Routledge and Kagan, 1979.

Oliva P., *Sparta and her Social Problems*, Prague, Academia, et Amsterdam, Hakkert,1971.

Clauss M., *Sparta*, Munich, Beck, 1983.

Mac Dowell D.M., *Spartan Law*, Édimbourg, Scottish Academic Press, 1986.

Powell A. (éd.), *Classical Sparta. Techniques behind her Success*, Londres, Routledge, 1989.

Ducat J., *Les Hilotes*, *BCH* suppl. 20, Paris, De Boccard, 1990 [hypercritique].

Powell A. et Hodkinson S. (éd.), *The Shadow of Sparta*, Londres, Routledge, 1994.

Link St., *Der Kosmos Sparta. Recht und Sitten in Klassischer Zeit*, Darmstadt, Wissenschaftliche Buchgesellschaft, 1994.

Thommen L., *Lakedaimonion Politeia. Die Entstehung der spartanischen Verfassung*, Historia Einzelschriften 103, Stuttgart, 1996.

Richer, N., *Les Éphores. Étude sur l'histoire et sur l'image de Sparte* (VIIIe-IIIe s. av. J.-C.), Paris, Publications de la Sorbonne, 1998.

Lévy E., *Sparte. Histoire politique et sociale juqu'à la conquête romaine*, Paris, Seuil, « Points Histoire », 2003.

Hodkinson S. et Powell A., *Sparta : New Perspectives*, Londres, Duckworth, 1999.

Ducat J., *Spartan Education*, Swansea, The Classical Press of Wales, 2006.

R.F. Willetts, *The Law Code of Gortyn*, *Kadmos*, suppl. 1, Berlin, de Gruyter, 1967.

Salmon P., *Études sur la confédération béotienne (447/6-386) : son organisation, son administration*, Bruxelles, Mém. Académie de Belgique, 1978.

Buck R.J., *A History of Boeotia*, Edmonton, Univ. of Alberta Press, 1979.

Demand N.H., *Thebes in the Fifth Century : Heracles Resurgent*, Londres, Routledge and Kagan, 1982.

Ducat J., *Les Pénestes de Thessalie*, Annales littéraires de l'université de Besançon 512, Paris, Les Belles Lettres, 1994.

Sur l'évolution démocratique d'Athènes

Ostwald M., *Nomos and the Beginning of the Athenian Democracy*, Oxford UP, 1969.
Connor W.R., *The New Politicians of Fifth-Century Athens*, Princeton UP, 1971.
Davies J.K., *Athenian Propertied Families 600-300 B.C.*, Oxford UP, 1971.
Rhodes P.J., *The Athenian Boule*, Oxford UP, 1972.
Patterson C., *Pericles' Citizenship Law of 451-50 B.C.*, New York, Arno Press, 1981.
Krentz P., *The Thirty at Athens*, Ithaca, Cornell UP, 1982.
Roberts J.T., *Accountability in Athenian Government*, Univ. of Wisconsin Press, 1982.
Lévêque P. et Vidal-Naquet P., *Clisthène l'Athénien*[2], Paris, Les Belles Lettres, 1983.
Wallace R.W., *The Areopagus Council to 307 B.C.*, Baltimore et Londres, The John Hopkins Univ. Press, 1985.
Ostwald M., *From Popular Sovereignty to the Sovereignty of Law*, Berkeley-Los Angeles, Univ. of California Press, 1986.
Piccirilli L., *Temistocle, Aristide, Cimone, Tucidide di Melesia*, Gênes, Il melangolo, 1987.
–, *Efialte*, Gênes, Il melangolo, 1988.
Ober J., *Mass and Elite in Democratic Athens. Rhetoric, Ideology and the Power of the people*, Princeton UP, 1989.
Connor, W. R., *The New Politicians of Fifth Century Athens,* Indianapolis, Hackett, 1992.
Hansen M.H., *La Démocratie athénienne à l'époque de Démosthène*, tr. fr., Paris, Les Belles Lettres, 1993.
Piérart M. (éd.), *Aristote et Athènes*, Paris, De Boccard, 1993.
Hunter V.J., *Policing Athens. Social Control in the Attic Lawsuits, 420-320 B.C.*, Princeton UP, 1994.

Sur l'évolution artistique

Charbonneaux J., Martin R., Villard F., *Grèce classique*, Paris, Gallimard, L'Univers des formes, 1969.
La Rocca E. (éd.), *L'esperimento della perfezione. Arte e società nell'Atene di Pericle*, Milan, Electa, 1988.
Papaioannou K., Ducat J., Bousquet J. et Touchais G., *L'Art grec*, Paris, Citadelles et Mazenod, 1993.
Pöhlmann E. et Gauer W. (éd.), *Griechische Klassik, Erlanger Bei-*

träge zur Sprache, Literatur und Kunst 75, Nuremberg, 1994 (contributions diverses sur l'art et la littérature).

Villard F., *Les Vases grecs*, Paris, PUF, 1956.

Arias P.E. et Hirmer M., *Le Vase grec*, Paris, Flammarion, 1956,1972.

Robertson M., *La Peinture grecque*, Genève, Skira, 1959 ; cf. aussi du même auteur *The Art of Vase-Painting in Classical Athens*, Cambridge UP, 1992.

Boardman J., *Athenian Red Figure Vases : the Classical Period*, Londres, Thames and Hudson, 1989.

Lullies R. et Hirmer M., *La Sculpture grecque*, Paris, Flammarion, 1956.

Ridgway B.S., *Fifth Century Styles in Greek Sculpture*, Princeton, 1981.

Boardman J. et Finn D., *The Parthenon and its Sculptures*, Londres, 1985.

Rolley C., *La Sculpture grecque*. I. *Des origines au milieu du* v^e^ *siècle*, Paris, Picard, 1994, II. *La Période classique*, *ibid.*, 1999.

Dinsmoor W., *The Architecture of Ancient Greece*, Londres et New York, Batsford, 1950.

Berve H., Gruben G. et Hirmer M., *Temples et Sanctuaires grecs*, Paris, Flammarion, 1965.

Boersma J.S., *Athenian Building Policy from 561/0 to 405/4*, Wolters-Noorhoff, Groningue, 1970.

Lawrence A.W., *Greek Architecture* [3], Harmondsworth, Penguin Books, 1973.

Knelle H., *Perikleische Baukunst*, Darmstadt, 1979.

Schuller W., Hoepfner W. et Schwandner E.-L. (éd.), *Demokratie und Architektur. Der hippodamische Städtebau und die Entstehung der Demokratie*, Munich, Deutscher Kunstverlage,1989.

Holzmann B., *L'Acropole d'Athènes. Monuments, culte et histoire du sanctuaire d'Athéna*, Paris, Picard, 2003.

Sur l'évolution littéraire et intellectuelle

Immerwahr H.R., *Form and Thought in Herodotus*, Cleveland, 1966.

Romilly J. de, *Histoire et Raison chez Thucydide*, Paris, Les Belles Lettres, 1956.

Vernant J.-P. et Vidal-Naquet P., *Mythe et Tragédie en Grèce ancienne*, I-II, Paris, Maspero et La Découverte, 1971-1986.

Meier Ch., *De la tragédie grecque comme art politique*, tr. fr., Paris, Les Belles Lettres 1991.

Romilly J. de, *La Tragédie grecque* [4], Paris, PUF, 1992.

Dover K.J., *Aristophanic Comedy*, Londres, Batsford, 1972.

Dodds E.R., *Les Grecs et l'Irrationnel*, tr. fr., Paris, Flammarion, 1965.

Guthrie W.K.C., *A History of Greek Philosophy*. III. *The Fifth-Century Enlightenment*, Cambridge UP, 1969.

Brickhouse Th. C. et Smith N.D., *Socrates on Trial*, Princeton UP, 1990.

Stone I.F., *Le Procès de Socrate*, Londres, Cape, 1988 ; tr. fr., Paris, Odile Jacob, 1990.

Hansen, M. H., *The Trial of Socrates from the Athenian Point of View*, Copenhague, The Royal Danish Acad. of Sciences and Letters, 1995.

Abréviations : on a emprunté celles de l'*Année philologique* ; en outre *IG* = *Inscriptiones Graecae*, SIG = Dittenberger W., *Sylloge Inscriptionum Graecarum*.

Index des hommes et des dieux

Index
des noms géographiques

Index
des *notabilia*

Table

RÉALISATION : PAO ÉDITIONS DU SEUIL
IMPRESSION : NORMANDIE ROTO-IMPRESSION S.A.S. À LONRAI (01-11)
DÉPÔT LÉGAL : AVRIL 1995. N° 13128-11 (134157)

Collection Points Histoire

DERNIERS TITRES PARUS

H145. L'Épuration française (1944-1949), *par Peter Novick*
H146. L'Amérique latine au xxe siècle (1889-1929)
par Leslie Manigat
H147. Les Fascismes, *par Pierre Milza*
H148. Histoire sociale de la France au xixe siècle
par Christophe Charle
H149. L'Allemagne de Hitler, *par la revue « L'Histoire »*
H150. Les Révolutions d'Amérique latine
par Pierre Vayssière
H151. Le Capitalisme « sauvage » aux États-Unis (1860-1900)
par Marianne Debouzy
H152. Concordances des temps, *par Jean-Noël Jeanneney*
H153. Diplomatie et Outil militaire
par Jean Doise et Maurice Vaïsse
H154. Histoire des démocraties populaires
1. L'ère de Staline, *par François Fejtö*
H155. Histoire des démocraties populaires
2. Après Staline, *par François Fejtö*
H156. La Vie fragile, *par Arlette Farge*
H157. Histoire de l'Europe, *sous la direction de Jean Carpentier et François Lebrun*
H158. L'État SS, *par Eugen Kogon*
H159. L'Aventure de l'Encyclopédie, *par Robert Darnton*
H160. Histoire générale du xxe siècle
4. Crises et mutations de 1973 à nos jours
par Bernard Droz et Anthony Rowley
H161. Le Creuset français, *par Gérard Noiriel*
H162. Le Socialisme en France et en Europe, xixe-xxe siècle
par Michel Winock
H163. 14-18 : Mourir pour la patrie, *par la revue « L'Histoire »*

H164. La Guerre de Cent Ans vue par ceux qui l'ont vécue
par Michel Mollat du Jourdin
H165. L'École, l'Église et la République, *par Mona Ozouf*
H166. Histoire de la France rurale
1. La formation des campagnes françaises
(des origines à 1340)
sous la direction de Georges Duby et Armand Wallon
H167. Histoire de la France rurale
2. L'âge classique des paysans (de 1340 à 1789)
sous la direction de Georges Duby et Armand Wallon
H168. Histoire de la France rurale
3. Apogée et crise de la civilisation paysanne
(de 1789 à 1914)
sous la direction de Georges Duby et Armand Wallon
H169. Histoire de la France rurale
4. La fin de la France paysanne (depuis 1914)
sous la direction de Georges Duby et Armand Wallon
H170. Initiation à l'Orient ancien, *par la revue « L'Histoire »*
H171. La Vie élégante, *par Anne Martin-Fugier*
H172. L'État en France de 1789 à nos jours
par Pierre Rosanvallon
H173. Requiem pour un empire défunt, *par François Fejtö*
H174. Les animaux ont une histoire, *par Robert Delort*
H175. Histoire des peuples arabes, *par Albert Hourani*
H176. Paris, histoire d'une ville, *par Bernard Marchand*
H177. Le Japon au XXe siècle, *par Jacques Gravereau*
H178. L'Algérie des Français, *par la revue « L'Histoire »*
H179. L'URSS de la Révolution à la mort de Staline, 1917-1953
par Hélène Carrère d'Encausse
H180. Histoire médiévale de la Péninsule ibérique
par Adeline Rucquoi
H181. Les Fous de la République, *par Pierre Birnbaum*
H182. Introduction à la préhistoire, *par Gabriel Camps*
H183. L'Homme médiéval
Collectif sous la direction de Jacques Le Goff
H184. La Spiritualité du Moyen Âge occidental (VIIIe-XIIIe siècle)
par André Vauchez
H185. Moines et Religieux au Moyen Âge
par la revue « L'Histoire »
H186. Histoire de l'extrême droite en France, *Ouvrage collectif*
H187. Le Temps de la guerre froide, *par la revue « L'Histoire »*
H188. La Chine, tome 1 (1949-1971)
par Jean-Luc Domenach et Philippe Richer
H189. La Chine, tome 2 (1971-1994)
par Jean-Luc Domenach et Philippe Richer
H190. Hitler et les Juifs, *par Philippe Burrin*
H192. La Mésopotamie, *par Georges Roux*
H193. Se soigner autrefois, *par François Lebrun*

H194. Familles, *par Jean-Louis Flandrin*
H195. Éducation et Culture dans l'Occident barbare (VIe-VIIIe siècle) *par Pierre Riché*
H196. Le Pain et le Cirque, *par Paul Veyne*
H197. La Droite depuis 1789, *par la revue « L'Histoire »*
H198. Histoire des nations et du nationalisme en Europe *par Guy Hermet*
H199. Pour une histoire politique, *Collectif sous la direction de René Rémond*
H200. « Esprit ». Des intellectuels dans la cité (1930-1950) *par Michel Winock*
H201. Les Origines franques (Ve-IXe siècle), *par Stéphane Lebecq*
H202. L'Héritage des Charles (de la mort de Charlemagne aux environs de l'an mil), *par Laurent Theis*
H203. L'Ordre seigneurial (XIe-XIIe siècle) *par Dominique Barthélemy*
H204. Temps d'équilibres, Temps de ruptures *par Monique Bourin-Derruau*
H205. Temps de crises, Temps d'espoirs, *par Alain Demurger*
H206. La France et l'Occident médiéval de Charlemagne à Charles VIII *par Robert Delort* (à paraître)
H207. Royauté, Renaissance et Réforme (1483-1559) *par Janine Garrisson*
H208. Guerre civile et Compromis (1559-1598) *par Janine Garrisson*
H209. La Naissance dramatique de l'absolutisme (1598-1661) *par Yves-Marie Bercé*
H210. La Puissance et la Guerre (1661-1715) *par François Lebrun*
H211. La Monarchie des Lumières (1715-1786) *par André Zysberg*
H212. La Grèce préclassique, *par Jean-Claude Poursat*
H213. La Grèce au Ve siècle, *par Edmond Lévy*
H214. Le IVe Siècle grec, *par Pierre Carlier*
H215. Le Monde hellénistique (323-188), *par Pierre Cabanes*
H216. Les Grecs (188-31), *par Claude Vial*
H218. La République romaine, *par Jean-Michel David*
H219. Le Haut-Empire romain en Occident d'Auguste aux Sévères, *par Patrick Le Roux*
H220. Le Haut-Empire romain. Les provinces de Méditerranée orientale, d'Auguste aux Sévères, *par Maurice Sartre*
H221. L'Empire romain en mutation, des Sévères à Constantin (192-337) *par Jean-Michel Carrié et Aline Rousselle*
H225. Douze Leçons sur l'histoire, *par Antoine Prost*
H226. Comment on écrit l'histoire, *par Paul Veyne*

H227. Les Crises du catholicisme en France
par René Rémond
H228. Les Arméniens, *par Yves Ternon*
H229. Histoire des colonisations, *par Marc Ferro*
H230. Les Catholiques français sous l'Occupation
par Jacques Duquesne
H231. L'Égypte ancienne, *présentation par Pierre Grandet*
H232. Histoire des Juifs de France, *par Esther Benbassa*
H233. Le Goût de l'archive, *par Arlette Farge*
H234. Économie et Société en Grèce ancienne
par Moses I. Finley
H235. La France de la monarchie absolue 1610-1675
par la revue « L'Histoire »
H236. Ravensbrück, *par Germaine Tillion*
H237. La Fin des démocraties populaires, *par François Fejtö*
et Ewa Kulesza-Mietkowski
H238. Les Juifs pendant l'Occupation, *par André Kaspi*
H239. La France à l'heure allemande (1940-1944)
par Philippe Burrin
H240. La Société industrielle en France (1814-1914)
par Jean-Pierre Daviet
H241. La France industrielle, *par la revue « L'Histoire »*
H242. Éducation, Société et Politiques.
Une histoire de l'enseignement en France de 1945 à nos jours
par Antoine Prost
H243. Art et Société au Moyen Âge, *par Georges Duby*
H244. L'Expédition d'Égypte 1798-1801, *par Henry Laurens*
H245. L'Affaire Dreyfus, *Collectif Histoire*
H246. La Société allemande sous le IIIe Reich
par Pierre Ayçoberry
H247. La Ville en France au Moyen Âge
par André Chédeville, Jacques Le Goff
et Jacques Rossiaud
H248. Histoire de l'industrie en France
du XVIe siècle à nos jours, *par Denis Woronoff*
H249. La Ville des Temps modernes
sous la direction d'Emmanuel Le Roy Ladurie
H250. Contre-Révolution, Révolution et Nation
par Jean-Clément Martin
H251. Israël. De Moïse aux accords d'Oslo
par la revue « L'Histoire »
H252. Une histoire des médias des origines à nos jours
par Jean-Noël Jeanneney
H253. Les Prêtres de l'ancienne Égypte, *par Serge Sauneron*
H254. Histoire de l'Allemagne, des origines à nos jours
par Joseph Rovan
H255. La Ville de l'âge industriel
sous la direction de Maurice Agulhon

H256. La France politique, XIXe-XXe siècle
par Michel Winock
H257. La Tragédie soviétique, *par Martin Malia*
H258. Histoire des pratiques de santé
par Georges Vigarello
H259. Les Historiens et le Temps, *par Jean Leduc*
H260. Histoire de la vie privée
1. De l'Empire romain à l'an mil
par Philippe Ariès et Georges Duby
H261. Histoire de la vie privée
2. De l'Europe féodale à la Renaissance
par Philippe Ariès et Georges Duby
H262. Histoire de la vie privée
3. De la Renaissance aux Lumières
par Philippe Ariès et Georges Duby
H263. Histoire de la vie privée
4. De la Révolution à la Grande Guerre
par Philippe Ariès et Georges Duby
H264. Histoire de la vie privée
5. De la Première Guerre mondiale à nos jours
par Philippe Ariès et Georges Duby
H265. Problèmes de la guerre en Grèce ancienne
sous la direction de Jean-Pierre Vernant
H266. Un siècle d'école républicaine
par Jean-Michel Gaillard
H267. L'Homme grec
Collectif sous la direction de Jean-Pierre Vernant
H268. Les Origines culturelles de la Révolution française
par Roger Chartier
H269. Les Palestiniens, *par Xavier Baron*
H270. Histoire du viol, *par Georges Vigarello*
H272. Histoire de la France
L'Espace français, *sous la direction*
de André Burguière et Jacques Revel
H273. Histoire de la France
Héritages, *sous la direction*
de André Burguière et Jacques Revel
H274. Histoire de la France
Choix culturels et Mémoire, *sous la direction*
de André Burguière et Jacques Revel
H275. Histoire de la France
La Longue Durée de l'État, *sous la direction*
de André Burguière et Jacques Revel
H276. Histoire de la France
Les Conflits, *sous la direction*
de André Burguière et Jacques Revel
H277. Le Roman du quotidien
par Anne-Marie Thiesse

H278. La France du XIXe siècle, *par Francis Démier*
H279. Le Pays cathare, *sous la direction de Jacques Berlioz*
H280. Fascisme, Nazisme, Autoritarisme, *par Philippe Burrin*
H281. La France des années noires, tome 1
sous la direction de Jean-Pierre Azéma et François Bédarida
H282. La France des années noires, tome 2
sous la direction de Jean-Pierre Azéma et François Bédarida
H283. Croyances et Cultures dans la France d'Ancien Régime
par François Lebrun
H284. La République des instituteurs
par Jacques Ozouf et Mona Ozouf
H285. Banque et Affaires dans le monde romain
par Jean Andreau
H286. L'Opinion française sous Vichy, *par Pierre Laborie*
H287. La Vie de saint Augustin, *par Peter Brown*
H288. Le XIXe siècle et l'Histoire, *par François Hartog*
H289. Religion et Société en Europe, *par René Rémond*
H290. Christianisme et Société en France au XIXe siècle
par Gérard Cholvy
H291. Les Intellectuels en Europe au XIXe
par Christophe Charle
H292. Naissance et Affirmation d'une culture nationale
par Françoise Mélonio
H293. Histoire de la France religieuse
Collectif sous la direction de Philippe Joutard
H294. La Ville aujourd'hui, *sous la direction de Marcel Roncayolo*
H295. Les Non-conformistes des années trente
par Jean-Louis Loubet del Bayle
H296. La Création des identités nationales
par Anne-Marie Thiesse
H297. Histoire de la lecture dans le monde occidental
Collectif sous la direction de Guglielmo Cavallo et Roger Chartier
H298. La Société romaine, *Paul Veyne*
H299. Histoire du continent européen
par Jean-Michel Gaillard, Anthony Rowley
H300. Histoire de la Méditerranée
par Jean Carpentier (dir.), François Lebrun
H301. Religion, Modernité et Culture au Royaume-Uni et en France
par Jean Baubérot, Séverine Mathieu
H302. Europe et Islam, *par Franco Cardini*
H303. Histoire du suffrage universel en France. Le Vote et la Vertu. 1848-2000, *par Alain Garrigou*
H304. Histoire juive de la révolution à l'État d'Israël
Faits et documents, *par Renée Neher-Bernheim*

H305. L'Homme romain
Collectif sous la direction d'Andrea Giardina
H306. Une histoire du Diable, *par Robert Muchembled*
H307. Histoire des agricultures du monde
par Marcel Mazoyer et Laurence Roudart
H308. Le Nettoyage ethnique.
Documents historiques sur une idéologie serbe
par Mirko D. Grmek, Marc Gjidara et Neven Simac
H309. Guerre sainte, jihad, croisade, *par Jean Flori*
H310. La Renaissance européenne, *par Peter Burke*
H311. L'Homme de la Renaissance
Collectif sous la direction d'Eugenio Garin
H312. Philosophie des sciences historiques,
textes réunis et présentés, *par Marcel Gauchet*
H313. L'Absolutisme en France, *par Fanny Cosandey et Robert Descimon*
H314. Le Monde d'Ulysse, *par Moses I. Finley*
H315. Histoire des juifs sépharades, *par Esther Benbassa et Aron Rodrigue*
H316. La Société et le Sacré dans l'Antiquité tardive
par Peter Brown
H317. Les Cultures politiques en France
sous la direction de Serge Berstein
H318. Géopolitique du XVIe siècle
par Jean-Michel Sallmann
H319. Les Relations internationales
2. De la guerre de Trente Ans ans à la guerre de succession d'Espagne, *par Claire Gantet*
H320. Des traités : de Rastadt à la chute de Napoléon
par Jean-Pierre Bois
H323. De Nuremberg à la fin du XXe siècle
(tome 6, Nouvelle histoire des relations internationales/inédit), *par Frank Attar*
H324. Histoire du visuel au XXe siècle, *par Laurent Gervereau*
H325. La Dérive fasciste. Doriot, Déat, Bergery. 1933-1945
par Philippe Burrin
H326. L'Origine des Aztèques, *par Christian Duverger*
H327. Histoire politique du monde hellénistique
par Edouard Will
H328. Le Saint Empire romain germanique, *par Francis Rapp*
H329. Sparte, histoire politique et sociale
jusqu'à la conquête romaine, *par Edmond Lévy*
H330. La Guerre censurée, *par Frédéric Rousseau*
H331. À la guerre, *par Paul Fussel*
H332. Les Français des années troubles, *par Pierre Laborie*
H333. Histoire de la papauté, *par Yves-Marie Hilaire*
H334. Pouvoir et Persuasion dans l'Antiquité tardive
par Peter Brown

H336. Penser la Grande Guerre, *par Antoine Prost et Jay Winter*
H337. Paris libre 1871, *par Jacques Rougerie*
H338. Napoléon. De la mythologie à l'histoire
par Nathalie Petiteau
H339. Histoire de l'enfance, tome 1
par Dominique Julia et Egle Becchi
H340. Histoire de l'enfance, tome 2
par Dominique Julia, Egle Becchi
H341. Une histoire de l'édition à l'époque contemporaine
XIXe-XXe siècle, *par Elisabeth Parinet*
H342. Les enjeux de l'histoire culturelle, *par Philippe Poirrier*
H343. Le Monde des révolutions en Amérique
et en Europe à la fin du XVIIIe siècle, *par Jacques Solé*
H345. Histoire culturelle de la France, tome 3,
par Antoine de Baecque et Françoise Mélonio
H346. Histoire culturelle de la France, tome 4,
par Jean-Pierre Rioux et Jean-François Sirinelli
H347. L'État chez lui, l'Église chez elle
par Jean-Paul Scot
H348. La Résistance française : une histoire périlleuse
par Laurent Douzou
H349. Histoire culturelle de la France, tome 2,
par Jean-Pierre Rioux & Jean-François Sirinelli
H350. La France et les Juifs de 1789 à nos jours
par Michel Winock
H351. Historiographie de la guerre d'Algérie,
par Raphaëlle Branche
H352. L'Armée de Vichy, *par Robert O. Paxton*
H353. La Guerre froide 1917-1991, *par André Fontaine*
H354. Le Modèle politique français, *par Pierre Rosanvallon*
H355. Les Origines religieuses de la Révolution française
par Dale Van Kley
H356. Une histoire du Chat, *par Laurence Bobis*
H357. À la recherche du Moyen Âge, *par Jacques Le Goff*
H358. Les Quatre Parties du monde, *par Serge Gruzinski*
H359. Histoire des peurs alimentaires, *par Madeleine Ferrières*
H360. Le Grand Voyage de l'Obélisque, *par Robert Solé*
H361. La Vie à en mourir. Lettres de fusillés 1941-1944
par Guy Krivopissko
H362. Bleu. Histoire d'une couleur, *par Michel Pastoureau*
H363. Mitterrand, une histoire de Français
par Jean Lacouture
H364. Le Siècle des intellectuels, *par Michel Winock*
H365. Histoire des paysans français
par Emmanuel Le Roy Ladurie
H366. La Plus Vieille Cuisine du monde, *par Jean Bottéro*
H367. Histoire de la France politique 1. Le Moyen Âge
par Philippe Contamine

H368. Histoire de la France politique 2.
La Monarchie, entre Renaissance et Révolution
par Joël Cornette
H369. Histoire de la France politique 3.
L'Invention de la démocratie
par Serge Berstein, Michel Winock
H370. Histoire de la France politique 4.
La République recommencée
par Serge Berstein, Michel Winock
H371. Le Fascisme en action, *par Robert O. Paxton*
H372. Louis XIV. Les Stratégies de la gloire, *par Peter Burke*
H373. Ressentiment et Apocalypse, *par Philippe Burrin*
H374. Jésuites. Une multibiographie, t. 1, Les Conquérants
par Jean Lacouture
H375. Jésuites. Une multibiographie, t. 2, Les Revenants
par Jean Lacouture
H376. Sexe et pouvoir à Rome, *par Paul Veyne*
H377. Le Petit Livre des couleurs
par Michel Pastoureau & Dominique Simonnet
H378. Les Droites aujourd'hui, *René Rémond*
H379. Les Chamanes de la Préhistoire
par Jean Clottes & David Lewis-Williams
H380. Chronologie du XXe siècle, *par Bernard Phan*
H381. S'amuser au Moyen Âge, *par Jean Verdon*
H382. La Conversion d'Hermann le Juif, *par Jean-Claude Schmitt*
H383. Une histoire de pirates. Des mers du Sud à Hollywood
par Jean-Pierre Moreau
H384. Histoire de la beauté, *par Georges Vigarello*
H385. Chronologie du Moyen Âge, *par Michel Zimmermann*
H386. L'Étoffe du diable, *par Michel Pastoureau*
H387. La Bataille de Paris, *par Jean-Luc Einaudi*
H388. Quinze cent quinze et les grandes dates
de l'histoire de France
par Alain Corbin
H389. Les Origines intellectuelles du IIIe Reich,
par George L. Mosse
H390. La Légende de Napoléon, *par Sudhir Hazareesingh*
H391. La Prostitution à Paris au XIXe siècle
par Alexandre Parent-Duchatelet
H392. La Guérilla du Che, *par Régis Debray*
H393. L'Orgasme et l'Occident, *par Robert Muchembled*
H394. Mon histoire des femmes, *par Michelle Perrot*
H395. La Reine scélérate, *par Chantal Thomas*
H396. La Pierre de Rosette, *par Robert Solé*
et Dominique Valbelle
H397. Mal et modernité, *par Jorge Semprun*
H398. Mémorial de Sainte-Hélène t. 1
par Emmanuel de Las Cases

H399. Mémorial de Sainte-Hélène t. 2
par Emmanuel de Las Cases
H400. Le Siècle des communismes, *Collectif*
H401. Histoire de la Bretagne 1, *par Joël Cornette*
H402. Histoire de la Bretagne 2, *par Joël Cornette*
H403. Héros et merveilles du Moyen Âge, *par Jacques Le Goff*
H404. Les Templiers, *par Alain Demurger*
H405. La Suisse, l'or et les morts, *par Jean Ziegler*
H406. Chronologie de la Rome antique, *par Yann Riviere*
H407. Les Fondations de l'islam, *par Alfred-Louis de Premare*
H408. Rois et reines de France, *par Bernard Phan*
H409. Histoire de la décolonisation, *par Bernard Droz*
H410. L'Égypte, passion française, *par Robert Solé*
H411. Les Druides. Des philosophes chez les Barbares
par Jean-Louis Brunaux
H412. Chronologie de la France au XXe siècle, *par Bernard Phan*
H413. Brève histoire du fascisme, *par Renzo De Felice*
H414. La Guerre du Rif. Maroc (1921-1926)
par Vincent Courcelle-Labrousse, Nicolas Marmié
H415 . Histoires grecques, *par Maurice Sartre*
H416. Les Origines de la solution finale
par Christopher R. Browning
H417. Batailles, *par Hervé Drevillon*
H418. Les Juifs américains, *par André Kaspi*
H419. 2000 ans d'histoire gourmande, *par Patrice Gélinet*
H420. Nourritures canailles, *par Madeleine Ferrières*
H421. La Croix et le Croissant, *par Richard Fletcher*
H422. Bagnards, *par Marion F. Godfroy*
H423. Chronologie de la Grèce antique, *par Paulin Ismard*
H424. Pierre Mendès France, *par Jean Lacouture*
H425. La Vie sexuelle à Rome, *par Géraldine Puccini-Delbey*
H426. Chronologie de la Grèce antique, *par Paulin Ismard*
H427. Histoire des révolutions, *par Martin Malia*
H428. Histoire de la Prusse, *par Michel Kerautret*
H429. Histoire du débarquement, *par Olivier Wieviorka*
H 430. Les Voix de la liberté, *par Michel Winock*
H 431. L'Europe est-elle née au Moyen Âge ?
par Jacques Le Goff
H 432. L'Invention de la drague, *par Jean Claude Bologne*
H 433. Bonaparte à la conquête de l'Égypte, *par Robert Solé*
H 434. Chronologie de la Première Guerre mondiale
par Bernard Phan
H 435. Aux origines de l'histoire des religions
par Philippe Borgeaud
H 436. La Religion flamboyante (1320-1520), *Jacques Chiffoleau*
H 437. L'Ivrogne et la Marchande de fleurs, *Nicolas Werth*
H 438. L'Expérience de l'histoire, *Reinhart Koselleck*
H 439. Chronologie des États-Unis, *Pierre Sicard*